她感觉自己就像一条小船，才恢了在淘淘的溪流中游行，而现刚临已海洋，宽阔无边，波涛不远。她必须合力维持平稳，才能保证自己不会倾覆。但海洋其至一浪又一浪地拍过来，非要打破她内心的秩序，这样的感觉让她感到无措，不知如何应对。

成西谷

明明如

在她面前，他没有任何头衔，只是

一个想娶公主的奇怪兰花。

明明如月

叹西茶 著

江苏凤凰文艺出版社
JIANGSU PHOENIX LITERATURE AND
ART PUBLISHING

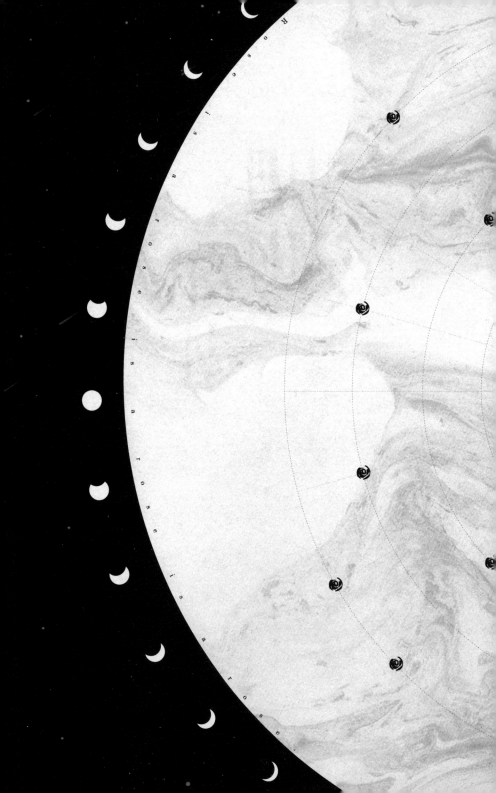

Contents
明明如月

闻月 × 纪则临

Chapter 01　巧合

　　周六，闻月按照李帆师姐给的地址，来到了青水湾。

　　青水湾是青城本地著名的富人区，这一片区域都是独栋别墅，住户非富即贵。她研究生报到的第一天就听本科也在青城大学就读的室友提过，找兼职得找青水湾的家教，住这里的人出手大方，给他们的小孩补习一节课能顶去普通家庭上三四节课。

　　当然，这样的兼职不是任谁想接就能接的。有钱人家的要求也高，就算是青城大学的学生，也要经过层层考核。此外，这样高质量的兼职是不会在市场上流通的，一般都是有关系的学生才会得到第一手消息。这就是信息壁垒。

　　室友说，她本科四年都没突破这样的壁垒，只听说过青水湾的家教兼职时薪很高，但从来不知道从哪儿获得这样的兼职机会。

　　闻月入学不到一个月，更是不清楚。她是运气好，同门师姐正好是青水湾一户人家的家教老师。这学期，师姐忙着写毕业论文，还要找实习工作，没时间再做兼职。上回的同门聚会上，师姐得知她在找兼职，就主动提起让她来接任自己的家教工作。

　　闻月这才知道，为什么青水湾的家教信息从来不会出现在大学的家教群里，原来这种兼职很多都是"传承制"的，上一任家教老师卸任之前，会介绍自己亲近的学弟、学妹来接任，主打"肥水不流外人田"。仅仅一个兼职就搞得跟大企业内推似的，充满了人情世故，大学说是象牙塔，其实是个名副其实的小社会。

闻月以前并不汲汲于做兼职，她的家境虽然不算富裕，但怎么也算不上贫寒，父母都是乡镇中学的教师，工资不高，却稳定、有保障。她是独生女，从小家里就把所有资源倾注在了她身上，在金钱上更是从不亏待，因此本科期间，她更多的是把时间和精力放在学业上，并没有急着赚钱。

只是世事无常，父亲的突然离世给闻月带来了巨大的打击。母亲自父亲去世后，身体一直不太好，只好请假在家休息。家里没了支撑，她这个女儿不得已，只能快速成长，担起职责，减轻母亲的负担。

闻月本科期间也做过兼职，多是在网上接一些零碎的翻译工作，翻译耗时耗力，薪资不高，她只当是积攒经验，顺便挣点儿稿费。但现在，那点儿微薄的稿费已经不能支撑她的日常花销，她不想再从家里拿生活费，就必须找个可靠、稳定的兼职。

幸好读了研，时间上自由了很多，她也能去校外找找兼职。今天这个青水湾的家教工作如果能拿下，她将增加一笔可观的收入。

青水湾离大学城不算太远，闻月来青城不久，到处不熟悉，在路上多花费了些时间。到达青水湾时，已经临近约定的面试时间，她心里着急，加快了脚步。

别墅都是独栋的，有钱人更注重隐私，楼与楼之间的间隔很远。闻月不熟悉路，只能按照离路口最近的那栋别墅的门牌号去估测自己要往哪儿走。她紧赶慢赶，总算在约定时间前找到了要聘请家教的那户人家。

站在铁门外，看着眼前富丽堂皇的别墅，闻月缓了一口气，等气息没那么急了，才按下门铃。没多久，对讲门铃里有人询问她是谁，她如实回答自己是来应聘的家教老师，答完没多久，门就被打开了。

穿过花园，一个中年妇人站在别墅大门前，看到闻月时主动打了招呼，喊她一声"老师"，再客客气气地带她进屋。

闻月本来以为妇人是孩子的母亲，但是妇人把她领到客厅待她落座后，上了杯茶，又让她稍等，说纪总一会儿就下来。她才恍然，原来纪总才是这栋别墅的主人，同时又感到疑惑，李帆师姐之前明明说雇主姓孟啊。闻月没多想，只当师姐说岔了，毕竟她说自己是来应聘家教的，这户人家就开门了，她总不至于走错。

别墅外部美轮美奂，内部有过之而无不及，处处透着低调的奢华。闻月只简单地打量了一下周围，很快就垂眼看着自己搭在腿上的手，脑子里把事先准备好的自我介绍过了一遍。

约莫十分钟后，有人从楼上走下来。

闻月听到声音后抬起头，看到了一个小女孩，她的个子目测不过一米，留着波波头，穿着一条蓝色公主裙。尽管她外表可爱，但行为举止不像个小孩子，尤其是看人时的眼神，隐隐透着不属于这个年纪的审慎。

"你是来应聘的新老师？"

这个小女孩应该就是补习对象，闻月轻轻点了一下头："是的。"

"你是想来给我上课，还是冲着我舅舅来的？"

师姐没过多地和闻月说明她担任家教的这户人家的家庭背景，因为师姐本身也不是特别清楚，有钱人家总是比较谨慎。

闻月不了解小女孩的家庭情况到底是怎么样的，但她本能地感觉到了恶意。她看着小女孩，微微皱了一下眉，说道："我不知道你舅舅是谁，我今天来这里，只是来应聘家教的。"

小女孩歪着头，笑容一派天真，但说的话不友好："之前也有老师这么说，但她们都撒谎了。"

言外之意就是闻月也在撒谎。

闻月的眉皱得更紧，她想过面试不容易，但没想过会被羞辱，还是被一个看着只有四五岁的小女孩羞辱。她这下真有些生气了，生硬地声明道："不管你信不信，我对你的舅舅一点儿兴趣都没有。"

"你能保证吗？"小女孩质问。

"纪书瑜。"闻月刚要接话，一个突兀的男声就打断了她。

小女孩回头，闻月也把视线往上移，看到一个男人从楼上缓缓走了下来。

她有一瞬间的惊诧，师姐说过，这户人家的男主人是个中年企业家。眼前的男人是精英企业家无疑，但一点儿不像个中年人，相反，他看上去年轻且英俊，的确有吸引女人的资本。只是他看人的眼神审视意味十足，让人不舒服。

纪书瑜看到纪则临，气焰大减，乖乖地喊了一声"舅舅"，扮可怜样。

纪则临不吃这套，面无表情地问："你不在书房里学习，跑出来干什么？"

纪书瑜嘟囔道："我听李妈说新老师来了，就下来看看。"

"只是看看？"

"顺便帮你把把关。"

老师是给她找的，她倒是要帮他把关，人小鬼大。

"这个新老师比之前的几个都漂亮。"纪书瑜看着闻月，忽然说。

闻月一头雾水，不知道这个小女孩是怎么回事，刚才还没礼貌地找麻烦，现在突然夸起她来了？

纪则临知道纪书瑜的小心思，也不点破，训了两句，让她上楼继续学习。纪书瑜不情愿，但在纪则临的注视下只好照办。

纪则临下了楼，闻月不知道自己刚才和纪书瑜的对话他听到了多少，会不会介意，虽然她是被激的，但对当事人来说未尝不是一种冒犯。话已出口，没有后悔的余地。她毕竟是来应聘的，只能把姿态放低。

闻月调整好情绪后站起来，在"纪总"和"纪先生"之间选择了后者，礼貌地打了招呼："纪先生好。"

纪则临的目光在闻月的脸上逗留了一会儿，他很快微皱眉头，为她的年轻感到不满。他记得自己和李特助强调过，找个经验丰富的老师过来，他以为李特助跟了自己这么多年，即使他没有明说，对方也应该明白，经验丰富意味着不年轻。

纪则临不想再出现之前那样被纠缠的情况。但现在人都到了，他出于礼貌，该有的过场还是得有。

"抱歉，书瑜被家里宠坏了，刚才她冒犯了你，我替她向你道歉。"

纪则临颔首致歉，不管他是不是真心，此情此景，闻月都只能接受："没关系，我也有不对的地方。"

都是场面话，彼此心知肚明，刚才的事就此揭过。

"怎么称呼？"纪则临问。

"闻月，'听闻'的'闻'，'月亮'的'月'。"

"闻"这个姓氏倒是不常见，虽然只听闻月说了几句话，但她的口音不似青城本地口音，也没有北方人大开大合的气势，反而温声细语的，听着熨帖。哦，除了刚才那句"我对你的舅舅一点儿兴趣都没有"。

"闻小姐，请坐。"纪则临示意闻月，自己也在另一侧的单人沙发上坐下。

不知怎的，刚才他居高临下的时候，闻月还不觉得有什么，现在同坐在沙发上，她反而很不自在。平视的时候，他给人的压迫感更甚。尽管闻月尽力保持着平静，但纪则临和人打交道多了，还是看出了她的紧张。她还很青涩，似乎没什么社会经验，像初出茅庐的菜鸟。

纪则临思忖了一下，主动问："闻小姐是学什么专业的？"

"笔译。"

"笔译？"纪则临问，"哪所大学？"

闻月觉得奇怪，师姐说过她和雇主提过，会介绍同门师妹来接替她的工作，怎么对方还要问自己的学校？

疑惑的念头只是一闪而过，闻月没有纠结，很快回道："青城大学。"

青大的笔译专业，纪则临无端笑了一下："巧了。"

闻月不知道哪里巧了，她心里隐隐觉得这次面试十有八九没戏了，但还是打算尽力而为。

她从随身的挎包里拿出一份打印好的简历递过去，纪则临接过来，第一眼先被右上角的一寸照吸引了。照片上的人将头发拨到了耳后，露出了一张明净的脸，直视着前方，微微抿出一个笑容，尽管笑容浅浅的，但还是被镜头捕捉到了。毫无疑问，她很上镜。

纪则临的目光在照片上停留了几秒，这才去看她的教育背景。

"青大研究生在读？"纪则临抬起头。

闻月不明白这有什么不对的，只好点了点头。

纪则临看着闻月："你还没毕业，怎么工作？"

闻月迟疑了一下，越来越觉得今天这个面试不对劲，但还是回道：

"我可以利用课外的时间做兼职。"

纪则临觉得自己最近大概是对李特助太宽容了，李特助才会在工作上出这么大的纰漏。他问："联系你过来面试的人没和你提过，我要找的是全职的住家家教？"

"啊？"闻月露出了一个茫然的表情，"师姐只和我说，让我过来接替她的家教工作。"

"师姐？"

"李帆，她之前在这儿做家教。"

纪则临皱起眉头："我从来没聘请过兼职老师。"

闻月这下是真的蒙了，她拿出手机，点开和李帆师姐的聊天页面，问："这里不是南苑8号别墅吗？"

"这里是北苑8号别墅。"纪则临立刻明白了，闻月是跑错了别墅，难怪她比约定的面试时间提前了半小时到。

闻月也转过弯来了，她第一回来青水湾，对青水湾并不熟悉，更没想到这么巧，这一户人家今天也面试家教。

"对不起，对不起，我走错地方了。"闻月慌忙起身道歉。

纪则临看她满脸通红，反而笑了："没关系，也是巧合。"

"纪先生，实在抱歉，浪费您一杯茶。"闻月抱着包，除了道歉，不知道还能说什么，既然走错了地方，她也不能再待下去了，"耽误您时间了，我……现在就离开。"

一个乌龙，纪则临倒不会去计较，他看闻月慌慌张张的，大概是急着去南苑8号别墅，便没有拦她，喊了李妈送她离开。

闻月走后，纪则临才发觉自己手上还拿着她的简历，她走得急，忘了要，他也忘了还给她。纪则临扫了一眼简历，闻月本科是在江城外国语大学读的，保研到了青大，今年研一。现在是十月份，她刚来青城不久。他又看了一眼她的籍贯，果然是南方人。扫完文字信息，纪则临的视线重新落到闻月的证件照上，尽管她上镜，但相机并没能把她的美貌百分百还原。纪书瑜说的没错，她的确比之前来的几个家教漂亮。

因为以前不愉快的经历，他对她本来还抱有防范之心，现在看来完全没有必要。她没有撒谎，她是真的对他不感兴趣。

闻月从北苑8号别墅出来后，匆匆赶去了南苑8号别墅。到了那里，她连连和主人道歉，幸好对方大度，没和她计较迟到的事。

面试进行得还算顺利。因为有师姐的举荐，加上她本身发挥得不错，主人家觉得她保研上的青大，成绩优异，就没多犹豫，当场同意让她接替李帆的家教工作，下周开始可以正式来上课了。

面试结束后，闻月和之后要辅导的对象见了一面。对方是个刚上初一的女孩，叫孟雅君，人挺有礼貌的，还没正式开始上课，就喊她"闻老师"。

看着孟雅君，闻月想起了纪书瑜，明明年纪更小，却趾高气扬的。还有纪书瑜的舅舅，闻月的脑海中浮现出了纪则临端坐在沙发上看她的模样，好整以暇的，是一种上位者才有的从容和闲适。虽然从头到尾他都极讲礼仪，堪称绅士，但闻月还是敏锐地察觉到了他客套之外的疏离，估计一开始，他的确怀疑她登门是存有非分之想的。

青城这座城市历史悠久。闻月来这儿读书之前就听人说过，这里的小康家庭都是祖上富过的，更别说现在还飞黄腾达的，其家族背后的势力一定是盘根错节的。

闻月的圈子一直很单纯，她上大学之前和父母生活在南方的小镇上，大学在省内的学校就读，没和大富大贵之家的人打过交道，不知道他们的圈子是怎么样的，真到了人人都提防、谁都不能相信的地步吗？她不理解，也没有去深究，反正今天是误打误撞，以后没意外的话，她和那位纪总是不会有交集的。

和孟雅君打了招呼、认了脸后，闻月就离开了别墅。今天一上午兵荒马乱的，还出了个大乌龙。等万事落定，她才松了一口气，感到轻松了些。

十月份，北方入了秋，行道树开始泛黄、落叶，却不显寒瑟。秋阳高照，日光下的景象呈现出一种油画般的质地。

闻月跟着导航的指示走，打算去最近的公交站搭车。早上赶时间，她没心思观察周围的环境，现在一打量，才发现别墅区风景优美，和一些公园相比也丝毫不逊色。

走了一段路，一个湖泊映入眼帘。今天天气好，湖面在阳光下闪着粼粼波光，还有不知名的鸟在盘旋掠食。闻月忍不住驻足观看，过了一会儿拿出手机对着湖泊拍了张照，准备把照片发给母亲时又犹豫了。

七月份，父亲突发心梗离世，母亲至今还不能接受这个现实。他们一直都很恩爱，说好了白头偕老，却有人先离开了。现在，只要看到世间美好的事物，母亲都会想起她的丈夫。闻月不想刺激母亲，尽管她的本意是分享。她转而点开父亲的微信，去听他给自己发的最后一条语音消息。

"月月，爸爸值班要结束了，等我回去，给你带你最爱吃的酒酿圆子。"

那一天是极为普通的一天，收到父亲发来的消息时，闻月正在家里翻译文稿，她满心期待着他带酒酿圆子回来，还和母亲计划着等他下了班回家，晚上一家人去逛逛庙会。可惜天不遂人愿，她们最后等来的却是父亲昏厥，被送进医院急救的消息。

从小，闻月就觉得自己的父亲是天底下最好的人，他爱护妻子，宠爱女儿，关爱学生，小镇上任谁提起他都要夸一句"好男人"。他是她的启蒙老师，也是她的知心朋友，他从来不会拿父亲的威严逼压她，反而理解、尊重她。

只是生离死别往往是无常的。父亲离世后，母亲病了好一阵子。闻月尽管也十分崩溃，却不得不坚强起来，否则母亲会更加一蹶不振。距离父亲去世不到三个月，余痛仍在，闻月鲜少在人前流露出悲伤的情绪，只有在独自一人的时候会偷偷听一听他生前的声音。

闻月把刚才拍的照片发给了父亲，回答她的却是永久的沉默。

她在湖边站了十分钟，正打算离开时，忽然感到脚边有什么东西在蹭着自己。她悚然一惊，还没低头就下意识地往边上退了一步，再去看时，才发现是一只萨摩耶。萨摩耶小小的，还不是成犬。闻月不知道这狗是哪儿来的，抬头四顾，就看到不远处正向自己跑来的纪书瑜，以及跟在她身后不紧不慢地走着的纪则临。

"Yummy，你怎么乱跑，要是遇上了坏人怎么办呀？"纪书瑜跑过来，一把抱起了小狗，抬头一脸防备地看着闻月。

闻月不明白，这个小女孩怎么就对自己这么有敌意？

纪则临走过来，看到一大一小两个人对视着，先教育了纪书瑜几句，让她遛狗要拴绳，再回头看向闻月："抱歉，没看好狗，吓到你了。"

仅仅一个上午，这位纪总已经道了两回歉了，闻月自知没这么大的面子，不过是他教养好罢了。再者说，这里还是青水湾的范围，他们这些房主出来遛狗很正常，她才是外来客、打扰他们的人。

"没关系的，小狗很可爱。"闻月客气道。

纪则临的目光从她脸上扫过，见她眼尾微红，猜她是家教面试没过。

"早上你忘了拿走简历，我让李妈送出去的时候，她已经追不上你了。"纪则临顿了一下，问，"不知道是不是影响了你的面试？"

闻月没想到纪则临会记挂这种小事，摇了摇头，说："没有，我打印了两份简历。"

"面试……"

"很顺利。"闻月淡淡一笑。

纪则临颔首，既然不是因为面试哭，那就是有别的伤心事。他无意窥探别人的隐私，也就点到为止，不再多问。

他们舅甥俩要遛狗，闻月觉得自己再待下去也尴尬，便就上午的乌龙再次道了歉，离开了湖边。纪则临目送她的背影，很快收回了视线。

回到学校，闻月先去食堂吃了饭，回到寝室时，只有室友陈枫在。她一见着闻月，直接问："怎么样，早上的面试？"

"还算顺利。"

"还算？"

闻月放下包，把上午的乌龙简单地和陈枫讲了一下，惊得陈枫大叹："青城姓纪的有钱人可不是一般人物啊。"

闻月不解。

"也是，你刚来青城，不了解很正常。"陈枫拉了把椅子坐下，一副要和闻月好好说道说道的模样，"青城本地有很多大企业，其中最出名的就是纪氏，资产雄厚，产业众多，在国内外都有业务。"

"青城市中心的'三叉戟'，知道吧？"陈枫问。

闻月点头。

"就是纪氏的。"

闻月刚来青城的时候，学院研究生新生聚会，一群人一起去市中心吃饭，从吃饭的餐厅正好能看到位于黄金地段的三栋摩天大楼。当时，本地的同学给他们介绍过，说这三栋楼算是青城的地标建筑了，因为并排而立、高耸入云，本地人就谑称为"三叉戟"。"三叉戟"现在已经成为青城的打卡地了，凡是来青城旅游的人，都会来拍一张手执"三叉戟"的打卡照。

那天聚会结束，好多同学跑去拍照，闻月没拍，只站在楼下看着。灯火辉煌的高楼并列在一起，的确像是一件颇具震慑力的武器。那时她就在想，不知道操纵这把"三叉戟"的波塞冬^①会是谁。

闻月突然想起了北苑 8 号别墅的那个男人，他这么年轻，不至于吧？

陈枫来了兴致，拉着闻月给她讲自己道听途说的有关纪氏集团的种种传闻，刚说完发家史，就有人给闻月打来了视频电话。

陈枫扫了一眼闻月的手机，打趣道："小骁子又来请安了。"

任骁是闻月的男朋友，闻月刚来青大没多久，任骁就寄了很多江城的特产给她的室友们，拜托她们多多照顾她。开学至今，他雷打不动地天天给闻月打视频电话，有时候还会和她的室友们聊几句，所以，尽管没真正见过面，但大家也算认识了。

室友们调侃任骁是远在江城，担心自己的女朋友会遭别人惦记，被人追走了，所以天天打视频电话刷存在感。闻月对室友们的揶揄总是一笑置之，她知道任骁是极为信任自己的。

接通后，任骁上来就问："月月，早上干吗了，想我了吗？"

陈枫被激得起了一身鸡皮疙瘩，搬起椅子回到自己的位置上，远离恋爱的酸臭味。

闻月已经习惯了任骁的直白，只是微微一笑，说："早上我去面试家教了。"

———————————

① 希腊神话中的海神。

"怎么样，过了吧？"

"嗯。"

任骁咧嘴笑了："我就知道你肯定没问题的，但是你会不会太累了？又要学习，又要兼职。"

闻月轻轻摇头："我会兼顾好的。"

"月月，你一定要照顾好自己，别太辛苦。不要忘了，你还有我这个男朋友可以依靠呢。"任骁指了指自己。

闻月莞尔："嗯。"

任骁看着屏幕里的闻月，大概是因为今天有面试，她化了妆，让本就鲜妍的脸更加生动明丽了。眼前人是心上人，只能看，不能亲近，他心里痒痒的。

"月月，我们都一个多月没见过面了，我好想你啊。"任骁撒娇似的，说着凑近屏幕，"要不我买张机票，飞过去看你吧？"

闻月问他："你不用上班了吗？"

"大不了不干了，反正我早就看我那堂弟不顺眼了，在他家公司待着也憋屈。"

任骁本科读的是江城大学，学的是计算机，大四的时候他也想考到青大来读研，但是落榜了。他的父母和闻月的父母一样，都是老师。不同的是，闻月的父母在小镇上任教，而任骁的父母则在市里的学校就职。

大学毕业后，任骁听从父母的安排，去了自家叔叔的公司工作。他叔叔有个儿子，只比任骁小一岁，从小到大，他们两个就常被拿来对比。学生时代，任骁学习好，总是压他堂弟一头，但毕了业，他这个高才生还得去叔叔家的公司工作，为此还被他堂弟嘲讽过，这件事一直都挺让他郁闷的。

闻月知道他的心结，柔声开解道："你不是说要好好干，做出成绩，让你叔叔都觉得你能干，再让他儿子向你学习吗？"

任骁刚才其实也就是随口一说，还没打算真撂挑子。他托着腮，一脸幽怨："国庆跟着我叔去出差，都没能去青城看你。"

闻月思忖了一下，说："等期中过后，我会回趟江城，到时候就可以见面了。"

任骁的眼睛霎时就放光了："什么时间？我现在就开始倒计时。"

闻月笑了："我看看课程安排，定下了和你说。"

任骁眉开眼笑，乐呵呵道："行，到时候我给你买机票。"

闻月每回和任骁视频，多是他说她听。他健谈，能从早饭吃什么说到午饭吃什么，就是上班路上遇到的一条流浪狗，他也能形容两句。今天为了面试，闻月起得早，任骁见她犯困，才止住了话头，催她去午睡。

陈枫等闻月挂了视频电话，忍不住感慨了一句："你和小骁子的性格完全不一样，他话多得很，你又这么文静，你们俩能成一对，挺神奇的。"

闻月不是第一回听人这么说。任骁跳脱，她却稍显安静，知道他们在恋爱的朋友都说他们俩的性格截然不同，一个如火，一个似水，就是她自己有时候也觉得奇妙。

闻月理想的伴侣是像父亲那样的人。自她有记忆以来，就没见父母吵红脸过。父亲曾和她说过，母亲是全世界最与他投契的人。他们不仅是事业上的伙伴，更是精神上的伴侣，即使物质上并不十分富裕，却有本事将日子过得温馨又从容。闻月很向往父母那样的爱情，但也深知，这样的感情是很难得的，所以宁缺毋滥。大学期间，她不乏追求者，但一直没有人能走进她的心里。一开始，任骁也没有。

闻月和任骁大学不同校，会认识是机缘巧合。大三那年，任骁找了闻月当时的室友帮忙翻译一篇外刊文献，室友本来答应帮这个忙，但后来室友家里出了事，腾不出时间，就请闻月救急。闻月接的翻译稿多是偏向文学类的，其次就是影视翻译，那次是见室友着急，才接下了任骁委托的活。她花了一个礼拜，把文献翻译成了中文，传给了任骁。任骁千感谢万感谢，之后还特地请了她和室友吃饭。

那顿饭后，闻月就经常收到任骁发来的信息，她不是没被人追过，当下就知道他对自己有好感。但她对他并没有什么感觉，他实在太热情了，她常常招架不住，就和以前一样，只礼貌回应，并没有给他希望。

闻月对任骁的感情转变发生在大三下学期的期末。那时她正在撰写专业论文，需要用到一本已经绝版的英文专著，她问了老师，又去了各大图书馆搜寻，都没能借到这本书，无奈之下，只好发了条朋友圈求助。

闻月本来不抱什么希望，所以当任骁拿着绝版书来找她时，她非常惊讶。他看到了她的朋友圈，就发动自己的全部人脉来帮她找这本书，还在各种网站上发帖，重金求借这本书。功夫不负有心人，最后还真被他借着了。

书是青城的一个收藏家借出的，任骁知道闻月急用，特地飞了趟青城，亲自把书借了回来，第一时间送到了她面前。那一刻，看着风尘仆仆的任骁，闻月向来平静的心突然就泛起了涟漪。

父亲会为了母亲，不辞辛苦地去往全国各地收集琴谱，而任骁也会为了她想要的一本书，不远千里地奔赴青城。光是这一点，就是很多人都做不到的。

心动是一瞬间的事，那本专著是感情的催化剂。在那之后，闻月答应了任骁的追求，成了他的女朋友，他们交往至今。任骁阳光开朗，闻月含蓄内敛，他们两个一动一静，交往起来倒没觉得不合适。任骁是极会哄人开心的，就和开心果一样，和他在一起后，闻月的生活多了不少乐趣。父亲去世的那段日子，如果不是任骁，她想自己可能撑不过来。

他们交往了一年多，虽然目前异地，但感情并没有减淡。闻月很满意她和任骁现在的状态，虽然比不上父母的琴瑟和鸣，但她已经很知足了。

孟雅君的补习时间定在每周一、三、五的晚上。闻月次周周一坐车去了青水湾，面试那回踩了点，她这回就没再走错别墅。

第一节课，闻月先摸了一下孟雅君的底，发现她的英语能力很好，要说不足，也仅是写作水平稍有欠缺，但对她这个年纪的孩子来说，已经算很不错了。

陈枫之前说过，青水湾的住户很少招英语家教，因为住在这里的小孩基本上在国际学校读书，英语水平差不到哪儿去，有的甚至比大学生还好，她由此感慨英语专业的没落。任何专业加上英语出色就是王炸，但英语专业本身是个坑，孜孜矻矻地学个三四年，指不定都比不上有钱人家的孩子从小耳濡目染，又拿什么和人竞争？

闻月的父亲是中学的英语教师，她受他的影响，很小的时候就接触英语。当初报专业，她也听很多人说过，英语专业的就业前景不大好，小语种可能还吃香一些，英语专业完全没有竞争力，更别说她还要学翻译。以后是人工智能的时代，哪里还用得着人力翻译？

但闻月喜欢，她的父母便完全尊重她的意愿，让她学自己想学的，不必顾虑其他。过去二十几年，她有父母的护爱，凡事都是按照自己的心意去做，但现在父亲离世，母亲患病，她不得不暂且放下理想，回归现实。

因为是第一节课，闻月多辅导了孟雅君半个小时。九点半，她才下课。

从青水湾到青大只有一路公交车直达，闻月来之前查过了，最后一班车九点发车，她估摸着赶不及了，就拿出手机提前叫车。

别墅区僻远，好不容易有车接了单，司机打来电话说车停在了马路边上，是一辆打着双闪的黑色轿车。她应了声"好"，加快脚步往外走。

从别墅区的大门出来，闻月果然在路边看到了一辆打着双闪的车。她没有犹豫，走过去，直接打开了后座的车门，上了车。

纪则临正好结束一通工作电话，冷不丁车上上来了一个人，他警惕心起，立刻抬头往后视镜里看，没想到这位不速之客是闻月。

"师傅——"闻月刚想说自己的手机尾号，抬眼看清司机是谁后，吃了一惊，"纪先生！"

纪则临该庆幸她喊的不是"纪师傅"，他一只手搭着方向盘，略微回过头来："闻小姐，又见面了。"

闻月大窘，看清纪则临的第一秒，她就知道自己上错车了，他就算不是"三叉戟"的执掌人，也不至于出来开网约车。

"对不起啊纪先生，我上错车了。"闻月慌忙致歉。

纪则临看她窘迫懊恼的模样，想起了上回她进错别墅时的场景，那时她的反应和现在如出一辙。

"没关系，又是个巧合。"纪则临极轻地笑了一下，说，"看来我和闻小姐还算有缘。"

闻月仔细分辨了一下，纪则临这话听上去不像是刺探，也没有讽刺意味，似乎只是个玩笑，没有恶意。她不知道接什么好，只能客气一笑，一只手搭上车把手，再次歉然道："纪先生，打扰了。"

说完，她迅速推开车门下了车。

纪则临见她匆匆忙忙的，好像他是洪水猛兽，不由轻呵一声。闻月看着是娴静稳当的人，却好像不太机灵，脸皮还很薄。

闻月下车后左右看了看，才看到停在纪则临这辆车后头十米远处的一辆打着双闪的黑色轿车。她这次不敢马虎，认真对了车牌号才上车。

司机师傅眼看着闻月从前边的车上下来，一琢磨，立刻明白了："姑娘，你是上错车了吧？"

闻月有些不好意思："嗯。"

"那可是挺贵的车啊，我都不敢靠近了停车，怕一不小心蹭到了，把家底都赔进去。"师傅"啧啧"感慨着，话里话外似乎在笑话闻月没有见识，那样的名车都敢当网约车坐上去。

夜色黑，闻月刚才也没注意打量，仅凭着车身的颜色和双闪的车灯就上了车，结果闹了个乌龙，偏偏对象又是纪则临。

这已经是她第二次在他面前丢脸了，再有一回，他怕是又要怀疑她心怀不轨，别出心裁地制造一次又一次的巧合了。闻月轻叹一口气，想着之后再来青水湾，还是要谨慎小心一点儿，不能再这么马虎了。

闻月没在北方生活过，来到青城后，一开始还很不习惯。不过无论南北，大学校园生活是大差不差的，一个月的时间，她也渐渐开始适应了。

闻月的导师陈晓楠是国内知名的译者、学者，翻译过很多著作，她在青大任教二十余年，教导过一届又一届的学生。今年，陈晓楠带了两个新生，除了闻月，还有一个叫周兆龙的男生。他们之上，包括博士在内，还有五个师姐、两个师兄。

研究生的学习方式和本科的不同，主要靠自觉，导师给书目，学生花时间去阅读，导师和学生鲜少在课堂上见面，多是私下找时间交流。

陈晓楠每周都会抽时间和学生面谈，一是了解学生的学习进度，及时给予指导，二是关心学生的生活。她虽然是个治学严谨的老师，但不是个不近人情的长辈，相反，对待几个学生，她总是和善友好的。

周五，陈晓楠照例找了几个学生来开组会，聊了聊近况。组会临结束前，她询问他们明天有没有空，愿不愿意跟她一起去看望一下她的老师。老师的老师，自然是个更有分量的人物。闻月的眼睛霎时亮了。

陈晓楠师承翻译名家王瑾珍，在笔译界，没有人不知道这个名字，尤其是翻译专业的学生，学的都是她编著的教材。她的译作十分出名，就算不是本专业的学生，文学爱好者也大多看过她的作品。

闻月仰慕王瑾珍已久，她选择来青大读研，很大一部分原因就是王瑾珍。她是青大的教授，但现在年事已高，退休后就不再带学生了。

闻月之前问过李帆师姐有没有见过王瑾珍，师姐说还没有机会，王瑾珍现在不任教，都不来学校了。开学初，陈晓楠倒是提过以后有机会会带他们去见见王瑾珍，但一直没有成行，今天还是她第一次确定说要带学生去看望王瑾珍。

组会结束，几个人道别了陈晓楠，一起离开了小教室，约着去食堂吃饭。虽然不是同级生，但因为是同一个导师，他们之间有着同门的情谊，就亲近些。饭桌上，大家聊起了明天去看望王瑾珍的事，言语间都有些兴奋。

一个硕博连读的师姐说自己倒是见过王瑾珍几回，她退休后偶尔还会回校开开讲座，就是这两年大概是身体不好，不怎么露面了。

"王老师真的很有气质，看着就是文学造诣极高的知识分子。"博士生师姐说。

"我之前看过老师的采访，那谈吐，真是一般人学不来的。"李帆说完，忽然看向闻月和周兆龙，问，"你们听说过王老师要我们陈导给她外孙介绍对象的事吗？"

她刚问完，桌边除了闻月和周兆龙，其他人都不约而同地笑了。

闻月和周兆龙摇了摇头。

李帆兴致勃勃地说："这是我们师门的笑谈，我研究生入学的时候，师兄师姐讲给我听的，现在我再和你们讲讲。几年前，王老师的外孙从国外留学归来，王老师就操心上了他的终身大事，我们陈导又是王老师的得意门生，就被委以重任了。"

"当时几个单身的师姐都去见过王老师的外孙，但是人家没那个想法，还开玩笑问其中一位师姐，和他相亲能拿几个学分。"李帆说到这儿，忍不住哈哈大笑，"拿学分，亏他想得出来。"

其他师姐、师兄也笑，周兆龙说："王老师虽然是学术大拿，但是在爱给晚辈牵红线这点上，倒是和我奶奶一样。"

"在家人面前，她也只是普通老太太啊。"李帆饶有兴趣地接着说，"听说王老师的外孙长得特别帅，几个师姐本来是听陈导的话，去吃顿饭敷衍了事的，但最后都对他印象不错，否则也不会拿这事出来讲。"

李帆感慨了一句："也不知道明天能不能见到这位传闻中的帅哥，好看看到底值几个学分。"

几个人心领神会地笑开了，闻月也合群地微微一笑。不过她倒是不好奇这个笑谈中的男主人公，反而期待能早点儿见到王瑾珍。

隔天午后，闻月稍微打扮了一下，因为要去看望王瑾珍，她难掩激动的心情。从中学开始，她就期望着有一天能见见这个偶像。

陈晓楠说王瑾珍这几年身体不太好，搬到了郊外居住。郊区环境好，空气清新，适合养病，唯一不便的是离市区远。陈晓楠有一辆车，一个博士师兄家住本地，开了一辆车过来，他们师门几个人分坐两辆车，上午就出发前往郊外。汽车行驶了近两个小时，开进了一片宽阔的草地。在看到这片地界上唯一的一栋建筑时，车上几个人纷纷唱叹了一声。

周兆龙看着车窗外那栋欧式宫廷风的建筑，瞠目结舌："这是哪儿啊？"

"落霞庄园。"李帆也露出惊讶的表情，"这个庄园很有名的，我之前在网上看过照片，说是私人住宅，不让参观。"

闻月来青城不久，没听说过这个庄园。看着富丽典雅的建筑，她也有些惊叹，不由想起了以前看过的小说里描写的庄园。

"王老师住这儿？"李帆讷讷道，"金字塔顶端的译者……这么挣钱吗？"

开车的博士师兄哂笑："想多了，王老师的稿费虽然比普通译者高，但也没那么离谱。靠那点儿稿酬，怎么可能买下这样一座庄园？"

李帆：“那是……”

博士师兄说：“陈导以前说过，这是王老师的外孙买下来的，特地接了王老师过来住。”

周兆龙追问：“王老师的外孙是做什么的啊，这么有钱？”

“说实话，我也不太清楚，毕竟这是王老师的家事，不好和陈导打听。”博士师兄顿了一下，接着说，“但是之前听和他相亲过的师妹，就是你们一个已经毕了业的研究生师姐无意中提过一嘴，说他姓纪，在纪氏集团任职，具体什么职位，她也不知道。”

在青城，“纪”这个姓氏实在特殊，且他又是在纪氏工作，那铁定和纪家多少攀点儿关系。能买下这么大一座庄园，可见财力雄厚，他的职位肯定不会低。

“纪氏集团的高管，我也只认识一个纪则临，王老师的外孙该不会是他吧？”李帆语气谑然，显然是在说笑。

“纪则临？纪氏集团现任老大？”周兆龙问道。

“是啊。”李帆接道，“之前新闻不是总报道他吗？说他年轻有为，回国才几年就把他二叔挤下了台，坐上了一把手的位置。”

“要真是纪则临，那能买下这座庄园也就不奇怪了。”周兆龙说。

“那可不，现在青城谁还能比他有钱啊？”

闻月从来不关注青城的企业新闻，今天还是第一回听到纪则临的名字，无端地，她想起了那位纪先生。之前去北苑8号别墅，那里的阿姨喊他“纪总”，她一直觉得他这么年轻，可能就是个部门总经理，但现在听了李帆和周兆龙的话，心里不由打了个突突。

两辆车先后到了楼门前，有侍者上前帮忙泊车。下车后，陈晓楠才向学生说明，之所以带他们来看望王瑾珍，是因为今天是她老人家七十岁的生日。她昨天没有明说，是担心他们知道后焦虑，跑去买什么贺寿的礼品，老太太一贯是最不喜欢这些虚礼的。

王瑾珍教学几十年，桃李满天下，前来贺寿的不只是陈晓楠师门几个人，还有很多学生，及学生的学生。尽管有心理准备，但大家跟着陈晓楠进入宴客厅，看到一众人时还是惊呆了。

李帆挽着闻月的手，左右观望了一下，压低声说：“王老师果然是德高望重，过生日来这么多人，天哪，好多大前辈在这儿，今天真是见世面了。"

闻月在宴客厅里扫视了一圈，果然看到了很多翻译名家。这么多前辈齐聚一堂，实在是难得，由此可见王瑾珍的地位。

王瑾珍头发花白，但盘得齐整，她戴着一副银丝眼镜，着一袭黑色旗袍，肩臂处搭着一条暗红色的披肩，端坐在上首的沙发上，噙着得体的微笑，面对着前来道贺的众人。岁月不败美人，她看上去仍十分优雅端庄。

陈晓楠走上前去，熟稔地喊了一声"老师"，再朝几个学生招了一下手，示意他们近前来。几个后辈恭恭敬敬地问了好，陈晓楠还特地介绍了闻月和周兆龙，说他们是新收的徒弟。

王瑾珍很和蔼，轻声细语地和他们说了几句话，又问闻月和周兆龙是哪里人，他们俩分别回答了。在得知闻月是江城人时，王瑾珍露出了惊喜的表情，说自己年轻的时候曾在江城一个叫落云的小镇住过一年。

闻月微微讶异："我的家乡就是落云镇。"

"是吗？那可是巧了。"王瑾珍看上去颇高兴，"落云镇是个很有诗意的地方，'烟柳画桥，风帘翠幕'，住在那儿会让人心情愉悦，我人生中的第一本诗集就是在那里译就的。"

"当时我在镇上租了个房子住，房东夫妇经营一家豆腐坊。他们都是热心肠的人，平时很照顾我，知道我出国留过学，会说英语，就央请我教教他们儿子。

"几十年前，小镇的学校还没开设英语课，我领受了他们的好意，自然要有所回报，就答应了请求，翻译诗集之余，教他们的孩子学习英语。

"说起来，那时我还没去青大任教，那个孩子算是我的第一个学生。"

闻月听到这儿，大为吃惊。她的爷爷奶奶在落云镇卖了一辈子的豆腐，赚了点儿小钱后就开了家豆腐坊。她曾经问过父亲，为什么会选择学英语，他说小学的时候有个女作家住进了家里，是这位女作家启发了他对英语的兴趣。

"王老师，您教的那个孩子是叫闻鸿飞？"闻月试探着问道。

王瑾珍眼眸一亮，盯着闻月仔细瞧："鸿飞是你的……"

"他是我爸爸。"

王瑾珍吃了一惊，转而笑道："你姓闻，又是在落云镇长大的，我刚才就应该反应过来，多问一句。"

闻月仍觉不可思议："爸爸以前和我说过，他的英语启蒙老师是一位文采斐然的女作家，我不知道居然是您。"

"我那时候都是用胡诌的笔名和人打交道的，你爸爸只知道 Miss. Wang，不知道王瑾珍。"

王瑾珍朝闻月伸出手，闻月迟疑了一秒，走上前，抬起手搭上去。

"你的爷爷奶奶还好吗？还在经营豆腐坊？"

闻月摇了摇头，轻声回道："奶奶身体不好，在我十岁那年就去世了，爷爷前年也走了。爷爷走后，豆腐坊就不开了。"

"人啊，就像草木一样容易凋零，尤其上了年纪，早晚要叶落归根。"王瑾珍感慨一句，继而问，"你爸爸呢，他怎么样了？"

闻月心头一恸。老一辈离世尚且是人生规律，但父亲五十不到，中年突发疾病去世是件令人心痛的事。今天是王瑾珍的生日，闻月不想让她平白添一桩伤心事，便强笑道："他……挺好的，因为您的教导，他喜欢上了英语，后来成了镇上中学的一名英语老师。"

王瑾珍闻言倍感欣慰："无心插柳，没想到他和我成了同行。以后有机会，我要再去落云镇一趟，见一见他这个学生。"

闻月心里悲痛，这时候也只能笑着点头。

陈晓楠没想到自己的学生和自己的老师还有渊源，便笑着对王瑾珍说道："闻月的爸爸是老师的大弟子，她现在又成了我的学生，你们真是缘分不浅啊。"

王瑾珍深以为然。人老了就会记挂起故人旧事，她虽然教了闻鸿飞不到一年，但他是她的第一个学生，意义自然不同。闻月是他的女儿，她看闻月就亲切些。

"喜欢笔译？"王瑾珍问。

闻月点了点头。

"你选晓楠当导师，是喜欢文学翻译？"

"是的。"

王瑾珍看着闻月，眼神慈爱，她抬起另一只手，轻轻拍了拍闻月的手，说："以后有时间多来看看我，我们能一起交流交流。"

此言一出，宴客厅里的人纷纷露出讶异的神情。王瑾珍退休后就不再带学生了，这几年她身体不好，很少见人，就是陈晓楠这样的得意门生，想见她一面都不容易，她现在主动邀闻月来家中交流，的确让人惊讶。

"闻月功底好，您有心，多提点提点她。"陈晓楠顺水推舟，说完，示意闻月，"和老师学习的机会很难得的，闻月，你要好好珍惜。"

闻月今天本来只是想来看望一下王瑾珍，没想到还会有意外收获。能和王瑾珍交流，她着实高兴，遂由衷地道了一句："谢谢王老师。"

"哎，叫错了，你得喊老师一声'师奶奶'才对。"陈晓楠打趣道。

"闻月的爸爸是王教授的学生，她自己又是陈老师的学生，叫'师奶奶'说得上是名正言顺。"边上有人附和着笑道。

王瑾珍的几个友人也都是从事翻译工作的，他们调侃王瑾珍徒子徒孙众多，学生又带学生，现在她俨然是师门的祖师奶，被人尊称一声"师奶奶"也是当得起的。

"什么'师奶奶'？"就在众人笑谈"师奶奶"这个称呼的合理性时，一个男人从外头走进来。他穿过人群，径自走向最上首的沙发边。

男人甫一出现，宴客厅里诡异地安静了两秒，很快响起了一阵抽气声。

纪则临先是看向自己的外祖母，随后目光一转，看向了被外祖母握着手的人。不是生面孔，相反，最近这段时间，他们已经碰见过两次了。今天这回，她总不至于来错了庄园。

闻月看到纪则临的那一刻，双眼微瞪，一脸讶然。她没想到那位纪总真是王瑾珍的外孙，这个世界居然这么小。

王瑾珍看到纪则临，露出了一个埋怨的表情，亲昵地数落道："不是说要早点儿过来，怎么客人都到了，你才来？"

"临时有个会议推不了，会议一结束，我就赶过来了。"纪则临似在讨饶。

王瑾珍没和他计较，问："书瑜呢？"

"我让人去接她了，过会儿就到。"

纪则临说完，转头看向闻月。目光相触的瞬间，她先一步躲开了视线，好像怕他认出她一样。王瑾珍以为他是在疑惑闻月是谁，便简单地介绍了一下闻月，顺带提了自己和闻月父亲的关系。

纪则临知道闻月的父亲是王瑾珍的第一个学生后，稍感意外，很快便看着她，不徐不疾地说了一句："真是巧了。"

平常的一句话，闻月却好像听出了深意，不由想起了那晚上错车，他玩笑说他们还算有缘。

王瑾珍七十岁的生日宴，场面规格自然不会小，除了她的一些好友、同行、学生及学生的学生，还有一些消息灵通的企业家打听到了消息，特地来了庄园。那些商人说是来给老太太贺寿的，其实是找准了机会来和纪则临谈生意的，纪则临知道他们目的不纯，但面上也得应付一二。

这场生日宴明面上的主角是王瑾珍，大家谈论得最多的却是纪则临。纪则临的名头这两年在青城格外响亮，即使是不关注企业新闻的人，多少也听过他的名字和事迹。他在事业上格外高调，但是私生活很隐秘，外界唯一确切知道的是他父母早年因事故去世，留下了他和一个女儿，其余的皆属于小道消息，不能全信。

王瑾珍虽然是翻译界的大拿，但盛名也就在圈子内，圈子外的人是不太关注的。她本身就是个行事低调的人，纪则临这两年声名鹊起，她并没有对外大肆宣扬他是自己的外孙，这事只有身边很亲近的人知道。今天算是他们祖孙俩第一次在大场合齐齐露面，也不怪那么多人惊讶。

宴会开始，所有人移步户外。纪则临提前嘱咐人在花园里布置了场地，午后阳光尚好，这时节不冷不热，倒适合交际。他携着王瑾珍上台说了几句感谢的话，又开了一瓶香槟，让所有客人随意、尽兴。

宴会是自助式的，陈晓楠去陪王瑾珍说话，她的几个学生就聚在一起吃东西、聊天。

李帆看着不远处端着酒杯与人交谈的男人，"啧啧"感叹："我就那么随口一说，还真说中了，纪则临居然真是王老师的亲外孙！"

周兆龙也处于震惊中，觉得意外，又觉得在情理之中："难怪这么大的庄园说买就买。"

"我算是知道为什么之前的几个师姐都对他念念不忘了，要是我我也忘不了，纪则临啊，就算不给学分也值啊。"李帆说完看向闻月，寻求认同，"小月，你说呢？"

闻月不置可否，只是笑了笑。她其实也很吃惊，早上她只是那么胡乱一想，没想到歪打正着，猜对了，北苑 8 号别墅的纪总真是纪则临，是那个操纵"三叉戟"的波塞冬。

"他这样的条件，怎么会需要人介绍对象？就算不看身家，光看外貌也很抢手啊。"李帆嘀咕道。

"他再优秀，在王老师心里也只是外孙，不是总裁。老一辈嘛，都喜欢给小辈说亲。"周兆龙玩笑道，"不知道王老师现在还有没有让我们陈导再介绍人，不然你们还能去和纪总相个亲。"

李帆摆手："我有自知之明，人家指定看不上我，如果是小月，倒是可以去试试。"

她这话一出，几个同门的目光都落在了闻月身上。

闻月是个典型的美女，三庭五眼都长得极为标致，她刚入学的时候，陈晓楠就说收了个特别漂亮的小徒弟。入学不过一个多月，学校里就有很多男生打听她，要不是知道她已经有男友了，他们是不会罢休的。

"还真别说，小师妹漂亮，现在又被王老师青睐，指不定能成。"一个师兄说。

李帆觑了闻月一眼，赶紧找补解释："我就开个玩笑，小月是有男朋友的。"

"我也就说说。不过闻月，你和王老师是真有缘分，她居然教过你爸爸。"师兄说。

闻月接上话说："我也没想到，王老师居然就是我爸爸的英语启蒙老师。"

"王老师喜欢你，还让你多来和她交流，有她提携，你以后肯定不愁就业。咱们两个同一届的，入学才一个月，差距就拉开了。真羡慕你，命好。"周兆龙的语气虽然没什么异样，但说的话有些酸。

能和王瑾珍这样的前辈交流，是年轻学生想都不敢想的。闻月被王瑾珍看中，又允诺要亲自教导她，今天在场的许多人嘴上不说，心里其实是艳羡的。闻月听出了周兆龙言语间的不甘，这是人之常情，她也不生气，笑着应了一句："的确是我运气好。"

王瑾珍的生日宴办得极为热闹，纪则临知道老太太喜欢看戏剧，特地请了一个有名的西方戏剧团来庄园演出。剧团在庄园的小剧院演了场《罗密欧与朱丽叶》，这是出悲剧，但王瑾珍不是老古董，她不讲究意头好坏，只管看得高兴。

莎士比亚的戏剧闻月看过数遍，再看还是津津有味。戏剧看到一半，任骁打来电话，她和边上的李帆说了一声，悄悄地离了场，在连接小剧院和主楼的外廊上接通了电话。

任骁打电话来其实没什么特别的事，和往常一样和她分享些日常小事，再就是抱怨他堂弟狗眼看人低，他在他叔叔的公司里待着憋屈。

两个人异地，闻月只能口头上安慰他几句。好在任骁的情绪来得快去得也快，听了她几句好话，他又乐呵呵的了。

闻月和他聊了十来分钟，挂断电话后，看戏的兴致大减，反而被外面的景色吸引，也就没有立刻折返回剧院，而是站在外廊上眺望着远处的风景。

午后时间过得快，戏剧开场时，天色还亮堂，现在日头西斜，已是黄昏了。从外廊往天际远望，红霞彤彤，如火烧锦缎，这个庄园被冠以"落霞"的名字，当真贴切。

闻月盯着天际的云霞看得出神，蓦地想起了小时候，他们一家经常在傍晚时分到天台上看云，父母会给她讲许多故事，她也会告诉他们自己在学校里的趣事。落云镇的晚霞和现在看到的一样，红得绚烂，只是那样无忧无虑的时光再也回不去了。

戏剧开场的时候，纪则临在应酬。一下午，他不仅要招待前来攀谈的客人，还要应付生意场上的人。到了傍晚，他好不容易才找了个借口，脱开身出去透一口气。

从宴客厅出来，他绕到了长廊上，正琢磨着等下要怎么和那些人周旋，转眼就看到了闻月。她独自站在廊上，失神地看着天边，神情隐隐落寞。纪则临想起他们第一次见面那天，在青水湾的湖边，她也是这种神情。

闻月看着天边失神，忽然听到了动静，回过神才注意到不知道什么时候出现的纪则临，以及正在和他攀谈的女宾。她微微讶异，很快又觉得他们在那儿说话，自己站着不太好，正想走，却被喊住了。

"闻小姐。"纪则临客气地和那个女宾点头致意，随后径自走向闻月，压低声说，"陪我站一会儿。"

闻月不明所以，再看向那位女宾，顿时明白了。

"她走了。"闻月过了一会儿说。

纪则临回头，长廊上果然没别人了。他抬起手，松了松领带，再看向闻月，随口解释道："应酬了一下午，我现在不想和人周旋。"

闻月不知道他不想周旋的人是不是也包括自己，但她的确没有再待下去的必要。

"戏剧不好看？"

闻月身子刚动就听纪则临问自己话，她只好再次站定，老实地回道："没有，我出来接个电话。"

纪则临点了一下头："你在这儿站了有一阵了，在看什么？"

闻月纳罕，纪则临怎么知道她在这儿站了多久？她抬起头，对上了他直勾勾的眼神，心头一跳，很快别开眼说："今天的晚霞很漂亮。"

"是很漂亮。"纪则临回过头，看向了天边的云霞。

闻月和他不熟，并肩站着也尴尬，但直接走人未免不礼貌。她踌躇片刻，委婉地问："纪先生不去看戏剧吗？"

"我还要回去应酬。"纪则临微皱眉头，几不可察地叹了一口气，说，"本来以为能来老太太这儿偷个清闲，没想到还是躲不过。"

闻月听他言语间透着一股怨气，一时惊讶，又觉得好笑。没想到堂堂纪氏集团的总裁也会因为应酬头疼。

"纪先生年轻有为，想结识的人自然就多。"闻月拣了好话来说。

"他们想认识我，只是因为我姓纪。"

闻月见纪则临神色微沉，思忖了一下，开口说道："'姓名本来是没有意义的，我们叫作玫瑰的这一种花，要是换了名字，它的香味还是同样芬芳'。"

纪则临神色一动，看闻月的眼神忽地像是不见底的深潭，越发幽深："看来闻小姐很喜欢《罗密欧与朱丽叶》。"

闻月听他这么一说，才惊觉自己引用不当。这句台词是朱丽叶在花园里表达对罗密欧的喜爱时说的，往下的台词是"罗密欧要是换了别的名字，他可爱的完美也不会有丝毫改变"。她在这个时候说这句台词，就好像把纪则临当成了罗密欧，在向他表白一样。

闻月没想到纪则临一个生意人对戏剧也这么耳熟能详，顿时窘迫。她张嘴想解释，但是又不知道能说什么，话已出口，再怎么补救都会越描越黑。

纪则临看着闻月渐渐红了的耳朵，轻轻勾了一下唇。这几次见面，她都在他面前露出了这样微微窘迫的表情，而他竟然不觉得愚笨，反而觉得有意思。

王瑾珍的生日宴一直到晚上才结束。晚宴后，纪则临安排车送客人离开。陈晓楠估摸着时间不早了，还要送学生回学校，就和王瑾珍道了别。

王瑾珍对着闻月招了招手，等她近前来才缓缓开口道："你别忘了，有空要常来看看我，如果嫌庄园太远，我可以让则临找人开车送你过来。"

纪则临闻言看向闻月，直接说："我每周都会来庄园，闻小姐要是有时间，我可以去学校接你。"

他说完这话，厅里一些人互相递了个眼神。

纪则临是王瑾珍的外孙，但也是纪氏集团的最高管理者，他主动提出给闻月当司机，不管是不是听从王瑾珍的话，都会让人有一丝遐想。

闻月如芒在背，垂下眼睑，委婉地回绝道："纪先生工作忙，就不麻烦了，市里到庄园外有直达车，我自己坐车来看望王老师就好。"

纪则临盯着闻月看了几秒，很快点了一下头，淡然道："也好。"

陈晓楠和王瑾珍说了几句话，就领着几个学生离开了。纪则临起身送客，庄园里的侍者已经把他们的车开到了门外，闻月来时坐的师兄的车，回去时也一样。

"闻小姐。"临上车前，纪则临喊住了闻月。他站在台阶上，等她抬头看过来，才开口道，"老太太很喜欢你，到时候还请你多来看看她。"

闻月回头看向纪则临，视线相触的瞬间，她忽然想到了傍晚的事，不由眼神闪烁了一下，无端不太自在。

"我会的。"她点头致意，转身上了车。

时至深夜，客人都离开后，落霞庄园一下子冷清了许多，白日里的喧嚣散去，剩下无尽的安静。纪则临送完人，回到宴客厅，王瑾珍抱着她养的那只纯白英短坐在壁炉旁，问他："人都走了？"

"嗯。"

"庄园里难得这么热闹，现在人一走，我还觉得空落落的。"

纪则临在边上的沙发上坐下，闻言笑了，说："您要是喜欢热闹，可以每天过生日，我请戏剧团来庄园里常驻。"

"哪有人天天过生日的？惹人笑话。"王瑾珍轻轻摇了摇头，说，"偶尔热闹一回就够了，天天这么闹，我也受不了。"

祖孙俩说话的时候，王瑾珍放在手边的手机突然响了起来，她拿起来看，对纪则临说："是筱芸。"

王瑾珍接通视频，那头的纪筱芸立刻凑近镜头，高声贺道："王瑾珍女士，happy birthday（生日快乐）！生日礼物我已经寄回去了，记得查收。"

"你心意到了就行，不用买什么礼物。"王瑾珍说。

"那不行，您七十岁生日我没能回去，要是再不送礼物，我哥该把我的皮扒了。"

纪则临坐在边上，冷哼一声："知道就好。"

纪筱芸没看到纪则临，听到他的声音也不意外，她朝王瑾珍吐了吐舌头，当面抱怨道："王女士，您看看您外孙，就知道教训我。"

"行啦，你们两个，多大的人了，还拌嘴。"王瑾珍捧着手机，喊来贴身照顾自己的陈妈，问，"书瑜睡了吗？"

陈妈回说："才洗了澡，我去把她叫下来？"

王瑾珍还没回答，纪筱芸就抢先道："别叫她了，那个小人儿等下看见我，又哭哭啼啼的。"

"小孩子想妈妈，很正常的事，你该多关心关心她。"

"有我哥关心就够了。"

"说的什么话？"王瑾珍稍稍不满，"孩子是你生的，你丢给你哥就算了，不能一点儿母亲的责任都不尽到。"

纪筱芸撇嘴："当初我就说了，把纪书瑜给周禹抚养，我哥偏不让，他既然不愿意，就只能帮我养小孩了。"

"你啊。"王瑾珍对这个被自己宠坏了的外孙女十分头疼，"你哥工作忙，还要照顾书瑜，你也不心疼他。"

"我心疼他干吗呀？让他自己找个人心疼他才对。"纪筱芸笑嘻嘻的，四两拨千斤，把话题顺理成章地直接转到了纪则临身上，"我都给您添了个曾外孙女了，他到现在都没带个人回来给您瞧瞧，您还不赶快催催他。"

纪则临见纪筱芸把火引到自己身上，冷笑道："看来你的钱是够花了。"

"外婆，您看我哥，动不动就威胁说要把我的卡停了。"纪筱芸趁机向王瑾珍告状。

王瑾珍看着他们兄妹俩吵闹，嘴上劝阻着，心里却是高兴的。纪则临和纪筱芸十几岁没了父母，那之后，大的一直在国外留学，小的养在她这个老人家身边，经年见不到面，兄妹俩生疏了很多。之前又经过了周禹的事，他们现在还能这样拌嘴、吵闹，她已经很欣慰了。

王瑾珍和纪筱芸聊了会儿天，知道纪筱芸在国外一切都好，心也就宽了。挂断视频后，她轻轻叹了一口气，感慨道："以前是你在国外，筱芸在我身边，现在换过来了，你好不容易回了国，她又跑出去了。"

"您要是想她回来，我就让她回来。"纪则临说。

王瑾珍摆了摆手："我知道她不想回来，是怕看着书瑜心里难受，还有周禹……算了，只要她在外面高兴就行。"

纪则临想到周禹，脸色就沉了几分。

"不过筱芸刚才说的话也对，你快三十的人了，是该带个人回来给我瞧瞧了。"王瑾珍看着纪则临，缓声说道，"别成天忙工作，对自己上点儿心。"

纪则临不知想到了什么，笑了一声，打趣道："您老是越来越开明了，现在不让学生给我介绍对象了？"

"我知道你不乐意我插手你的事。"

"倒也没有不乐意，只是之前刚回国，才进公司，有很多事要忙。"

纪则临刚从国外回来时，王瑾珍听说他每天和人应酬，进出娱乐场合，担心他习得商场上的不良做派，就想找个姑娘管住他。她是病急乱投医，那时候嘱咐了自己几个亲近的学生，帮着介绍适龄的姑娘，但他一个也没看上。从前他对相亲摆明了是不愿意的，今天听着却像是松了口风，愿意让她牵线搭桥了？

王瑾珍纳罕，正要追问，纪则临的手机响了，是公司里的人打来的。他有工作要处理，王瑾珍就不拘着他，挥了挥手让他去忙，也没问他是不是今天看上了自己学生手底下的哪个姑娘。

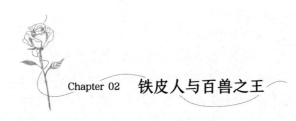

Chapter 02　铁皮人与百兽之王

周一，青城变了天，一场秋雨淅淅沥沥地落下，气温大跳水，冻得人直打哆嗦。晚上，闻月去青水湾给孟雅君上家教课，上完一节课，刚过九点。离开别墅时，雨还没停，她撑着伞往公交站走，夜晚风大，雨水被风吹得往伞内溅，不一会儿，衣摆就湿了。

走到半路，后头有车灯照来，闻月往路边让了让。灯光渐亮，但车的行驶速度很慢，到她身边时停了下来。

闻月回头，这辆车她眼熟得很，就是上回坐错的那辆。疑惑间，车窗缓缓地降下，露出了驾驶座上男人的脸，隔着蒙蒙的雨雾，她却看得分明。

“纪先生。”闻月停下脚步。

“闻小姐回学校？”

闻月点头。

纪则临扫了一眼她竭力拿在手上的雨伞，说道：“雨下大了，我送你。”

“不用了，前面就是公交站。”

“公交车一时半会儿不一定会到。”纪则临看着闻月，稀松平常地说，“我要回公司，正好顺路。”

他语气淡淡的，闻月听着却心头发紧，兴许久居上位的人会自然而然地流露出一种不可避人的锋芒，让人心颤。

　　两相对视，纪则临从容不让。秋雨绵绵，闻月不想这么僵持下去，迟疑了几秒，应允道："那就麻烦纪先生了。"

　　她撑着伞绕到车的另一边，在副驾驶座和后座之间稍作犹豫，最后打开了副驾驶座的车门，收伞坐了上去。

　　纪则临转过头，目光一扫，看到闻月被泅湿了的衣角，伸手把车内的温度调高了，又递了纸巾过去。

　　"谢谢。"闻月抽出几张纸，擦了擦自己的衣服。

　　"天气不好，还出来上课？"纪则临问。

　　"来的时候雨还没这么大。"

　　"每天都有课？"

　　"没有。"闻月抿了一下唇，见纪则临看着自己，才接着说道，"一、三、五晚上才有。"

　　纪则临点头，说了一句："难怪。"

　　难怪？难怪什么？闻月觉得奇怪，但没有开口问，或许他就是随口一说，没别的意思。

　　汽车驶出别墅区，雨水浇在车身上，越发衬得车内过分安静。

　　纪则临用余光看了一眼闻月，她坐得端正，两只手交叠放在膝盖上，目光直直地看着车前方，不偏不倚。

　　"老太太和我说了年轻时候在落云镇旅居的事，多亏了你父亲一家的照顾，她才能安心地在那儿住那么长的时间。"纪则临打破沉默，主动开口搭话。

　　闻月客客气气地回道："老师也教会了我爸爸很多。"

　　纪则临已经从王瑾珍那儿得知闻月的父亲曾经受教于她，后来成了一名中学英语教师的事，他问闻月："你学翻译，是受你父亲的影响？"

　　"嗯。"提起选专业的初衷，闻月的眼眸微亮，脸上浮现出了淡淡的笑意，"我爸爸是英语老师，家里的书房里有很多他买来的英文小说，我很小的时候他就教我读那些故事。我接触英语早，上学的时候，同龄人还读不懂英语，我就尝试着把那些外文小说翻译成中文，讲给他们听。"

纪则临听她语气中带着怀念，轻笑一声，问："你觉得翻译故事讲给别人听有趣，所以想当个翻译家？"

闻月点头。

"你父亲是老太太的第一个学生，你受你父亲的影响喜欢上了翻译，现在又成了老太太学生的学生，你们挺有缘的。"

闻月颔首："王老师可以说是间接启蒙了我，我爸爸以前经常和我提起最开始教他英语的老师，他很感谢她。"

纪则临说："有机会可以带你父亲去庄园看看老太太，她会很高兴的。"

闻月的眼睛像陨落的星子，一下子就黯淡了。她落寞道："他来不了青城。"

纪则临没多想："如果是觉得江城离青城太远，过来麻烦，我可以安排人去接他。"

闻月摇头，声音苦涩："我爸爸他……三个月前去世了。"

纪则临讶然，忍不住看了闻月一眼，见她神色寂然，不由眉间微紧，低声说了一句"抱歉"。

"没关系。"闻月强笑道，"周六那天是王老师的生日，我怕她伤心，就没有把这件事告诉她，之后……"她咬了一下唇，显然很为难。

纪则临明白闻月的难处，父亲去世这件事于她而言是过不去的坎，要告诉一个七十岁的老人也不容易。可以想见，那天老太太有多开心，知道后就会有多伤心。

"你不用担心，找个时间，我会和老太太讲明实情。"

闻月没想到纪则临会主动为自己解难，但转念一想，王瑾珍是他的亲人，他大概也是怕她伤心，所以才会这么体贴。她不作他想，转过头看着他，由衷地道了一句："谢谢你，纪先生。"

青大本来是不让外来车辆入内的，但校门口的保安看见纪则临的车，拦都没拦，好像认得车主人似的。闻月住在榕苑，纪则临直接把车开到了寝室楼下。他这么光明正大，闻月却心存忐忑，幸而今天下雨，没什么人在外面，不然这辆豪车一定会吸引很多人的目光。

等车停定，闻月解开安全带，礼貌道："纪先生，谢谢你送我回来，下雨天，你开车小心。"

　　她拿起放在脚边的伞，抬手就要打开车门，刚一动，就被纪则临叫住了。

　　"闻小姐准备什么时候去落霞庄园？"

　　闻月听到问话，转过身，迟疑了一下说："我平时有课，只能周末的时候去看望王老师。"

　　"巧了。"纪则临看着闻月说，"我每个周末都会让人送纪书瑜去庄园陪老太太，正好接了你一起过去？"

　　上回纪则临是说自己每周都会去庄园，可以顺道来青大，闻月不敢麻烦他，今天他换了个说法，更迂曲了些，她还是不敢应下："不麻烦了，我坐直达车很方便的。"

　　纪则临一只手搭在方向盘上，手指轻轻一敲，眼睛一眨不眨地看着闻月："直达车只到庄园外的车站，你走过去还需要一段时间，与其到时候让庄园的司机来接你进去，不如和纪书瑜一起过去省事。"

　　纪则临的语气不徐不疾，却无端让人无法反驳，照他这么说，闻月如果不答应，倒会给人添麻烦。她轻轻咬了一下唇，半晌，点头答应了。

　　纪则临嘴角微勾，拿过自己的手机，举起示意了一下，问："介意留个联系方式吗？"

　　闻月迟疑了一下，把自己的手机号报了出来。

　　纪则临拨了个电话出去，听到闻月包中手机的振动声，才挂断说："这周末我让人过来接你。"

　　闻月点了点头，抬眼见纪则临还看着她，他的目光似这雨夜，铺天盖地地笼罩过来，让人无处可逃。她眸光一闪，很快别开脸，匆匆说道："我先走了，纪先生路上小心。"

　　纪则临坐在车上，看着闻月撑伞小跑着进了寝室楼，直到她的身影消失在门后，他才收回目光，兀自一笑，开车驶离青大。

　　因为冬天要供暖，青大寝室楼是半封闭的，没有露天的走廊，走道两旁都是寝室。现在还没到青城供暖的时间，下了一天的雨，穿堂风一吹，走道上冷飕飕的。闻月把伞撑开，晾在寝室前的过道上，推开门时，室友都在，她们见她回来，纷纷打了招呼。

陈枫坐在座位上，回头问闻月："外面下大雨了，你晚上带伞了吧？"

"我带了。"

"那就好。"陈枫说，"这雨都下一天了，还以为晚上会停，没想到越下越大了。你怎么回来的，坐公交车？"

闻月踟蹰了一下，如果实话说是纪则临开车送自己回来的，她们怕是会多想。王瑾珍生日那回，他提出要每周来接她去庄园，回去的路上，几个师兄师姐就拿这事打趣。周兆龙更是直白地说，纪则临是看上她了，要她抓住机会。闻月不想变成话题，便含糊道："搭车回来的。"

陈枫理所当然地以为闻月搭的是的士或者网约车，就没接着问。见寝室人齐了，她兴致勃勃地说起自己今天听到的八卦，好巧不巧，是关于纪则临的。

"我本科有个同学，去年毕业后进了纪氏集团工作。我今天和她约饭，听到了好多关于这位小纪总的八卦。"

陈枫话一出，除了闻月，另外两个室友都转过头来，目光炯炯地示意陈枫赶快说。

"我朋友说，小纪总的爸爸是公司上上任总裁，但十几年前和妻子一起出车祸去世了，那之后，纪氏集团就由他的弟弟，也就是纪则临的二叔接手了。关于这场车祸，很多人都说……"陈枫像是在说什么不可告人的秘密，压低了声音，"不是意外。"

"啊，这么吓人？"另一个室友张佳钰捂着心口，一副受了惊吓的样子。

陈枫回道："可能是阴谋论，但是纪家这样的大家族，利益纠葛肯定很复杂，里面的水深着呢。"

张佳钰煞有介事地点了点头："有道理。"

陈枫接着往下说："纪则临刚回国，才进公司的时候，势单力薄的，一开始都没人看好他，他在集团里备受打压。但是他能力强，又有魄力，很快就站稳了脚跟，有了自己的势力，能和他二叔分庭抗礼。

"我朋友听公司里的前辈说，那两年，集团里派系分明，所有人都在站队，两股势力在集团内部明里暗里地争斗。结果你们也知道了，没几年，纪则临就把他二叔挤下了位置，自己成一把手了。"

张佳钰听入迷了，"啧啧"道："我在新闻上看过纪则临，长得相貌堂堂的，没想到还挺有手腕。"

"可不是，听说这几年在他的领导下，纪氏集团的市值都翻了几倍。"陈枫说得口干舌燥，转头端起杯子喝了一口水，继续延伸话题，"不过也是他二叔年纪大了，膝下又只有一个女儿，她的能力比不上纪则临，可不就斗不过吗？"

"哦，他二叔还收养了个儿子，现在也在纪氏集团里担任职位。"陈枫又露出神神秘秘的表情，"我朋友说，公司里的人私底下都在传，这个养子和小纪总的妹妹有过一段。"

张佳钰瞪目："这么劲爆？"

"大户人家嘛。"

闻月本来无心八卦，听到这儿不由愣了一下。她想到了纪书瑜，如果陈枫说的是真的，那纪书瑜就是纪则临二叔的养子和他妹妹的女儿？

这事似乎有些出格，但仔细想想也不是全无依据，要不是纪书瑜的身世特殊，她怎么会不和父母住一块儿，反而跟纪则临一起生活？

当然，闻月并没有把自己的想法说出来，再怎么样，这都是别人家的私事，不好在背后议论。

陈枫和张佳钰还在聊八卦，很多都是捕风捉影的道听途说，几分真几分假谁也不知道，闻月听了会儿就没了兴趣。正巧任骁给她发来了一连串的消息，还分享了好几个视频，她就顺势和他聊会儿天。

回了消息，闻月看到一个未接电话，不由想到晚上纪则临送自己回校的事，突然有种不真实的感觉。寝室里的室友还在聊他，绘声绘色的，像是在谈论一个万众瞩目的天之骄子。他这样处于金字塔顶端的人，注定高不可及，但就在不久前，她还坐在他的车上。闻月微微恍了一下神，片刻后点开通话记录，存下了那个陌生号码，备注"北苑8号 纪先生"。

研究生的课程虽然不像本科时候那么多，但研一的课还是排得挺满的。忙忙碌碌又过了一周，周六，闻月早早起来，先去图书馆看了会儿书，见要九点了，才赶去了校门口。

纪则临看到闻月，按了一下喇叭，等她走近了才降下车窗。

"纪先生？"闻月神色讶异，昨天纪则临给她发消息，说今天上午会让人送她和纪书瑜一起去落霞庄园，她没想到这个人是他自己。

"我这周还没去庄园看过老太太，正好今天有空，一起过去。"纪则临泰然自若地解释，又很自然地喊闻月，"先上车吧。"

校门口人来人往的，闻月一开始还有点儿犹豫，但又怕僵持着更引人注目，便绕到车的另一侧，坐上了副驾驶座。

后座上，纪书瑜抱着一个玩偶，看见闻月，她又露出了不属于小孩子的警惕表情。上回在王瑾珍的生日宴上，要不是纪则临拦着，她差点儿就当众说破了他们之前就见过的事。

"舅舅，这个假老师也要去庄园吗？"纪书瑜盯着闻月看。

闻月都要被这个小女孩气笑了，她不过是误打误撞地进错了别墅，就得了"假老师"这么个称谓。

"纪书瑜。"纪则临微微沉下声音，"我是怎么教你的？"

纪书瑜咬着唇不说话。

"你还想养 Yummy 吗？"

纪则临不喜欢宠物，Yummy 是纪书瑜央求了好几次，答应会好好听话才要来的，这只小萨摩耶现在是她的心头宝，果然一听纪则临提起它，她就妥协了。

"对不起。"纪书瑜不情不愿地和闻月道歉。

纪则临看了闻月一眼，说："纪书瑜被宠坏了，你见谅。"

不过是一个不雅驯的称号，闻月不会真和一个小孩计较。她笑了笑，表示理解。

九点出发，临近正午到了庄园。纪则临刚把车停在楼前，就有人走过来替他拉开车门，把车停去车库。

纪书瑜一下车就跑进了楼里。闻月是客人，不能过于随意，她跟着纪则临规规矩矩地走进宴客厅，看到王瑾珍，恭敬地喊了声"王老师"。

"乖孩子，过来。"王瑾珍看到闻月，神色顿时伤感了起来，拉过她的手抚了抚，怜爱地说，"这段日子你一定很难过吧？"

闻月眸光一闪，转头看向纪则临。

"你父亲的事，我已经和老太太说了。"纪则临说道。

王瑾珍让闻月坐在自己身边，长叹了一声，伤感道："没想到鸿飞还这么年轻就走了，到底是我和他师生缘浅，我应该早点儿去趟落云镇看看他的。"

闻月摇头："老师，您没什么错。"

"你妈妈，她还好吗？"

"她……"闻月强笑了一下，本想回"还好"，但想到父亲去世后母亲憔悴的面容，就撒不了谎，"爸爸去世，她很难过，到现在还没走出来。"

"唉，她也是个可怜人，寡居的苦我深有体会，你要多多关心她。"

"我会的。"

王瑾珍心疼地轻拍闻月的手，慈爱地问："听则临说，你现在在做家教，是生活上有困难？"

闻月愣怔片刻，回道："燃眉之急是没有的，只是爸爸走了，妈妈还在生病，我想我应该独立一些，不能再像以前一样，一味地依赖他们。"

"你有这份心是好的，只是别太辛苦了。"王瑾珍思索片刻，看向一旁的纪则临，问，"之前你说要给书瑜找个住家家教，找到了吗？"

纪则临闻弦音，知雅意，马上就明白了老太太的意思，他看了闻月一眼，回道："没有。"

王瑾珍复又看向闻月，和蔼地笑道："你在别家做家教，不如来教我的曾外孙女，只是书瑜被我宠坏了，小小年纪，有脾气得很。"

闻月没想到王瑾珍会让自己去教纪书瑜，一时讶异，她心里明白老师是在照顾自己，便摇了摇头，婉拒道："我还要上学，没办法当住家家教的，而且现在这份家教工作我才接下不久，不好出尔反尔。"

王瑾珍理解地点了点头，握着闻月的手说："你千里迢迢来青城读书，有什么难处一定要和我说，或者找则临，别因为他是集团老总就不好意思麻烦他。你是鸿飞的女儿，就和我孙女一样，则临年长你几岁，你只管把他当兄长，不要见外。"

闻月忍不住抬起头看向纪则临，他并未对王瑾珍的话反感，甚至在她看过去的时候，绅士地颔首道："闻小姐在青城如果遇到什么事，可以直接联系我。"

闻月自问应该不会碰上什么麻烦事，需要劳烦大名鼎鼎的纪则临出面解决，但这时候她不好拂了王瑾珍的好意，便点了一下头，从善如流道："好的。"

中午，王瑾珍拉着闻月一同吃饭，纪则临也留了下来。

吃完饭，王瑾珍带着闻月去自己的书房。尽管有心理准备，但在看到四壁满满当当的图书时，闻月还是惊呆了。王瑾珍的书房都不能用大来形容，说是藏书室更恰当，房间里的藏书之丰让人咋舌。闻月就近扫了一眼手边的书架，就看到了好几本早已绝版的书。这样一个书房，怕是所有学翻译的学生都梦寐以求的。

"这里面的书是我花了一辈子的时间慢慢搜罗来的。年轻的时候还没在翻译事业上做出什么名堂，经济上捉襟见肘，物质上是能省则省，就是舍得花钱买书。"

王瑾珍抬手推了推自己的银丝眼镜，看着闻月和蔼地笑道："我已经老了，除了一些经验，能教你的知识不会比晓楠多，只有这些书，算是我能提供的一点儿帮助。"

王瑾珍这话说得实在谦虚，闻月动容，又觉得自己能跟着这样一位前辈学习，真的是幸运之至。

"晓楠给我看过一些你以前翻译的作品，看得出来，你的文学功底很好。你还年轻，能达到这种水平，一定是下过苦功夫的。"

王瑾珍不吝赞美，闻月心里高兴，忍不住笑了笑，谦虚道："我还有很多不足，需要继续学习。"

"好孩子。"王瑾珍轻叹一口气，说，"翻译是要坐冷板凳的，有时候译一部作品，需要花上好几年的时间，还不一定能得到对等的回报。现在已经没什么人愿意吃这个苦头了，以后人工智能越来越发达，这个行业的出路就会越来越少，很多人预言，以后翻译这个行当会彻底消亡。"

说到这儿，闻月和王瑾珍的表情都有些无奈，不过片刻，王瑾珍便说："不过我相信人工智能并不能完全取代人的大脑，翻译并不是简单地将一种语言直译成另一种语言，语言的美妙之处，机器并不能完全领会。"

　　闻月赞同地点了点头："机器翻译或许足够'信'，却不一定'达''雅'。"

　　王瑾珍看闻月的眼神越发满意，她笑道："我虽然才见你不过两面，但看得出你是沉得住性子、耐得住寂寞的人。你肯下功夫，我就愿意把我在翻译上的一点儿心得全教给你。

　　"以后你有时间就来庄园，这个书房里的书，你可以尽情翻阅，有不懂的，我们再来一起探讨。"

　　这一屋子的书就是无价珍宝，闻月眸光发亮，欣然道："谢谢老师。"

　　午后，王瑾珍在书房里和闻月聊了会儿天，就被陈妈喊去休息了。老太太走后，闻月一个人待在书房里看书。这些书很多都是她以前想看但找不到的，所以她格外珍惜阅读的机会。

　　青城前段日子连着下了好几天的雨，这两天云销雨霁，阳光从书房的花窗穿过，在室内的地板上投下粼粼的暖光，像是一汪浅潭。

　　闻月看书看得入迷，直到纪书瑜跑进来，她才从书中抽神。

　　看见闻月，纪书瑜又露出了带有敌意的眼神，但想起纪则临之前警告的话，为了不失去 Yummy，她这回倒是没有出言不逊，只是抱着自己的书，趴在角落的地毯上翻看。

　　"But once I had b...b...（但从前我有……）"

　　"Brains.（脑子。）"闻月忍不住出声提示。

　　纪书瑜撇了撇嘴，逞强道："我知道怎么读，只是一下子没想起来。"像是要证明给闻月看，她捧着书，接着往下读，"...and a heart also; so, having t...tried them both, I should much...much...（……还有一颗心；所以，试用之后，我宁愿……）"

　　"I should much rather have a heart.（我宁愿有一颗心。）"闻月完整地把句子背了出来。

纪书瑜仰起头，不客气地问："你为什么知道我在读什么？"

"*The Wonderful Wizard of Oz*，我小时候就看过这本书，对这个故事印象很深刻。"

《奥兹国的魔术师》，中文一般译为《绿野仙踪》，单单是这个书名就足以见翻译的绝妙之处。

闻月像纪书瑜这么小的时候，就在父亲的指导下读过这个故事的英文版。英语毕竟不是她的母语，那时候，书里的很多单词她都不认识，父亲就不厌其烦地一个一个地教她读，告诉她单词的意思。

可以说，这本书是闻月幼时最常翻看的读物。能读懂后，她被书里天马行空般的故事所吸引，还会将它讲给朋友们听。小时候，她也曾幻想自己会有像稻草人、铁皮人，还有胆小的狮子这样奇特的伙伴。这个故事对她来说意义不同，尽管时间过去了很久，但书里的一些句子，她到现在都还记得。

纪书瑜听闻月说自己小时候读过这本书，抬起下巴，傲娇道："那我问你，你花了多久的时间才读完这本书？"

闻月思索片刻："三个月。"

"三个月？你三个月就读完了这本书？"纪书瑜摆明了不相信，皱了皱眉，不开心地说，"我花了三个月才读到第五章。"

闻月总算在纪书瑜身上看到了小孩子的模样，她笑了笑，说："我当时是和我爸爸一起读的这个故事，我看不懂的单词，他会告诉我意思，所以看得比较快。"

听到"爸爸"，纪书瑜的眼神暗下来，但她很快便"哼"了一声，说："那你也不是很厉害。"

闻月现在算是稍稍摸到了纪书瑜这个小娃娃的脾气，人是傲娇了点儿，有时候说话不饶人，但本性不坏。不管怎么样，纪书瑜都是王瑾珍的亲人，闻月想，王瑾珍对自己这样好，推己及人，她也应该对王瑾珍的曾外孙女好。

"你如果有看不懂的地方，可以问我。"闻月说。

"不要。"纪书瑜扭头，硬气道，"我要靠自己读完这个故事。"

说完，她捧着书看起来，不过没一会儿就紧紧地皱起了眉头，偷偷瞄向闻月。

闻月放下手中的书，温和一笑："你问吧，哪个单词看不懂了？"

纪书瑜做了会儿思想斗争，终于妥协了，问："'brains'到底是什么意思？"

纪则临今天上午本来是有个内部会议的，他让李特助改了时间。饭后，他在庄园里的另一间用于办公的书房里开了个视频会议，结束后就去了大书房。

书房门没关，才走近，他就看到纪书瑜趴在地毯上，摊着一本书在看，而闻月侧坐在她身边，时不时低头给她讲书里单词的意思，还会将纪书瑜读不懂的句子翻译给她听。阳光温煦，懒洋洋地洒在她们的身上，在秋日的午后无端烘托出了一种岁月静好的氛围，让人想守护这一隅。

纪则临没有进去打破这一室的平和。他站在门外，静静地注视着闻月，突然想起南苑8号的孟总以前找过自己，说是有笔生意想要纪氏投资，当时他并不感兴趣，但是现在，他改了主意。

下午，纪则临有工作要处理，先回了市里。

闻月在庄园里待了一天，下午看书，和王瑾珍学习、交流，到了晚上要走时，王瑾珍劝她在庄园里住一晚。市里离庄园远，坐车回去还要很久，王瑾珍不放心，闻月也不舍得书房里的书，想多花点儿时间阅读，便答应了。

周末两天，闻月都待在落霞庄园里，和王瑾珍的交谈让她受益匪浅，而纪书瑜也不像一开始那样对她怀有敌意，甚至有时候还会主动亲近她。

周日傍晚，庄园的司机送纪书瑜回青水湾，顺道送闻月回校。到学校时，司机给了闻月他的联系方式，说以后纪总要是没空，周末会由他接送她和纪书瑜。

他这么说，就好像接人的活本来是纪则临干的，他只是个备选司机。

不过闻月想，纪则临身居高位，一定很忙，不可能每周都有时间，又那么凑巧地在周末去庄园看望王瑾珍。虽然都是搭便车，但坐纪则临的车，她总是会更有压力些，不知道是因为他纪总的身份，还是王瑾珍外孙的身份，又或者是因为自己在他面前闹过几次乌龙，总之，在他面前，她是不自在的。

闻月周末住在落霞庄园的事很快就被同级生知道了。周一上专业大课的时候，课后很多人都来打听八卦，问的最多的就是纪则临。以前他是商业精英，属于平常人接触不到的另一个圈子，现在他成了院里老教授的外孙，就好像变得没那么遥不可及了。在青城，如果能认识纪则临，那就掌握了最大的人脉，因此难免有人会动小心思，想和他攀上关系。

私底下，周兆龙找过闻月，问她有没有纪则临的联系方式。闻月有，但没经过当事人的同意，她并没给。周兆龙不死心，又问她要王瑾珍的联系方式，闻月同样婉言拒绝了。

闻月白天当学生，晚上备好课就去青水湾当老师。本来以为家教的事情尘埃落定，至少这一学期都不会有什么问题，但这天晚上上完课，孟雅君的母亲就不好意思地告诉她，考虑到孩子学业压力大，以后不打算再在课后给孩子找家教上课了。

孟雅君的母亲再三强调，闻月教得很好，不继续聘请不是闻月的问题，甚至提出要给闻月多倍课薪来补偿，就好比企业的"N+1"赔偿金，但闻月回绝了。虽然很突然，但她能理解家长的意思，也不想让对方为难，因此拿了该拿的课薪后，就道别离开了南苑 8 号别墅。

走出别墅，闻月才忍不住叹了一口气。本来以为这个兼职很稳定，没想到还没一个月就被辞退了。其实她暂时没有经济上的难处，她的家庭算不上富裕，但父母工作了这么些年，也有存款，这些钱是足够她读完研究生的。

父亲去世后，闻月本来想不来青大报到，直接去工作的，但母亲阻止了她。母亲告诉闻月，既然拿到了录取通知书，就去读，家里现在还不需要她来赚钱。

母亲正是需要人陪的时候，却还是放手让她去他乡读书，无条件地支持她。闻月觉得自己很没用，从小到大因为父母的庇佑，她没怎么尝过生活的苦，以至于这么大了，还没有谋生的本事，没办法为母亲减负。

正丧气的时候，后方有车开过来，闻月往旁边让了让，没多久，那辆车停在了她的边上。后车窗缓缓降下，露出了纪则临的脸。今天他不是自己开车，车也不是之前那辆。

"闻小姐，下课了？"纪则临问。

闻月点头，在这里碰到纪则临，她已经不惊讶了。

"我送你？"

照理说，闻月已经和纪则临见过几回面了，现在还跟着他的外祖母在学习，他们好像应该比陌生人关系近些，但她仍觉得很有距离感。即使他从不摆出高高在上的姿态，但这也不能改变他属于另一个世界的事实。

今天，周兆龙向她索要纪则临和王瑾珍的联系方式无果，恼了，口不择言地嘲讽她是想独占好处，自己走捷径。闻月知道周兆龙是嫉妒心作祟，但难保别人也会有这样的想法。纪则临这样的人，接触过于频繁，被人看见肯定会惹出很多流言蜚语，她只想安安静静地读书，并不想和他有太多牵扯。

"不了纪先生，今天没下雨，我坐公交车回去就行。"闻月婉拒道。

纪则临开口说："顺路。"

闻月摇头："去目的地之外的任何地方都是多费时间，就不麻烦您了。"

纪则临静坐在车上，定定地看着闻月，她低垂着眉目，看似温顺，实则疏离。他眉间微紧，好一会儿才平静地收回目光，不带任何感情地对李特助说："走吧。"

青水湾的家教工作没了后，闻月就想重新找个兼职。学校兼职网上的工作倒是很多，各个种类都有。她不想本末倒置，为了赚钱把学业耽搁了，看来看去，还是觉得家教比较适合自己，因为只要用比较少的时间，就能有较高的报酬。虽然普通家教的课薪不能和青水湾的相比，但也还算可观。

大学城学生多，家教兼职很抢手，闻月擅长的又是英语，青大附近的几所小学和中学，不是外国语大学的附属学校，就是国际学校，那里的学生最不需要的就是英语家教。因此，她观望了一阵，始终没有找到合适的家教兼职。

虽然沮丧，但闻月知道这种事急不来，慢慢地也就顺其自然了。

自第一次周末去落霞庄园后，闻月接连又去了两次，每次都是在周末，周六同纪书瑜一起过去，住一晚后，周日再一起回来。和第一次不同的是，这两次来接她的人不是纪则临，而是上回送她回来的那个吴姓司机。

那晚在青水湾，闻月拒绝了纪则临要送她回校的提议后，就再没见过他了，倒是在庄园听纪书瑜和王瑾珍抱怨过几句，说纪则临最近心情不好，又变成工作狂了，一直在出差，都不回青城。

闻月觉得纪则临心情不好，变工作狂这种论断应该是纪书瑜的孩子想法，不管心情好坏，他肯定都是很忙的。不过无论怎么样，纪则临不在，她心理上轻松了不少，不用担心在庄园里遇上他，又要小心应对。

十一月初，闻月回了趟江城，走之前和王瑾珍说了一声。老太太知道后，让人准备了很多东西，让她捎回家里，聊表心意。

回到落云镇，家里一切如旧，父亲的遗像还摆在客厅的墙上，母亲仍没能从亡夫的悲伤中走出来，精神看上去还是不济，只是不想让闻月担心，强颜欢笑。

闻月请了两天假，加上周末，在家里陪了母亲几天，临回青城的那天才去了市里见任骁。任骁很高兴，知道她当天就要走后又分外不舍，抱怨见面的时间太短了，约会都来不及。

闻月心里愧疚，不过任骁很体贴，知道她的母亲现在更需要她，所以并未责怪她没有留更多时间给他，反而让她别有负担，安心读书，以后他再想办法去青城看她。

在江城待了四天后，闻月飞回了青城。因为请假，落下了两天的课，之后几天她一心扑在学习上，早晚都去图书馆，把期中论文写完了上交。

周六，吴师傅按照约定时间来接闻月。到了庄园，见到王瑾珍，她把自己从江城带回来的特产送了过去，聊作回礼。

王瑾珍很高兴，收下那些特产，说："我在落云镇住的时候就喜欢吃这个红糖扇糕，还有这个梅花酥。我离开落云镇后，有时候嘴馋，去外边买，同样的东西，就是没有镇上的味道。"

闻月莞尔一笑，说："老师要是喜欢，我以后回家都给您带。"

"好孩子，你有心了。"王瑾珍把东西递给陈妈，再拉过闻月的手，嘘寒问暖了一番，又问，"你妈妈怎么样了？"

闻月垂下眼，应道："还没完全缓过来。"

王瑾珍叹息一声："中年丧夫，她伤心是难免的，你要多安慰安慰她，让她千万别想不开，以后的日子还长着呢，总能过去的。"

"嗯，我会的。"闻月点头。

王瑾珍带着闻月往大书房走，这几次见面，她们每回都会在书房里交流，有时候一待就是一下午。谈起翻译，她们有太多的话可说，往往提到一个点就会无限地延伸出去。闻月是个悟性很高的学生，王瑾珍只需要稍稍提点，她就能马上领会意思，还能举一反三，将知识融会贯通。

翻译家不仅语言功底要好，文学功底也要好。闻月的母亲是中学语文老师，大概得益于父母潜移默化的影响，她的英语和文学水平都不差，正是个当文学翻译家的好苗子。王瑾珍一开始让闻月来庄园，是因为闻鸿飞，但几次相处下来，她是真心欣赏闻月。现在年轻的学生里，像闻月这样有天赋又不骄不躁的实在太少，她打心底想好好栽培闻月。

"上周你回家，没过来庄园，我可想着呢。"到了书房，王瑾珍说，"这里虽然住着清净，但有时候也难免觉得孤单。

"书瑜虽然每周都会过来，但她还小，正是活泼好动的时候，不爱和我这个老人家长久地待在一块儿。则临忙，一周来陪我吃顿饭就已经很难得了，你看这段时间，他忙起来，连个人影都见不着。"

王瑾珍说着，摇了摇头，叹了一口气。

闻月有阵子没见着纪则临了，王瑾珍不提，她差点儿忘了他。上回她拒受他的好意，现在在他心里，她大概成了个不识好歹的人。不过他不来庄园也好，省得见面尴尬，只是这会儿王瑾珍伤心，她只能好言安慰几句，让老太太宽心。

下午，闻月先是在书房里陪纪书瑜看了会儿书，等王瑾珍午睡起来后，她们就和之前一样，拿一本翻译学的书，坐在书房里闲叙漫谈，直到天色暗下。

晚上，闻月仍住在庄园里，王瑾珍让陈妈在二楼收拾了一间客房出来，她每周末过来都睡那间房。留宿的次数多了后，她也就没了一开始的拘谨，更自在了些。

夜晚的庄园完全没了人声，只有秋风在不停不息地刮着，带来阵阵风声。楼里静悄悄的，像是一个真空的世界。

尽管已经在庄园里住了几回，闻月还是不适应这样的夜晚。她想起在落云镇生活的日子，镇子入夜后是静谧的，而不是像现在这样，只听得到喧嚣的风声，夜晚是沉甸甸的。

闻月翻来覆去，一直没有睡着。她坐起身，拿过床边的杯子抿了一口水，正打算再躺下时，忽然听到房门外有脚步声，有人在外面的走廊上。

王瑾珍和纪书瑜睡得早，陈妈和庄园里的其他人都睡在一楼，没有什么特别的事，他们是不会上楼的。闻月的神经一下子紧绷了起来，脚步声由远及近，似乎在门外停住了，她拥着被子，心跳如擂鼓。

进贼了？又或者，落霞庄园和桑菲尔德庄园一样，阁楼里住着一个"疯女人"[①]吗？

闻月禁止自己浮想联翩下去，坐在床上，紧盯着房门，不敢妄动。没多久，外面又响起了脚步声，这回是由近及远。她屏息去听，很快，走廊上再没有任何声响，就好像刚才的脚步声是她的幻觉。

被这么一吓，闻月更加难以入睡。她不安心，犹豫了一下，还是掀被下床，轻手轻脚地向门口走去，小心翼翼地开了门。

走廊的廊灯晚上都是开着的，闻月走出房门，并没看到任何人。她不放心，继续往前走，看到尽头的小书房里亮着灯，便大着胆子走过去看。书房里有个男人，背对着门站着，随手脱下西装外套，搭在椅背上，缓缓转过了身。闻月没来得及躲，直接和他对上了视线，愣在了原地。

纪则临抬手刚要松领带，回头看到站在门口的闻月，手上动作顿住，定定地看着她。闻月慌忙解释："我听到声音，以为……"

———————————

① 出自《简·爱》。

"以为我是小偷？"纪则临扯了一下领带，哼笑了一下，说，"我还是第一次被人当贼。"

闻月微微发窘："我没想到这么晚了，纪先生还会来庄园。"

"我今天刚从国外回来，晚上本来想来看看老太太，结果路上遇上了车祸，耽误了时间。"

"车祸？"

"不是我，是别人。"

纪则临见闻月松了一口气的模样，眸光微动。他的目光在她身上扫过，大概是着急，她只披了件毛衣外套，里头穿的还是睡衣。前几回见面，她都打扮得一丝不苟，现在这副模样，却非常居家。

闻月被看得不自在，知道在走廊上走动的人是纪则临后，提着的一颗心落了地。加上上回的事，面对他，她尚且有些尴尬，便打算回客房睡觉。

"闻小姐吃夜宵吗？"纪则临突然问。

闻月愣了一下。

"我还没吃晚饭，打算让陈妈做点儿吃的，一起？"

闻月摇了一下头："我不饿。"

纪则临似乎很累，他把领带解开，随手扔在一旁，意兴阑珊地说："算了，我一个人吃，就不折腾陈妈了。"

"那你……"

"不吃了，饿一晚上死不了人。"纪则临看了闻月一眼，说，"闻小姐不用管我，去睡吧。"

闻月无端有种负罪感，好像是因为自己不吃夜宵，纪则临才要挨饿。再者说，纪则临虽然不常在庄园居住，但也是庄园的主人，她上门叨扰，作为客人，总要对他表示一二。她抿了抿唇，犹豫片刻后，开口说："那……我和你一起吃？"

纪则临的嘴角几不可察地上扬，他往门口走，到了闻月跟前，问："你想吃什么？我叫陈妈做。"

夜已深，陈妈早就睡了，再把她叫起来也不方便。闻月迟疑了一下，问："纪先生想吃什么？如果不是太难，我可以做，就不用把陈妈叫起来了。"

纪则临本来只是想让闻月陪自己吃个夜宵，没想到还能有意外收获。他垂眼看着她，见她神色认真，不是在说笑，便轻笑道："我不挑食，你做什么，我吃什么。"

落霞庄园每天都有人送新鲜的食材进来，平时陈妈做饭，一日三餐都不带重样的。

闻月想着大晚上的，吃清淡些最好，问过纪则临的意见后，就给他煮了碗鲜虾面。面虽然容易做，但她也用了心思，捞面出锅后还特意摆了一下盘。

面端上桌后，纪则临扫了一眼，色香味俱全。闻月刚才说她手艺一般，看来是谦虚了。他拿了个小碗，装了点儿面，再舀了汤，递到闻月面前："你自己做的，尝尝。"

闻月本来不打算吃的，但纪则临动作快，她只好坐下陪着吃点儿。

纪则临出国半个月，有阵子没吃过正经的中餐了，闻月煮的这碗面虽然简单，但味道亲切。他尝了一口汤后，胃里舒服了很多，眉目也舒展开了。

"怎么样？"闻月询问。

"厨艺可以媲美面馆的师傅了。"纪则临笑道。

纪则临这个身份，什么美食没吃过？闻月只当他在说笑，并不当真："我的厨艺只能算马马虎虎，你吃得惯就好。"

纪则临抬眼看她，问："在家经常下厨？"

闻月摇了摇头："在家里一般是我爸爸做饭，我妈妈想吃什么，他都会去学。他们刚开始交往的时候，我爸爸还是个厨房白丁，到我出生后，他的厨艺就已经很好了。我还是和他学的做饭，可惜只学了点儿皮毛，远远比不上他做得好吃。"

纪则临察觉到闻月的语气感伤了起来，知道她是被勾起了回忆，想起了病故的父亲，便不再把话题往下延伸，转而问："今天怎么这么晚还没睡？"

"我有点儿认床。"闻月如实说。

纪则临开了个玩笑："我还以为是我这个'贼'把你吵醒了。"

想到刚才的乌龙，闻月不好意思地笑了："是我想多了。"

"放心吧，庄园的安保设施很齐全，周围都有监控，不会有外人进得来，你可以安心睡，有什么事就喊陈妈。"

闻月是客，自然不会平白给陈妈添麻烦，但纪则临这么说，她便从善如流地点了点头，减少不必要的场面话。

餐厅里灯火通明，水晶灯下亮如白昼，除了纪则临和闻月，楼里其他人都睡了，此刻更衬得四下安静。

闻月专心吃面，纪则临间或抬头看她一眼，她吃饭的时候斯斯文文的，垂着眼睛，只盯着碗里的面看，他不开口，她便不说话，似乎一点儿和他攀谈的欲望都没有。自从成为集团管理人后，纪则临已经许久没被人冷落过了，别人和他同桌吃饭，都是抓紧时间拉拢关系，闻月却显然不想要他这个人脉。

上回他结束了应酬，特地绕去了青水湾，想要抛出橄榄枝，可没想到先被她泼了盆冷水。她不留余地地拒绝他要送她回学校的好意，言语间虽然客气，但态度很坚定，摆明了不想和他有过多的接触。

即使失势的时候，纪则临也从不低头求人，对于女人，他更不会死乞白赖的。既然闻月抗拒，他便不勉强，那晚之后，他就不再去想她的事，一心投入到了工作中。他以为自己对闻月只是一时兴起，过段时间自然就会没了兴趣，但结果不是他所预想的那样。

今晚来到庄园，他本来是想去纪书瑜的房间里看看她的，却不知怎的，鬼使神差地走到了客房前。王瑾珍之前给他打电话时，无意中透露过闻月回江城的事，他不知道她有没有回青城，有一瞬间，他是想打开客房的门看一眼的，但这念头很快就被克制住了。她回没回青城，并不关他的事。

纪则临打定主意不再去过问闻月的事，却在看到她的第一秒，把原则忘在了脑后。现在看着坐在对面的人，他更是觉得自己这半个月的刻意疏远十分可笑。闻月并不在意，而他也并没失去对她的兴趣。

"青城下周可能会下雪。"纪则临突然说。

闻月蒙蒙的："嗯？"

"别墅那边有坡，下了雪会有点儿难走，闻小姐要小心。"

闻月这才明白纪则临的意思，她放下筷子，解释说："我已经不去那儿上家教课了。"

"哦？"纪则临微微挑了一下眉，明知故问道，"为什么？"

"学生的父母说不想给孩子太大的压力，所以课后就不请老师补习了。"

南苑 8 号的孟总果然是个明白人，纪则临不过是和孟总谈生意的时候"随口"提了一下闻月，说她现在跟着王瑾珍学习，家里的外甥女很喜欢她，要不是闻月已经是孟雅君的家庭教师了，他一定是要聘请她的。孟总闻弦音，知雅意，便顺水推舟卖了他一个人情。

"你之后还打算找兼职吗？"纪则临问。

闻月点了点头。

纪则临顺势说道："其实你可以考虑下老太太之前的提议。"

"嗯？"闻月愣了一下，很快就想起了之前王瑾珍让自己给纪书瑜当家教的事，"这个……不合适吧？"

纪则临看她神色为难，问："你不喜欢纪书瑜？我以为这段时间你们相处得很好。"

"不是因为书瑜。"闻月说，"纪先生之前不是说要的是全职的住家家教吗？我还有学业要兼顾，没办法胜任这份工作。"

"之前我找全职的家庭教师，是觉得她们受过培训，更专业，但是一连换了几个老师，都没办法管住纪书瑜。你也知道，她被宠坏了，不会轻易听从别人的话。所以我想，比起专业性，她本人喜欢更重要。"

纪则临看着闻月，接着说道："老太太说，纪书瑜最近很爱黏着你，你的话她也听得进去。如果你愿意，我想聘请你当她的家庭教师。"

给纪书瑜当家教，这无疑是个很好的机遇，闻月只要点点头，就不必再自己费心费力地去找兼职了，但她心里还是犹豫。

在纪则临的注视下，闻月眸光忽闪，委婉道："书瑜还小，正是打基础的年纪，我能力有限，担心不能很好地教导她，反而耽误了她。"

"闻小姐这么说未免太谦虚了，纪书瑜这段时间跟着你，都会自觉看书了。"纪则临仿佛没听出闻月话里婉拒的意思，进一步说，"你如果没信心，大可以试教一段时间，要是真觉得吃力，再推辞也不迟。还是说，闻小姐有别的顾虑？"

闻月总不好直接和纪则临说，自己是不想和他牵扯上太多的关系，惹来非议。她现在每周来王瑾珍这儿学习已经被很多人议论了，如果再当纪书瑜的家教，那学校里的风言风语一定会愈演愈烈。

她一时为难，又想不出还有什么理由能用来拒绝纪则临，便退了一步，说："我需要点儿时间考虑一下。"

"当然。"纪则临并不紧逼，绅士地道，"以你的意愿为主。"

隔天一早，闻月很早就醒来了，她没有赖床的习惯，起床后走到床边，拉开了窗帘。

清晨的庄园在晨曦下十分空旷。这个季节，外面大片的草地都没有什么生机，满目萧疏，就连远处的那条河流都显得死气沉沉的，但可以想见，到了春天，万物复苏的时节，这里又会是怎样一片盎然的景色。

闻月洗漱完毕，换了衣服，将房间里的被子整理好后，下了楼。

王瑾珍已经坐在了餐厅里，看到闻月，蔼然一笑，问："怎么不多睡一会儿，这么早就起来了？"

"老师不也是吗？"闻月走过去。

"老人觉少，我就是想睡，也睡不着了。"王瑾珍指了指自己边上的位子，示意道，"你起了也好，陪我吃早餐，不然我一个人总觉得冷清。"

闻月还没开口，就有人先接上了话："您这是怨我没常来陪您吃饭了？"

纪则临走进餐厅。王瑾珍看到纪则临，露出意外的表情："你是鼹鼠吗？冷不丁就从地底下冒出来。"

纪则临失笑："我是鼹鼠，那您就是鼹鼠奶奶。"

王瑾珍被逗笑了，回头对闻月说了一句："你看他，嘴上半点儿不饶人。"

闻月附和一笑。

纪则临看了闻月一眼，对王瑾珍说："我今天特意早起，想陪您吃早餐，没想到您已经有伴了。"

"我不嫌多你一双筷子，快坐下吧。"王瑾珍说。

纪则临落座，抬眼看向对面的闻月，语气自然地问了一句："闻小姐昨晚那么晚才睡，今天还起这么早？"

王瑾珍纳罕："你怎么知道小月几点睡的觉？"

"我们昨晚一起吃的夜宵。"

王瑾珍更加惊讶，回头看向闻月。闻月在双重目光的注视下，只好把昨晚的事简单地说了一下。

王瑾珍听完，笑道："原来是这样啊，难怪陈妈刚才说水箱里的虾少了几只，还怀疑是不是自己记错了。"

"闻小姐做的鲜虾面不比饭店的差。"纪则临不吝赞词。

王瑾珍说："你嘴这么挑的人都说好吃，那肯定不会差。"

闻月闻言，立刻说："只是简单的面条，还是托食材新鲜的福，才做得好吃。老师要是想尝尝，以后有机会我再做一碗。"

"那我也有口福了。"王瑾珍笑盈盈地说。

他们说话的时候，陈妈端来了早餐，是海鲜粥。粥上桌后，陈妈又说起了丢失的几只虾，说海鲜粥里虾的分量不够，滋味就少了很多。

闻月听了有些不好意思，抬头看向对面，"从犯"倒是淡定得很。

"陈妈，你去把纪书瑜叫起来。"纪则临说。

王瑾珍阻拦道："时间还早，让她再睡一会儿。"

"不早了，平时这个点，她就要起来上学了。"

"现在是周末。"

"您啊，不能再惯着她了，现在在学校，老师都拿她没办法。"

王瑾珍忧心："书瑜的老师又给你打电话了？"

"嗯。"

"这个小霸王，比筱芸小时候还厉害。"

"她现在在学校里横着走，回家也不听李妈的话，再这样下去，我也管不住她了。"

都说三岁看老，王瑾珍意识到了事情的严重性，连忙问："你之前不是说要给她找家庭教师吗？找着了吗？"

"还没。"纪则临说道，"没几个老师受得了纪书瑜的脾气，她们也不敢对她严格。"

纪书瑜是纪则临的外甥女，即使纪则临亲口说要对她严加管教，也很少有人能真的做到。

王瑾珍教了一辈子的书，没想到临老了，还要为后辈的教育问题发愁。她一脸愁容，叹道："你还是要给书瑜找个家庭教师，不然筱芸不在，你又忙，我对她又狠不下心来……再不及时干预，我怕她以后会走歪路。"

纪则临虽然主动提起了纪书瑜的教育问题，但并不着急。他舀了一碗粥，放在了王瑾珍面前，安抚道："您也不用太担心，纪书瑜的家庭教师我已经有合适的人选了。"

"是谁？"王瑾珍追问。

纪则临没有立刻回答，拿了个空碗，又舀了一碗粥，随后递给闻月，喊了她一声："闻小姐。"

闻月心头一颤，已经预见到了事情将如何发展。

周一晚上，闻月来到了青水湾。本来以为南苑8号别墅的家教工作黄了后，她不会再有机会来这儿，但没想到，兜兜转转，她还是成了别墅区里的一名家教，只不过这回教的是北苑8号的学生。

周日那天早上，纪则临当着王瑾珍的面，提出想聘请闻月当纪书瑜的家庭教师。王瑾珍本来就有此意，知道闻月已经不再担任别人的家教后，也主动请她帮忙。

纪则临说，答不答应当纪书瑜的家教，以闻月的意愿为主。但他搬出王瑾珍，闻月感念老太太这段时间的照拂和教导，便没有拒绝的余地，只能点头应下。

站在北苑8号别墅的大门前，闻月按下门铃，没多久，李妈就出来迎接她。这场景和她第一回阴差阳错来到这里时一样，不过这一回她没走错门。

李妈把闻月领进客厅，询问道："闻小姐吃晚饭了吗？没吃的话，我给你做点儿。"

"吃过了，谢谢。"

李妈接着说："纪总说你今天过来，要我好好照顾你。你有什么需要都可以和我说，不要客气。"

闻月又道了一声谢，才问："书瑜呢？"

"吃完饭就上楼了，现在在书房里待着呢。"

"我上去找她。"闻月说。

上了楼，闻月在李妈的示意下，走到书房前，敲门示意了一下。

房门没关，纪书瑜回头看到闻月，眨了眨眼，惊奇道："你真的来了。"

"嗯？"闻月走进书房。

"舅舅之前问过我，让你来当我的家庭教师好不好，我说你不愿意，他说你会同意的。"

闻月微微怔了一下，很快想到，纪则临大概早就猜到了，如果王瑾珍请求，她是不会拒绝帮这个忙的。她没把这话放在心上，低头真诚道："以后我就是你的家庭教师了，我们好好相处？"

纪书瑜像个小大人一样，还故意沉吟了片刻，才勉为其难地说："看在你之前陪我看书的分儿上，好吧。"

青水湾别墅的书房和庄园的比起来小很多，书架上摆的也几乎都是儿童读物。房间里有张书桌，此时桌上摆着个芭比娃娃，显然，在闻月来之前，纪书瑜在玩娃娃。

闻月没有让纪书瑜把娃娃收起来，反而问："你想再玩一会儿吗？"

"可以吗？"纪书瑜问。

"当然。"

纪书瑜本来以为闻月会和之前的那几个老师一样，一上来就管教她，让她不能干这干那，没想到，闻月不仅什么都没说，还让自己接着玩。于是她兴致勃勃地坐在椅子上，拿起娃娃，继续用小梳子给娃娃梳起了头发。

"我们班的女生都有一个娃娃，我觉得我的是最漂亮的，她叫 Sarah，是舅舅从国外给我带回来的。"纪书瑜很骄傲，还问闻月，"你小时候有自己的娃娃吗？"

闻月在一旁坐下："有啊，不过只是普通的娃娃，没有你这个精致。"

"你也会打扮她吗？"

"嗯。"闻月笑了笑，说，"我妈妈还会帮我给她缝小衣服。"

纪书瑜沉默了一下，闷闷地说了一句："你妈妈真好。"

去落霞庄园学习的这段时间，闻月从来没有见过纪书瑜的父母，不过偶尔能从王瑾珍口中听她提起自己的外孙女。纪书瑜的母亲叫纪筱芸，现在人在国外，至于她的父亲，闻月从来没听人提起过。

闻月想到了之前从陈枫那儿听来的事，心里大概有了底。

闻月无意打听别人的家庭情况，也不会拿这种事去问纪书瑜。见小孩子闷闷不乐的，她便伸出手，柔声说："我来帮她编头发吧。"

纪书瑜毕竟还小，正是需要玩伴的年纪，别的小朋友回家都有父母陪，她却没有。纪则临那么忙，并不能每天都回来，平时别墅里只有李妈和司机王叔，他们年纪大了，和小孩子玩不到一块儿去。纪书瑜的玩伴只有 Yummy，但它不会说话。

闻月主动提出陪玩，纪书瑜虽然傲娇，但心里还是很高兴的。她们一起玩了会儿娃娃，闻月见纪书瑜尽兴了，才问她要不要看一会儿书。

纪则临聘闻月当家教，但并没具体要求她辅导纪书瑜什么科目，只是希望她能让纪书瑜养成良好的阅读习惯，多看点儿书，最好能受她的影响，收敛点儿脾气。说白了，纪则临给纪书瑜找家教，看中的是老师提供的陪伴和潜移默化的价值观引导。

这样的要求看似简单，但泛泛的，反而让人无从下手。闻月的父母虽然都是老师，但她自己并不是教育学专业的，对于教小孩，心里很没底，但既然接下了这份差事，便只好尽力而为了。

"The king of beasts shouldn't be a coward ..."

闻月翻开书，和纪书瑜一起看起来，读到这句话时，纪书瑜立刻说道："我知道这一句是什么意思，以前舅舅和我说过，百兽之王不应该是个胆小鬼。"

闻月点了点头，纪书瑜抬起下巴，很骄傲地说："我舅舅就是百兽之王，他很厉害的。"

看得出来，纪书瑜很崇拜纪则临。她说的也对，在现代商业丛林中，能成为一个大集团的执掌人，纪则临自然算得上是"百兽之王"。

"你不好奇我舅舅的事吗?"纪书瑜突然问。

闻月愣了一下,反问:"我为什么要好奇?"

"之前来的几个老师都会问我舅舅的事,李妈和我说,她们是想成为我的舅妈。"纪书瑜说完,看着闻月,直白地问,"你不想吗?"

闻月没有犹豫,摇了摇头。

"为什么?"

闻月本能地就想回答自己已经有男朋友了,但很快又意识到,这么说,言下之意好像是碍于自己有男朋友,才不能当纪书瑜的舅妈一样。她思忖了一下,细声问:"你还记得书里的铁皮人找奥兹是为了什么吗?"

纪书瑜积极地回答道:"他想要一颗心。"

闻月点了点头,娓娓道:"他为了和心爱的女孩在一起,勇敢地对抗邪恶的女巫,最后变成了一个铁皮人。他千辛万苦地去找奥兹,是想找回爱着那个女孩的一颗心。"

"而狮子找奥兹,是为了获得勇气,成为真正的百兽之王。"闻月笑了一下,说,"铁皮人重感情,狮子重权力,所以……我希望我的恋人是铁皮人,而不是百兽之王。"

纪书瑜似懂非懂地点了点头,突然歪着脑袋往房门方向看去,脆生生地喊了一声:"舅舅。"

闻月心头一紧,立刻回过头。

纪则临走进书房,他的目光落在闻月身上,现在的她全无刚才和纪书瑜侃侃而谈的松弛,一副如临大敌的模样,像遇见狮子的弱兽。

"纪先生。"闻月站起身,客套地打招呼。

纪则临解释:"我担心第一天上课纪书瑜不听话,过来看看。"

"我才没有不听话!"纪书瑜不满道。

闻月为纪书瑜说了句话:"书瑜今天挺乖的,没有捣乱。"

"我看你们的确聊得挺好的。"

纪则临的话里似乎别有意味,闻月不知道自己和纪书瑜刚才的对话他听到了多少,此时不免心虚。她看了一眼书房里的时钟,陪纪书瑜玩了娃娃,又一起看了书,时间不知不觉就过去了。

"有点儿晚了,今天的课就到这里吧。"

闻月合上书，和纪书瑜道别，抬头要向纪则临致意时，他先一步说："现在这个时间，到青大的公交车已经停运了。"

"没关系，我可以打车回学校。"

纪则临看着闻月，缓声说："闻小姐不介意的话，可以住在别墅里。"

闻月的眼底闪过一抹惊诧和慌张。

纪则临注意到了，神色自若地解释说："虽然你不是全职的住家家教，但我还是让李妈给你准备了一间房，以备不时之需。"

闻月明白纪则临这是好意，颔首道了声谢后，婉拒道："我明天早上有课，不能在外留宿。"

纪则临点头，有了之前的经验，他知道对于闻月不能操之过急。现阶段，她对他尚有防备。他不勉强，还体贴道："既然这样，我送你回去。"

"不用——"

"时间晚了，打车不安全，闻小姐要是出了什么事，我没办法和老太太交代。"

纪则临的语气虽然波澜不惊，但说的话让人不好拒绝。闻月抿了一下唇，见时间确实晚了，就不再坚持，妥协道："那就麻烦纪先生了。"

纪则临让王叔把车从车库里开出来，王叔本想代他送闻月回学校，被他拒绝了。

十一月份，青城入冬了，这几天气温大跳水，晚上更深露重，比白天要寒冷。

"冷吗？"纪则临等闻月上车后询问了一句，不待她回答，抬手把车内温度调高了。

"还好。"

"北方冬天的气温比南方的低，你应该还不太适应。"

"青城的冷还能忍受，我大学时曾经去 L 市交换学习过一学期，那里的冬天更冷。"

"哦？"纪则临意外，"看来我和闻小姐的确有些缘分。"

闻月不解："嗯？"

"我在 L 市待过很多年。"

纪则临出国留学，闻月并不意外，之前她就听人提起过。

"你既然去国外当过交换生，就没考虑过出国读研？"纪则临问。

闻月如实回道："当时是有这个打算，不过那时候我妈妈的身体不太好，我不想离家太远，就放弃了留学申请，没想到……"

她留在国内，本来是不放心母亲的身体，却怎么也没想到，向来康健的父亲会骤然离世。命运似乎和她开了个玩笑。

纪则临知道父亲是闻月的心病，只要一提起，她就会黯然神伤。他沉吟片刻，转移话题道："青大的翻译专业是国内顶尖的，你留下来也是个不错的选择。老太太之前还和我夸你，说你很有当翻译家的天赋，以后一定会卓有成就。"

闻月浅笑，滴水不漏地回道："我还有很多需要向王老师学习的地方。"

"闻小姐不必过谦，老太太的眼光不会错的，而且我看你不仅在翻译上有天赋，还很会教小孩。"纪则临看了闻月一眼，轻笑了一声，说，"我倒是不知道《绿野仙踪》还可以这样解读。"

闻月心里一个咯噔，纪则临果然听到了她和纪书瑜的对话。她微微窘迫，解释了一句："只是我个人的浅薄见解，纪先生见笑了。"

"活学活用，挺好的，纪书瑜就需要有人教会她学以致用。不过……我和闻小姐的观点不太一样。"恰好遇到红灯，纪则临踩下刹车，回头看着闻月，片刻后，才从容不迫地开口说道，"百兽之王未必不会爱人。"

闻月只让纪则临送自己到校门口，车停下后，她迫不及待地下了车，和纪则临客气地道了别后，加快脚步进了学校。纪则临看她匆匆离去的背影，不自觉地笑了一下。他不过是借力打力，倒把她吓着了。

回到寝室，闻月脱掉外套挂好，随后坐在自己的位子上，微微失神。

陈枫问她："小月，今天的家教课还顺利吗？"

闻月回神，点了点头："嗯，挺顺利的。"

"王老师的曾外孙女听话吗？"

"挺听话的。"

"那就好,我之前还以为她这种家境富裕的小孩会很难教,看来是不会。"

陈枫本来还有话要问,但见闻月的手机有电话打进来,估摸着时间是任骁打来的,就打趣了句"小骁子又来请安了",之后不再打扰闻月。

闻月找出耳机戴上,接通了视频,任骁挂彩的脸就这么出现了。

"你的脸怎么了?"闻月眉头一蹙。

任骁抬手摸了摸嘴角,龇了一下牙,说:"没什么,今天和我堂弟打了一架。"

闻月惊讶:"你和他打架了?"

"他看不起我,今天又在我面前阴阳怪气,嘲笑我从小到大读书好有什么用,现在还不是给他爸打工,以后就是给他打工。"任骁说起这个,一脸的阴郁。

"所以你就动手了?"

"嗯。"任骁恹恹的,抱怨道,"我把他揍进了医院,我爸妈让我上门去给他道歉,说不去的话,我叔一生气,可能就不会让我在他公司工作了。"

"不干就不干,这破工作憋屈,我早就不想干了。"任骁凑近镜头,一本正经地说,"月月,我要创业。"

闻月愣了一下:"啊?"

"我今天和大学的几个朋友聊了一下,都觉得与其给别人打工,不如自己开公司当老板,不用看人眼色。"

任骁想一出是一出,闻月提醒他:"创业可没那么简单。"

"我知道,但是我已经下定决心了。"任骁冷哼一声,憋着一股劲说,"我堂弟不是觉得自己家里有个小公司很了不起吗?我就开个更大的公司,到时候光宗耀祖,让他反过来求我。"

闻月觉得任骁冲动之下的想法是不理智的,为了报复别人而随意地做出人生决定的行为也并不成熟,但她并没有泼冷水,思索了一下说:"你如果考虑过创业的各种风险,觉得自己能够承受的话,可以试试。"

任骁眼睛一亮:"你支持我?"

"这是你的人生，你自己做主。"闻月对任骁说，"我爸爸妈妈经常和我说，很多事情只有去试了才知道行不行。现在的工作你既然做得不开心，那就不做了，去干你想干的事吧。"

任骁今天说要创业，被父母狠狠批了一顿，说他不知天高地厚，一派天真。但是闻月站在他这边，没有打击他的信心，还支持他去干自己想干的事。他顿时动容，看着闻月，由衷道："月月，你真好，我觉得我这辈子做过的最值得的事，就是飞去青城借了那本绝版书，追到了你。"

任骁总是这么热烈，闻月莞尔笑道："一辈子还长着呢。"

"我不管，反正我这辈子认定你了。你放心，我一定会做出成绩，不会让你跟着我过苦日子的。"任骁信誓旦旦的，"以后我就接替叔叔的位置，好好照顾你。"

父亲之于闻月是不可替代的，但任骁这么说，她并没有反驳，只是微微一笑。

闻月和任骁视频了半个小时，张佳钰等闻月挂断了视频，才问她："小月，你今天去青水湾，有碰上王老师的外孙吗？"

闻月心头一紧，还算从容地回道："见过一面。"

陈枫朝张佳钰挤了挤眼睛："你怎么突然提起小纪总了，想拿学分啊？"

显然，闻月的师门笑谈已经成了学院笑谈。

"去你的，我就是刷到本地新闻，看到他了，所以问一嘴。"张佳钰说。

"花边新闻啊？"陈枫问。

"不是，企业新闻，我倒是想看他的花边新闻，但是搜不到。"张佳钰说。

陈枫也说："不知道是不是王老师家教甚严，我也没怎么看到过小纪总的花边新闻。"

"不知道他有没有女朋友。像他这样的成功人士，眼光应该挺高的吧？"张佳钰说。

"这事问小月啊。"陈枫看向闻月，问道，"你有没有从王老师那里听到什么有关小纪总的事啊？他现在是单身吗？"

闻月迟疑了一秒，摇了摇头："我不知道。"

陈枫叹了一口气："也是，你是从来不关心八卦的人。"

陈枫和张佳钰在那儿讨论着纪则临的感情生活，又在揣测他到底是不是单身。闻月坐在一旁，听着她们的谈论，忍不住想到了今晚纪则临在车上说的话。

"百兽之王未必不会爱人。"

显然，他知道她说的百兽之王指代的是他，那他说这话是什么意思？闻月自诩还算聪明，但这次对语言的所指产生了不确定，但愿是她多想了。

Chapter 03　暴雪无声

　　纪则临聘请闻月当纪书瑜的家庭教师，不是像一般的家教兼职那样，以课时来付薪。他给她开了非常可观的月薪，并且没有强制闻月要给纪书瑜上几节课，只让她随意安排。

　　无功不受禄，闻月觉得自己如果没有拿出相应的劳动，拿这份工资心里有愧。因此，接下来的几天，她每天晚上都会去青水湾，尽量多花点儿时间陪纪书瑜。

　　周一那晚之后，闻月就再没有在别墅里碰上纪则临了。李妈说他忙，平时不常住在青水湾，会在这里购置房产，是因为离纪书瑜的学校近，方便。

　　纪则临不来，纪书瑜是失落的，但闻月松了一口气。那晚他说的话，兴许只是如他所说，不太赞同她的观点罢了，未必有别的含义。他对她的周到，一是看在王瑾珍的面上，另一则是绅士的教养，她还是别多心比较好。

　　周六那天，闻月如往常一样，早早起床，去图书馆看了会儿书，等到了时间才去校门口，准备和纪书瑜一起去落霞庄园。她以为这次来接自己的还是吴师傅，所以在看到驾驶座上的纪则临时，愣了一下。

　　"我今天休息，过去看看老太太，免得她又和你抱怨没人陪她吃饭。"

纪则临等闻月上车后，看了一眼后视镜，见她面色惊讶，说了一句。

闻月点了点头，算是回应。

"我这段时间有事，不在青城，所以没去青水湾……纪书瑜给你添麻烦了吗？"

闻月还没回答，一旁的纪书瑜就忍不住开了口，质问道："舅舅，你为什么总怀疑我不听话？我在你心里是坏小孩吗？"

"你是有前科的人。"纪则临冷然道，"你忘了？第一回见面，你就对着闻老师发脾气，之前还对她很不礼貌。"

纪书瑜"哼"了一声，说："我那时候以为她和其他的老师一样，不是为了教我知识来的，所以才不喜欢她。但是这段时间我知道了，闻老师不一样。我问过她了，她不想成为我的舅妈。"

纪书瑜十分傲娇得意，完全不顾及纪则临的颜面，她这么堂而皇之地在纪则临面前把这话说出来，尴尬的反而是闻月。

这感觉就好像第一次见面时，闻月说自己对纪则临没有兴趣，被他听见了一样。明明说的是真话，被当事人听见却不太礼貌。

"纪先生，抱歉。"闻月左思右想，不知道还能说什么，只能先道歉。

"闻小姐为什么要道歉？"纪则临似乎并不介意，平静道，"纪书瑜还小，她的话你别放在心上，当然，我也不会。"

闻月抬头，正好对上后视镜中纪则临的眼睛。他的眼神明明不带敌意，却好像透着无形的锋芒，会让人在和他对视的时候不由自主地心里发颤。

到了庄园，纪则临让人把车开去车库，随后和闻月还有纪书瑜一起进了大厅。

王瑾珍正坐在壁炉旁的沙发上看书，她养的那只英短就蜷缩在她的腿上，舒服地眯着眼睛。

闻月来的次数多了，猫也认得她，睁眼看到她来了，立刻从王瑾珍身上跳下来，蹿到她脚边，撒娇似的蹭了蹭。

"这猫倒是和你亲，我每回来都没有这待遇。"纪则临说。

王瑾珍合上书，慈爱地笑着说："动物有灵性，能分辨出谁好接近，谁不好接近。你啊，从小就不喜欢猫猫狗狗，不能怪它们也不喜欢你。"

纪则临垂眼，闻月就蹲在他身边，轻轻地抚摸着那只猫，那只猫在她手下十分享受。之前在青水湾，Yummy也是直奔她而去，看得出来，她很喜欢小动物，也很招小动物喜欢。

"那都是小时候的事了，我现在不怎么排斥养宠物，不然也不会同意纪书瑜养狗。"纪则临缓缓说道。

纪书瑜不买账，直接拆穿纪则临："明明一开始你很反对，我求了好久，还拿了演讲大赛一等奖，你才答应的！"

纪则临难得失语："……"

王瑾珍虽然年纪大了，可人没变迟钝。以前纪则临来庄园并没有固定时间，哪天得空了才会过来，匆匆吃个饭就走。但最近几回，他都是周末过来，有时候一待就是一天。上周他从国外出差回来，大半夜的还赶来庄园，要说只是为了看望她这个老太太，她是不信的。

王瑾珍又想到自己七十岁生日宴那天，那时候她就猜测纪则临看上了自己哪个学生手底下的姑娘，现在仔细一琢磨，心里就有谱了。她看向闻月，招了招手："小月，过来。"

闻月走过去，在王瑾珍身边坐下。

王瑾珍拉过闻月的手，仔细地端详着她的脸，眼底透着笑意，说道："你别怪老师多管闲事，越界过问你的私事。你是鸿飞的女儿，我自然是要多关心的。"

"老师您不是外人，有什么事，您问。"闻月说。

王瑾珍看着闻月，过了会儿，轻声问道："你年纪还小，不过也是个研究生了，是时候考虑一下个人问题了……你有没有什么想法？"

不知道是不是错觉，闻月忽然觉得有道视线落到了自己身上，明目张胆的，压得她不敢回头去确认。她抿了抿唇，而后抬起头看向王瑾珍，斟酌着说道："老师，其实……我有男朋友的。"

王瑾珍吃了一惊，问："真的？"

"嗯。"闻月颔首。

王瑾珍在心里轻叹了一口气，倒不是不为闻月高兴，只是有点儿替纪则临感到可惜，缘分这东西是强求不来的。

纪则临前一秒还在等待闻月的回答，后一秒就被从未设想过的答案冲击了。不过他到底是见惯了场面的，很快便控制住了情绪，冷静地问道："他也是青大的？"

闻月扭头，极快地看了他一眼，回道："他和我是同一届的，是江城大学的学生。"

"他人现在在哪儿？"

"江城。"

"你们异地？"

"嗯。"

"他——"

"则临，"王瑾珍看向纪则临，提醒道，"这都是小月的私事，我们就不要多问了。"

纪则临也察觉到了自己的失礼，微微皱了一下眉头，按捺下心中的那股躁郁，对着闻月克制道："抱歉。"

闻月垂眼："没关系。"

王瑾珍难得见纪则临失态，不由得意外。她没想到不过是见了几次面，纪则临对闻月的好感便到了这种程度。不过感情的事向来是很玄妙的，谁也说不清它的规律，只能被动地接受。话题到这儿便难以为继，王瑾珍怕纪则临再次失态，便借看书为由，拉着闻月上楼去了。

纪则临把公司的事都推了，本来是想在庄园里过个周末的，但现在一点儿心情都没有了。他抬手按了按太阳穴，知道自己这次有了个重大失误。

他知道闻月不会缺乏追求者，但没有确认过她是否单身。在没掌握清楚对方情况的时候，他就迫不及待地进了场，这并不符合他一贯严谨的处事风格。

想到闻月说的那个男友，纪则临就无端烦躁，他还是第一次体会到这种挫败感，如果是在生意场上，此刻他无疑已是一败涂地。

入冬后，青城下了两场雪，都不成气候，雪花飘飘洒洒地落到地面上，还没堆积起来，很快便化了。不过天气是越来越冷了，江城的冬天还常有明媚的太阳，但青城冬天的阳光无论怎么灿烂，照在身上总是没那么暖和。

闻月到底是土生土长的江城人，到了青城，难免不太适应。冬天室内供了暖后，她睡醒总觉得口干舌燥。有一天和任骁视频的时候，正说着话，她的鼻子里忽然淌出了一股血，触目惊心，把任骁给吓了一跳。

闻月以前去 L 市交换学习的时候，不仅需要适应地域、气候的差异，还要适应饮食上的不同。相比起来，在青城生活已经很幸福了，至少这里的食物是好吃的。仅是半年，她就已经受不了国外的餐食了。

受寒流影响，青城的第三场雪下得格外大。不过一个下午，整座城市就改了面貌，目力所及之处俱是白雪皑皑。

闻月上完课，直接去图书馆里写论文。看资料看到一半，她忽然接到了任骁打来的电话，他兴冲冲又神秘兮兮地让她猜自己现在在哪儿，闻月从他难掩得意的语气中就猜出了一二，一时愕然。

从图书馆里出来，闻月直奔校门口，远远地看到任骁挥着手，兴奋地和自己打招呼。尽管有心理准备，她还是十分惊喜。

"你怎么没和我说一声就跑过来了？"闻月走到任骁面前，问。

"想给你一个惊喜。"任骁抱着闻月转了一圈，问，"怎么样，你高兴吗？"

"嗯。"闻月笑着点了点头。

任骁像是得到表扬的小孩一般，憨憨地笑开了："本来今天中午就应该到的，但是青城大雪，航班延误了。"

"今天天气不好，你还飞过来，不安全。"

"我不放心你，就想过来看看你。"任骁说着，捧起闻月的脸，关切地问，"怎么样，最近还流鼻血吗？"

闻月摇了摇头，说："就是供暖后太干了，不是什么大问题。"

"那也不能大意。"任骁弯腰，提起放在地上的一个箱子，说，"我给你买了个加湿器，这个功率不大，可以放在寝室用，你一会儿带回去。"

"好。"

从上回见面到今天，差不多又是一个月，虽然任骁每天都和闻月视频通话，但线上到底和线下不一样。好不容易见了面，他迫不及待地拉起她的手，说："走，带我进你学校逛一逛，顺便把你的室友都喊出来，我之前说过有机会请她们吃饭，就趁今天把这事落实了。"

进青大需要刷卡，不是本校的学生和职工，必须扫码登记才能入校。闻月带着任骁去保安室门口登记，忽然一辆车右转过来，准备进学校。

任骁扫了那辆车一眼，忍不住感叹了一句："这车……这车牌。"

闻月回头，看到熟悉的车身，心头无端一跳，还没等她回过神来，后车窗就降了下来，露出了前一秒才在她脑海中闪过的脸。纪则临的目光先是毫无感情地掠过任骁，接着看向闻月，颔首致意："闻小姐。"

闻月只好也客客气气地打了个招呼，寒暄般问："纪先生怎么会来青大？"

"过几天是你们院长的生日，老太太让我来送份礼物。"

闻月点了点头，正犹豫要不要给任骁介绍纪则临，没想到任骁先一步冲着车上的人兴奋地喊道："是你啊！"

纪则临看向任骁，对他没有任何印象。

任骁却激动地和闻月说："我之前帮你从青城借来的那本绝版书，就是这位先生借出的，你之后还寄还给了他。"

"啊？"闻月愣了一下。

纪则临经提醒，才想起是有这么一回事。

这还是前年的事，王瑾珍偶然间在网上看到了一则借书帖，知道江城外国语大学一位学翻译的学生急需一本绝版书，就在底下回了帖，说自己有这本书且愿意借出。本来她是打算把书寄过去的，但不知道对方是连快递寄送的时间都等不了，还是怕出意外，当即说要亲自来青城取书。

老太太那时候身体不好，不便出门，就把这事交给了纪则临去办。她老人家交代的事，纪则临向来是亲力亲为的，他和对方约了个时间，在公司楼下碰面。

前来借书的是一个男大学生，看上去稚气未脱，他拿到书后千恩万谢，还特地说明这本书是为了心上人借的，能不能追到那个女生就在此一举了。

纪则临当时对这种借花献佛的行为不以为意。直到不久后的一天，他收到了一个快递，那本绝版书被寄回了。此外，包裹里还有一本文学刊物，里头夹着一张纸条，言尽感谢之意。

夹着纸条那页的文章纪则临认真看过，他从不专业的角度，给出了一个上等的评价，因此他还特地看了作者的名字。看到"闻月"这个名字的时候，他脑子里短暂地闪过一个念头——不知道这个姑娘，有没有被那个男生千里借书的行为打动？

此刻，这个问题有了答案。那个闻月竟然就是眼前的这个闻月。

纪则临没想到，自己早就参与进了闻月的人生，只不过是把她推向了别人。命运之箭在两年前的那一天射出，今天才正中靶心。

"月月，你怎么会认识这位纪先生？"任骁问。

闻月如实说道："我之前不是和你提过王瑾珍老师？纪先生就是老师的外孙。"

"那真是巧了。"任骁拉着闻月的手，对着纪则临感激道，"纪先生，多亏了你，当初要不是你把那本书借给我，我也追不到月月。"

纪则临眉间微紧，无端觉得胸口发堵。他看向闻月，半晌才开口，情绪不明地说："没想到我和闻小姐之前就有过交集。"

闻月当初只知道书是任骁向青城的一个收藏家借来的，但怎么也想不到会是纪则临，现在知道了实情，讶异之余，只能礼貌地当面再道一声谢。

纪则临绷着脸："书是老太太借出的，感谢的话你去了庄园和她说吧，至于借书之外的事，那并非我的本意，你不需要谢我。"

闻月抿了一下唇。

任骁似乎没听明白，还上赶着说："要谢的，要谢的，纪先生举手之劳，帮了我大忙。你算是我和月月的半个媒人，等以后我们结了婚，请你来喝喜酒啊。"

纪则临的眉头更紧。

青大校门口的保安认识纪则临，看到他坐在车上，便问也不问，直接放行。纪则临克制着情绪，极有教养地向闻月和任骁点头道别，升起车窗后才沉了脸色。

李特助开车进校，从后视镜中觑了纪则临一眼，纪则临沉默地坐在后座上，看上去心情不是很好。他揣摩着老板的心思，试探地问道：

"纪总，需要我重新找个家庭教师吗？"

纪则临当初聘请闻月确实是有私心，但也是看纪书瑜和她相处得不错，现在不至于因为她不是单身，就把她换了。说起来，他一开始给纪书瑜找家教，就希望对方是有家庭的人，这样可以免去麻烦。目前这情况，闻月反倒成了最合适的人选，只是他怎么也不能满意。

纪则临闭上眼，想到刚才闻月和男友手牵着手，心中就一阵烦躁。他抬手，按了按鼻梁骨，过了会儿才极轻地叹了一口气，说："不用了，纪书瑜喜欢，让她继续教吧。"

任骁在青城待了一周左右的时间，这次来，除了看闻月，他还去见了几个在青城工作的朋友。他下定了决心要创业、开公司，最近这段时间就辞了他叔叔公司的工作，到处奔波，拉人入伙。

闻月询问过任骁的计划，他只有个初步的设想，说要学以致用，开个科技公司，专门开发软件。他没有更加长远的打算，闻月担心他没有做好规划，会走弯路，他却很乐观，始终坚信船到桥头自然直。

任骁现在满腔热血，干劲十足，闻月不想在刚开始就泼冷水，打击他的积极性，便没去干涉他的决定。再者，临近期末，她自己也有很多事要忙，每天早出晚归，更加无暇去关心任骁创业。

元旦后，学期就到了尾声。研究生大多数课程的期末考核都是论文，没有几场考试。结课后，闻月基本上白天都泡在图书馆里写论文，就是周末去了落霞庄园，也是请王瑾珍给自己的论文提修改意见。

但是再忙，闻月晚上都会抽时间去青水湾，给纪书瑜上课。虽然纪则临当初说过，按她的时间来安排，但不管怎么说，这都是份工作，她既然领了薪水，就该尽职尽责。她并不想欠纪则临人情。

小寒那天，晚上下雪了，闻月陪纪书瑜看完书，走出别墅一看，雪没有变小，反而越下越大。雪花不再姿态飘扬，而是像白色的碎石，密密麻麻不间断地往下落，把道路都掩埋了。

李妈见雪下得这么大，担心闻月回校不安全，就劝她留宿在别墅，说纪则临之前交代过，给她备一个房间。这个房间李妈一直有打扫，随时都可以住。闻月起初仍想回校，李妈放心不下，就喊来平时接送纪书瑜上下学的王叔来送她。

闻月是不爱麻烦人的性子，王叔送她回校，还得折回来，今天下暴雪，路况肯定不好，这一来一回，容易发生事故。她权衡了一下，最终还是答应在别墅里留宿一晚。李妈给闻月准备了一次性的洗漱用品，连睡衣都有，还特地说明是新的，之前纪则临嘱咐留房的时候，李妈就备了一套。

暴雪无声，层层堆积的雪像是吸音棉，把人世间所有的声音都吸收了进去，徒留下让人心慌的安静。

闻月认床，之前在落霞庄园就适应了一阵子才睡习惯，今天在陌生的床上，怎么也睡不着。失眠，越躺反而神志越清晰。不知道过了多久，在一片寂静中，她听到了汽车压在积雪上的嘎吱声。

声音很近，似乎就在底下。闻月犹豫了片刻，掀被起身，走到窗边，拉开窗帘，从缝隙里往楼下看，看到那辆熟悉的车，她就知道是谁回来了。

但是车上的人一直没有下车。会不会出什么事了？

闻月等了会儿，还不见人下来，心里头惴惴不安，唯恐有什么意外。她顾不上那么多，披上外套匆匆下了楼，打开别墅大门跑出去，到了车旁，用力地敲了敲驾驶座的车窗："纪先生，纪先生。"

纪则临降下车窗，看到闻月的那一刻，他眉头微皱，以为自己出现了幻觉。自从上回在青大校门口遇上后，他们已有一个多月没见过面了，当然，这是他刻意控制下的结果。他以为她也会想方设法地避开他，但此刻，在深夜里，她就这么毫无预兆地出现在了自己的眼前。

"闻小姐？"

"今天下暴雪，回校不方便，我就借住在了别墅里。"闻月简短地解释自己出现在这里的原因，再看着纪则临，问，"纪先生，你没事吧？"

纪则临缓缓摇头。

"那你怎么不下车？"

"我在想事情。"

自从回国进公司后，纪则临就鲜少有自己的时间，他每天都忙于工作、应酬，跟个陀螺似的在转。渐渐地，就有了个习惯，晚上回到住处后，他会在车里独自待一会儿，完全放空自己。密封的私人空间能让他放下警惕，全身心地放松下来，但今晚，有个"不速之客"闯了进来。

想到刚才闻月焦急关切的神态和语气，纪则临心头一动，看着她问："你不好奇我在想什么？"

纪则临的眼神比这个雪夜还深邃，瞳孔的深处似乎正在酝酿一场暴雪，随时都会降下。闻月像是自然界中的小动物，预感到了极端天气的发生，竭力地想避免这场灾难。

"应该是……工作上的事吧。"闻月含糊道。

纪则临见她目光闪躲，便知道她什么都懂，只是不想面对，也不敢回应。

这么多年，他在商场上浮沉，只要能达到目的，什么手段都用过。他想要的，即使费尽周折，最后也能如愿。但面对闻月，他居然会有种力不从心的感觉，明明他们才认识不久，可他居然对她有一种渴望。

暴雪已经停了，只剩下零星的雪花在漫天飞舞。纪则临看着落在闻月眼睫上的一片雪花，想伸手帮她拈走，最后又克制住了。

半晌，他下了车，低头对闻月说："外面冷，进去吧。"

学期还没结束，任骁就提前帮闻月订了回江城的机票。离开青城前，闻月去了落霞庄园，当面和王瑾珍道别。她们相处时间长了，感情深厚了许多，老太太知道她要回家，拉着她的手依依不舍，又让陈妈给她打包了好些东西带回家，叮嘱她路上小心。

回到落云镇，闻月整天陪着母亲散心。虽然在闻月面前，母亲总是说自己没事，但闻月偶尔还能看到她抱着父亲送的琴谱偷偷流泪。挚爱之人离世，活着的人就要用剩下的人生去接受这个事实，这个过程是漫长、残酷的。

今年过年注定和往年不同，家里缺了一个人，便不复以前的温馨幸福。除夕那晚，任骁给闻月打来了视频，给她的母亲拜年。他们交往的事，双方家长都知道，当初闻月的父亲去世，任骁还来帮过忙。

两个家庭的亲人虽然还没正式见过面，但任骁和闻月的感情很稳定，他们都觉得等闻月研究生毕了业，就能顺理成章地成为一家人。任骁也和闻月提过毕业结婚的事，闻月其实没有想那么远，但也并不排斥顺其自然地往下走，就和自己的父母一样。

年初那天晚上，闻月意外地接到了纪书瑜给自己打来的视频电话。纪书瑜在落霞庄园，边上坐着王瑾珍，入镜的还有那只英短。

王瑾珍笑着对闻月解释，纪书瑜想她了，所以给她打了电话。纪书瑜却傲娇地说才不是，又说是纪则临刚才说，下学期闻月不一定会愿意接着教她，她才打电话过来的。

闻月先是一愣，知道纪则临也在庄园里，此刻就坐在边上后，无端紧张起来。她是打算下学期辞了纪书瑜家教的工作，但这事她还没说，本来是想等开学了，先找个理由和王瑾珍解释一番，等取得老太太的谅解后，再正式向纪则临提出的，但没想到他早就猜出了她的想法。

看着视频里纪书瑜巴巴的眼神，闻月艰难道："你很聪明，需要一个更好的老师来教你……"

纪书瑜撇了一下嘴，语气不满："你们大人就喜欢找借口。"

王瑾珍见闻月面露难色，和蔼地问道："小月，你有什么苦衷尽管说，是不是书瑜太难管教了？"

"不是，不是。"闻月连忙否认，但也无法说出真正的缘由，为此倍感苦恼。

"没关系，如果你真的为难，我让则临再给书瑜找个老师就好。毕竟你还是个学生，凡事要以自己的学业为主。"

王瑾珍善解人意，但王瑾珍越宽厚，闻月心里就越过意不去。老太太把她当亲人一样对待，平时不吝赐教，生活上也处处关心她，她没有什么能够回报的，唯一能做的，就是有样学样，用心地教导纪书瑜。

思索过后，闻月开口道："如果老师不嫌弃我知识浅薄、经验尚浅，我还是愿意接着教书瑜的。"

"你啊，过谦了，别人不了解你的学识，我难道还不清楚吗？"王瑾珍全然信任闻月，鼓励道，"你别有太大的心理负担，就是不上课，你每天过去陪书瑜两个小时，都是帮了我大忙了。"

纪书瑜在一旁听着，凑到镜头前问："闻老师，你下学期晚上还来陪我看书？"

"嗯。"闻月点头。

"不骗人？"

闻月笑了："不骗人，下学期我们就把《绿野仙踪》读完。"

纪书瑜高兴了，扭过头，冲着另一个方向得意地一笑，挑衅道："舅舅你说错了，闻老师还愿意教我。"

纪则临不在镜头里，闻月看不到他，只听到他"嗯"了一声，语气轻淡，辨不出情绪。

"好啦，书瑜，我们别再打扰小月了，该说再见了。"王瑾珍说道。

纪书瑜许是得到了想要的答案，爽快地说了一句"再见"，还把镜头一转，放到了纪则临面前，命令他："舅舅也说。"

纪书瑜出其不意，纪则临和闻月没有防备，冷不丁对上了眼，两个人都愣了一下。最先反应过来的是纪则临，他很快回了神，恢复了平时的稳重自持，对着手机里的闻月礼貌地道了一声："新年快乐。"

闻月抿了一下唇，轻声回道："新年快乐。"

岁聿云暮，一元复始。

闻月在家过了元宵节才离开落云镇，这次去青城，任骁也一同去。年前他和几个有意一起创业的朋友商量了，要在青城开公司。

江城虽然也是省会，但经济支柱是旅游业，而青城是国内名副其实的一线大城市，经济体量大，机会更多，政府对于年轻人创业的支持政策也更加完善。加上闻月在青城读书，任骁就更加倾向于北上发展。

任骁的父母找过闻月，让她帮着劝一劝他，但闻月没有这么做。虽然她也觉得任骁有点儿冲动，但他是成年人了，有自己的判断。他们是情侣，也是人格独立的两个人，他真心想做的事，她没理由去干涉、阻止。

飞机落地青城，闻月等行李的时候，接到了王瑾珍的电话，王瑾珍担心机场不好打车，特地派了车来接闻月。闻月一开始以为是庄园里的吴师傅来接自己，出了机场才知道派车的人是纪则临，因为开车的人是他的助理，她曾经在庄园里见过他。

闻月猜是王瑾珍托纪则临找人来接她，他才派了自己的助理来。

李特助下车，简单说明了自己的来意，和闻月猜的无二。任骁听到纪则临的名字，面上一喜。第一次见面，他还不知道纪则临是什么人物，只当是某个藏书家，但前段时间他在青城考察，自然听说了这位商业新秀的事迹。

上了车，任骁迫不及待地问："李特助，纪总很忙吗？"

李特助开着车，客气地回道："是的，开年公司事多，纪总就忙一些。"

"理解，理解。"任骁身子往前，看着李特助问，"我之前听人说，纪总经常投资一些小公司，是真的吗？"

李特助揣度了一下任骁这话的意图，沉着地应道："达则兼济，纪总有大企业家的责任和胸怀，有时候会扶持一些小企业。"

任骁闻言，眼睛亮了，连忙问："我和几个朋友打算创办一家科技公司，现在还缺一笔资金。李特助，你能不能帮我问问纪总，他有没有兴趣投资？我保证不会让他亏钱的！"

李特助倒不意外任骁会提出这个要求，他在纪氏工作的这几年，几乎每天都有人想找纪则临拉投资，但像任骁这样，公司都还没正式办起来，就敢攀上纪氏的还是少见。到底是年轻气盛，说好听了是初生牛犊不怕虎，说难听了就是不知道自己几斤几两。

李特助往后视镜中看了一眼，正好看到闻月微微蹙着眉。任骁倒不难办，难办的是这个闻小姐，他看得出来，纪总对她是不一样的。

"投资的事我会转告纪总的。"李特助留了余地。

任骁点头道谢，高兴得似乎已经拉来了投资，要扶摇直上了。

李特助本来想送闻月到宿舍楼下，但闻月觉得太招摇了，只让他送到校门口。下了车，任骁帮忙拿行李，李特助要走时，任骁和他再次提了投资的事。

闻月等李特助把车开走了，才问任骁："你怎么会突然想让纪先生投资公司？"

"不是突然，我之前就有这个打算。"任骁解释道，"新公司最需要的就是知名度，要想让公司迅速出名，最快的方法就是借助大企业的力量。纪氏是青城最大的集团，如果能拉来它的投资，那公司就能引来关注，之后发展起来就容易些。"

"可是……"闻月皱眉，觉得任骁过于异想天开，"纪先生怎么会愿意投资一家新公司呢？"

"如果是以前，我肯定没有把握，但是现在不是有你吗？"

闻月闻言，心头一跳，抬起头盯着任骁。

任骁低头，说："月月，你现在不是跟着纪总的外祖母在学习吗？"

"你想让我找老师帮忙？"

"只要让她在纪总面前提一提这事，很简单的。"

"不行。"闻月果断拒绝道，"老师从来不插手纪先生工作上的事，我不能让她为了我打破这个原则。"

"月月……"任骁见闻月眉头紧蹙，神色罕见的凝重，便知道她是真的有点儿生气了，他赶忙打住，讨饶道，"是我不对，我明知道你最不喜欢人情往来，也不愿意麻烦人，还让你做讨厌的事，你罚我吧。"

闻月的表情松动了："罚你什么？"

"罚我……"任骁眼珠子一转，嘿嘿笑道，"罚我变成大乌龟，帮你把所有行李都驮到寝室里。"

说完，他缩起手，晃了晃身子，扮作乌龟状。

闻月被任骁作怪的模样逗笑了，想他也是创业初期压力大，一时心急才想走捷径，便没和他计较这件事。

开学日，从五湖四海归来的学子把校园里的冷寂一扫而空。学生集中回校报到，学校的摆渡车一趟接着一趟，都不够坐。

闻月家远，是最后一个到寝室的。任骁帮她把行李搬上楼，陈枫她们就打趣他，说他这个男友当得称职，大老远的还过来陪读。

闻月简单收拾了一下行李，忽然记起自己到了学校还没和母亲报平安，正要拿手机发消息时，摸了摸兜，没摸着手机。

"怎么了？"任骁见闻月一脸焦急，问道。

"我的手机不见了。"

"别着急，是不是放包里了？"

闻月摇头："我下了飞机，和王老师打完电话就放进外套口袋里了。"

任骁猜测："会不会是掉在李特助的车上了？"

闻月抿了一下唇，说："你把手机给我一下。"

任骁将自己的手机递给闻月，闻月接过后，走到阳台安静的地方拨通了自己的号码。不一会儿，电话通了。

闻月："喂？"

那头静默了片刻，才出了声："闻小姐。"

闻月怔了下，喊了声："纪先生。"

纪则临知道闻月打电话来的意图，直接道："你的手机我会找人送去青大。"

"谢谢……麻烦你了。"

纪则临缄默，过了会儿问："开学一切都顺利吗？"

"嗯。"闻月低头盯着自己的脚尖，说道，"谢谢你让李特助来接我。"

"老太太不放心你。"纪则临顿了一下，问，"李特助说，你的男友陪你来了青城？"

闻月的心头无端一紧，应道："是的。"

"也好。"纪则临说，"这样老太太也能更放心。"

他的声音毫无波澜，彬彬有礼，是他惯有的绅士态度，但闻月的心情因为无法预料到对方会说什么而不平静。

还好，他没有问任骁拉投资的事，否则，她真的无地自容。

青大特别注重仪式感，即使不是学年开学，学院里也会办一场开学典礼。

上学期王瑾珍身体不适，没出席外语学院的开学典礼，这次院长再邀，她考虑了一下，觉得自己也有阵子没去学校了，遂应下了。

医生说过，王瑾珍的身体需要静养，不宜外出。纪则临担心老太太会出什么意外，当天推了工作，亲自开车送她去学校。

自从王瑾珍七十岁生日宴后，学院里基本上所有人都知道纪则临是她的外孙，但见过他的人很少，所以他甫一在学院大礼堂露面，就引来了无数学生的目光。

闻月被安排做了研究生院的优秀学生代表，领导和教授讲完话后，她上台演讲。纪则临坐在第一排，闻月演讲的时候，他的目光始终落在她身上。

闻月平时看着内敛低调，但在这种场合不露怯，非常从容自如。之前王瑾珍说，闻月虽然是小镇出身，但身上并没有小地方出来的孩子常有的局促感，这大概得益于她的父母，他们将她养得很好。

闻月完全脱稿，有条不紊地发表演讲。纪则临发现她讲话的时候，偶尔会面带笑意地朝一个方向看，便顺着她的视线看过去——任骁正站在礼堂的侧边，拿着相机在给闻月拍照。

纪则临眉间微紧，再次把目光投向演讲台。原来她看喜欢的人时，眼神是这样放松、自在的，完全不似在他面前时那般紧张、拘谨。

开学典礼的舞台表演结束，王瑾珍被一众师生围住，闻月也被喊了过去。纪则临正打算离开大礼堂，去门口等着，刚要走，被任骁给拦住了。

任骁脖子上挂着一台相机，十分自来熟地走上前和纪则临攀谈："纪总，好巧啊，没想到会在这儿遇到你……你是送王老师过来的吧？"

纪则临不得不站定，颔首应道："嗯。"

"我过来参加月月的开学典礼，给她拍拍照。"任骁举起相机示意了一下，又笑着说，"对了纪总，昨天谢谢你让李特助来接我们。"

纪则临昨天派车，本来只是应了王瑾珍的话去接闻月，他并不知道她的男友也跟来了青城。不过任骁道了谢，他也只是点了点头，客气道："不过是小忙。"

任骁似乎看不出纪则临在客套，接着问道："纪总，我昨天和李特助说过我和几个朋友准备创办科技公司的事，不知道他有没有和你提过？"

李特助当然和纪则临说了这事，并且特地强调闻月的男友想找他拉投资，还问他的意见。纪氏是行业龙头，想找纪则临投资的公司数不胜数，如果他每天应付这样的小事，那就不用干别的了。

纪则临是做生意的，不是做慈善的，李特助跟了他这么多年，清楚他的投资标准，一些资质不佳的小公司，初筛的时候就会被筛掉，它们的意向书完全不会有机会递到他面前。这回李特助跳过公司程序，打破规矩，无非是因为任骁是闻月的男友。

纪则临看向任骁，任骁还在等答复。

"公司有相应的流程，你把意向书发到我司的对公邮箱里，之后会有人告诉你结果。"

纪则临态度客气，但摆明了就是在拒绝，纪氏这么大个集团，把意向书投邮箱无异于石沉大海。任骁立刻争取道："纪总，你给我一个机会，我不会让你失望的。"

纪则临习惯了这种事，凡是在公共场合，他总会碰上那么几个想拉投资的人，每个都拍着胸脯保证不会让他亏本，任骁不是第一个，自然也不会是最后一个。

"你找我拉投资，闻小姐知道吗？"纪则临问。

任骁往闻月的方向看了一眼，她正站在王瑾珍身边，和人说着话。他迟疑了一下，说："她知道。月月一直很支持我，当初我爸妈都不同意我创业，是她鼓励我去尝试。所以，纪总，请你给我一个机会，我不想辜负月月的信任，我会向所有人证明她的选择没有错。"

任骁说这话时语气坚定，眼神中透着野心，看得出来，他的确很喜欢闻月，想让她过上更好的生活。从学生时代走过来的爱情，至少真心是毋庸置疑的。

纪则临失神片刻，余光见王瑾珍和闻月走过来，便客套了一句："我会考虑的。"

任骁还要和朋友去看公司场地，开学典礼结束后，他和闻月知会了一声，先走了。王瑾珍拉着闻月去见了几个老教授，王瑾珍和同事许久未见，叙起旧来格外高兴。

闻月等在一旁，时不时看向也在候着的纪则临。纪则临察觉到她的目光，转过头问："闻小姐有话说？"

闻月迟疑了一下，问："任骁刚才是不是和你说了什么？"

"他想让我投资他的新公司。"

果然，闻月轻叹了一口气，说："纪先生，任骁刚开始创业，比较心急，如果冒犯了你，我代他向你道歉。"

纪则临看她帮任骁说话，不自觉地皱了一下眉头，说："我以为你希望我帮他。"

闻月抬眼，郑重地说："要不要投资一家公司，纪先生肯定有自己的考量，我的意见并不重要。"

"如果你开口，我也许会考虑给你男友一个机会。"纪则临低头看着闻月，不徐不疾地说，"毕竟……老太太之前说过，你要是有难处，可以找我。"

又是这样予人压迫感的眼神，闻月暗自吸了一口气，缓缓开口道："任骁如果有能力，自然能靠自己获得纪先生的赏识，你不需要对他有任何优待。"

闻月的话说得很公正，并没有如纪则临以为的那样，没有原则地帮着任骁拉投资，但他心里还是不舒服。她不愿意请他帮忙，是相信任骁的能力，还是不想欠他人情，或者两者都有？

青城冬季的气温始终在零下，一整个冬天，城市里的积雪越冻越硬。青大校园里的人工湖结了冰，时常有学生不顾湖边的告示，结伴下去滑冰。

冬末春初的时候，气候异常，青城又下了一场雪，气象预报说，受寒流影响，国内大部分地区都会降温。这场雪下在了周末，持续下了一天，一夜过后，落霞庄园积雪很深，一眼望去一片白茫茫。远处的树林银装素裹，林子里的河流结了冰，冰面在天光下闪着剔透的晶光。

闻月清早起来，站在窗边眺望着庄园里漫无涯际的白，才领悟到北国千里冰封、万里雪飘是什么景象。

陈妈已经把早餐做好了，闻月下楼去了餐厅，没看见王瑾珍，觉得奇怪，问陈妈："老师呢？"

"一大早就出门去教堂了，做祷告呢。"

闻月疑惑地问："老师不是一般都是周六晚上去教堂吗？"

"今天不一样。"陈妈叹了一口气，说，"今天是小姐和姑爷的忌日。"

闻月反应了一下，才明白陈妈说的是王瑾珍的女儿和女婿。王瑾珍和丈夫是在大学任教期间认识的，他们只育有一女，就是纪则临的母亲，但这个唯一的女儿和她的丈夫早早地去世了。白发人送黑发人，切肤之痛也比不过。

王瑾珍从教堂回来后，眼圈泛红，整个人看上去憔悴了许多。闻月没像往常一样和她聊学术问题，而是带着纪书瑜陪着她，好让她心里不那么难受。

王瑾珍忧伤过度，午后吃了安神药才勉强睡了一会儿，醒来时看到闻月坐在床边捧着一本书安安静静地读，心里一阵熨帖。

"小月。"王瑾珍唤道。

闻月忙放下手中的书，倾身关切道："老师，您还觉得不舒服吗？"

王瑾珍摇了摇头，闻月扶着她坐起来，又端了杯温水递过去。

"你是来庄园学习的，倒辛苦你费心照顾我。"王瑾珍抿了一口水，长叹了一口气，说，"人老了，本来很多事都该看开的，我是白白长了年纪，还是不够豁达。"

"不管年纪大小，人心都是肉长的，失去至亲的人，伤心是再正常不过的事了。"闻月宽慰道。

"是啊，哪有失去亲人不难过的，就是则临……"王瑾珍轻轻摇了摇头，叹息似的说，"他虽然不说，但心里其实也过不去这个坎。"

"其实他小时候性子没这么冷，没事就爱跟着他外祖父去航空大学看人设计飞行器。以前他的梦想是当航天工程师，后来……"王瑾珍痛惜道，"他爸妈意外去世后，他就变了，一下子就没了小孩子心性，之后他出国留学，学的也不是最喜欢的航天专业。回国后，他沉稳了很多，外头人人都说他命好，生在了纪家，但是大家族表面光鲜，暗地里为了利益六亲不认，我知道他走到今天并不容易。"

王瑾珍一脸心疼，哀叹道："他今天……估计又自己去了墓园。"

闻月印象里的纪则临是拥有绝对主导力的，她很难想象他脆弱的一面。但同样是人，他的心不会是钢铁铸的，常人有的情感，他也会有，只不过藏得更深罢了。"百兽之王未必不会爱人"，他这话是认真的。

王瑾珍伤神了一天，下午不舒服，还请了家庭医生过来检查身体。闻月不放心，晚上就没有回学校，和室友们说了一声，仍宿在了庄园。吃了晚饭，她等王瑾珍吃了药休息后，又去哄睡了纪书瑜，这才回了客房。

许是今天听王瑾珍说了逝去的女儿的很多事，闻月心有戚戚，睡觉的时候就梦到了父亲。这一觉睡得并不踏实，夜里惊醒，她还分不清梦境和现实。

外头风声呼啸，风似乎拂落了树上的积雪，扑簌簌的。闻月拿过手机看了一眼，凌晨四点，天还未亮。房间里暖气开得足，她出了汗，醒来后口干舌燥的。桌上的杯子里已经没水了，她犹豫了一下，还是披上了外套，走出房间。

走廊的廊灯亮度不高，昏昏幽幽的，刚好能让人视物。闻月下了楼，想去厨房里倒杯水喝，经过大厅时，看到通往外廊的侧门虚掩着。她以为是陈妈晚上疏忽了，走过去要把门关紧，透过门缝却看到了一个孑然的人影。

闻月先是吓了一跳，等眼睛适应了室外的光线，才看清那人是谁。

纪则临站在长廊上，像是雪夜归来的旅人，久久不动。直到听到脚步声，他才回过神，转头看过去。

"闻小姐？"纪则临见到闻月的那一刻略感意外，但表情没什么变化，只有眸光愈加深沉。

"纪先生，这么晚了，你怎么站在外面？"闻月推开门，走过去问。

"屋子里闷，我出来透透气。"纪则临答完，扫了一眼闻月单薄的衣着，缓了缓语气，说，"外面冷，闻小姐回去休息吧。"

闻月听纪则临的意思，他还想在外头待着。

大雪虽然停了，但气温并未升高，冷风砭骨，飒飒地卷着残雪，天地间的一切都归于冷寂。纪则临的穿着也不厚实，闻月没忍住，还是问了一句："纪先生不休息吗？"

纪则临看了一眼腕表："公司今天有个会议，我等天亮就走。"

闻月迟疑了一下，说："疲劳驾驶……容易出事故。"

纪则临毫无感情地笑了一声："你是怕我和我爸妈一样出车祸？"

"我不是——"

"放心吧，我的车每天都有专人来检查，没人动得了手脚。"

闻月愕然，联想到之前听到的那些传闻，不由打了个冷战。

纪则临看向她："吓到了？"

闻月抿唇。

"所谓的大家族，也不过是华丽的废墟。"纪则临自嘲道。

闻月还是第一次在纪则临脸上看到落寞的神情，昨天是他父母的忌日，他心里应当不太好受。想到自己刚才做的梦，她心里一阵恻隐，忽然就共情了。这一刻，他不是高高在上的纪总，只是纪则临。

"但是……你已经找到了基督山 ①。"片刻后，闻月轻声说道。

纪则临听出了闻月的言外之意，不禁神色一动，看她的眼神变得越发深邃。他蛰伏了这么多年，一步步走到今天，就是想让有罪者付出代价。这件事他没和任何人提起过，但闻月一下子就懂了。

她身上似乎有种无形的力量，总能让他感到平静，继而激发出一种难言的渴望。他想要她。

月光照在白茫茫的积雪上，折射出清冷的光。夜里一阵风吹过，吹起地上的浮雪。

闻月不自觉地拢紧外套，余光见纪则临朝自己伸出手，顿时僵住了。纪则临拈去飘落到闻月发间的雪花，垂眼注视着她，目光深之又深。

财富和地位于他而言算不上宝藏，真正的基督山宝藏，他今天才找到。现在，他唯一要做的，就是想方设法将这个宝藏占为己有。

纪则临一夜未睡，天亮后就离开了庄园。他本来想自己开车，后来又思及什么，便把别墅的司机叫了起来，让司机送自己去公司。

才进公司，纪欣尧就踩着高跟鞋跑到他跟前，喊他："哥，你能不能和我爸说一声，我不想去读什么 MBA？"

纪则临看到纪欣尧，微皱眉头，他心里不耐，但还是说了场面话："二叔让你读，是想让你以后来公司帮忙。"

"我不喜欢读书，也不想学管理，反正公司有你，再不济还有周禹，怎么也倒不了。"

纪则临听到周禹的名字，脸色一沉，正要打发了纪欣尧，突然听到

---

① 出自《基督山伯爵》。

有人喊他。

"纪总，纪总。"任骁被大楼保安拦在了门外，正不住地挥手致意。纪则临朝几个保安打了个手势，让他们放任骁进来。

任骁理了理身上被保安弄皱的衣服，走到纪则临面前，客客气气地问："纪总，你有时间吗？我想和你聊聊。"

不过一个月的工夫，再见面，任骁就没了之前的意气风发，想来这段时间他已经被现实打击过了，知道创业并没他以为的那么容易。

纪则临看了一眼腕表，直接说道："我还有个会议，你有事的话，可以先和我的助理谈。"

任骁的公司虽然勉强算是成立了，但这段时间他开展业务处处碰壁，在青城这样的大城市，做软件的技术公司太多了，刚创办的新公司完全没有名气，别人根本不会想合作。创业需要资金，他和几个朋友凑起来的启动资金已经花去了大半，如果再不盈利，公司一直处于亏损状态，用不了多久就会支撑不下去。

这段时间，任骁一直在给纪氏集团发邮件，但是都没收到回复。他没办法，只能到纪氏的大楼下等着，好不容易才等来了纪则临，所以无论如何都想把握住这个机会。

"纪总，我不会耽误你太长的时间，你给我个机会，我给你介绍一下我的公司？"任骁诚恳道。

纪则临看着任骁，忽然想到昨天夜里闻月仓皇失措的样子。在他发现基督山岛之前，就已经有人先一步登上了岛，找到了宝藏。他眼眸微动，思索片刻，问："带了企划书吗？"

"带了，带了。"任骁连忙点头，从自己的背包里拿出一份文件递过去。

纪则临接过来，说："我看完会联系你的。"

任骁的眼睛立刻亮了起来，欣然地递上自己的新名片，高兴道："纪总，你看完企划书可以给我打电话，有什么要求尽管提。"

纪则临"嗯"了一声。

任骁到底年轻，喜形于色，达到目的后难掩兴奋。和纪则临道别后，他又满脸笑意地向站在纪则临身旁的纪欣尧挥了挥手。

纪欣尧盯着任骁离去的身影，问纪则临："哥，这人是谁啊？"

"一个刚创业的新人。"

"创业？做什么的？"

"科技公司。"

"刚创业就敢直接找你拉投资？他人看上去憨憨的，胆子倒挺大的嘛。"

纪则临没心情和纪欣尧聊任骁，三言两语打发了她，也没把她请自己帮忙的事放在心上。纪崇武到现在还不死心，想培养这个女儿来接班，但纪欣尧骄纵惯了，根本扶不起来，她对纪则临产生不了一丝一毫的威胁。

上午的高层会议主要讨论的是拓展海外市场的项目。会议上，周禹自荐担任项目负责人，纪则临知道他打的什么算盘，四两拨千斤地就反驳了。

公司里的人都知道纪则临和纪崇武向来不和。纪则临自从成为一把手后，就开始慢慢地削弱纪崇武在公司里的话语权。不过几年时间，纪崇武在纪氏的地位已大不如前，他的养子周禹也不受重用。

会议最后不欢而散，纪则临回到自己的办公室，刚坐下没多久，周禹就找了过来。

纪则临往椅背上一靠，冷眼看着周禹："海外项目的负责人我已经有人选了，你不用白费心思。"

"你知道我申请海外项目是为了什么。"周禹走到办公桌前站定，紧皱着眉问纪则临，"纪筱芸现在在哪儿？"

"我不知道。"纪则临冷漠道。

"你是她哥。"

纪则临面无表情地说："她是个成年人，有自主行为能力。"

周禹问："她已经好几年没回国了，为了躲我，打算在国外待一辈子？"

纪则临盯着周瑜，嘲讽道："周禹，你是不是忘了，纪筱芸现在和你没有任何关系？她在哪儿，回不回国，都与你无关。"

周禹看着纪则临，眼神不满："你应该知道，我和她之间有书瑜，这辈子都不可能断了关系。"

纪则临的脸色完全冷了下来："纪书瑜姓纪。"

"她是我的女儿，你不能剥夺她拥有父亲的权利。"周禹强硬道，"让我见见书瑜。"

"父亲？你配吗？"纪则临看着周禹，用更强势的语气说道，"我和你说过，别打纪书瑜的主意，否则我会将她送去国外生活，让你这辈子都见不到她。"

周禹的脸色霎时灰败，他狠狠地盯着纪则临，额上的青筋一跳一跳的，十分愤怒却又无可奈何。

周禹再次在纪则临面前败下阵来，阴沉着脸转身就走，打开门时又侧过身来，赌咒似的说："纪筱芸说我没有心，她不知道你比我狠得多。纪则临，我的今天就是你的明天，这辈子你会和我一样，求而不得。"

周禹摔门而去，纪则临沉着脸坐着，半晌，皱起了眉头。

李特助不是第一回看到这样的冲突，见怪不怪，他拿着几份文件敲门进来，递给纪则临签名，随后指了指桌上的一份企划书，问："纪总，任先生的投资申请要怎么处理？"

纪则临拿过那份企划书，翻开扫了一眼，最先看到的是任骁成立的公司的名称——揽月。一般人会以为创立者是抱着"欲上青天揽明月"的野心，但纪则临知道，这个名字的含义不仅如此。他想到了周禹刚才说的话，眸光微闪，片刻后把企划书合上，扔在了一旁。

李特助玲珑心思，立刻明白了意思，躬身离开。

一场大雪后，天气就放晴了，连着出了几天的太阳，市里的积雪开始消融，气温反而降了几度。

不知道是降温的原因，还是那晚衣着单薄地去了室外，闻月回校后就得了重感冒。生了病，她担心会传染给纪书瑜，正好这周她也无心去青水湾，就借病和李妈请了假。

到了周末，闻月和以往一样，到时间了就去了校外。看到开车来接的人是吴师傅，她暗自松了一口气，惴惴不安的心总算是定了下来。

王瑾珍这周在庄园里组织了个沙龙，邀请了好几个翻译界的老友前来会面。这些人对闻月来说都是令人敬仰的大前辈，和他们交流的机会十分难得，因此她格外珍惜。

郊外化雪晚，市里的积雪已成泥泞，庄园还是白茫茫的。屋外冷风过境，屋子里燃着火炉，温暖如春。

闻月一开始和几位前辈说话还有点儿紧张，但他们都是和蔼的人，慢慢地，她放开了许多，能娓娓地陈述自己的观点，也获得了赞赏。

他们在宴客厅里畅聊着文学翻译的未来，沉浸在思想碰撞产生的火花中，没人注意到大门被推开，有人走了进来。最后还是躺在闻月腿上睡觉的英短突然跳了下去，抬起头对着一个方向叫了两声，她下意识地转过头，才发现了来人。

王瑾珍看到纪则临，纳罕之下问道："你不是说这周不过来吗？"

"临时改了主意，想来看看……您。"纪则临走过去，目光先是在闻月身上掠过，随后笑道，"我来得好像不是时候，打扰你们学术交流了。"

"什么学术交流，不过是随意聊聊、各抒己见罢了。"王瑾珍说。

"我们几个老家伙闲来无事聚一聚，聊的也都是老话题，不过今天有闻月，倒听了几个新鲜的观点。"青城外国语大学的林教授和王瑾珍年纪相仿，也是个和善的老太太，她看向闻月，忍不住夸道，"这孩子喜欢翻译，还很有天赋，难怪瑾珍喜欢，就是我也想收她当学生。"

林教授说完，很直白地问闻月："谈男朋友了吗？"

闻月还没回答，王瑾珍就先问了："你这是想收小月当学生呢，还是打的别的算盘？"

林教授是个性情中人，闻言爽朗地笑了，大方说道："我怎么着也不能和你抢学生啊，只能想想别的法子，把她收过来了。"

"好像就你有乖孙，我没有似的。"王瑾珍故作不满。

"哦？"林教授笑问，"你想撮合则临和闻月？"

闻月心头一跳。

王瑾珍眼见玩笑过了头，场面要收不住了，立刻打了岔，说："好啦，小月是有男朋友的，你就别打她主意了。"

林教授遗憾地叹了一口气，也不再调侃闻月，继而把话头转向了纪则临，问："瑾珍七十岁生日后，我就再没有见过你了，公司很忙吧？"

"是我的疏忽，应该找个时间上门拜访您的。"纪则临说。

"拜访就不必了，我和瑾珍是一辈子的好姐妹，不拘这种礼节。"林教授话锋一转，又说道，"不过今天你来得正好，我有几个单身的学生，你想不想见一见？"

"哎——"王瑾珍先一步开口说话，"我现在已经不催了，你不用再给他介绍姑娘了，免得他又和人说些加学分的笑话。"

"见一见有什么关系？则临现在事业有成，也该成家了。"林教授拉郎配的兴致还挺高，说完就问纪则临："怎么样？找个时间我安排你和她们见个面？"

纪则临往某处扫了一眼，客气地回道："您费心了，不过我要辜负您的好意了。"

林教授不气不恼，倒是奇怪："上回你倒还找个像样的理由拒绝我，这次理由都不找了……怎么，已经有心仪的姑娘了？"

纪则临没有马上回答，形同默认。

林教授惊奇地说："哟，还真是啊，快说说，是哪家的姑娘？"

宴客厅里，几乎所有长辈都好奇地盯着纪则临看，就等他说出一个人来。

闻月垂着眼，手心里沁出了一层细汗，她暗自咬了一下唇，几欲起身逃出这个空间。

纪则临余光看着缩在角落里努力降低自己存在感的人，眼神微微一动，才不徐不疾地回道："现在还不是时候，以后有机会，我再给各位长辈介绍。"

午后，几位老教授陆续离开庄园，闻月和王瑾珍一起送客，回到宴客厅，她见纪则临朝自己走过来，便立刻和王瑾珍说自己要去书房找本书。

纪则临见闻月上楼，要跟上去，却被王瑾珍叫住了。

"则临，过来，我有话要问问你。"王瑾珍在沙发上坐下。

纪则临往楼梯方向看了一眼，思索片刻，还是先坐了下来。

王瑾珍也不绕弯子，开门见山地问道："则临，你对小月……是什么想法？"

纪则临笑了一下，没有遮掩，非常干脆地说："您已经看出来了。"

"小月的确是个非常出色的姑娘，我也很喜欢她，放在之前，我是很乐于看到你去追求她的，但是……"王瑾珍的表情倏地严肃起来，语气也变得郑重，"你要知道，她现在不是单身，你不能越线，否则会给她带来很大的困扰。"

"如果她分手了呢？"纪则临问。

王瑾珍皱起眉头："上次开学典礼，我见过小月的男友，是个不错的孩子，小月和他感情很好，他说等明年小月毕业了，他们就会结婚。"

纪则临垂眼，眸光不定："以后的事，谁也说不准。"

"则临，"王瑾珍板起了脸，拿出长辈的风范训道，"不管他们以后会怎么样，现在你必须约束自己的行为。小月的家人在我年轻的时候很照顾我，现在我也要照顾好她，就算你是我外孙，我也不能让你叫她为难。"

纪则临缄默。

王瑾珍心软了，叹了一口气，柔和地说："感情的事也讲究个先来后到，说到底，你和她是差了点儿缘分，就像当初筱芸和周禹一样……你不能强求，知道吗？"

王瑾珍苦口婆心，谆谆教导，纪则临没有驳斥，一副聆听教诲的模样。等她说完，他才恭顺地颔首道了一句："我都明白，您放心，我有分寸。"

王瑾珍了解纪则临，从小他就是个有主意的，和他母亲一个脾气，平时看上去无欲无求，但是一旦认定了某件事，就是十头牛都拉不回来。现在他虽然恭恭敬敬的，但她看得出来，他心里有自己的想法。

到这个分儿上，她这个外祖母也没办法了，只能告诫道："不管怎么样，你都不能伤害到小月。"

"我知道。"

他们说着话，纪书瑜抱着猫跑过来，一下子扑到王瑾珍身上，老太太的注意力便转移了。纪则临见状，趁机抽身离开，径自上了楼。

闻月踩着梯子，在书房书架的最顶上找到了想看的书。她吹了吹书封上的薄灰，拿着书走下了梯子，转身时险些撞上了人。看到站在她跟前的纪则临，她表情微变，垂眼想绕过他，又被挡住了。

"闻小姐在躲我？"纪则临低下头问。

闻月捏紧手上的书，暗自吸了一口气，才抬起头，故作镇定地回道："纪先生误会了，我只是想下去找老师。"

"纪书瑜说你这周都没去给她上课。"

"我感冒了，怕传染给书瑜，就和李妈说暂时不去青水湾了。"

纪则临看着闻月的脸，眼睛一眨不眨："感冒怎么样了，要不要让李医生来给你看看？"

闻月摇了摇头，客气地回道："已经好得差不多了。"

纪则临说："你确定？这段时间得流感的人很多，要是不重视，容易留下病根，还是叫李医生过来看看吧。"

"我在校医院拿过药了，就不麻烦李医生了。"闻月说完，点头致意了一下，又想绕过纪则临走出书房。

纪则临下意识地跟着走了一步，闻月立刻像是毂觫的猫，迅速往后退了一步，双手抱着书护在胸前，一脸警惕。

纪则临看她对自己这样防备，好像他是什么洪水猛兽，眼神倏地变了。

"闻小姐怕我？"

闻月攥紧手中的书，很快摇了一下头。

"不是就好，我还以为自己做了什么事，让闻小姐害怕了。"纪则临缓和了语气，施施然道。他看穿了闻月的心思，却没点破。看来她还没有做好心理准备，不过也算了，他今天来庄园的目的已经达到了，如果把人逼急了，以后想方设法躲着他，反而得不偿失。

"上周闻小姐没去青水湾，纪书瑜一直问你。你的感冒既然好了，下周照常上课？"纪则临垂下眼睑，注视着闻月。

闻月咬唇："我之后有个考试要准备——"

纪则临打断闻月的话："考试总有考完的那天。"

闻月的表情还有几分犹豫，纪则临紧接着说道："别忘了，你答应过纪书瑜，要陪她把《绿野仙踪》看完。纪书瑜这么信任你，我想闻小姐是不会食言的。"

答应过的事的确不好反悔，闻月不是出尔反尔的人，她犹豫了半晌，最后只好折中说："考完试有时间我会去给书瑜上课的。"

纪则临得到想要的回答，嘴角轻轻一勾。他虽然有意和闻月多待一会儿，但也明白不能操之过急。目的达到，他便侧过身，让她离开书房。

纪则临今天是临时起意来的庄园，只待了不到一个小时就开车回了市里。到了公司，李特助马上迎过来，问："纪总，您去哪儿了？"

"去了趟庄园。"

"您不是说这周不过去吗？是老夫人出什么事了？"

纪则临摇头："我去看个人。"

李特助立刻懂了，适可而止地不再多问，转而说起了今天的工作安排："下午您不在公司，几个部门的经理都在找您签字，子公司的负责人正在休息室里等着，要和您汇报近期的业务情况，四点钟还有个线上会议要开。"

纪则临进了办公室，吩咐道："先让子公司的人进来，还有……"

他扫了一眼被遗忘在办公桌角落里的企划书，觉得晾了一周也够了，便对李特助说："联系一下任骁，让他来公司一趟。"

李特助面露讶异，但没有追问，仅是照办。

纪则临见完子公司的负责人，又去会议室开了个线上会议，等会议结束后回到办公室，李特助告诉他，任骁已经在休息室里等很久了。

"让他进来吧。"纪则临松了松领带，又喊住李特助，问，"上回出版社寄过来的书还有吗？"

"有的，我留了几本在公司的图书室。"

"拿一本过来。"

李特助不明所以，仍是恭顺地应道："好的。"

自从上次把企划书给了纪则临后，任骁就一直在等消息，这一等就是一周。他本来以为又收不到答复了，正想着要不要再去纪氏集团问问，没想到峰回路转，纪则临主动联系了他，这无疑是个好兆头。

任骁在李特助的授意下，直接去了纪则临的办公室，敲门进去后，他难掩兴奋地朝纪则临打招呼："纪总。"

"坐。"纪则临示意道。

任骁落座，按捺不住心切，开口就问："纪总，你联系我，是不是觉得我的公司还不错，打算投资了？"

纪则临拿过任骁上回送来的企划书，随意翻了两页，再抬起头看着他，客气地说道："你的企划书我看过了，野心很大，但是……现阶段贵公司的资质还达不到纪氏的投资标准。"

任骁自创业以来，短短时间内遭遇了很多挫折。现在公司尚在起步阶段，急需资金注入，纪则临对他来说就是一个大机遇，他无论如何都想抓住。

"纪总，你如果只是为了拒绝我，给我打个电话就行了，不用特意让李特助联系我过来吧？"任骁试探道。

纪则临合上企划书，也不拐弯抹角，直接说道："你和我其实也算是有几分缘分，看在闻月的分儿上，我可以给你一个争取的机会。"

任骁听到这话，一时欣喜，又觉困惑，忍不住问了一句："是不是月月拜托王老师，请纪总帮我这个忙的？"

"不是，闻月没提过你的事。"纪则临似是随意地说道。

任骁闻言，心里头稍稍浮现出异样的感觉。闻月之前说过，她只不过是跟着王瑾珍学习，和纪则临并不熟，但现在她不开口，纪则临都愿意看在她的面子上给自己机会，这算不熟吗？

纪则临敏锐地觉察到了任骁微末的情绪变化，点到为止，不再多谈闻月，接着说道："你的公司才成立不久，还没有代表性的产品。现在做软件的公司很多，你的企划书上列举的几个待开发项目，别的公司也在做，它们的经验更丰富，算法更成熟，揽月并没有竞争力。"

任骁问："纪总的意思……是希望我设计出一款比较有创新性的软件？"

纪则临往椅背上一靠："我不做亏本的生意，你想让我投资，至少要有能打动我的项目。"

任骁能想到的目前市场上最热门的软件设计，他都已经呈现在企划书上了，但显然，纪则临看不上。他暂时想不到什么样的软件设计能打动纪则临，但是机会难得，现在也只能放手一搏了："纪总，你既然给我机会，我就试试。"

纪则临点头，见任骁起身要走，便拿起桌上的一本新书递给他。

任骁不解："这是？"

纪则临答："家里老太太最新出版的译作，我帮她做做宣传。"

任骁听完，奉承道："之前月月经常和我说王老师的作品译得多么好，还推荐我去看。我总想着要买一本来读读看，但是忙起来就忘了，这回纪总送了书，我一定好好拜读。"

纪则临之前就发现了，任骁似乎对闻月的专业没有用心地了解过，上回在青大的开学典礼上，任骁也只夸赞闻月的妆容打扮，却忽视了她更为出色的演讲。闻月推荐的书，任骁如果有心，再忙都能挤出时间来阅读，但任骁没有。

纪则临眸光微闪，聊闲天似的说："老太太干了一辈子的翻译，读到国外的好作品，就忍不住想翻译。"

任骁夸道："王老师真敬业。"

纪则临说："是敬业，不过她现在年纪大了，身体不如从前。医生让她多休息，但她不听劝，总想趁着还有力气，多翻译几部作品，毕竟现在国内的读者想看国外的书籍，大多只能靠译者翻译。"

任骁听到这话，脑子里灵光一闪，表情激动了起来。他拿着书，忽然兴奋地对纪则临说："纪总，谢谢你今天给我的机会，下次见面，我一定会拿出一个让你满意的设计方案。"

纪则临闻言，意味深长地笑了，鼓励道："好，我期待你的成果。"

Chapter 04 　潮湿雨雾

王瑾珍找了个时间，把闻月引荐给了青城译文出版社的编辑。编辑看过闻月的译稿后，觉得她很有潜力，正巧，出版社原本打算找王瑾珍翻译一位外国作家的短篇小说集，王瑾珍顺势提议让闻月试试，和她一起翻译。

有王瑾珍做担保，出版社也愿意给闻月这个新人一个机会。译书出版是闻月的理想，她本来以为，至少要等自己毕业后才能有机会实现这个理想，现在机会却掉落到了眼前。虽然不是独立翻译，但能和王瑾珍联合译作，这已经是很多译者此生梦寐以求的了。

冬去春来，随着气温渐渐升高，青城大部分的积雪都化了，行道两旁光秃秃的树木也抽出了新芽，在阳光下显出一派生机。

闻月这段时间都在忙，除了上课、兼职，剩余的时间基本在译稿。一篇短篇小说的篇幅虽然不长，但是要将作者的语言、情感以至写作风格呈现在另一国度的读者面前，还不能对原著有所折损，并没那么简单，因此她不敢马虎。

周一上午上完课，闻月本来打算吃了饭去图书馆，走出教学楼时，她意外地看到了站在阶梯下的任骁。她立刻喊了他一声，走下去问：
"你怎么过来了？"

"今天完成了一个大制作，总算能抽出时间了，就过来看看你。"任骁说完，上前牵住闻月的手，抱怨似的说，"我不来找你，你也不来看我。"

闻月笑了："你不是说你这阵子很忙吗？我怕影响你工作。"

任骁答："是有点儿忙，都没办法和你约会。月月，你不会气我冷落你了吧？"

闻月摇了摇头，安抚他："你现在在创业的关键时期，我能理解。"

"本来以为在一个城市，我们能有更多时间相处的。"任骁握紧闻月的手，提议道，"等公司步入了正轨，我就不和那几个朋友合租了，到时候重新找个房子，你从学校搬出来和我住吧？"

闻月犹豫了一下，说："你的工作室在市中心，离学校太远了。"

"那我就在你学校附近找房子。"

"这样你上班就远了。"

"没关系，等我赚了钱，再买一辆车就方便了。"任骁低下头，看着闻月的眼神里带着灼灼的热意，殷切道，"月月，我们已经交往一年多了。"

闻月明白任骁的意思，她有些迟疑，但想到这一年多的时间，他们的感情一直很稳定，尽管比起父母的感情，欠缺了些饱满的激情，可细水长流也不见得是坏事。如果不出意外，他们会继续走下去，好像这时候再进一步也是顺理成章的。

但闻月还是有所顾虑，她斟酌道："你先好好工作，等揽月有起色了，我们再来商量这件事好吗？"

任骁有些失落，但没有丧气。他觉得闻月现在之所以犹豫，是因为他在事业上还没有做出成绩，如果他之后成功了，她就会认可他的能力，从而更加喜欢他。他现在唯一要做的就是拉到纪氏的投资，而关于这一点，他很有信心。

正值饭点，闻月本来是要去食堂的。任骁今天高兴，说要改善她的伙食，就带着她去吃火锅。

大学城虽然在郊区，但是并不冷清。这片区域学校聚集，学生众多，年轻人的消费力不低，因此周边有很多商场和小吃街。

吃饭的时候，任骁说起了半个多月前去纪氏见纪则临的事。他一边说，一边把涮好的牛肉片夹进闻月的碟子里，忽然来了一句："他还和我提起了你。"

闻月的心跳蓦地漏了一拍，她问："提起我？"

"他说看在你的面子上，愿意给我一个机会。"任骁试探着问道，"月月，你和纪总关系很好？"

闻月没想到纪则临会和任骁这样说，她心里一慌，下意识地摇了摇头。

"那奇怪了，他怎么会说看在你的分儿上给我机会？"任骁问。

"可能是因为我现在跟着他外祖母学习，又是他外甥女的家庭教师……他才想帮你的吧。"闻月说完，自己都没底气。

任骁没多怀疑，笑道："也是，纪总一定是觉得你替他陪家人、教小孩，很感激你，所以才愿意给我个机会。"

闻月咬了一下唇，心里对任骁产生了一丝愧疚。她并不是真的想隐瞒什么，只是目前为止，纪则临什么都没说过，是她在揣测他的心意，如果是自作多情倒好，如果不是，那她更不知道要从何启齿。

闻月犹豫、纠结的时候，任骁拿起了手机，说道："纪总说，只要我开发出一款有创新力的软件，他就会考虑投资。我最近一直在忙新软件设计开发的事，今天做出了个最基础的版本，想试试效果。月月，我需要你帮我个忙。"

"我？"闻月不解，她对软件一窍不通。

"这款软件的主要功能就是翻译。"任骁说。

闻月问："翻译器？"

任骁答："准确来说，是文学翻译器。"

闻月听到这个名称，不自觉地轻轻皱眉头："文学翻译器？"

"就是专门用来翻译文学作品的。"任骁兴致勃勃地介绍道，"现在市面上的翻译器功能都很广泛，很多人都是用翻译器来翻译一些资料，很少有人会用来翻译文学作品，因为篇幅太长，不方便。

"所以我就想，揽月可以开发一款专门用来翻译国外文学作品的软件，把翻译器的功能有针对性地细分开来。软件的名称我都想好了，就叫《文·译》，目标用户就是那些喜欢文学的文艺青年。

"等软件发布后，还可以和国外的出版社合作，购入作品的版权，这样不需要第三者介入翻译，读者就可以用软件直接翻译图书进行阅读，不是更省事了吗？"

闻月的眉头越皱越紧，她听明白了，任骁想用软件取代译者的工作。

"这就是你刚才说的大制作？"闻月问。

任骁点头："月月，你最近不是在翻译小说吗？这个软件你回去用用看，看看准确度怎么样，要是还行的话，你以后就不用自己翻译了。"

闻月的表情凝重了起来，她看着任骁，很认真地说："软件只能作为辅助，并不能替代译者的工作，文学翻译不是简单地把语言译过来。"

"有什么差别吗，看得懂不就好了？"任骁还懵里懵懂的。

"但文学不是读得懂就好了。"闻月解释道，"机器翻译不出'翡冷翠'。"

"不管是'翡冷翠'，还是'佛罗伦萨'，不都指的是那个地方吗？叫法不一样而已。"任骁不明白闻月为什么生气，还劝道，"月月，现在是信息技术时代，很多行业以后都会被人工智能取代。虽然我不想打击你，但事实是，翻译这个行业……一样会被取代。"

"翻译无用"的论调闻月听过不少，可以说，在她学习的过程中，这种声音一直伴随左右，她习以为常，甚至常用"无用之用"来安慰自己。别人持有这种观点也就算了，她没想到，连任骁也这么认为。

闻月知道任骁不爱读文学作品，这没什么，每个人喜欢、擅长的东西不一样，这很正常，就像她也读不懂代码一样。她一直以为即使两个人的兴趣不同，只要互相理解、尊重就足够了，但现在她才发现，任骁根本就看不起她的专业和理想。

他们这一顿饭吃得并不开心，虽然任骁后来道歉了，但闻月知道，他只是看她不高兴了才主动低头的，并没有意识到她到底为什么生气。

说起来，这算是他们一年多来第一次闹别扭。之前就算是异地，他们也没拌过嘴，闻月不是喜欢计较的人，可是这次，任骁真的踩到了她的底线。

因为这个小插曲，闻月下午的心情不是很好，她在图书馆里译稿时，总是分心去想任骁的话，以至于进度不佳。她静不下心来，就没有强求，早早地收拾东西去了青水湾，趁着夕阳还没落下，在户外走了走。

开春后，青水湾又是另一副光景。之前荒芜的草坪冒出了新绿，结了冰的湖面也化开了，此时，几只黑天鹅正在悠闲地凫水。

闻月站在湖边吹着风，拿出手机打算拍几张照片。镜头对着岸边时，忽然有只白色的萨摩耶撒了欢似的闯了进来。这只狗眼熟得很，她当即回过头，果然看到了纪书瑜，还有跟在纪书瑜身后的纪则临。

纪书瑜喊了闻月一声，追着狗玩闹去了。

纪则临走向闻月，自然而然地和她打招呼："闻小姐今天来得早。"

"学校没什么事，我就提前过来了。"闻月保持着礼貌。

自从上回在庄园见过面后，闻月已经有半个多月没碰上纪则临了，他大概工作很忙，她来给纪书瑜上课的时候鲜少碰上他。时间一久，她一度怀疑是自己想多了，但再次见到他，她还是下意识地警惕起来。

"我这段时间出差，都没什么时间管纪书瑜，她还听话吗？"纪则临问道。

闻月点了点头："书瑜挺听话的。"

纪则临说："那就好。她之前皮得很，跟着你学习的这段时间，安分了很多。"

闻月说："书瑜之前只是没有伴，才会想吸引大人的注意力，有人多陪陪她就好了。"

纪则临颔首："这的确是我这个做舅舅的失职了。"

闻月客气道："纪先生工作忙，这也是没办法的事。"

"闻小姐倒是替我想好了托词。"纪则临低头看了闻月一眼，片刻后，似是无心地提了一句，"今天任骁来公司找过我，和我说了他最新设计开发的一款软件。"

"《文·译》？"

纪则临点头："看来他和你提过了。"

闻月苦笑了一下，任骁果然并没有把她的话放在心上，一心一意想开发文学翻译器。

纪则临从她的表情中看出了端倪，心里有了底，遂说道："他的想法是不错，只是……并不可行。"

闻月看向纪则临，纪则临从容道："文学翻译器听上去很有噱头，但是并不实用。喜欢文学的人更注重阅读体验，他们不会用翻译器来阅读作品。而会用翻译器看书的人也并不是打心底里喜欢文学，文学翻译器这个噱头不会比其他的翻译器更有吸引力。"

纪则临看着闻月，眸光微微一闪，接着说道："而且……我认为翻译的工作并不是简单的语言层面的转换，尤其是文学翻译，需要译者对原作进行彻底的解构和重筑，这一点人工智能还做不到。"

闻月听多了人说翻译是寄生的艺术，没想到纪则临能理解译者的工作。她双眼微亮，问："纪先生觉得译者也是创作者？"

"当然。"纪则临回道，"虽然翻译要遵从原作，但译者的最佳状态绝对不是异化成翻译机器。同一本书，不同的译者最终呈现出来的译作是不一样的，这也是阅读不同版本译作的乐趣所在。"

纪则临这么说，并不单是为了取悦闻月，家里有个从事翻译事业的老太太，他多少耳濡目染，也知道这个行业的不易。

虽然他是个商人，看重利益，但也知道这个社会不能只有物质，还需要有人去创造精神财富，因此对于文艺工作者，他向来是敬重的。

"我还以为，纪先生也觉得译者的工作早晚有一天会被人工智能取代。"闻月说道。

纪则临抓住了她话里的"也"字，轻轻一哂，开了个玩笑："人工智能并不是百分百完美的，它也不能保证不会把'the Milky Way（银河）'翻译成'牛奶路'。"

闻月听到这话，脸上不自觉地浮现出了笑意。她没想到自己和纪则临在有关翻译的见解上会有如此默契，看来之前她对他的印象是刻板的，他不是一个重利轻义的商人。纪则临看到她的笑容，眼底闪过一抹不易觉察的胜意，很快扬起了嘴角。

象牙塔里的爱情就像温室里的花朵，一旦离开了玻璃房，便很难经受住外面的风风雨雨。纪则临能预感到闻月和任骁早晚会分开，他要做的，不过是加快他们分开的进程。

任骁本来以为《文·译》这个软件能投其所好，打动纪则临，没想到他完全不为所动，甚至觉得这个设计很鸡肋，完全没有市场竞争力。

任骁不死心，隔天再一次去了纪氏，这次连纪则临的面都没见到，直接被他的助理给拦下了，说纪总在忙，没时间见人。任骁不甘心就此放弃，干脆在休息室里坐着等。纪则临开完会回到办公室，李特助特地来告诉他，任骁在休息室里等了一个小时，还没走。

"要不要我找个理由，让他离开？"李特助问。

纪则临坐下，抬手转了转袖扣，思忖片刻后说："让他进来。"

李特助按照纪则临的意思，把任骁领进办公室。

任骁甫一进门，就迫不及待地对纪则临说："纪总，我知道《文·译》这个软件的设计还有很多需要改进的地方，只要你给我时间，我一定会把它做到最好。"

纪则临伸手示意任骁坐下，才不紧不慢地说道："这个软件的问题不在于不完善，它的方向一开始就是错的。"

"怎么会？"任骁急切道，"如果软件做成了，以后想看国外作品的读者就不需要等译者翻译了，纪总之前不是说王老师身体不好，还想多译几本书吗？有了《文·译》，她就不用担心国内的读者看不懂国外的作品了。"

"你把翻译的工作想得太片面了。"纪则临一针见血道，"如果译者的工作这么容易就被取代，那软件市场上的文学翻译软件早就数不胜数，不会等着你来捡漏。"

"你对翻译这个行业没有敬畏心，注定做不出像样的成果。"纪则临摊了一下手，神色自若道，"抱歉，《文·译》并不能打动我，我如果投资了这个项目，家里老太太怕是会不高兴。"

"而且……"纪则临看着任骁，眸光微微一闪，说道，"闻月也不会支持的。"

再次从纪则临口中听到闻月的名字，任骁心中的异样感更甚。上回纪则临说是看在闻月的分儿上给揽月一个机会，这次又因为闻月不会支持，所以并不想投资开发《文·译》。纪则临的决策动机似乎都是闻月，这难道仅仅是因为感激？

纪则临注意到任骁神情的变换，极为隐晦地笑了，叫来李特助，把人请了出去。

从纪氏大楼出来，任骁抬头看向高耸矗立的"三叉戟"。两年前他第一回来这里，对这三栋建筑并未多加关注，那时候，他一心想着把书借回去，追到闻月。但现在，这三栋建筑对他来说有着无端的魔力，它们雄伟壮丽，是权力、财富和地位的象征，是他现在苦苦追求的一切。

青城这个名利场，富贵迷人眼，但现在，他连入场券都还没拿到。

任骁再次在纪则临那儿碰了壁，心头不由愤愤不平。他备受挫折，正要走时，被迎面走来的女人拦下了。纪欣尧在公司里担了个闲职，对工作向来不上心，今天溜出去逛街回来，看到楼前半生不熟的面孔，心念一动，便走过去问："你又来找我哥拉投资啊？"

任骁见过纪欣尧一面，上次她就站在纪则临身边，他还以为她是公司的员工，没想到是纪则临的妹妹。

"喂，我问你话呢，你叫什么名字？"纪欣尧被无视，有些不高兴。

"任骁。"任骁语气不耐。

"骁？马尧骁？"纪欣尧见任骁没有否认，做了个自我介绍，"我叫纪欣尧，认识一下？"

任骁再次被纪则临拒绝，情绪不佳，也没心情讨好他妹妹，抬脚正要走，又被纪欣尧拦下了。

"你在我哥那儿没讨到好处吧？我告诉你，我哥的投资眼光很高的，一个刚成立的小公司，他不可能看得上。"

这话不需要纪欣尧提醒，任骁经过几次失败后也知道了，想要拉到纪则临的投资，没那么简单。

任骁恼羞成怒，看着纪欣尧，不满道："这关你什么事？"

"你急什么？"纪欣尧撩了一下自己的头发，才不紧不慢地开口说，"纪氏又不是只有我哥一个人，还有我爸呢。"

她从包里拿出一张名片，夹在指间递过去说："你与其再去我哥那儿碰一鼻子灰，不如想办法讨好讨好我，说不定我高兴了，就让我爸投资你的公司。"

纪欣尧说话时语气高高在上，姿态十分傲慢。

任骁觉得屈辱，但想到创业至今，公司都没有起色，揽月现在虽然打着科技公司的名头，却没什么拿得出手的项目可做，只能给小公司弄弄网页、跑跑数据，赚的钱还不够付工作室的租金。创业是他起的头，他不得不担起这个责任，所以不管是什么机会，他都要抓住才是。

任骁看着纪欣尧手上的名片，无比纠结，犹豫了半晌，最终还是伸手接了过来。

周末，闻月陪王瑾珍去了趟青城郊外的墓园，才知道这天是她丈夫的忌日。

从墓园回来，王瑾珍的情绪一直很低落，待在房间里，也不吃晚饭，陈妈都劝不动。闻月担心不已，想到王瑾珍之前说过想吃自己做的鲜虾面，就去了厨房，准备煮面。

厨房的水箱里养着活虾，闻月戴上手套，埋头处理食材。边上有人递了盘子过来，她没有多想，直接道了一句："谢谢陈妈。"

这话没有得到回应，一点儿都不像陈妈平时热情的做派。闻月觉得奇怪，回过头就见纪则临噙着笑站在一旁，安静地看着自己。

"纪先生。"闻月意外地说。

纪则临这才开口说道："我猜老太太今天心情会不好，所以过来看看。"

纪则临这话似乎是在解释自己来庄园的原因，可明明庄园是他的地盘，他来这儿不需要和任何人交代。这段时间，纪则临周末都不来庄园，陈妈说他工作日倒是会抽时间过来，还玩笑说，他这个当老总的就是和别人不一样，一般人都是周末有空，他正好相反。

闻月隐隐猜到了纪则临避开周末来庄园的原因，想着自己之前可能真的是误会他了。他并不是那么没有分寸的人，不会随便越线，叫人为难。

"老太太怎么样了？"纪则临问。

"老师很伤心，都没胃口吃东西，所以我想给她煮碗面。"闻月答。

"闻小姐费心了。"纪则临站在一旁，看着她利索地备菜，忽而笑了一下，问，"你介意多煮一碗吗？"

闻月估摸着纪则临开车过来，还没吃晚饭。反正煮都煮了，多下一碗面费不了多少功夫，她没有犹豫，点了点头。

纪则临怕闻月不自在，没在厨房里长待。他走出去，喊了庄园的司机去自己的车上取了样东西，之后就在餐厅里坐着。

闻月煮了两碗面，一碗让陈妈端上了楼，另一碗她端到厨房外面的小餐厅。纪则临坐在餐厅里，正和那只英短大眼瞪小眼，看到闻月，他轻咳一声，说："这只猫不太亲人。"

"它是有点儿怕你。"闻月放下碗说。

纪则临看了那猫一眼，说："我小时候被我外祖父养的猫抓过，那之后就没什么动物缘。"

闻月今天在墓碑上看过纪则临外祖父的照片，那是一个很儒雅的男人，一看就是富有涵养的知识分子。她心里好奇，忍不住问："你外祖父和老师一样，都喜欢养猫？"

纪则临答："准确地说，是老爷子喜欢养，老太太以前倒没那么喜欢。"

"啊？"闻月是知道王瑾珍爱猫如命的，听纪则临这么说很意外。

纪则临解释："老爷子在世的时候经常收养流浪猫和流浪狗，我记得我小时候，经常听老太太说他爱心泛滥，家里都要成动物园了。不过还好有这些动物，老爷子刚去世那段时间，老太太一个人养着那些动物，还能有些精神寄托。"

闻月想到今天王瑾珍在墓碑前伤心欲绝的模样，感叹了一句："他们的感情很好。"

"是很好。"纪则临喝了一口面汤，胃里暖和了，见闻月难得有感兴趣的话题，便接着说，"老爷子是教机械工程的，就喜欢摆弄一些机器零件，我小的时候还跟着他拆过家里的电视、洗衣机、烤箱……但老太太从来没指责过。老太太教的是人文社科，喜欢看书、译文，他们的志业虽然不一样，但是生活在一起那么多年，彼此理解、欣赏，无论谁在专业领域里做出了成绩，都会为对方高兴。"

闻月听着，不由想起了自己的父母，虽然情感经历不同，但相互扶持、理解的感情是一样的。她从小以父母的爱情为典范，希望未来的伴侣也能尊重、支持她的一切，本来以为已经遇到了，但前几天和任骁的冲突，却让她陷入了怀疑之中。

纪则临看了闻月一眼，思忖了片刻，放下筷子，说："我有件东西要给你。"

他从边上的椅子上拿起一本旧书，伸手递给闻月。

"这是什么？"

"我前段时间去国外出差，在拍卖会上买下的，傅雷先生的私人藏书。"

闻月的眼睛微微睁大。

"这本书据说是傅雷先生在留学时购入的，后来一直被一个私人收藏家收藏着，不过我是外行人，不能分辨真假，你可以看看。"

闻月小心翼翼地接过这本发黄发脆的旧书，这本书是一本已经不再出版的诗集，她轻轻地翻开封面，看到了内页里一行遒劲有力的字——

傅怒安　一九三一，六月　于巴黎。

"这真的是傅雷先生的藏书，字迹和我之前在资料上看到的一模一样。"闻月惊喜道。

纪则临扬起了嘴角，说："是真的就好，否则我拿赝品来送人，就闹笑话了。"

闻月抬头，语气迟疑："这本书……"

"是送给你的。"纪则临干脆道。

闻月对上纪则临直白的目光，忽然又不安了起来。她把书放在桌上，拘谨道："纪先生，这份礼物太贵重了，我不能收。"

纪则临说："在其他人眼里，它不过是一本没什么价值的旧书，但是你认为它是贵重的，就证明我没送错人。"

闻月摇了摇头，抬手把书往纪则临那边推了推。

纪则临看着闻月，问："你不收，是觉得我别有所图？"

闻月抿唇。纪则临不恼不怒，反而笑了："如果想让你开心也算是私心的话，那我的确别有所图。"

闻月眼神闪躲，岔开话说："我觉得这本书由老师来收藏比较合适。"

"要是送给老太太，她转手就能捐给图书馆。"纪则临看着闻月，挑了一下眉，问，"你宁愿送图书馆，也不想要这本书？"

傅雷先生的藏书，闻月当然心动。这本书如果是别人送的，她一定不会扭怩，即使欠人情也会收下，但赠送者是纪则临，那就不一样了。

纪则临像是看出了闻月的顾忌，体谅道："这本书只是一个伴手礼，就像我给纪书瑜带的娃娃一样，除此之外，没有别的含义。你不用担心收下后会不会给我什么暗示，又或是要付出什么代价。"

"如果你真的有心理负担……"纪则临重新拿起筷子，夹起一箸面，对闻月说，"就当这本书是这碗面的报酬，心安理得地收下吧。"

任骁最近事事不顺心，除了纪氏，他尝试过去拉别的投资，但是都一无所获。几个一起创业的朋友知道纪欣尧给过他名片，一直撺掇他去联系她，还说什么大丈夫能屈能伸。但任骁始终没有迈出这一步。

除了放不下身段，任骁之前打听过，纪则临和他二叔纪崇武的关系一直不太好，如果接受了纪欣尧丢来的"骨头"，那就相当于选择加入了纪崇武的阵营。现在纪氏是纪则临当家，即使不能得他青睐，任骁也不想与他为敌。

没有项目做，待在工作室里也是心烦。任骁不想面对朋友埋怨的目光，借着出去拉投资的由头，坐车去了青大。

最近春招，校园里都是招聘会的宣传。任骁走在路上，听到有人提到了纪则临的名字，慢下脚步去听，才知道纪则临受校长的邀请，下午会来青大演讲。任骁问了演讲开始的时间，又跑到学校的花店里买了束花，等在了闻月上课的教学楼前。

今天天气不好，上午阴云密布，这会儿稀稀拉拉地飘起了毛毛细雨。闻月下课出来，一眼就看到了任骁，他站在楼前，淋着雨，一只手还护着花。

"哟，小骁子来了啊，还送花，够浪漫的。"陈枫打趣了一句，向闻月挥了挥手，说，"我先走了，不当你们的电灯泡。"

闻月撑开伞，走下楼梯。任骁等她走近了，露出了个可怜巴巴的表情，喊她："月月……"

闻月注意到他发间细小的水珠，知道他在外面等了一段时间了，一时心软，把伞往他头上移过去，问道："你怎么来了？"

"我来道歉。"任骁把花递给闻月，讨饶似的说，"月月，上回是我不好，没顾及你的感受，这几天我已经深刻反省过了，以后我不会再那样说了，那个软件我也不开发了，这次你就原谅我吧。"

闻月即使还未进入社会谋生，也知道创业不易。对于软件设计，她是隔行如隔山，纵使有心，也帮不上任骁什么忙，只能偶尔帮他写写文案，做些简单的文书工作来支持他。

她知道任骁这段时间压力大，一心想要做出成绩。他有自己的立场，为了公司去设计开发新的软件并没错，虽然在《文·译》这个软件上他们有分歧，但她不会因为一次意见不合就对他彻底失望。

闻月轻叹了一口气，接过了花。任骁知道闻月这是原谅自己了，立刻喜笑颜开，上前一步说："走，我们去吃饭，吃完饭一起去听演讲。"

"嗯？"闻月疑惑，"什么演讲？"

任骁说："纪则临的演讲啊，你不知道？他今天下午会来你们学校。虽然他拒绝投资揽月，但我还是得去学习学习他这个成功人士的经验。"

青大一直有请名人来校演讲的惯例，闻月不太关注这方面的信息，所以不知道纪则临今天会来学校。

任骁问："月月，你下午没课吧？和我一起去听听。"

即使是公共场合，闻月也觉得自己还是尽量少出现在纪则临面前，免得生出什么事端。她摇了摇头，说："你去听吧，我下午去图书馆。"

不知道为什么，任骁听到闻月拒绝去听纪则临的演讲，还有些高兴。但他还是想和闻月多待一会儿，就卖好道："我好不容易抽出时间来找你，演讲顶多一个小时，你就当陪我吧。"

任骁难得有兴致，闻月不忍心扫兴，思索片刻，还是点头答应了。

他们在学校食堂吃了饭，饭后直接去了演讲厅，离演讲开始还有半个小时，台下坐满了人。闻月的室友们都来听演讲，她们来得早，知道闻月和任骁要来，给他们占了座，还是前面几排的座位。

闻月拉着任骁落座，坐下后才发现前面坐着的是周兆龙。

周兆龙回头看到闻月，露出了古怪的表情，不阴不阳地说了一句："闻月，你也会来听这种演讲啊？我还以为你只会埋头写论文呢。"

闻月微微蹙起眉，她边上的陈枫呛了一句："小月想来就来，你管得着吗？周兆龙，不会是上次课程论文小月压了你一头，你到现在还记着吧？"

周兆龙的表情瞬间垮了，他梗着脖子说："我可没闻月这么命好，有王老师指导。"

陈枫说："那也是小月有才华。没能力的人，谁指导都没用。"

"你……"周兆龙气不顺，转眼看到任骁，暗自琢磨了一下，突然一改刚才的臭脸，笑着问闻月，"你每周末都去落霞庄园，应该经常见到纪总吧？"

闻月抿唇，说："偶尔。"

"但我看你和纪总的关系好像挺好的，之前……"周兆龙瞥了一眼任骁，意有所指地说，"我还看见他送你回校过。"

闻月心头一紧，但并没有因此失去方寸。她抬眼看向周兆龙，直视着他，平静地说道："我去青水湾做家教，纪先生好心，就顺道送我回校。"

闻月承认得这么坦荡，周兆龙反而不好借题发挥，最后只嘀咕了一句："我果然没看错。"

周兆龙挑完事了就转头坐好。闻月担心任骁误会，转过头正想解释，刚开口发出声音，就被演讲厅里热烈的掌声覆盖了。

演讲即将开始，学校领导一一入场，压轴进来的是纪则临。他一露面，底下顿时掌声雷动，其间夹杂着惊叹声。

明明纪则临比前面的几个领导要小得多，但气场异常强大，一进场就成了焦点。有的人似乎生来就处于金字塔顶端，备受追捧。

任骁看着台上万众瞩目的人，想到周兆龙刚才说的话，心里不是滋味。他了解闻月，她不是三心二意的人，但是他的脑子控制不住地往周兆龙引导的方向去想。纪则临两次三番地在他面前提起闻月，或许并不是没有缘由的。

他其实很想问闻月，她每周末去落霞庄园是不是真的只是去学习，去青水湾又是不是单纯地在做兼职。但是他知道这些都不能问，一旦问了，他和闻月之间的信任就没了。他知道她很看重这个。

演讲开始，闻月不好再说话，便打住了，可她的思绪因此有些混乱。周兆龙看到纪则临送她回校，这本身不是什么大事，不过纪则临身份特殊，就很容易引人遐想。她并不是有意要瞒着任骁，实在是这件事特地拿出来说明反而刻意，但之前没说，现在被周兆龙点破，倒显得她好像故意隐瞒一样。

闻月看着台上的纪则临，忍不住轻叹了一口气。从遇见他起，她的生活中似乎处处都有他的影子，不管她怎么躲，都摆脱不掉。

优秀的领导者似乎天生就是个出色的演说家，纪则临的演讲很精彩，他全程脱稿，演讲的时候却十分有条理，一些晦涩难懂的商业名词，他也有办法解释得通俗易懂。一小时的演讲博得了满堂彩。

演讲结束后有个自由提问的环节，供台下的学生和纪则临互动。陈枫兴致大发，一直举着手，终于不负有心人，被点到了。

纪则临的目光投过来的那一刻，闻月心里头一跳，无端慌慌。

陈枫接过学校工作人员递来的话筒，站起来兴奋地自我介绍道："纪总您好，我是外国语学院的学生。"

"我知道。"纪则临点头致意。

"您怎么知道的？"陈枫惊奇，低头看了看自己的衣服，她今天既没穿院服，也没戴院徽。

纪则临的目光偏移了两分，看到闻月时，眸光微澜，在看到坐在她身旁的任骁时，眼神就沉静了下来。

"翻译家的气质总是不同的。"纪则临逗了个趣，全场哄笑，倒是没有再去追问他到底是怎么知道陈枫是外国语学院的学生的。

闻月心口一松，暗自呼出了一口气。

"纪总，您刚才的演讲十分精彩，但是我想问的问题和商业无关，是一个比较私人的问题。"陈枫眼珠子一转，机灵道，"您知道您在我们学院有个笑谈吗？"

纪则临轻轻挑了一下眉，淡笑道："我大概知道。"

"听说之前王教授让您和院里的几个师姐相过亲，您问其中一位师姐，这是不是学院委派的任务，有学分拿，这是真的吗？"

陈枫的提问实在唐突，但纪则临没有计较，反而很配合地回答：

"没想到当初的玩笑话会流传到现在。"

陈枫跃跃欲试，纪则临刚答完，她立刻问道："这几年，王教授还让您相亲吗？您现在还是单身吗？"

这个问题点燃了演讲厅，让所有人都沸腾了。窥私或许是根存于人类灵魂里的杂质，即使在正式的场合，面对出色的人才，人们也永远会想要知道他的私生活是怎么样的。

台上的主持人见场面要失控，担心纪则临会不高兴，马上拿起话筒要控场解围，但纪则临抬手轻轻一按，示意自己可以回答，之后大方地回应道："我如果有伴侣，是不会介意把她介绍给所有人的。"

言下之意就是，他现在还单身。

"那……纪先生现在有心仪的人吗？"陈枫越问越勇，追问道。

纪则临的目光微微移动，所有人都以为他是在看提问者，但他的视野里只有一个人的面目是清晰的。他注视着闻月，仿佛看到了她站在庄园外廊上看晚霞的样子。她可能不知道，夕照下的她像缪斯女神，浑身都流淌着诗意，美得惊人。片刻后，纪则临回过神，面对着底下成百上千好奇的目光，颔首承认道："有。"

一石激起千层浪，演讲台下都炸锅了。纪则临单身，但有心仪的人，这不就说明他还没追上对方？到底是何方神圣，会拒绝他的追求？

陈枫按捺住激动，问："纪总方便透露一下吗？"

底下的学生切切察察，又在看到纪则临拿起话筒时噤声，不约而同地看向台上，等待他的回答。和大多数亟亟渴望的学生不同，闻月并不想知道答案，或者说她已经知道了答案。她也看着台上，眼神里透着难言的不安，像是等待命运的宣判。

纪则临看着并排坐在一起的闻月和任骁，他有毁坏一切的冲动，但最终归于理智。他知道最佳的狩猎时机还没到。

"我不能透露她的身份，否则她会很生气，我只能告诉你们……"纪则临看着一个方向，无奈地笑了，说道，"她很优秀，不需要拿到我这个'学分'也能轻松毕业。"

一个多小时的演讲结束，所有人都意犹未尽。

陈枫显然成就感极强，今天她接连提问，可以说是满足又勾起了在场大部分人的好奇心，演讲结束后还有很多人在猜测纪则临的意中人是谁，他说的不要学业也能毕业，是在故意借陈枫的话来说笑，还是说他心仪的人是个学生，还是青大的？

对不知情的人来说，纪则临的回答笼统，让人摸不着头脑，但对局中人来说，他说的话极其有指向性。

从演讲厅里出来，闻月想到自己有话还没和任骁说，遂开口道："任骁，纪先生之前送我回来，是因为——"

"他喜欢你。"任骁打断闻月的话，转过身盯着她，沉着脸问，"月月，纪则临说的那个人是不是你？"

闻月迟疑了一下，她这一刻的停顿让任骁不满了："我猜得没错，他果然对你有想法。"

闻月马上澄清道："我和纪先生并没有什么。"

"没什么他会送你回校，让他外祖母教你，请你当他外甥女的家教吗？"任骁想到纪则临刚才在台上毫不掩饰地示爱，就怒火中烧。

闻月听他接连的质疑，微微一怔："你在怀疑我吗？"

任骁在闻月失望的眼神中，渐渐冷静了下来，这才意识到自己刚才失去了理智，口不择言了。他心里慌了，立刻上前一步，拉起闻月的手，解释道："月月，我没有不相信你，我是……太生气了。纪则临明明知道你是我女朋友，还打你的主意，真的太过分了。"

闻月轻轻抽出自己的手，看着任骁，一字一句地说道："纪先生没有明确地向我表示过好感，就算他真的对我有意，我的教养也不允许我做出脚踏两条船的事。"

任骁了解闻月，她是感性的，但有时候又理性得可怕。他知道自己的不信任伤害到了她，此时十分懊悔："月月，我知道你不是三心二意的人，我刚才说的话并不是在怪你，我只是气纪则临，他就是个无耻小人！"

任骁在气头上，闻月也有情绪，觉得现在并不是沟通的好时机，考虑了一下说："我们都回去冷静一下，之后再好好聊，可以吗？"

闻月是想等两个人心平气和了再沟通，但任骁觉得她是心灰意冷了，不想再和他说话，情急之下抓住了她的手不放。

纪则临在几位领导的陪同下从演讲厅里出来，扭头看到台阶下闻月和任骁相对而立，似乎在争辩着些什么。他思忖了一下，和几个领导知会了一声，缓缓步下楼梯。

任骁正在挽留闻月，余光看到纪则临，立刻上前一步，挡在了闻月身前。纪则临垂眼看到任骁抓着闻月的手，像是用了很大的力气，把她的手攥红了。他皱了一下眉，视线错开任骁，直接看向闻月，问道："这周五晚上纪书瑜生日，老太太打算在庄园办生日宴，到时候我让司机来接你？"

纪书瑜生日宴的事，王瑾珍上周就提过，闻月是答应要出席的，她不会爽约，但目前这个情况，她没办法应承纪则临的话，再让任骁更加误会："纪先生不用特地找人来接我，我自己打车过去就好。"

"从市里到庄园要两个小时，打车不安全，你说是不是，任先生？"纪则临这才正眼看向任骁，他知道闻月在顾忌什么。

任骁觉得纪则临这是在赤裸裸地挑衅自己，顿时气血上涌，梗着脖子说道："纪总不用担心，那天我会陪着月月过去……月月一直说王老师很照顾她，作为她的男朋友，我得亲自上门和王老师说声谢谢，纪总应该不会不欢迎我吧？"

任骁把"男朋友"几个字咬得极重，似乎是在向纪则临宣告自己的身份。

纪则临看出了对方眼里的敌意，不用多想便猜出了任骁和闻月刚才在争执什么，这正合他意。他眸光一凛，似乎完全不介意任骁的示威，反而友好地颔首回道："闻月的朋友，我当然不会拒之门外。"

任骁像是一拳打在了棉花上，立刻黑了脸。

纪则临并不把任骁放在眼里，再次看向闻月，隐晦道："傅雷先生的藏书我没送给老太太，闻小姐什么时候想要，随时来找我拿。"

那天晚上，闻月并没有收下纪则临送的书，尽管他说那只是一个伴手礼，但她仍然做不到若无其事地接受他的示好。纪则临此时这么说，似乎是在双关，言在此而意在彼，说的是书又不是书。

纪则临不过是说了几句简单的话，任骁却觉得自己落入了下风，等人走后，他露出稍显颓败的表情，愤愤不平道："不过是含着金汤匙出身的公子哥，有什么了不起的？"

他转过身看向闻月，绷着脸问："月月，你不会背叛我的，是吧？"

闻月答："当然。"

任骁这才像是找回了些自信，狠声狠气地说："月月，你放心，我不会一直被他比下去的。他不投资揽月，我照样有办法把公司办起来，总有一天，我要让他后悔。"

闻月蹙起眉头，张嘴想要劝说，最后只化成了一声叹息。

闻月和任骁的谈话进行得并不顺利。闻月愿意好好聊，但任骁似乎钻进了牛角尖里，一心想着和纪则临竞争，完全听不进她的话。她觉得疲惫，不想再做无效的沟通，便以要去图书馆译稿为由，让任骁回去了。

晚上，闻月考虑再三，还是去了青水湾。她和纪书瑜已经读到了《绿野仙踪》的末尾，今天这节课她稍微赶了一下进度，陪着纪书瑜把这个故事看完了。

下课前，闻月委婉地和纪书瑜说了以后不会再来青水湾给她上课的事。尽管闻月以一种轻松的方式，说自己就像故事里一开始给多萝西指路的北方女巫，只能提供一时的帮助，没办法一直陪伴着她，之后她会像多萝西一样遇到更多有趣的同伴，但纪书瑜还是很伤心。

经过大半年的相处，闻月其实也对纪书瑜有了感情，知道她并不像第一回见面时那样，是个刻薄的小孩，相反，因为从小不在父母身边长大，她的内心其实很脆弱。闻月也不想在建立起羁绊后，又亲手将这种羁绊扯断，叫纪书瑜对大人再次失望，但闻月实在不能再来青水湾了。

任骁虽然嘴上说着相信她，但闻月知道他心里肯定是有所猜忌的，作为女友，她不能不顾及他的感受。而且，纪则临今天回答陈枫的几个问题，每一句话都像是在对她说的，他似乎是在大庭广众之下隐秘地向她告白。

即使是自作多情，闻月也认了，她宁可多想，也不能再冒险和纪则临走得太近了。

闻月稍微安抚了一下纪书瑜，并保证这周她的生日宴自己一定不会缺席，她的心情才算好了一些。

下了课，闻月从楼上下来，李妈上前说现在外面在下雨，询问她今晚要不要留宿。闻月回说不用，李妈没有强留，正要叫别墅的司机送闻月回校，纪则临正巧回来了。看到闻月，纪则临稍感意外，他抬手看了一眼腕表，说："你今天下课晚了。"

"我和书瑜多说了会儿话。"闻月如实说道。

纪则临见闻月手上拿着伞，显然要走，思忖了一下说："现在外面在下雨，你明早如果没有课，晚上可以住在这里。"说完，他又补充了一句，"我今晚在附近应酬，顺道来看看纪书瑜，迟点儿还要回公司一趟。"

闻月不知道纪则临是不是真的那么忙，大晚上的还要回公司，但她猜得到他补这么一句是想让自己安心。从始至终，他都恪守着礼仪，堪称绅士，尽管如此，她还是要主动拉开距离，既然碰到了，正好可以当面和他辞了家教的工作。

"纪先生，我已经陪着书瑜把《绿野仙踪》这本书看完了，之后我要开始准备论文开题，就没有时间做兼职了。"闻月看着纪则临，迟疑了一下，接着说道，"我不能再教书瑜了，还请你再给她找一个称职的老师。"

纪则临眼神微黯，很快回复道："纪书瑜喜欢和你待在一起，我不需要你教会她什么，只要抽时间陪着她就好。你如果学业忙，可以减少来上课的频率，我说过，按你的时间来安排课程。"

闻月摇了摇头，还是坚持自己的决定："纪先生，答应书瑜的事我已经做到了，王老师那边我会和她解释的，以后……我不会再来青水湾了。"

纪则临看着她，问："是任骁让你辞了这份工作？"

闻月否认："这是我自己的想法。"

纪则临问："为什么？"

闻月沉默。

纪则临直接挑明道："因为你知道我对你有好感。"

闻月心头一跳，她没想到纪则临会毫无预兆地把这事说破，一时慌了："纪先生，我想你是搞错了，你对我……或许并不是你以为的那样。"

纪则临喉头滚动："闻小姐觉得，我会蠢到辨不清自己的感情？"

从小到大，闻月被很多人表白过，但只有在面对纪则临时才会感到惊慌失措、无所适从。他比所有人都直接、强势，她不知道该怎么妥善应对，只能强调道："我有男友的。"

　　纪则临的眼神又是一黯，他好一会儿才隐忍着说："或许，我当初就不该把那本书借出去。"

　　"如果没有那本书，我也不一定会选择来青城。"闻月说。

　　纪则临沉默，命运无疑是和他开了个玩笑，但他不接受。

　　"闻月。"

　　闻月心头一跳，这是纪则临第一次直呼她的名字，带着凛然的气息。

　　"人的感情不能受主观意志的控制，这一点你承认吗？"纪则临沉声问。

　　闻月被问得愣了一下，一时没有回答。纪则临接着说："如果你认为感情是可以控制的，那我请求你将倾注在别人身上的情感转到我身上来；如果你认为感情无法控制，那你不能要求我做做不到的事。"

　　纪则临步步紧逼，闻月完全招架不住，她掐了掐自己的掌心，才勉强回道："感情的生发不受主观意志的控制，但完全没有理智的感情只能是滥情。"

　　纪则临微微一怔，看着闻月的目光晦暗不明："我之前倒是没发现你这么伶牙俐齿，难怪老太太和那几个老教授这么喜欢你。但是闻月，爱情是盲目的，如果你执意要远离我，那么我不介意当一个滥情者。"

　　闻月的双眼微微睁大，她露出了不可思议的表情，再次强调道："纪先生，任骁是我的男友。"

　　"这并不能成为说服我放弃你的理由。"纪则临说得毫不犹豫。

　　闻月又惊又惧："纪先生，你这是……这是……不道德的。"

　　纪则临见闻月气急了也只能说出这种程度的指控，反而轻笑了一声，说："道德可以用来约束自己，很难用来约束别人。"

　　闻月咬唇："我知道纪先生不是没有底线的人。"

　　"你不用给我戴高帽，纪家的人都是没有良心的，我能走到今天，早就把道德这种虚无的东西抛弃了。"纪则临往前逼近一步，低下头看着闻月的眼睛，让她避无可避，"我有没有底线，完全取决于你。"

闻月怔住，随即从心底生出了一种战栗感。

他们认识以来，纪则临向来是绅士有礼的，以至于她险些忘了他是堂堂的纪总，是执掌那把"三叉戟"的海神波塞冬。

他想要海面平静，海上就会风平浪静。同样，当他想掀起风暴，只要轻轻地一挥手中的武器，海上便不复以往的宁静。

今天一天，纪氏上下所有人都战战兢兢的，谁都看出来了，纪则临的心情不是很好。公司这段时间捷报频频，照理说他该高兴才对，员工群里都在私下讨论纪总到底为什么心情不好，但是没有人能猜出个所以然。

下午，李特助敲门进了纪则临的办公室，先是观察了一下纪则临的表情，才开口提醒道："纪总，电话会议半小时后开始。"

纪则临答："知道了。"

李特助听纪则临语气还行，接着询问道："青城有家拍卖行寄了邀请函过来，我看这次的图录中有牛津大学出版社十八世纪出版的词典，很有收藏价值，您要不要拍下来？"

纪则临正在签文件，闻言笔尖微顿，皱了一下眉，很快头也不抬地说道："不用了。"

李特助听纪则临这么说，稍微意外，但也多少猜到了这两天他心情不佳的原因。上回去国外出差，他特地拍下了一本傅雷先生的藏书，说是要送人的礼物，现在看来，这书是没送出去。

李特助本来还有话说，但是看纪则临这反应，便没再多嘴。

纪则临看着文件，突然烦躁起来，忍不住又想起了昨晚闻月畏惧自己的模样。让她害怕，并不是他的本意。纪则临轻叹了一口气，把文件合上，喊住了李特助，吩咐道："找个人去把那本书拍下来。"

"好的。"李特助没有过问纪则临为什么又改变了主意，总归是纪则临心里还惦记着那位闻小姐，他站定，踟蹰了一下，开口道，"纪总，还有件事……"

"说。"

李特助这才说道："上午我外出公干，在一家咖啡馆里看到二小姐和任先生一起喝咖啡，他们看上去……聊得还挺融洽的。"

纪则临皱眉："纪欣尧和任骁？"

李特助："我一开始以为是看错了，仔细确认了一下，的确是他们。"

纪欣尧和任骁互不认识，凑一块儿能有什么事？

纪则临思索片刻，对李特助说："叫纪欣尧来我办公室一趟。"

李特助领首："好的。"

李特助离开后没多久，纪欣尧就风风火火地进了纪则临的办公室。她不像一般员工对纪则临毕恭毕敬的。前几年，纪氏内部斗争最激烈的时候，她还在国外留学，所以并不清楚纪则临和纪崇武闹得有多僵。即使纪崇武提醒过她，别和纪则临走得太近，她也不放在心上。

"哥，你找我啊？"纪欣尧问。

"嗯。"纪则临示意纪欣尧坐下，才慢条斯理地开了口，"你毕业进公司也有半年多了，我一直没问过你适应得怎么样，有没有遇到什么麻烦？"

纪欣尧听到纪则临关心自己，很惊讶："哥，是不是我闯什么祸了？"

纪则临一哂："没有，我就是突然想起来，平时对你关心太少了，问一问。"

"我没什么麻烦，就是不想工作。"纪欣尧抓住机会，求助纪则临，说，"哥，我不想来公司，你帮我劝劝我爸吧。"

纪欣尧从小养尊处优，过惯了衣来伸手、饭来张口的富家千金生活，要不是纪崇武硬塞，纪则临也不会容许纪欣尧来混日子。不过这会儿他并没有点破，反而委婉道："如果二叔想让你来公司学习，我也不能违逆他的意思。"

纪则临找的借口可以说是十分敷衍，认真计较起来，他都不知道违逆过纪崇武多少回了，他要是把纪崇武看在眼里，也不会不留情面地取代纪崇武的位置。

纪欣尧不高兴地撇了撇嘴，不满道："为什么纪筱芸可以来公司做事，我就不行？说起来还是她够自私，生下小孩后又丢下跑了，什么责任都不用负。"

纪崇武只有一个女儿，他收养周禹，本来是想让他以后娶了纪欣尧，当自己的左膀右臂，好让公司的执掌权不旁落他人。但没想到，周禹和纪筱芸私底下好上了，这件事让纪则临和纪崇武非常意外。

当时纪崇武和纪则临都反对他们在一起。一开始，周禹和纪筱芸任谁劝都坚决不分开，好得跟一个人似的，只是后来不知道为什么，他们突然闹掰了。本来以为这段感情到此就告一段落了，谁知道纪筱芸瞒着人，偷偷生下了一个孩子，这事在纪家闹出了很大的风波。

有了孩子，周禹就和纪筱芸有了斩不断的关系，就因为这件事，纪崇武对周禹有了隔阂，不再信任、重用他，才会想亡羊补牢地培养纪欣尧，把她送去国外商学院读书，毕业后又立刻召回了公司。

纪欣尧觉得自己现在这样不自由都怪纪筱芸，心里不舒坦，还要贬损纪筱芸几句，抬眼看到纪则临沉下了脸，才后知后觉自己说错了话。纪筱芸和周禹的事可以说是纪家的禁忌，不管是在纪崇武还是纪则临面前提起都是犯忌。

"哥，我不是故意的。"纪欣尧赶紧低头认错。

纪则临沉默片刻，很快敛起了情绪，淡然地说："没什么，纪筱芸的确不如你懂事。"

纪欣尧闻言，得意地笑了。

纪则临见时机差不多了，看了纪欣尧一眼，随意道："我上午外出，看到你和朋友在咖啡店喝咖啡，那朋友我好像还认识？"

纪欣尧愣了一下，很快含含糊糊地说："是认识……就是任骁。"

纪则临挑眉，问："你怎么会和他走到一起？"

"前阵子他不是总来公司找你吗？我就给他留了我的联系方式，告诉他……"纪欣尧咽了咽口水，心虚道，"我有办法帮他拉到投资。"

"哦？"纪则临来了兴致，往椅背上一靠，好整以暇地问，"你要投资任骁的公司？"

"哥，你又不是不知道，我爸为了让我收心，把我的卡都限额了，我哪有那么多钱去投资一个小公司？"纪欣尧见瞒不过纪则临，索性如实交代道，"我就是随口说说的，没想到他还真信了。"

"你忽悠他做什么？"纪则临问。

"不这么说，他怎么会主动来找我？"纪欣尧反问。

纪则临转过弯来了："你看上他了？"

"算是吧。"纪欣尧也不藏着了，爽快承认道，"我看他傻傻的，还蛮好玩的，就当是消遣一下时间。"

"你不知道他……"纪则临欲言又止。

"知道什么？"纪欣尧好奇地问。

纪则临眼底暗光微闪，很快说道："没什么。"

"我爸最近一直要我相亲，我都快烦死了，哥，那些人我都不喜欢，任骁这样没什么背景、头脑简单的人才是我的菜……哥，你会帮我保密的吧？"纪欣尧用殷切的眼神看着纪则临。

纪则临闻言，神色一动。果然，纪崇武近来不出现在公司，并不是真心要退隐让权，他到现在还不死心，蠢蠢欲动地想要把纪氏抢回去。不过他的女儿可不明白他的心思。

纪崇武以后大概会很后悔，过度保护了纪欣尧，以至于她一点儿判断力都没有，到现在还分不清敌友，不仅和敌人露了底，还递上了工具。

纪欣尧看上任骁，算是帮了纪则临大忙了，他笑了，施施然道："我不是会扫兴的人。"

纪欣尧立刻松了一口气。

纪则临见状，思索片刻，用手指轻点了一下桌面，提醒道："你要玩可以，不过作为兄长，我要提醒你一句……饵是用来钓鱼的，在鱼咬钩之前，不能让他得到他想要的，明白吗？"

纪欣尧毫不犹豫地点了点头，自信道："哥，我虽然没你和周禹聪明，但好歹也是纪家的人，难道还拿捏不了一个刚进社会的男人吗？"

纪则临看着纪欣尧，隐晦地笑了。

这段时间，青城连日下雨，但每场雨都下得不大，淅淅沥沥的，说是雨雾更准确。

周五那天，因为晚上要去庄园给纪书瑜过生日，闻月下午提早离开了图书馆，回寝室换了身得体的礼服裙，简单化了个妆，拿上礼物离开了学校。

任骁说要一起去庄园，闻月本来以为他是要和自己一起打车过去，

117

到了校门口才发现，他从车行租了一辆跑车，招摇过市地从市中心开了过来。车停在校门口十分引人注目，闻月不想受人关注，先上了车才问道："我们打车过去就好了，你为什么要租车？"

任骁说："去参加宴会，打车多寒碜啊，我们不能被看笑话。"

闻月不觉得打车是笑话，反而租一辆跑车撑场面的行为十分可笑。她知道任骁是想和纪则临较劲，但是任骁采取的方式实在是太肤浅幼稚了。她之前从来不知道任骁的胜负欲这么重，处理问题的方式又这么极端。

任骁见闻月皱着眉头，以为她是心疼租车的费用，马上信誓旦旦地说道："月月，你不用担心，揽月的投资已经有苗头了，租车这点儿小钱不算什么，之后我一定会赚大钱的。"

闻月再一次感到无力。以前他们都在读书的时候，她和任骁没起过什么摩擦，他在她眼里是个阳光开朗的人，即使有点儿小性子，但无伤大雅。可是任骁毕了业，离开了象牙塔后，她才发现自己和任骁在很多方面都存在分歧，现在和他相处，她总有种疲惫感。

从青山到落霞庄园，近两个小时的车程，任骁都很亢奋。他租了车，还穿上了西装，就像是要上场的拳击手，摩拳擦掌地要在纪则临的地盘上好好发挥一把，因此并没有注意到闻月的异常。

雨季的落霞庄园雾气蒙蒙，开阔的草地上能见度极低，雾中远处的森林若隐若现，也只看得到耸立的楼房尖顶。天地间所有的一切像是罩上了一层轻纱，模模糊糊的。

下雨了，宴会就在室内大厅举办。这次纪书瑜生日，纪则临依王瑾珍的意思，只请了至亲的亲友，还有纪书瑜在校的同学及老师来参加，因此宴会规模不算大。当然，这是与王瑾珍的七十岁生日宴相比。

任骁把车开到了楼门口，马上有侍者上前打伞，又有专门泊车的司机提供帮助。任骁下了车，把车钥匙递过去，余光见纪则临牵着一个小女孩的手站在门廊下，他立刻挺直了背，弯起胳膊肘，示意闻月挽上。

闻月犹豫了一下，还是伸手搭了上去。

"闻老师。"纪书瑜看到闻月，立刻喊道。

闻月走上台阶，微微弯下腰，将手上提着的东西递给纪书瑜，轻声祝贺道："生日快乐，书瑜。"

"是你给 Sarah 做的衣服吗？"纪书瑜接过礼物问。

闻月点了点头："我答应你的。"

纪书瑜立刻笑开了，抱着那个小袋子不撒手。纪则临低头看着她们一大一小的互动，目光在闻月脸上流连片刻，眼底这才有了些微的暖意。

"闻小姐今天很漂亮。"纪则临的夸赞极有绅士风度，言语间只有欣赏，并无狎昵。

闻月的眼神轻微一闪，她也依着礼节客气地回道："谢谢。"

任骁见纪则临从始至终都看着闻月，完全忽视了自己，心里不爽，嘴上便抢白道："纪先生不请我们进去吗？"

纪则临这才掠了任骁一眼，自如地说："任先生主动说要来参宴，现在还需要我请吗？"

"你……"任骁脸上一阵青一阵白。

闻月怕他冲动，忙开口说道："我们先进去见见老师吧。"

说完，她拉着任骁快速进了厅内，生怕下一秒他就会和纪则临起冲突。

纪则临的脸色彻底冷了下来，一旁的纪书瑜回头看了一眼，又抬起头问："舅舅，和闻老师一起来的那个人是她的男朋友吗？"

纪则临沉默。

纪书瑜自言自语地嘀咕道："她都有男朋友了啊，我今天晚上还想许愿，让她当我的舅妈呢。"

纪则临回神，低下头问："你的生日愿望是想让闻老师当你的舅妈？"

纪书瑜点了点头，说："这样她就能接着陪我看书、陪我玩了，不过……她都有男朋友了，今年的生日愿望又不能实现了。"

纪则临知道纪书瑜去年许的愿是希望纪筱芸能回来，估计一年没见着人，失望了，今年干脆换了个愿望。

"不会的。"纪则临摸了一下纪书瑜的脑袋，说，"今年的愿望可以实现。"

"可是……"纪书瑜不解，"闻老师有男朋友了呀。"

纪则临弯下腰抱起纪书瑜，扫了一眼她怀里闻月送的礼物，片刻后，轻描淡写地说道："很快就会没了。"

纪书瑜的生日宴虽然不像王瑾珍之前的那般大场面，但是也办得十分隆重。纪则临请了人把几个厅布置了一番，分成了儿童厅和成人厅，纪书瑜和小朋友们在儿童厅里玩耍，大人们则在其他厅堂里自如地活动。

纪书瑜就读的学校是青城最知名的私立学校，能在那里就读的孩子，家境都不一般，他们的父母也是青城排得上号的人物。成人厅就是个小型的交际场所，男人和女人三三两两地聚在一起，互相寒暄。

任骁今天来，就是不甘示弱，想在纪则临面前确立自己闻月男友的身份，让纪则临死心。因此，他一直和闻月形影不离，还拉着她四处和人打招呼，介绍她是王瑾珍的学生，自己是他的男友。

闻月不喜欢交际，任骁却似乎乐此不疲，逢人便递名片，好像他参加的不是小孩子的生日宴，而是商业晚宴。

闻月陪他应付了一会儿，实在待得难受，就以去洗手间为由，抽身离开了前面的大厅。她来庄园很多回了，但楼房很大，她又是客人，不好随意走动，所以对这栋建筑并没有那么熟悉。为了躲零零散散的客人，她绕进了角落的偏厅里，这个厅有一整面的落地窗，窗外是一个小花园，借着微弱的自然光，能看到厅中央摆放的一台三角钢琴。

闻月知道一楼另一处有间琴房，纪书瑜每周都在那儿练琴，她不知道这边还有一间，而且这里摆放的钢琴看上去更加古朴，似乎年代久远。她忍不住走过去，掀开琴盖，坐下后凭感觉随手弹了一小段旋律。

许久不弹琴，手指都不灵活了，弹出来的曲子一点儿都不流畅。闻月轻叹了一口气，正要合上琴盖，忽然听到有人问："怎么不接着往下弹？"

闻月被突如其来的声音吓了一跳，立刻抬起头看向门口，偏厅没有开灯，她只能看到一个模糊的身影，但不用细看，也知道那是谁。闻月慌忙起身，致歉道："不好意思，纪先生，没经过你的同意就擅自动了钢琴。"

"你知道我不会怪你。"纪则临走进来，看着闻月，"你之前没说过，你会弹钢琴。"

闻月答："我妈妈喜欢弹琴，我跟着她学过几年，不过学艺不精，弹得不好。"

纪则临极轻地笑了一声，戏谑道："听出来了。"

闻月窘迫，下意识地替自己解释了一句："我以前弹得没这么差，是太长时间不练，手生了。"

纪则临颔首，对她说："这台钢琴是我母亲的，她过世后，我一直让人保养着，你以后来庄园，可以用它练琴。"

闻月一听这是纪则临母亲的遗物，立刻小心地合上琴盖，摇头说："这台钢琴太珍贵了。"

纪则临回答："钢琴只是死物，比不上人珍贵。"

闻月的心微微一颤，即使厅内幽暗，她仍能感受到纪则临炽热的目光，似有实质般轻轻地压在她的身上。

在这一刻，她想到了《绿野仙踪》里，稻草人问狮子，为什么不助跑跳过深沟，狮子回答说："Because that isn't the way we lions do these things.（因为这不是狮子做事的方式。）"

纪则临就像狮子一样，强势、果决，从不遮掩自己的野心和欲望，完全不给人逃离的机会。

闻月不敢直视他的眼睛，慌乱之下说道："我离开有点儿久了，该回去了。"

说完，她也不管礼不礼貌，逃似的拔腿就走，在经过纪则临身边时，骤然被握住了手腕，被迫站在了原地。

"我说过，不要躲我。"纪则临的语气并不重，却给人一种力压千钧的感觉。

闻月扭动手腕，可怎么也挣不脱，不由恼了："纪先生，我的男朋友在外面，请你自重。"

今晚任骁刻意地拉着闻月在纪则临面前秀恩爱，纪则临已经忍一晚上了，此时又听闻月提起，便再也按捺不住，沉声说道："任骁不适合你。"

闻月微微愠怒，反问道："纪先生很了解我吗？"

"比你以为的要了解。"纪则临往前一步，低头逼视着闻月，果断道，"你喜欢文学、艺术，追求精神上的共鸣远胜于物质的富足，理想的亲密对象是像你父母那样的灵魂伴侣，你的这些情感需求，任骁并不能满足。"

闻月的眸光在纪则临的话语中闪动，她庆幸偏厅没有开灯，否则此时纪则临就会看到她眼神中的摇摆。她暗自咬了一下唇，强装镇定地说："适不适合，我自己说了才算。"

他们就这样僵持着，谁也不让步，直到外面的走廊上传来脚步声，有人喊了闻月的名字，是任骁。闻月无端慌了，再次挣了挣手腕。

"你说，现在让他看到我们在这儿，他会怎么想？"纪则临握紧了闻月的手问。

闻月知道，任骁看到自己和纪则临独处一室，一定会误会，这已经不是信不信任的问题了。任骁的声音越来越近，闻月估计他正在四处找她，她想回应，但是喉头像是被堵住了，发不出声音。她从来没想过，自己会陷入这般进退无路的境地。

"如果这就是你想要的，那么祝贺你，你成功了。"闻月不再挣扎，任由纪则临握着手，像是对他彻底失望了。

纪则临明明很想让她顺从自己，但当她真不再反抗了，他心里头并不愉悦。

从脚步声判断，任骁就要走到偏厅来了，纪则临轻皱了一下眉头，拉过闻月，迅速躲到了落地窗边垂地的窗帘后面。

外面还在下雨，雨滴轻轻地敲打在玻璃上，发出珠串坠地的声音，和心跳声混杂在了一起。闻月无端地感到紧张，连呼吸的幅度都放小了。她知道这样不对，和纪则临一起躲着，清白也变成了不清白，但此时此刻，她不知道还能怎么办。

纪则临半护着闻月，垂首注视着她，因为这样近的距离，他心里头涌动着难言的渴望。窗帘包裹着他们，像是隔出了一隅狭小的天地。因为挨得近，彼此间呼吸相闻，不知道是不是因为下雨，空气都是潮湿厚重的，压得人透不上气来。

脚步声渐渐远去，隐隐约约的音乐声断断续续地从前厅传来，是今晚来庄园演出的交响乐团又开始演奏了。

纪则临看着闻月，低声说："是《致爱丽丝》。"

闻月也听出来了，偏偏是这首曲子。

柔美动人的琴音袅袅飘来，纪则临觉得闻月好像就是特蕾莎[①]，他忍不住抬起手想触碰她，但是被躲开了。闻月瑟缩了一下，身子往后紧紧贴在落地窗上，忐忑地看着纪则临，眼神里透着哀求。

纪则临看出了她的畏惧不安，一时间想起了上回在青水湾，她敲开自己车窗的那个夜晚，那时候，他已经松手了。

面对闻月同样的神情，纪则临动作一顿，但不过一秒，还是伸手轻轻碰了一下她的颊侧，语气极轻又带着不容回绝的强势，说："闻月，我本来已经打算放手了，是你自己又撞上来的。这次，我不会收手。"

纪则临率先离开偏厅，回前厅的路上碰上了到处乱转的任骁，他的表情没有任何的破绽，甚至他还主动询问："任先生迷路了？"

"我在找月月。"任骁下意识地往纪则临身后看了看。

纪则临沉着道："闻小姐应该在二楼的书房。"

任骁反问："你怎么知道？"

纪则临笑了："她很喜欢看书，来庄园的大部分时间都待在书房里。"

任骁见纪则临似乎很了解闻月的样子，心里不爽，口气有些冲："纪总，我认为我应该认真地和你说一声，月月是我的女朋友，你不应该对她有非分之想。"

纪则临看着任骁，忽然问："你很喜欢闻月？"

"当然。"

"到什么程度？"

"我想娶她。"

纪则临不当回事似的轻哂一声，说："只要是喜欢她的男人，都会想娶她。"

任骁不满，大放豪言道："我可以把我的一切都给她。"

---

① 有传言称，《致爱丽丝》这首曲子是贝多芬为他的女学生特蕾莎·玛尔法蒂所写。

"你现在一无所有，你的一切未免太廉价了。"纪则临看着任骁，语气淡然得近乎嘲讽。

"你——"任骁被激怒，狠狠皱起了眉头，说道，"月月不是那么物质的人。"

"她不是你无能的借口。"面对任骁的怒火，纪则临仍然闲适自如，从容道，"你与其用闻月男友的身份来我这儿找优越感，不如想办法把揽月做好，那样我还会高看你一眼。"

纪则临见任骁脸色铁青，便知道自己的话起效果了。目的达到，他不再多言，继续往前走。

闻月在偏厅里独自待了一会儿，才重新回到前厅。她见时间不早，就去找了王瑾珍，说自己和任骁要先回市里了。

本来周末闻月是会住在庄园的，但今晚无论如何也不想留宿，就找了个理由，说学校有事，要回去。王瑾珍的人生阅历摆在那儿，一眼就看出闻月的心虚，但没有多问，也没戳破，只是和蔼地让她去做要做的事。

和王瑾珍道了别，闻月找到任骁，说要回去。任骁本来心情极差，知道闻月这周不在庄园里住，总算是高兴了些。他也不想在纪则临的地盘上多待，立刻找了泊车的侍者，让侍者把车开出来。

纪则临没有强行留下闻月，作为主人，他礼仪周到地出门送客。

"闻小姐到校后记得报平安。"纪则临看着闻月，眼神克制。

任骁挡在闻月身前，警惕地看着纪则临："我会把月月安全送回去的，不劳你费心。"

对于任骁的不客气，纪则临并不放在心上，正好这时侍者把任骁的车从车库开到了门前，纪则临扫了一眼那辆车，漫不经心地点评了一句："任先生的车不错。"

任骁的脸色又是一变，车是他租的，本意是不想让纪则临瞧不起自己，但现在纪则临这么夸，他却觉得刺耳、难堪。

"月月，我们走。"任骁从侍者手里接过伞，揽上闻月。

闻月看向纪则临，和他对视的那一刻，脑子里不由浮现出不久前他们一起躲在窗帘里的画面。她的眸光微微一闪，礼貌地点了点头，转身跟着任骁走下阶梯。细雨蒙蒙，纪则临一直站在原地，看着闻月上了任骁的车，再目送着那辆车离开庄园，眼神渐渐沉冷、幽深。

车上，任骁一脸的愤怒，离开了庄园，他忍不住骂道："有钱了不起？纪则临现在有的一切也不是自己挣来的，凭什么看不起人？"

闻月倚靠在椅背上，忽然觉得疲惫，勉强回道："你是你，他是他，你不需要和他比较，只要你看得起自己，就没有人能看轻你。"

任骁没法不在意别人的眼光，他从小就是被家人对着长大的，小时候和堂弟比，他总是被夸的那个，人人都说他有出息，但是大学毕业了，他反倒不如人了，这种落差让他不能接受。

现在对纪则临也是如此。其实在交往之后，闻月也一直不乏追求者，但是任骁知道她的品性，所以从不着急，有时候甚至会有种优越感。但纪则临的出现，让他前所未有地感到了危机。纪则临比闻月以往的追求者优秀太多了，任骁深知自己和纪则临的差距，无论哪一方面，他都不如纪则临，所以他才会想用力表现，不愿意落了下风。

"月月，你相信我，他对你只是一时新鲜，并不是真心的。我和他不一样，我一直都很喜欢你。"任骁看了闻月一眼，说的话比起在示爱，更像是在赌气。

闻月知道任骁在意她，但更在意他的自尊。人人爱己，这是无可厚非的，只是今天不知道为什么，她对这个事实感到寒心。

她忍不住想起纪则临今晚在偏厅里说的那些话，有一刻她的确动摇了，为此，她感到愧疚不安，对任骁，对他们的这段感情。

"任骁。"

"嗯？"

"那年你飞来青城帮我借书，那本书的名字你还记得吗？"闻月问。

任骁没料到闻月会突然问起这个，愣了一下，说："时间过去太久，我忘了……你怎么突然问起这个来了？写论文又要用了？"

闻月说不上失望，好像任骁的回答在意料之中。她摇了摇头，突然有些意兴阑珊，扭头看向窗外，语气平静地回道："没什么，就是突然想起来，随便问问的。"

Chapter 05　陷落的开始

雨季过后，青城的天气越来越暖和了，隐隐有了初夏的光景。

闻月回了江城一趟，任骁没有跟随她一起回去，他留在了青城，又开始四处奔波着拉投资。前阵子，纪欣尧说过会想办法帮他弄到资金，但是最近这几天他都联系不上纪欣尧，无奈之下，只好亲自去找人。

任骁找了个时间去了纪欣尧常去的酒吧，果然在那里见到了人。这回，任骁没有急吼吼地直奔目的，而是在酒吧里找了个黄毛小弟，给了他一点儿钱，让他帮自己一个忙。黄毛小弟拿了钱，走向纪欣尧，没脸没皮地和她搭讪，还毛手毛脚的，就在纪欣尧要发火的时候，任骁及时出现，上演了一场"英雄救美"。

纪欣尧看到任骁，意外道："你怎么在这儿啊？"

"我今天下班没事，过来喝一杯，没想到碰到你了。"任骁回道。

"你之前不是说你不怎么来酒吧吗？"纪欣尧打量着任骁，挑起眉，胸有成竹地问，"你不会是来找我的吧？"

任骁先是故意露出窘迫的表情，随后才作无奈样，承认道："对，我是来找你的。"

纪欣尧忍不住弯了弯嘴角，说："你就这么跑过来，也不怕我不在？"

"那我就多来几次，总有一次能碰上你。"任骁说完，刻意地露齿笑着，说，"不过，老天还是眷顾我的，我运气还不错。"

纪欣尧看到任骁笑，微微失了神。她出生在大家族，从小见到的多是像纪崇武或者纪则临那样不苟言笑的男人，说实在的，她心里是有些怵的，所以在择偶上，她会更喜欢性格阳光开朗的异性。第一次见到任骁的时候，他也是冲她笑了一下，那时候她就想认识他了。

果然，纪则临之前说的没错，有饵在，鱼迟早会上钩。这不，她故意晾了他几天，他就迫不及待地找来了。

"你找我又是为了投资的事？"纪欣尧语气里透着不满，说道，"我实话告诉你吧，我爸和我哥的看法一样，都觉得你的公司没什么发展前景，不值得投资。"

"不过……"

"不过什么？"

"我个人倒是可以给你一笔资金，毕竟我也是纪家的人，我爸还是集团上一任总裁，我给你投资，也算是纪氏给你投资了，你就算说出去，也不会有人怀疑这笔投资的含金量。"

纪欣尧自己都被限制开销了，哪有闲钱给名不见经传的小公司投资？虽然如此，她还是装出一副十分阔绰的模样。

任骁果然被迷惑住了，他求成心切，也没有去分辨纪欣尧说的话的分量，他现在一心想拿到资金，把揽月盘活。

"这么说，你是打算投资我的公司了？"任骁欣喜道。

"可以是可以，但是……我为什么要这么做呢？"纪欣尧端起酒杯，看着任骁的眼神意味深长。

任骁长得不差，大学时，他在学校里还挺受女生欢迎的，接触得多了，他就能准确地分辨出女生对自己有没有意思。

纪欣尧当初给他递名片的时候，他就看出了她的心思，只是一直装作不知道，但是现在，似乎不能继续装糊涂了。

在这当口，任骁想起了闻月，他不愿意做对不起她的事，可他没得选择。揽月现在已经是强弩之末，这个月连工作室的租金都交不出来了。任骁的几个朋友一开始和他一样怀有雄心壮志，但是经过几个月的磋磨，现在都开始打退堂鼓，甚至提出了退出，为此，任骁还和他们吵了一架。

创业的事是任骁提出来的，公司不盈利，他的压力最大，实在撑不下去了，只能向家里开口要钱。他爸妈当初就不同意他创业，这下更是找到机会，一直劝他回江城，老老实实地找份工作。回江城就意味着创业失败，他以后在他堂弟面前就永远抬不起头来，而且，放弃揽月，无疑就是承认纪则临的看法是对的，他的确没有能力，给不了闻月更好的生活。

到了这分儿上，任骁不可能往后退，不管用什么方法，他都要做出点儿成绩来，而纪欣尧现在就是他的救命稻草。

只是逢场作戏，任骁在心里对自己说。这半年来，他见过那么多企业家，哪一个没点儿心机和手段？他并不是背叛闻月，只是为了他们的未来而已。只要拿到投资，帮公司度过了当前的危机，就不需要再讨好纪欣尧了。

任骁下定了决心，掩起眼中的纠结，伸手接过纪欣尧手中的酒杯，迟疑了一秒，仰头把杯子里的酒一口气喝尽。

年中，闻月回江城待了三天，见母亲精神状态好多了，就飞回了青城。任骁来接机，看到闻月，迎面就抱了上去，紧紧地拥着她。

闻月察觉到任骁情绪不对，询问道："怎么了？"

"没。"任骁顿了一下，说，"就是想你了。"

"我就回去了几天而已。"

"一天不见你，我都想得不行。"任骁抱着闻月不放。

闻月轻轻推了一下任骁，说："我有点儿累，想回学校休息。"

"我开了车过来，现在就送你回学校。"任骁松开闻月，接过她的行李箱往外走。他开的是一辆轿车，车看上去还是崭新的，似乎价值不菲。

闻月看向任骁，他解释说是租的车，她暗自在心里叹了一口气，但什么也没说。现在的任骁是听不进去劝的。

这次回江城，闻月和母亲聊了很多自己和任骁的事。她察觉到他们的这段关系出了问题，但不知道该如何解决。她反省自己是否过于不包容，才会频频失望。但母亲告诉她，一段关系如果让她感到了不适，那么就需要她重新去审视彼此，再去判断问题出在哪儿、能否修补，还能不能继续走下去，如果不行，那就不要再留恋。

闻月觉得母亲说的有道理，因此打算花一些时间来整理和任骁的这段感情，思考他们将何去何从。

车上路后，任骁看了闻月一眼，问："月月，我们两周年的纪念日就要到了，你有没有想去的地方，或者想要的礼物？"

闻月恍了一下神，没想到这么快就要两年了。她摇了摇头，表示自己并没什么需要的。

"那我自己看着办了？"

"好。"

任骁兴致勃勃地说："两周年是个大日子，我要好好计划一下。"

闻月回以一笑，因为飞行的疲惫，她并没感到特别喜悦。

到了青大，闻月没让任骁送自己进学校。任骁也的确有约在身，把闻月送到校门口后，便说自己有工作要忙，赶去了市中心。

从江城过来，闻月照例给室友带了特产。陈枫接过闻月递来的东西，瞄到她桌上一份包装好的梅花酥，顺嘴问了一句："这是要给王老师的？"

"嗯。"闻月点头。

现在学院里的人都知道，闻月虽然是挂在陈晓楠的名下，但实际上是王瑾珍的学生。陈枫不意外，又问："你上周末没去庄园，这周要去的吧？"

闻月犹豫了，她知道自己这样不好，但又担心去了庄园会碰上纪则临。那天晚上，和他一起躲在窗帘里的场景始终在她脑海中挥之不去，即使雨已经停了，但那种潮湿的感觉一直笼罩着她。

思来想去，闻月最终还是决定暂时不去庄园了，她给陈妈打了个电话，让她帮自己和王瑾珍说一声，结果陈妈告诉她，王瑾珍住院了。

闻月一听，顾不上那么多，当即离开了学校，打车前往医院。

王瑾珍在青城一家私人医院里疗养，闻月到医院后，一路问到了VIP病房，敲门进去后，就看到王瑾珍坐在病床上，戴着眼镜，捧着书在看。陈妈见闻月来了，招呼她进来，自己离开病房，把空间让给她和王瑾珍。

闻月看王瑾珍面容消瘦，人比纪书瑜生日那天憔悴了许多，担心地问道："老师，您怎么样了？"

"没什么，老毛病了，是陈妈小题大做，非得让我来医院做个检查。"王瑾珍放下手上的书，朝闻月招了招手，等她在床边坐下，才慈爱地问，"什么时候从江城回来的？"

闻月答："今天上午。"

"那不是才回来就跑医院来了？"王瑾珍轻叹了一口气，说，"我都和陈妈说了，别和你们说我住院的事，她这嘴啊，就是不牢靠。"

不远处轻轻飘来一句："陈妈那么担心您，您这样说，可就不够体谅她了。"

闻月听到声音，立刻回头往病房门口看过去。纪则临走了进来，目光在闻月身上轻轻落下，寻常地打了个招呼："闻小姐。"

闻月匆忙起身，颔首道："纪先生。"

王瑾珍看了看疏离客套的两个人，在心里暗叹，很快问纪则临："你不是在国外吗，怎么回来了？"

"李医生和我说您住院了，我不放心，回来看看。"纪则临走过来，观察了一下王瑾珍的脸色，说，"您是不是又没好好休息，熬夜译稿了？"

"我那不叫熬夜，老年人觉少，我睡不着，就找点儿事做。"王瑾珍说着，还有些心虚。

老人和孩子一样，王瑾珍有时候比纪书瑜还不听话，纪则临无奈，半强硬地说道："您再这样，我只好和出版社的老师说，以后再有什么书稿，都不要找您翻译了。"

"你这是干涉我的工作。"王瑾珍不满，还和闻月抱怨："你看他，把在公司里管教人的那一套拿来对付我。"

闻月轻轻笑了，耐心地劝道："纪先生也是为了您的身体着想，我知道您想要多译几本书，但这是急不来的。您只有照顾好自己，才能译出更多更好的作品啊。"

"你们俩啊，一个唱红脸，一个唱白脸，我还能说什么呢？"王瑾珍摇了摇头，妥协道，"只好乖乖听话了。"

闻月和纪则临闻言，下意识地看向对方，视线相触的那刻，闻月先一步别开了眼。

到时间了，医生来检查王瑾珍的身体，又和纪则临说明情况。闻月也想了解王瑾珍的病情，就跟着他们到了病房外听着，在知道王瑾珍是因心脏不适住院时，她忧心地皱了皱眉。纪则临看见了，安抚道："老太太以前做过心脏手术，不过现在定期检查，没有特别大的问题，你不用太担心。"

闻月点了点头。

医生交代完王瑾珍的病情，叮嘱了一些注意事项后就走了。闻月和纪则临站在病房外，忽然不知道该说什么，沉默在他们之间蔓延开来。纪则临垂眼看向闻月，率先开口打破了沉默，说："陈妈说你上周没去庄园。"

"上周学校有事……"

"闻月，你不用找借口骗我。"

闻月抿唇缄默。

"我知道你不去庄园是怕碰上我，但是在青城，我如果想见你，会有很多办法。"

闻月闻言，愕然抬头，她不知道他怎么能这么漫不经心地把这种迫人的话说出口。

纪则临看着闻月，还是狠不下心来吓唬她，放缓了语气，说道："老太太每星期都很期待周末，有你陪着她说说话，她的心情会好很多。我希望你对我的看法，至少不会影响到你和老太太的关系，她很喜欢你。"

"纪先生放心，我并不会因为你而疏远老师。"闻月回道。

"但你已经这么做了。"纪则临说。

闻月皱了一下眉，很快生硬道："这不是我的错。"

"当然，这是我的错，我不应该让你处在这种两难的境地。"纪则临按捺着情绪，克制道，"以后周末我都不会去庄园，你不用担心会在那儿碰上我。"

"你知道我不是这个意思。"闻月说。

"但这是我能做出的最大让步。"纪则临往前一步，逼近闻月，垂首看着她说道，"你不去青水湾，我勉强接受，如果你连庄园都不愿意再去，那么，我仅剩的一点儿理智恐怕会彻底丧失。到那个时候，我也不知道自己会做出什么事来。"

闻月心头一紧，在纪则临的目光之下哑然失语。

闻月余光见有护士走过来，不愿被人撞见自己和纪则临的对峙，很快打开房门，躲进了病房。没多久，纪则临走进来，和王瑾珍说有工作要回公司一趟，便离开了医院。

纪则临走后，王瑾珍看了一眼坐在病床前沉默的闻月，叹了一口气，问道："小月，则临是不是欺负你了？"

闻月回神，垂眼应道："没有。"

"你不用瞒我，我的外孙我最了解了，他啊，现在是属霸王的。"王瑾珍拉过闻月的手，轻轻抚了抚，说，"则临喜欢你，我看得出来，我也知道你是有恋人的，不可能给他什么回应。"

王瑾珍看着闻月，爱怜地说："我虽然是则临的外祖母，但是不会偏袒他，等有机会，我好好和他说说，不会让他再为难你。你也别委屈了自己，有什么事就和我说，有我在，他不敢真做出什么出格的事。"

"还有庄园……"王瑾珍叹息了一声，说，"当初我让你周末过来，是想和你多说说话，现在好像倒成了你的负担。你不用顾虑太多，也不用考虑我，以后啊，庄园你想来就来，不想来也不用勉强自己。人生在世，凡事还是要以自己的感受为主，知道了吗？"

王瑾珍亲昵地拍了拍闻月的手。

闻月的眼眶微微发烫，在青城读书的这段时间，王瑾珍实在照顾她太多了。虽然王瑾珍总是说，年轻的时候在落云镇受了她爷爷奶奶的照拂，让她心里别有负担，但她不能不感激这份恩情。

再者说，有些事逃避无用，她不能因为纪则临，就刻意回避王瑾珍，尤其王瑾珍现在还生着病，正是需要人陪伴、照顾的时候。

闻月回握住王瑾珍的手，抿出一个笑，说道："老师，我很好，您不用担心。以后我还去庄园陪您说话，您赶紧好起来，我还有好多问题想向您讨教呢。"

王瑾珍看着闻月，心里是说不出的喜爱。她也想把闻月留在身边，如果不是闻月已经有了恋人，纪则临追求闻月，她是一百个赞成的。只可惜人与人之间终究是讲缘分的，家里已经结了一个苦果，万万不能再结出第二个。

纪则临确认王瑾珍的身体没有大碍后，算是放心了。他知道有自己在，闻月会不自在，就以工作为由离开了医院，让她们师生可以安心相处。

从医院出来，他去了一趟公司，搭乘电梯时，正巧碰上了纪欣尧。

"哥，你回国啦。"纪欣尧跟着纪则临一起进了电梯，殷勤地打了招呼。

纪则临看见纪欣尧，才想起有件事还没落实，遂问道："你最近和任骁还有联系吗？"

纪欣尧想起之前任骁叮嘱过她，他们的关系要暂时对外保密，尤其是对纪则临。任骁说因为之前拉投资的事，他们之间闹得不太愉快，如果让纪则临知道了，他一定会反对的。纪欣尧觉得任骁想得还挺周到，但任骁不知道，这事纪则临早就知道了。她没打算和任骁点明这一点，否则任骁会以为她和纪则临是一头的，反而怀疑起她答应投资揽月的真实性。

纪欣尧朝纪则临眨了眨眼，笑道："哥，你算得真准。"

纪则临一听就知道一切都在预期之内。任骁初出社会，眼高手低，做事急于求成，又有极强的攀比心，根本成不了大事。纪则临一直都知道，任骁根本不配成为自己的对手，但没想到任骁这么轻易就背叛了闻月。虽然这是他期望的，但他还是为此感到震怒。他所珍视的宝藏，却被别人这样轻视。

"哥，你记得替我保密啊，我爸要是知道我不听他的安排，在外面勾搭别的男人，一定会打断我的腿。"纪欣尧不知道纪则临的所思所想，还沉浸在钓到鱼的喜悦之中，却不知道自己也是饵。

纪崇武现在在公司里的地位大不如前，已经很少露面了，但纪则临知道，他不会甘心一直被自己踩在脚下。纪欣尧的婚姻现在是纪崇武的筹码，他想通过联姻来拉拢关系，壮大自己的势力。

纪则临知道纪崇武最近在和赵氏接触，赵氏集团的赵总有个儿子，和纪欣尧年纪相当。纪则临之前还没想好要怎么打消纪崇武东山再起的念头，现在纪欣尧就送上了一个机会，这也算是意外收获。

闻月这几天基本上是学校、医院两头跑，王瑾珍的身体恢复得还不错，她本人出院意愿很强烈，但医生还是建议她在医院多观察几天。

闻月怕王瑾珍无聊，没课的时候就天天过去陪她说话。纪书瑜放学了也会过去，闻月就顺便给纪书瑜补补课，就跟之前在青水湾的时候一样。

临近期末，研究生的课程陆陆续续地结课。周五那天，陈晓楠开了个组会。组会结束后，师门几个人从教学楼里出来，李帆说六月毕业之后，再要聚齐就难了，提议晚上一起去放纵一下，就当是给即将离开校园的人的饯别宴。

几个人纷纷同意，闻月有些为难，便委婉地说自己要去医院照顾王瑾珍。知道王瑾珍生病住院的消息，李帆当即提出要一起去看望"师奶奶"。闻月想他们也是好心，问过陈妈，征得王瑾珍的同意后，便领着同门的师兄师姐还有周兆龙一起去了医院。

到了医院，进了病房，闻月才知道纪则临也在。李帆他们见着纪则临，一下子变得特别拘谨，明明还没入职场，却像是见到了顶头上司一样。不过纪则临倒是十分随性，没摆什么架子，还感谢他们来看望王瑾珍。

几个后辈在病房里和王瑾珍寒暄了一番，李帆怕打扰到老太太休息，送上慰问的果篮后，就主动提出要走。

"小月，饯别宴，你要去吗？"临走前，李帆询问闻月。

闻月轻轻摇了摇头，纪则临这时候出声问："饯别宴？"

李帆指了指自己还有旁边的师兄师姐，解释道："我还有这两个师兄师姐今年就要毕业了，所以想在离校前聚个会。"

纪则临微微颔首，又看向闻月，对她温声说道："晚上我会在医院，你不用担心老太太没人照顾，和他们一起去吧。"

王瑾珍也说："小月，你不用留下来照顾我，好好珍惜还能见面的机会，和你的师兄师姐聚一聚。"

同门都兴致盎然，王瑾珍也发话了，闻月想到这一年间师兄师姐没少照顾自己，便没有扫兴，点了点头。

"你们订好聚会的地方了吗？"纪则临问。

"还没呢，我们刚才商量过，想去个热闹点儿的场所。"李帆说着，觑了王瑾珍一眼，嘿嘿笑了，说，"比如酒吧之类的，在学校里好学生当久了，要毕业了想放纵一回。"

王瑾珍闻言只是笑了笑，她不是不开化的老太太，现在年轻人的泡吧文化她能接受，并不会倚老卖老，横加指责和干涉。

纪则临听到"酒吧"这两个字时，眸光微闪。今天离开公司前，他在车库里碰上了纪欣尧，她说今晚约了人去朋友的酒吧玩。她特地告诉他这件事，那约的谁就不言而喻了。

纪则临回头看向闻月，在这一刻忽然有所犹豫。想要一举击溃闻月和任骁的感情，这无疑是个好时机，如果是在生意场上，他不会这样举棋不定，会果断利落地扼住对方的喉咙，不给对方留下一丝一毫喘息的机会。但这件事无疑会伤及闻月，因此他才会心生不忍。

不过犹豫的念头只是一闪而过，纪则临很快就做了决定。闻月早晚会知道任骁和纪欣尧的事，他们的感情早已如风雨中的危楼，摇摇欲坠，而他只是从中推了一把。他已等不了太久。

纪则临迅速掩起眼底的情绪，沉吟片刻后，抬眼说道："去酒吧的话，我倒是有个推荐，你们去那里消费，费用可以记在我的账上。"

离开病房后，李帆还在"啧啧"感叹纪则临的帅气，又说他绅士极了，完全符合她对绅士的想象。几个师兄师姐都说今天赚大了，去潇洒还不用花钱，直夸纪则临颇有总裁风范，出手阔绰。

闻月在一旁听着，始终没有搭腔。狮子温和起来的确很容易将人迷惑，但她看过他的獠牙，知道他从来都不是温顺的动物。

纪则临说的酒吧离医院有些距离，他们一行人分两拨，一拨打车，一拨坐博士师兄开的车前往。

闻月跟着李帆坐上了博士师兄的车，周兆龙说自己拿驾照好几年了，问师兄能不能让他开车过个瘾，师兄不好拒绝，就让他坐上了驾驶座。周兆龙一路开得还算稳，到酒吧停车场时，那里几乎停满了车。好不容易找着个车位，周兆龙想要炫技，结果不够熟练，把边上的一辆车蹭了。

闻月和李帆下车看了一下，车的车尾把隔壁车的车门蹭了，虽然蹭的面积不大，但能明显地看出一道划痕。周兆龙看到蹭的是一辆豪车，当时表情就垮了。博士师兄的脸色也不太好看，毕竟车主是他，蹭了别人的车，他也脱不了干系。

闻月看这辆车眼熟，忍不住多打量了两眼，觉得自己见过这辆车，但当时没仔细看车牌，所以不能确定这是不是自己以为的那一辆。

"完了完了，这下事情大发了。"博士师兄苦着脸说。

李帆安慰道："不是多大的事，只是轻微的剐蹭，和车主说一声，协商赔偿就行。"

李帆察看了一番，没在豪车上找到联系方式，就给交通平台打了电话，说明了情况，请对方联系车主。

"怎么样啊？"周兆龙下了车，一脸焦急地问。

"平台联系车主了，我们在这儿等等看。"李帆说。

他们几个就在车边上等着，没多久，电梯口有人走出来。闻月回头看过去，见到任骁的时候有些意外，但又因为刚刚的猜测而有所准备。倒是任骁看到闻月的那一刻，整个人都跟僵住了似的，定在了原地。

闻月转过身，正准备和任骁说明情况，下一秒就见一个年轻女人从后头走来，挽上了任骁的手，问他："怎么回事啊，是谁蹭了我的车？"

闻月看着眼前的一男一女，有一瞬间的恍惚，仿佛闯进了另一个时空，在那里，她才是局外人。

李帆和博士师兄没有见过任骁，但周兆龙是见过的，他最先反应过来，开口问："闻月，他不是你男朋友吗？"

周兆龙的话刚落地，在场几个人的表情霎时都变了。

纪欣尧狠狠皱起眉头，扯了一把任骁，指着闻月质问道："她是谁？"

任骁没有回答纪欣尧的问题，他像是才回过神来，迅速抽出手，往前几步，对着闻月急切地解释道："月月，你听我说……事情不是你想的那样，我和她没有关系。"

"你和我没关系？"纪欣尧气急了，拔高声调，一股脑地说，"任骁，你是不是忘了当初找上我的时候是怎么说的？你说你的名字比我的多个'马'，就是注定要供我驱使的！"

"我说这话是为了让你投资我的公司，不是真心的。"任骁这会儿也顾不上纪欣尧了，几步走到闻月面前，放低姿态，用以前犯错时讨饶的无辜语气说，"月月，你别生气，这件事我可以解释的。"

除却一开始的茫然，闻月很快就冷静了下来，明白了情况。她看着任骁，忽然觉得眼前这个相处了两年的恋人十分陌生，甚至让她感到反感。而在不久前，她还尝试说服自己，他们之间出现的不契合，可能只是因为磨合得还不够。但现在，她看清了真相。木块和石头无论怎么磨合，都不可能成为一体的。

闻月觉得悲哀。她轻轻地闭了一下眼睛，再睁开时，极其平静地说道："任骁，我们分手吧。"

地下车库本就昏暗，这会儿更像是一个巨大的密闭空间，让人喘不上气。闻月不想再被困在这样不体面的场景里，和李帆他们知会了一声，匆匆离开了车库。

任骁丢下纪欣尧追了出去，拉住闻月的手，着急忙慌地解释道："月月，你听我说，我和纪欣尧只是逢场作戏，不是真的。"

闻月听到"纪欣尧"这个名字，皱了一下眉，她被任骁拉着，只好转过身抽出了自己的手，和他面对面站立着。

任骁以为闻月愿意给自己机会了，立刻一股脑说道："揽月的经营状况一直很不好，因为缺少资金，项目都运行不起来，我那几个朋友才干了几个月，就觉得撑不下去了，一个个都说要退出……"

"所以你走了捷径？"闻月面色平静地反问道。

"我……"任骁心里没有底气，说起话来便唯唯诺诺的，"纪欣尧和我说，她能帮我拉到投资，我也是没办法了，才会假装讨好她。"

"一定是纪则临，一定是他指使纪欣尧来诱惑我的，他就是想破坏我们的感情，好得到你。"任骁神神道道的，已经到了魔怔的地步，他往前一步，对着闻月急促道，"月月，我发誓，我和纪欣尧只是在演戏，不是真的，我的心里一直就只有你。"

到了这时候，任骁说什么都是没有意义的。比起愤怒，闻月更觉得疲惫。

"月月？"任骁喊她。

闻月抬眼，静静地看着任骁，脑海中闪过了以前他们相处时快乐的时光。她是依恋的，但一切都已经回不去了。

"任骁，我们结束了。"闻月认真道。

任骁的表情霎时变了，他慌张但也生气，觉得闻月不体谅自己："月月，我和你说了，我和纪欣尧是假的，我这么做也是为了我们的将来，只要揽月的状况好转起来，我就有能力给你更好的生活了。"

"我承认这件事我做得不对，但是你为什么要这么极端呢？"任骁面色一沉，咬紧牙关问，"是不是因为纪则临？"

闻月紧紧皱起眉头："我们之间的事到底和他有什么关系？"

"他一直在追求你，你动心了是不是？"任骁问。

"你是这么想我的？"闻月不可置信地问。

"难道不是吗？"任骁想到纪则临，忍不住憎恨起来，"他地位高、有权有势，这样的人喜欢你，你不心动吗？"

如果说在地下车库看到任骁和纪欣尧走在一起，闻月还只是失望，但此刻，当他这样揣测自己时，她忽然觉得过往两年的时光成了一个彻头彻尾的笑话。当初那个愿意远赴青城为她借书的任骁已经不在了，他们之间的情感借由那本书点燃，但现在，没有了后续的燃料，火焰渐渐熄灭，只剩下一地灰烬。

闻月定了定神，肃然道："任骁，我们之间的事和纪则临无关，甚至和纪欣尧都没有关系，是你……是你毁了我们之间的感情。"

任骁愣怔，很快辩解道："月月，我做的所有事都是为了你，我是为了你才来的青城、建立的揽月。"

"是为了我，还是为了你的自尊心？你为什么要将你所有的决定都冠上我的名义？我并不需要你为我做出牺牲。"闻月不擅长和人争吵，这是两年来她第一次用这么重的语气说话。

任骁看着闻月逐渐失去温度的眼睛，才意识到有些事已经到了不可挽回的地步。他立刻又摆出了可怜的姿态，哀求道："月月，是我浑蛋，我不该为了利益去讨好纪欣尧，也不该怀疑你……你骂我也好，打我也好，就是别和我分手。过两天是我们两周年的纪念日，我已经订好了餐厅，是一家专门做江城菜的，我还和老板说好了，那天一定要准备一道酿豆腐。"

闻月听到"酿豆腐"的时候微微恍了一下神，蓦地回想起了她和任骁刚确认关系的那段时间，他得空就带她去江城大大小小的菜馆里吃酿豆腐，就因为她随口说过想念小时候爷爷奶奶做的这道菜，但再也吃不到那个味道了。

曾经的美好和感动都不是假的，但那些回忆就像熄灭的火堆里的木炭，尽管尚有余温，但早晚有一天会凉掉的，就算费尽心力地将它再次点燃，最后得到的也不过是握不住的一抹灰。

到了这一步，闻月已不想再往前走了，她宁愿这段感情还保留一些可堪回首的温馨，也不想挣扎着弄得面目全非。

"任骁，"闻月叹了一口气，声音明明很轻，却又像是用尽了全身的力气，她最后再次说道，"我们就到这里吧。"

纪欣尧一直很清楚自己的婚姻是不能自己做主的，所以也没想和任骁修成正果，只是图一时新鲜，玩玩罢了。但她没想到，玩鹰的被鹰啄了眼，任骁竟然敢耍她！

纪欣尧知道任骁有女朋友的时候都要气疯了，他居然敢玩弄她，但这事她没办法找纪崇武给自己出头，只能去找纪则临。

纪则临从纪欣尧那儿知道了当晚发生的事情，也就知道了闻月和任骁的感情已经完了。他和纪欣尧说自己会给她讨回公道，等她走后，他喊来李特助，让李特助把纪欣尧和任骁的事透露给赵氏。

纪欣尧主动忽悠任骁，她不算无辜，纪则临本不想把她拉下水，但怪就怪纪崇武实在不安分。既然如此，他只能亲自教纪欣尧作为纪家人最重要的一课——谁都不要信，包括自己的亲人。

傍晚，处理完公司的工作，纪则临看了一眼时间，思忖了一下，开车去了医院。他到王瑾珍的病房时，闻月正在削苹果，看见他，她微微别开了脸，低头把削好的苹果递给王瑾珍，又起身拿起了桌上的保温杯，说要出去接热水。

VIP病房里有饮水机，根本不需要特地去外面的开水房。纪则临看出闻月是在躲自己，转身正要跟上去，却被王瑾珍叫住了。

"则临，你过来，我有话问你。"王瑾珍语气肃然。

纪则临见闻月已经离开了病房，便定住了脚，走到病床边，在椅子上坐下，打算先回王瑾珍的话。

"小月今天情绪不太对，我问了几次，她才告诉我，她和男友分手了。"王瑾珍眉心紧蹙，看着纪则临，厉声问道，"我问你，他们的事，你有没有插手？"

纪则临知道瞒不过王瑾珍，也不想瞒，因此没有否认。王瑾珍见自己猜中了，长长地叹了一口气，痛心道："你啊，怎么会这么不理智？我和你外祖父以前是怎么教导你的？做人要正直，要讲道德啊！"

纪则临垂眼，半晌，自嘲地笑了，说："您和外祖父的教导我都记得，但是，纪家不是寻常的人家，要想在这个家活下去，正直和道德都是要丢弃的，否则……我的父母就是前车之鉴。"

王瑾珍闻言，心口刺痛，不由悲从中来。她的女儿女婿的确是心地十分善良的人，生前始终热心公益事业，但最后都没落得好下场。

王瑾珍知道父母的意外给了纪则临很大的打击，从那之后，他的性情就变了许多，以至于有时候她这个做外祖母的都捉摸不透他。

王瑾珍无奈地叹息了一声，说道："我知道这些年你不容易，但是你不能把商场上的手段用在小月身上，她虽然看着温和安静，但是骨子里是刚烈的，她如果知道你算计她的感情，是不会原谅你的。"

纪则临垂首："我知道。"

王瑾珍说："那你还……"

"我想赌一把。"纪则临沉声道。

王瑾珍愕然，这么多年，她还是第一回看到纪则临为了某个人，这样不管不顾地豁出去。她问："你就这么喜欢小月？"

纪则临答："嗯。"

事到如今，王瑾珍知道自己说什么都没用了，这个果是好是坏，只能看小辈的造化了。

"既然这样，你以后要好好对小月，不能再做出会让她伤心的事来。"王瑾珍板着脸训道，"再有下回，我是不会站在你这边的。"

纪则临知道王瑾珍这关算是过了，不由松了一口气，颔首应道："我明白。"

医院里去开水房接水的人多，闻月过去时，饮水机里的开水已经被接完了，她只好站着等了等。等候期间，兜里的手机响了起来，她拿出来看了一眼，是任骁打来的电话。闻月没有接通电话，把手机揣回了口袋里，见饮水机的水温跳到了一百摄氏度，立刻拧开保温杯的杯盖去接水。兜里的手机一直振个不停，对方似乎不死心，一个接一个地打。

从昨晚到现在，任骁给她发了无数条消息，一遍又一遍地忏悔，祈求她的原谅，今天一早更是直接等在了宿舍楼下。

闻月觉得自己已经和任骁说得很清楚了，不想和他再做无谓的拉扯，所以从宿舍楼的侧门离开后，就来了医院，躲在了王瑾珍的身边。

两年的恋情，一下子断开，说不难受是假的。昨晚她反反复复地回想她和任骁交往的时光，在他们都还是学生的时候，并没有那么多摩擦和冲突，校园里的恋爱是自由快乐的，他们没有压力，只需要取悦彼此就足够了。

但是自从大学毕业后，他们之间就开始出现分歧。去年异地期间，他们的矛盾尚且不明显，今年任骁来了青城后，闻月才发现自己和他有这么多观念上的不同，尤其是最近这段时间，任骁就像变了个人似的。社会这个熔炉似乎重新炼化了他，又或者，她从未真正地了解过他。

失神间，闻月忽然感到有人握住自己的手，往外轻轻一拉。她倏然回神，扭头就看到纪则临沉着眼，脸上挂着严峻的表情。

"在想什么？水都要溢出来了。"纪则临迅速拿过闻月手上的保温杯放在一旁，拉过她的手左右察看。

闻月不自在，下意识地抽回了手。纪则临知道她没被烫到，放心了，但还是叮嘱了一句："以后接热水的时候不要开小差。"

"嗯。"闻月胡乱地应了一声，拿过保温杯盖上盖子。

纪则临见她眼尾发红，皱起眉头，沉声说道："他不值得你伤心。"

闻月不语，纪则临沉吟片刻，说："纪欣尧是我的堂妹，任骁是偶然间认识的她，他想借由她拿到投资，所以……"

闻月垂眼，忽然间想到任骁昨晚说是纪则临指使纪欣尧去引诱自己的话，微微恍神。她当然不会把任骁推脱责任的话当真，昨晚纪欣尧的反应是很真实的，纪欣尧也是被欺骗的一方。

"你妹妹是无辜的，错的是任骁。"闻月说道。

"我说过，他不适合你。"纪则临说。

闻月实在不想承认纪则临说的是对的，但事实摆在眼前，她无法辩驳："纪先生，我和任骁曾经彼此喜欢过，即使现在我们分手了，我也不会将这段感情彻底抹杀掉，将他贬得一无是处。"

纪则临看着闻月，快速说道："我知道让你一下子将他忘掉并不现实，但是他对你来说已经是过去式了，现在，你可以正视我的感情了。"

纪则临的眼神和他的言语一样，是赤裸裸的。闻月的目光飘忽了起来，她说："纪先生，我刚结束一段感情，现在并没有心思再去投入下一段感情。"

纪则临问："多久？"

闻月蒙了一下："什么？"

纪则临补充："你需要多久的时间才能从上一段失败的感情中缓过来？"

这个问题是个陷阱，闻月不能回答，她垂眼，含糊道："人不是机器，没办法预知自己的感情走向。"

闻月明显在打马虎眼，纪则临知道她有意敷衍也不生气，反而轻笑了一声，开口道："两个月。"

闻月蹙起眉头。

纪则临继续说："我给你两个月的时间，下学期你来青城，如果还不能忘记任骁，那么，我会帮你。"

所有的课程结课后，研一差不多就结束了。

闻月将本学期的所有课程论文都写完交上去，参加了学院的开题报告会，确定了毕业论文的撰写方向后，在学校就没什么事了。

离开青城前，她去了一趟落霞庄园，王瑾珍已经出院回庄园疗养了。她亲自和王瑾珍道了别，这才回了江城。

短短一学期，不到半年的时间，闻月却觉得过得十分疲惫。

才回落云镇没几天，任骁便找了过来，一直等在闻月家门前。闻月不想回头，所以并不愿意见他。直到有天镇上下雨，她见他还等在楼前淋雨，才无可奈何地露了面。闻月没有邀请任骁来家里，只是撑着伞，给他送了一把伞，劝他离开。

任骁好不容易见到闻月，当然不会放弃求和，拉着她的手，一个劲地道歉，又告诉她："月月，我后悔了，当初我就不应该创业，我如果踏踏实实地待在江城等你毕业，就不会被利益驱使着做出对不起你的事。我已经决定把揽月关了，回来江城等你，你再给我一次机会，我们回到一开始，好吗？"

时间是不能倒退的，闻月抽出了手，叹了一口气说："我们回不去了。"

"为什么？"任骁语气急切，问闻月，"我们两年的感情，你真的舍得吗？"

闻月站在雨中，微微恍了神，很快又恢复了冷静："任骁，谢谢你这两年来一直照顾我、关心我，在我父亲去世的时候陪伴在我身边。但是，我没办法无视我们之间存在的隔阂，装作若无其事地和你继续下去。"

任骁看着闻月沉静的眼睛，就好像看到了自己一开始追求她时，她理智拒绝的模样。回想起这两年的相处时光，他好像从来没有在她眼里看到过特别炽烈的感情。她的眼睛向来是平静无澜的，就连笑也是淡淡的。

"月月，你从来没有真正地喜欢过我。"任骁神色颓唐，又不太甘心地说，"你只是因为感动才和我在一起的。"

闻月愣怔，稳了稳心神，才说道："任骁，你当初去青城帮我借书，就是为了让我感动，从而答应你的追求，我也的确被你的行为打动了。如果你觉得我因为感动和你交往是不对的，那么一开始，你为什么要费尽心思地追求我？"

任骁被闻月一番话堵得哑口无言，沉默良久，才自嘲地笑了："我以为感情是可以培养的，只要在一起，总有一天你会喜欢上我，但是我现在才知道，你根本就不会爱人。"

闻月心头一紧，忽然就迷茫了起来，雨水像是遮蔽住了她的神思，让她看不清自己了。

那天之后，任骁再也没来找过闻月，他们之间的关系彻底破裂了。

尽管闻月的情绪一直很低落，但她并没有消沉下去，让母亲担心。生活还要继续，她逼着自己打起精神，找了些事情来转移注意力。

落云镇的生活节奏很慢，日子就像镇上小河里的流水一样，尽管会有起伏，但照常地流淌而去。

八月，江城酷热难当。闻月在楼上译稿，忽然听到母亲在底下喊自己，就放下正在翻译的稿件，从楼上跑下去。

"囡囡，有你的快递，又是从青城寄过来的。"

闻月接过母亲递来的快递，找来剪子，把包裹小心翼翼地拆了。果不其然，里头是一本珍贵的绝版书。

"这是第三本书了吧？还是那位纪先生寄的？"闻母问。

闻月点了点头："嗯。"

闻月自从回到江城，就接二连三地收到纪则临寄来的快递，每一次都是书。他寄来的第一个快递，就是上回她没收下的傅雷先生的藏书，第二个是一本牛津大学出版社出版的词典，这一回，是一本初版的外国古典小说。

他虽然说给她两个月的时间，但是这期间也没少刷存在感，临别时他在医院说的话像是魔咒。这阵子只要她一想起任骁，就不由自主地想起纪则临，他就这么强势地介入了她与任骁的回忆之间。

"这些书都很珍贵，收集它们的人有心了。"闻母看了一眼闻月手中的书，即使闻母不是专业的，也能看出书的价值，"囡囡，你和妈妈说说，这位纪先生是不是在追求你?"

闻月从小就和母亲像姐妹一样亲近，人生中大大小小的事情都会和她分享，尤其是女孩子的一些心事，和父亲说总归不自在，而母亲就会以过来人的眼光来帮她排忧解难。之前和任骁分手，闻月没有瞒着母亲，现在对于纪则临，她也没有隐瞒的想法，听母亲问起，便默认了。

"之前你只说他是王瑾珍老师的外孙，还是集团的老总，但是没说过他是个什么样的人。"闻母看向闻月，问，"你对他是什么印象?"

闻月垂眼，看着手中的书沉默了一会儿，才开口说道："他是个霸道的绅士。"

"霸道的绅士?"闻母笑了，"这两个词可不沾边。"

"但他就是这么矛盾、复杂的人。"闻月答。

"人都是多面的，能管理一个大企业的人必然不会简单。"闻母思索了一下，问闻月，"你讨厌他?"

"我……"闻月无端停顿了一下，她自己也没想到居然会答不上这个问题。

闻母见闻月迟疑，心里就有数了："看来不仅他是个复杂的人，你对他的感情也很复杂。"

"我只是不讨厌他而已，您知道，我很少讨厌人。"闻月低声说道。

闻母笑问："那他追求你，你是什么态度?"

"我拒绝了。"闻月小心地翻着手上的书，随意地浏览着，意兴索然道，"我刚和任骁分手，现在不想和任何人交往，谈恋爱没意思极了。"

闻母抬手摸了摸闻月的脸颊，宠溺地说道："傻囡囡，不过是一段不成功的感情，人生还长着呢，不要这么消极。你和任骁分手，虽然可惜，但反过来想，就是排除了一个错误的选项，以后你遇到正确的人的概率就会变大，这是好事。"

闻月想起最后一次见面时任骁说的话，失神片刻，不由低落道："妈妈，我好像不会爱人。"

"怎么会?"闻母立刻否认了闻月的想法，肯定地说，"你是我和你爸爸用爱养大的，没有人比我们更了解你。你只是暂时还没有遇上能真正走进你心里、触及你灵魂的人，等哪一天这个人出现了，你自然就会体会到自己的情感是多么丰沛，所以千万不要怀疑自己。"

"真的会有这个人吗？"闻月问。

"当然，就像我和你爸爸，我们也是兜兜转转才遇见的。"闻母说着，再次亲昵地摸了摸闻月的脸，笑着说道，"囡囡，人生很长的，不要因为一段失败的感情就否定自己，以后如果遇到心动的人，也不妨勇敢一点儿。虽然你爸爸不在了，但妈妈也能给你当后盾，所以你不用怕，尽管去体验人生的种种酸甜苦辣，要允许一切发生。"

闻月听母亲这么说，眼眶一热，忍不住抱住了她。

小镇上的生活虽然略显单调，但闻月每天写论文、译稿，早晚陪着母亲出门散步、买菜，也过得十分充实、平和。

两个月的假期看起来长，到了尾声，又让人觉得时间流逝得飞快。

闻月不舍得母亲，也必须离开家乡前往学校，虽然研二基本没什么课了，但是她还有撰写论文的任务，只有在学校才能借到自己需要的参考书。而且，她也答应了王瑾珍，开学后会去看望对方。

九月份，闻月飞往青城，新学期开学，学校里一切如旧。陈晓楠在开学第一天就开了组会，因为是新学年，几个师兄师姐毕业了，倒是多了一个师弟和一个师妹。周兆龙和闻月也自动升了辈分，成了师兄师姐。

研二已经没有多少专业课程了，主要任务就是撰写毕业论文，再就是考虑以后的发展方向。陈晓楠特意询问了闻月和周兆龙毕业后的规划，周兆龙说他想进大企业当翻译，闻月却一时不能给出确切的答案。

暑假期间，闻月和母亲谈论过毕业后的事，她有意进出版社，但母亲支持她出国继续读书，还说她父亲生前也是这么想的。毕竟她学的是翻译，还是去英语国家学习、生活一段时间比较好。

闻月本科的时候也有出国的想法，但是那时候不太舍得离家太远，加上拿到了保研资格，就没有去申请国外的学校。现在人生的岔路口又出现了，她再次面临选择，考虑到母亲的身体状况，她还是和以前一样，不能痛快地下定决心。

好在这也不是当即就要做出的决定，她还有时间慢慢考虑。

组会结束，闻月从教室里出来，陈枫早就和她的导师谈完话了，特地等着闻月一起去食堂吃饭。前往食堂的路上，闻月还在思考留学的事，忽然听陈枫讶然地说道："那不是小纪总吗？他怎么会在我们学校？"

闻月心里咯噔一声，抬眼看过去，果然看到了纪则临，他正在几位校领导的陪同下逛着学校。两个月不见，他还是人群中的焦点，走到哪儿都备受瞩目。

"月月，你和小纪总不是认识吗，要不要打个招呼？"陈枫问。

闻月立刻摇头，拉上陈枫说："我们走吧。"

闻月一门心思想躲开纪则临，免得正面碰上，又要小心应对。可陈枫是个爱热闹的主，她见纪则临回过头，便仗着自己曾经问过他几个问题，自来熟地挥起了手。

"纪总。"陈枫喊道。

闻月心一坠，直觉不好，果然一回头，就见纪则临和几位领导知会了一声，朝她们走了过来。

陈枫还以为是自己将纪则临喊来了，煞是激动，拉着闻月站定等着。闻月走不动，只好站在原地，眼看着他走近，心跳不由自主地开始加速。

等人到了跟前，陈枫迫不及待地问："纪总，你还记得我啊？"

纪则临的目光始终落在闻月身上，听到问话才看向陈枫，回道："当然，闻月的同学。"

陈枫说："啊，原来你只记得我是小月的同学啊，我还以为你是对我之前在演讲上问的问题记忆深刻，才记得我的呢。"

纪则临笑了："的确深刻。"

陈枫见纪则临还算亲和，便大着胆子说道："你还欠我一个答案呢，不知道什么时候能告诉我？"

纪则临复把目光投向闻月，眼神意味不明："关于这个问题，等什么时候没有隐瞒的必要了，我会告诉你的。"

闻月心口一紧，害怕纪则临会说出什么惊人的话，马上慌不择言地开口，岔开话问他："纪先生今天怎么会来学校？"

纪则临回答："今天开学，我来验收一个成果。"

他的话音落地，闻月神色慌了，显然紧张。纪则临看着她，片刻后才不徐不疾地接着说道："集团在青大设立了一个基金会，我过来出席启动仪式。"

"原来是这样。"闻月疑心纪则临是故意的。她的一颗心不上不下，正要拉着陈枫借口吃饭离开这里，还没来得及开口，就听见纪则临直接地问："闻小姐今晚有空吗？"

陈枫露出了讶异的表情，扭头看向闻月。

闻月的心跳无端停了一拍，她暗地里掐了一下自己的手心，逼自己冷静下来，还算沉着地问："纪先生……有事吗？"

"纪书瑜很想你，如果你有空，晚点儿和我一起去看看她？不然她生起气来，不知道会做出什么事。"纪则临注视着闻月，说的是纪书瑜，却又好像是别人。

闻月听出了纪则临的言外之意，他就这么堂而皇之地威胁自己。陈枫就在边上，闻月相信，如果自己不答应，纪则临会立刻告诉陈枫她想知道的问题的答案，到时候，自己可就别想在学校里安生了。

闻月默然半晌，才无可奈何地妥协道："好。"

纪则临推了青大校领导的应酬，给李特助打了电话，让他把车开了过来。上车后，看到坐在后座上的闻月，他心口微松，眼神不自觉地柔和了下来。他刚才提前让李特助去接了闻月，虽然知道她心里有所顾忌，一定会跟着自己去青水湾，但此时在车上见到人，他才真正放了心。

纪则临让李特助直接把车开去青水湾，过后才回头看向闻月。两个月没见，她瘦了许多，下颌的线条更加明显，露在外面的手腕伶仃细小，他一只手握住都绰绰有余。和任骁分手就这么让她难过？

纪则临抬眼，目光落到闻月的侧脸上，她一直低着头盯着自己的手看。自他上车后，她始终不发一言，像是在闹别扭。

纪则临轻微地叹了一口气，开口道："纪书瑜真的很想你。你不给她上课后，我又给她找了个老师，她不喜欢，天天闷闷不乐的，问我你为什么不去陪她看书了，所以我才想找你去看看她。"

闻月本来是不打算搭理纪则临的，听到他说的话后才抬头看向他，嗫嚅了一下唇，问："是不是那个老师对书瑜太严格了，她的性格是吃软不吃硬的，要哄着才行。"

纪则临说："不是所有老师都像你这么有耐心，纪书瑜还是比较听你的话。"

闻月一听，露出了担忧的表情："那我去和她说说。"

纪则临微微勾起了嘴角，过了会儿问："我给你寄的书都收到了吗？"

闻月垂眼："嗯。"

纪则临说："那些书是我从拍卖行还有几个藏书家那里购入的，你不用担心是仿本。"

纪则临送的那些书，闻月都翻看过，从出版时间来看，年头很久了，但是书完好无损，只有书页微微泛黄，看得出它们一直被保管得很好。书虽然不比黄金，但是有些书的价值的确会随着时间而愈加珍贵，一些绝版书更是有市无价，不是想买就能买到的。

闻月神色犹豫，开口道："纪先生，那些书……"

纪则临打断她的话："那些书都是我搜罗来送你的，现在你拥有处置权，如果你不想要，可以将它们送去二手市场卖，或者捐出去，但是不要想着退还，我是不会收回来的。"

纪则临这么一打断，把闻月还没说出口的话堵了回去，她一下子都不知道要怎么接了。纪则临一眼就看出了她内心的想法，玩笑似的说了一句："接受爱慕者的殷勤是淑女的美德。"

闻月被他这个歪理逗笑了，忍不住说："那绅士的美德就是不要胡乱献殷勤。"

纪则临扬起嘴角："不能投其所好才是胡乱献殷勤，我知道你喜欢阅读。"

"这些书很贵重，更适合放在庄园的书房里。"闻月说。

"我可以让人再收拾一间书房出来，供你藏书。"纪则临说。

闻月解释："我不是——"

纪则临再次打断她的话："闻月，这些书虽然贵重，但是对我来说远不及你。你收下，它们才有价值。"

闻月张了张嘴，还想说什么，纪则临却没给她机会，直接道："送出去的礼物我是不会收回的，你要是实在有负担，可以拿鲜虾面来交换。"

闻月皱起眉头："鲜虾面怎么能抵掉这些书？"

纪则临说："一碗面的情感价值足以抵消几本书的经济价值。"

闻月无奈地说："纪先生这样做生意不是亏了？"

纪则临看了闻月一眼，笑道："不是所有人都可以和我做这样的交易，亏与不亏，看买卖人怎么想。能让你高兴，还能换碗面吃，我觉得是赚了。"

话说到这儿，闻月就知道该结束这个话题了，否则再聊下去，纪则临就该说些她接不上的话了。他向来是能抓住一切可以对她表明心意的机会，让她没办法应对的。

到了青水湾，闻月跟着纪则临进了别墅。才进门，Yummy便朝闻月奔了过来，在她脚边摇头摆尾的，分外狗腿。

闻月没想到这么长时间不见，Yummy还记得自己，她立刻蹲下身，惊喜地抱着它摸了摸，它也一脸享受地眯起了眼睛，还往闻月怀里钻。

纪则临在边上盯着那只萨摩耶看了又看。这狗看见他就恨不得刨个坑躲起来，见了闻月倒谄媚了起来，又是摇头又是摆尾的，倒是会看人下菜碟。

"纪书瑜呢？"纪则临问李妈。

"在楼上呢。"李妈答。

"告诉她闻月来了，让她下来吧。"纪则临说。

李妈上了楼，没多久，纪书瑜抱着娃娃从楼上下来，看到闻月，立刻高兴地跑过来，和Yummy一起挤在闻月边上。纪则临看她们一大一小加上一狗，其乐融融的，全然没他什么事，心里居然有些不是滋味。

纪书瑜问闻月："闻老师，你为什么不来陪我看书了？"

闻月不能说是纪则临的原因，只能解释："我也有作业要写，所以不能过来了，你要听新老师的话。"

纪书瑜不明白："什么新老师？"

闻月问："你舅舅不是给你找了个新老师陪你看书吗？"

纪书瑜嘟起嘴，说："你不来之后，一直都是舅舅陪我看书。"

闻月愣住，抬头看向纪则临："你说给书瑜找的那个老师……是你自己？"

　　纪则临在她的目光下竟然有些心虚，抬手虚握，放在嘴边轻咳了一下："不是你之前说纪书瑜需要人陪吗？"

　　闻月一时啼笑皆非，纪则临刚才说纪书瑜不喜欢新的老师，她还担心是不是那个老师对小孩子不好，现在才知道自己又被他忽悠了。

　　纪书瑜拉着闻月的手，轻轻晃了晃，说："闻老师，舅舅讲故事很无聊的，和点读机一样，你回来陪我看书吧。"

　　被说是点读机的纪则临一点儿都不生气，还赞许地看了纪书瑜一眼，又看向闻月："我说了，她只喜欢你。"

　　闻月露出了为难的表情："给书瑜换个老师，或许……"

　　"我不要。"闻月话没说完，纪书瑜就摇头否决了，"其他老师都没你讲故事有意思，他们只会照着书读，但是你会和我说书本之外的知识。"

　　闻月没想到自己这种发散性的教学方式倒误打误撞地让纪书瑜喜欢了。看着那双清澈澄亮的眼睛，她一时想到了作为教师的父母以前和自己说过的话，不能轻视任何一个孩子的求知欲，或许一点儿露水就能滋养一棵树苗。

　　之前闻月不来青水湾，是怕任骁多想，现在他们分手了，这个顾忌也就没了。虽然纪则临让她苦恼，但为了纪书瑜，她想他也不至于对自己做什么过分的事。

　　"那我以后抽空过来？"半晌，闻月说道。

　　闻月说出这句话，纪书瑜立刻笑开了，她趁闻月不注意，朝纪则临挤了一下眼睛，尽显机灵淘气。纪则临挑了一下眉，不由失笑。他没想到自己搞不定的事情，到了纪书瑜这里，这么轻易就被解决了。看来，他平时没白疼她。

　　"那你今天晚上就陪我看书？我最近在看《爱丽丝梦游仙境》，之前舅舅陪我看了一半，还有一半没看呢。"纪书瑜拉着闻月说。

　　闻月都来了，也知道纪则临轻易不会让自己离开，只能既来之，则安之，应道："好啊。"

　　纪则临眉目舒展，像是了却了一桩大事，心情无端畅快。他看了一眼时间，说："李妈准备了晚饭，你们吃完饭再看书吧。"

闻月和纪书瑜还有纪则临一同吃了晚饭。这还是第一次只有他们仨在一张桌边吃饭，以前在庄园有王瑾珍在，气氛倒是正常，今天没了王瑾珍从中调和，闻月难免不自在。

但纪则临始终彬彬有礼，不像前几回那样强势逼人，只关心了几句她在学校的情况，还关切了一下她母亲的身体，并没说什么越界的话。

闻月提着的一颗心往下放了放，但也不敢完全放松下来，纪则临暑假前说的话还回荡在耳边，她不觉得他是会主动松口的狮子。

吃完饭，闻月和纪书瑜上楼去了书房。她们俩看书的时候，纪则临完全没有打扰，直到时间晚了，他才现身，主动说送闻月回学校。

上了车，和纪则临同处于一个密闭空间里，闻月的心又紧锣密鼓地敲了起来。一路上，纪则临都专心地在开车，也不说话，好像只是单纯地送她回学校，但闻月心里还是惴惴不安，像是头顶悬了一把达摩克利斯之剑，不知道什么时候会掉落下来。

到了校门口，纪则临才开了口，说："你如果学业忙，去青水湾就不需要去得那么勤，还是以你自己的事情为主。"

"嗯。"闻月和纪则临对上了眼，不由心一颤，忍不住移开了视线，说，"纪先生，学校到了，我先进去了。"

她解开安全带，要下车时才发现车门没解锁，打不开。她若有所感，立刻回过头看向驾驶座上的人，纪则临也解了安全带，此时正看着她。

"闻月，你是不是忘了一件事？"在昏暗的车厢内，纪则临身上的压迫感更强，他微微欺近闻月，注视着她说道，"两个月过去了，你还没有给我答复。"

该来的总归是躲不掉的。闻月躲开纪则临投来的目光，声音发涩："纪先生，我觉得我们还是——"

"我给你两个月的时间，是让你有个缓冲期，不是让你用来思考怎么拒绝我的。"纪则临强势地截断了闻月准备说的话。

闻月咬唇："你不能强迫我。"

"我如果想强迫一个人，不会这么温和。"纪则临的语气堪称平静，但带着一股自上而下的无形的压力。

"你……"闻月皱起眉头，生硬道，"纪先生以前都是这么追求人的吗？"

"我从来没有主动追求过人，你是第一个。"纪则临的目光一寸一寸地描摹着闻月的脸庞，他隐忍道，"'It's always six o'clock now（它总是停在六点钟）①'，闻月，我的时间已经静止很久了。"

闻月听到这话，不由神色一动。从察觉到纪则临对自己有好感到现在，的确已经过去了很长一段时间，久到她已经习惯了他的情感。曾经她以为他只是一时兴起，慢慢地就会对她失去兴趣，但他没有，他对她的感情似乎随着时间的发酵更加浓烈，让她忽视不得，甚至在意。

纪则临对她的喜欢不是因为新鲜，他比她以为的还要认真。母亲曾经告诉过她，所有出自真心的感情都值得被尊重，那么对于纪则临，她至少也要给予一个真诚的回应。

"纪先生，我现在没办法给你你想要的答复，不过……"闻月看着纪则临，过了会儿才下定决心般说道，"你可以给你的手表加点儿黄油。②"

纪则临的眼底闪过一抹微光，低声问："我可以把这话理解为你并不排斥我们之间的可能性？"

闻月眨了一下眼睛，没有否认。

纪则临的嘴角不自觉地上扬。闻月并没有明确答应他的追求，她单单是不再退后，他就觉得满足。其实他一直都清楚，闻月是强迫不来的，他之所以一味逼近，要的也不过是她不再逃避自己。

"我一般不给人选择的余地，但因为是你，我破例一次。"纪则临往后靠上了椅背，抬手解开了车门锁，又回头轻叹了一口气，无可奈何道，"闻月，我大概是被你吃定了。"

闻月脸上一热，心底却忽然放松了下来。

---

① 出自《爱丽丝梦游仙境》：疯子的茶话会中，制帽匠说自己和时间吵了一架，所以时间总是停留在六点钟，他们只能一直喝下午茶，干不了别的事。

② 出自《爱丽丝梦游仙境》：疯子的茶话会中，三月兔把黄油当作钟表油来使用。

新学期伊始，闻月几乎天天都能收到陌生人的好友申请。她和任骁分手的事之前在院里传开了，几乎人人都知道她被劈腿了，就连陈晓楠也旁敲侧击地询问过她，担心她被影响。一个暑假过去，没什么人再去议论上学期的事了，倒是闻月单身的消息传开，常常有同校的男生想约她。闻月深受其扰，索性一刀切地把聊天软件的添加方式都关闭了。

研二没什么课，自由了很多，但因为有毕业论文的任务在，时间并不显得充裕。闻月平时在学校里，基本上就是泡图书馆、写论文，上回答应纪书瑜陪她看书后，闻月一周会抽两三个晚上去青水湾。

偶尔，闻月会在青水湾和落霞庄园碰上纪则临，不过现在见着他，她已经不会再一味逃避了。既来之，则安之，她始终记得母亲和自己说的话，人生很长，要允许一切发生。

十月国庆假期，闻月回了越江城。节后回来，她想着学校无事，便搭乘去往落霞庄园的直达车，打算去看看王瑾珍。

大巴车行驶速度慢，从青大到郊区晃晃悠悠地开了两个多小时，闻月在车上小憩了一觉，醒来时日头西斜，正好到达庄园外的车站。

从车站到主楼还需要步行一段距离，闻月其实可以给陈妈打电话，让她叫庄园的司机师傅出来接自己，但闻月不愿麻烦人，再者现在时近傍晚，太阳不晒，走一走路，权当是锻炼身体了。

这个月份，江城还酷暑难消，青城却已入了秋，庄园的草地开始泛黄，园子里的树木在秋风的吹拂下纷纷落叶，一些果树结出了沉甸甸的果实，看上去十分诱人。闻月走走停停，在太阳完全落下前到了楼里。王瑾珍看见她，十分惊喜，立刻拉着她话家常。陈妈开玩笑说，闻月放假不来庄园，王瑾珍想得很，每天都数着日子，就等她回来。

王瑾珍好不容易等闻月回了青城，拉着她待在书房里不出来。直到晚上时间不早了，陈妈催王瑾珍早点休息，王瑾珍才止住了话头，不情愿地回房间睡觉。

王瑾珍走后，闻月还留在书房里。刚才王瑾珍给她的论文提出了几个修改意见，她想趁热打铁，抓紧时间先修改了。

深夜总是灵感迸发，经过王瑾珍的点拨，闻月思路畅通，写起论文来得心应手。她沉浸其中，不知不觉就到了深夜。

陈妈见书房亮着灯，上楼来喊闻月早些睡，闻月应着，但又舍不得放下笔记本，怕今晚不写，明天就没了灵感。

纪则临开车到达庄园时，已经过凌晨了。他把车停进车库里，上楼后直接往客房走去，走到一半，又觉得自己脑子发昏了，现在这个点，闻月早就睡了。

今天晚上，要不是他给陈妈打了个电话，询问王瑾珍的身体情况，他都不知道闻月已经回了青城，还来了庄园。明明节前他和她说过，从江城回来后，要告诉他一声，结果她完全忘在了脑后。

或者不是忘记。

知道闻月在庄园，纪则临就从市里赶了过来，不过再怎么赶也来不及了。其实从市里出发时他就清楚，今天是见不到她的，但他还是等不及要过来，至少明天一早，他能第一时间看到她。

两个小时的车程被压缩到了一个半小时，纪则临集中精神开了那么久的车，松懈下来倍感疲惫。他转身，正打算回自己的房间，忽然听到回廊的另一头有动静。陈妈他们都睡在一楼，这么晚了，王瑾珍总不至于还没睡。纪则临思索片刻，加快脚步拐了个弯，往回廊另一头走过去。

闻月写着论文，一不小心将手边的书碰落在地，她自己也被吓了一跳，赶忙捡起书，小心地拍了拍书页上沾上的灰。

"这么晚了，还不睡？"

闻月才松一口气，又被突然冒出的声音吓住了。

纪则临走进书房里，看到闻月慌里慌张的模样，低笑一声，说道："我听到声音，以为庄园里进贼了，所以过来看看。"

闻月看纪则临眼里带笑，就知道他说的是玩笑话，是拿她以前留宿庄园时错把他当贼的事来调侃。她顺了顺气，平复了一下心跳，才解释道："我在写论文。"

纪则临扫了一眼书桌上的笔记本还有台灯，问："怎么不把大灯打开？"

"陈妈会上来。"

"怕她念叨你？"

闻月心虚。

"你这行为，倒和纪书瑜打着手电筒躲在被窝里看动画片一样。"纪则临笑道。

"我是在学习。"闻月说完才反应过来，自己并不需要和纪则临解释什么，她不是纪书瑜，他也不是她的监护人。

夜深人静，庄园四周万籁俱寂，书房里只有一盏小台灯亮着，有限的光线把偌大的房间缩成了一个无限狭小的角落。闻月这才意识到时间已经很晚了，深夜时分，她和纪则临单独待在一个空间里实在不合适。思及此，她合上笔记本，站起身正要离开书房，却被纪则临拦下了。

闻月抬起头，刚要开口，就见纪则临抬手放在嘴边，做了个噤声的动作，低声道："有人过来了。"

他说完，迅速地把台灯关掉，拉过闻月躲到书房的角落里。

书房外边有脚步声传来，好像是陈妈，她可能也是听到楼上有动静，上楼来查看的。闻月无端紧张，下意识地屏住了呼吸，转念一想，他们为什么要躲？就算是熬夜，自己都是成年人了，难道还怕陈妈不成？

闻月刚要动，纪则临低下头，在她耳边说道："不怕陈妈念叨了？"

闻月耳朵一痒，身体不由自主地僵住了。黑灯瞎火的，一男一女躲在书房里，陈妈看见了绝对会以为他们是在幽会。陈妈是好聊天的，她要是误会了，到了明天，庄园上下都会知道这事。

闻月觉得纪则临就是故意的，书房里刚才亮着一盏灯，就是被陈妈看见了也没什么，偏偏他把灯关了，还拉着她躲起来，这下被发现了是真的说不清了。到了这地步，她只好静默，希望陈妈赶紧离开。

书房里没有灯光，月亮此时又被浮云遮蔽，室内一片昏暗。陈妈走到书房门口，没看到里边有人，嘀咕了一句"明明听到了动静"，正要打开灯检查一下，脚边忽然蹿出了一只猫。她吓了一跳，连忙捂住心口抱怨道："哎哟，原来是你这只祖宗，好好的猫窝不睡，怎么跑楼上来了？"

说完，陈妈怕那只英短又钻去别的地方作乱，便没再想着去看看书房里有没有人，关上门后，直接追猫去了。

闻月心口一松，但怕陈妈没走远，还不敢动弹出声。

纪则临听到闻月松了一口气，不由轻笑一声，忽然凑近了，在她耳边低声说道："To bell the cat.（给猫戴上铃铛。）①"

闻月无端笑了一下，末了又觉得纪则临此时说起这句俗语，除了开那只英短的玩笑，还有别的意味。她为了不被陈妈发现而与他躲在这个黑暗的角落里，未必不是在给那只存在于他们之间的"猫"戴上铃铛。

陈妈走后，书房里重新恢复了安静，只有轻浅的呼吸声起伏，表明房中有人。

一轮明月从浮云后头露出，今晚是圆月，月光分外明亮，此时透过书房的花窗投入室内，落在地上，像是一汪水渍。

书房在月光下亮堂了些。闻月抬头，已经能借着微光看到纪则临的轮廓了，她这才发现，他们之间的距离近在咫尺。

不知道是刚才险些被陈妈发现还是别的原因，闻月的心跳有些快。此情此景似曾相识，她倏地回想起了之前在偏厅，她和纪则临一起躲在窗帘后的场景。今天晚上没有下雨，但她耳边似乎听到了雨打玻璃的声音，无端让人心慌。闻月动了一下身体，想要从纪则临的身边脱离开，可他一点儿没有让开的意思，还是将她牢牢地困住。

"纪先生，陈妈已经走了。"闻月不得已，提醒道。

纪则临仍是一动不动，把闻月困在书房的角落里，看着她开口道："不是让你回了青城，给我打个电话？"

"我忘了。"闻月回答得不是很有底气。她其实没有忘记纪则临的话，只是报备行踪这种事实在有些亲密，她还难以踏出这一步。

纪则临一眼就看穿了闻月的心虚，他本来想一步步来的，但闻月是个慢性子，如果不逼她一把，她就会永远待在安全区。他说："闻月，如果只有我的时间在走，那没有意义。"

闻月抿唇："我想慢慢来。"

"慢慢来，你就能做好心理准备了？"纪则临追问。

"我……"闻月无法保证。

纪则临点破道："你不过是在拖延时间而已。"

---

① 英文习语，意为为解决某个问题而采取危险的行动。

"我没有。"闻月皱起眉，说道，"纪先生知道，我的上一段恋情很失败，所以我并不想仓促地进入下一段感情，重蹈覆辙。"

"我和任骁不一样。"纪则临知道了闻月的顾虑，果断道，"他会来青城借那本书，只是为了追到你，并不是真的了解你喜欢什么、热爱什么，但是我知道。你寄回来的那本刊物，我认真看过。我知道你花了很多心思在翻译上，也知道你会因为'rose'是要翻译成'玫瑰'还是'蔷薇'而较真。"

纪则临顿了顿，继续说："闻月，在见到你的人之前，我先认识了你的灵魂。"

闻月心口一震，在纪则临近乎炽烈的告白中失了神。

她忍不住抬头看着纪则临，月光将他的脸庞勾勒得愈加深邃，她好像是第一次这么认真地看他。他的面容在她心底越清晰，她就越忐忑不安。

对狮子动心实在是一件危险的事。

纪则临的眼睛一眨不眨地注视着闻月，借着不甚明亮的月光，他看出了她眼底的迷茫和动摇。就像是狮子看穿了猎物的孱弱，他的眼底闪过一抹决然的光亮，继而他往前欺近，逼着闻月与自己对视。

"闻月，你对我其实是有感觉的。"纪则临步步紧逼，直到闻月退无可退，才缓缓启唇，低声诱道，"不要急着拒绝我，我们试试，好吗？"

闻月的心脏一阵紧缩，再不复往日的平静。

纪则临的眼睛似乎就是通往他的世界的大门，他认真看着人的时候就是在无声地邀请。闻月以前是畏惧的，她从不敢直接地与他对视，更不敢给予任何回应。

但今晚，她不再逃避他的目光，甚至被吸引着往他的世界走。他说他在认识她的人之前，就先认识了她的灵魂，她便也在想，他的灵魂又是怎么样的，是冰冷的还是滚烫的，又或者是温暖的？对一个人产生好奇是陷落的开始，这一刻，闻月知道，她的内心已经有了倾向。

纪则临的目光似罗网，闻月无处可逃。她咬了一下唇，轻声道："你不让我拒绝你，我还有别的选择吗？"

这话不是怨怼，而是一种柔和迂曲的回应。

纪则临眉目舒展开，这才发觉自己刚才竟然是紧张的，他很久没有体会过这样的情绪了："闻月，我就当你并不反对我的提议。"

闻月默然。她不知道自己的决定是否正确，只是在这一刻遵从自己内心的意愿。

月色溶溶，衬得人的目光似水一般温柔。

闻月不敢和纪则临对视太久，她移开视线，慌乱道："你现在可以让开了吗？我……我有点儿困了。"

纪则临低笑，往后退开一步，让闻月从角落里出来。

"以后你想熬夜写文章，又怕陈妈念叨，可以去小书房，那里不会有人进去。"纪则临说。

闻月胡乱地点了点头。

纪则临打开书房的门，左右看了看，回头示意道："陈妈不在，你出来吧。"

闻月闻言微窘，他这样更显得他们偷偷摸摸的，像是在做什么不可告人的事。时间也的确晚了，闻月抱上笔记本，离开书房，往客房方向走了几步，忍不住回过头。

纪则临站在书房门口，目光始终落在闻月身上。他们隔着一小段回廊看着彼此，心底隐隐有别样的情愫在滋长。

从书房回来，不知是不是有一段时间没在庄园留宿了，闻月始终酝酿不出睡意，在床上翻来覆去，睡着已经是后半夜的事了。

Chapter 06　玫瑰即玫瑰

夜里入睡得迟，还睡不踏实，闻月隔天早上就睡过头了。醒来看到时间将近十点，她当即一个激灵，立刻从床上下来。

起床后，她习惯性地先把窗帘拉开，映入眼帘的是一片阔野。今天天气晴朗，朗日高照，阳光倾洒在草地上，像是铺上了一层金纱，草叶虽然没有了夏日的生机，却别有一番秋意。

纪书瑜不知道什么时候来了庄园，此时正在草地上和 Yummy 玩耍。纪则临在一旁站着，王瑾珍坐在太阳伞下，膝上抱着她养的那只英短。他们祖孙三代其乐融融，天伦之乐大抵就是这样。

不知道是不是纪则临作为高位者，天生对人的视线敏感，闻月不过才站在窗边看了一会儿，他就抬起了头，精准地把目光投向了她。

视线相交的那一瞬间，闻月的心头无端一跳，她下意识地往后退了一步，再反应过来时，又觉得自己这样反而此地无银三百两，一时懊恼。

简单洗漱过后，闻月换了衣服从楼上下来，陈妈喊她吃早餐，她没什么胃口，只喝了一杯牛奶。

纪书瑜从外面蹦跳着进来，喊闻月一起出去玩。闻月牵着她的手出门，刚到户外，Yummy 便热情地朝她们扑了过来。

闻月弯腰摸了摸狗，纪则临问她："我让陈妈给你留了早餐，吃了？"

闻月直起身看他，眼神微微一闪，胡乱地点了点头。

纪则临看到她眼底两抹淡淡的乌青，笑问道："昨晚没睡好？"

虽然昨天晚上闻月的确是因为想纪则临的事失眠了，但她并不愿意让他知道，便回说："我认床。"

"是吗？那看来是我想多了。"纪则临说。

闻月见纪则临噙着笑，摆明了就是不信自己的说辞。她微恼，不想再搭理他，转身走向了王瑾珍，致歉道："老师，不好意思，我起迟了。"

"年轻的时候谁不睡懒觉？要我说，能睡的时候就要多睡，不然到了我这个年纪，想睡都睡不着了。"王瑾珍一脸慈爱，看着闻月说，"不过你以前起得比我还早，今天早上你没起来，我还担心会不会是你生病了。"

"我昨天晚上……"闻月余光看向纪则临，解释道，"熬夜写了论文，所以睡得比较迟。"

王瑾珍说："则临和我说了，他还怪我教授的职业病犯了，把你当成了我以前带的学生，给你制造压力了。"

闻月惊了，连忙说："没有的事，老师给我提的修改意见都非常中肯，给了我很大的启发。"

"他啊，知道我以前对学生极其严苛，还让好几个学生延毕了，就以为昨晚是我限时让你修改论文，所以替你鸣不平来了。"王瑾珍说着，看了纪则临一眼，笑盈盈地说，"我以前对学生要求高，你还会说严师出高徒，现在倒嫌我太严格了。"

王瑾珍调侃的是纪则临，但难为情的是闻月。

纪则临看了一眼稍稍局促的闻月，对王瑾珍笑道："毕竟您'女魔头'的称号在青大太有名了，我担心闻月吃不消，她以后要是不来庄园，可就没人陪您聊天了。"

"说了半天，你就是怕小月跑了。你放心，我比你还紧着她，就是把你赶走了，我也要留她在身边。"王瑾珍半打趣道。

纪则临闻言，回头看向闻月，挑眉一笑，说道："看来你在老太太心里的位置已经超过我了。"

闻月知道他们祖孙俩是在逗趣，便也附和着微微一笑，说："老师在我心里的位置也一样。"

纪则临明显怔了一下，王瑾珍见闻月一句话就让纪则临吃了瘪，忍不住笑出了声，心道：世间万物果然是一物降一物，家里这个无人敢违抗的纪总总算有人能治了。

"闻月，你辜负了我的好意，我是在帮你向老太太争取权益。"纪则临虽然在表达不满，但语气是纵容的。

闻月说："老师并没有为难我，还给我提供了很多不一样的思路，你要是让老师对我放松要求，才是真正损害我的权益。"

王瑾珍笑得开怀，还不忘落井下石，笑话纪则临："听到没有？小月可是和我一头的，你别妄想挑拨我们的关系。"

纪则临被她们俩围剿，不恼不气，低笑着对王瑾珍说："看来我还需要更努力才行，争取在闻月心里和您平起平坐。"

纪则临在王瑾珍面前说这话，是当真对自己的心思一点儿都不隐藏。闻月虽然言语上赢了纪则临一头，但在脸皮上稍逊一筹，他只要稍微直接一些，她便没招了。

王瑾珍的目光在纪则临和闻月之间游弋，眼神里透着欣慰。半晌，她对闻月说："玩笑归玩笑，你想把论文写好的心情我理解，但还是要注意劳逸结合，千万别把身体熬坏了。"

闻月应道："我知道的。"

王瑾珍又嘱咐："还有，你写论文需要什么参考书，学校里没有的，都可以来庄园里找，要是找不到，就问则临要，他本事大，总有办法替你寻到。"

王瑾珍说到这儿，忽然想起一件事，便问纪则临："上回林教授和我说，你拍走了她非常想要的一本外国古典小说的初版书，还和我抱怨你一下子报了高价，完全不给别人一点儿机会。她以为你把书送给了我，还向我借阅，但是我没见过那本书，想借都没法借。你以前也没有藏书的癖好，怎么会突然——"

王瑾珍蓦地反应了过来，看向闻月。闻月低下头，脸上一阵燥热，无端地感到心虚，好像做了什么亏心事，被长辈抓到了一样。

"看来我的确是老了,这点儿关窍都没想明白。"王瑾珍噙着笑,兀自摇了摇头,对纪则临说道,"至少在这一点上,你和你外祖父学了个十成十。"

纪则临轻笑了一声:"是外祖父教得好。"

"孙大不中留,看来我以后可就没有书收了。"王瑾珍故意叹了一口气。

闻月窘了,不知所措地看向纪则临。

纪则临失笑,对王瑾珍说:"您别吓唬闻月,她会真以为您吃她的醋。"

王瑾珍朝闻月招了招手,等她走近了,拉过她的手说:"老师说笑的,我怎么会吃你的醋?要吃也是吃则临的醋,我们俩这么好,他非得来横插一脚。"

纪则临无奈:"倒是我不对了。"

"当然。"王瑾珍问闻月,"小月,你说是不是?"

闻月看了纪则临一眼,见他拿王瑾珍没辙的模样,便忍不住笑了一声,点了点头。

王瑾珍得意地笑了,老小孩一样,又对纪则临说道:"就算你是我亲外孙,在庄园里,我也不会把小月让给你的。"

纪则临本来以为王瑾珍是说着玩的,没想到她说到做到,之后果然霸着闻月,拉着闻月一直待在书房里不出来,就是午后也不休息,不是在谈闻月的论文,就是在一起译稿,都无暇顾及旁人。

纪则临两个都得罪不起,只好陪更小的玩。他先是监督纪书瑜练了琴,下午处理完工作后,又陪着她遛狗打发时间。Yummy一开始仍畏惧纪则临,叼了飞盘后都是奔向纪书瑜,纪则临后来把飞盘牢牢地拿在手中不丢出去,它想玩,最终只能屈服于他,在他脚边摇头摆尾。

到了晚上,王瑾珍总算是觉得累了,纪则临立刻让陈妈劝她去休息,结果她前脚离开书房,纪书瑜后脚就抱着书黏上了闻月,让闻月陪着读故事。

王瑾珍也就算了,现在纪书瑜也来瓜分闻月的时间,纪则临皱着眉头,直接对纪书瑜说:"今天放假,你别看书了,去看动画片吧。"

"可是我差一点儿就可以把这个故事看完了。"纪书瑜说。

"故事不会变长，你明天看也一样。"纪则临说。

"不一样，我就想今天看完，不想明天看完。"纪书瑜嘟着嘴巴，义正词严地说，"舅舅，你之前不是教我'今日事，今日毕'吗？怎么今天又要我偷懒？"

纪则临噎住了，竟然被堵得没有话说。纪书瑜一点儿眼力见都没有，亏他前阵子才夸她机灵，懂得给他制造机会。

闻月见纪则临吃瘪，没忍住，笑了，见纪则临看向自己，便强忍着笑意，说："书瑜难得有学习的积极性，我就陪她看一会儿。"

纪则临说："陪纪书瑜看完书，你今天剩下的时间就都归我？"

闻月脸上发烫，别开眼，说："那得看读完故事多晚了。"

"一个小时。"纪则临抬手看了一眼腕表，又低头一脸严肃地对纪书瑜说，"你如果想实现你的生日愿望，一个小时内就要把故事读完。"

纪书瑜一听生日愿望，回头看了看闻月，马上点了点头，主动翻开书催道："闻老师，我们赶紧看看到底是谁偷了馅饼吧！"

闻月不知道纪书瑜的生日愿望是什么，她猜纪书瑜估计是向纪则临要了什么东西。她没有过问，见纪书瑜翻开了书，便和纪书瑜一起阅读。

纪则临离开书房，顺手把门掩上。屋子里闻月和纪书瑜在说话，纪书瑜不知道读到了什么，咯咯地在笑，他听得闹心。

今天一早，他特地交代李特助，无论有什么事都别找他，他空出了一整天的时间，却连和闻月单独相处的机会都没有。本来以为最大的阻碍已经没了，之后他和闻月之间都是坦途，不承想刚有进展就被绊了一脚，还是被自己的外祖母和外甥女绊的。

纪则临此前怎么也不会想到，他有一天会沦落到需要争宠的地步，而且还一点儿赢面都没有。

以前纪书瑜看书，虽然大部分时间都很认真，但毕竟是孩子，有时候还是会开小差，或者扯一些无关故事的内容。但今天晚上，她的注意力异常集中，两只眼睛始终盯着书本，紧跟着闻月的节奏，不到一个小时就把《爱丽丝梦游仙境》剩下的内容看完了。

看完故事，纪书瑜意犹未尽，似乎还沉浸在那个奇妙的世界里。她叹了一口气，怅然若失道："原来这是爱丽丝做的一个梦啊，都是假的。"

闻月思索片刻，柔声说道："或许爱丽丝真的掉进了 wonderland（仙境）里，只是她怕大家以为她是在胡说，所以才说这是一个梦。"

"不可能的吧？舅舅之前和我说，世界上没有会说话的兔子，也没有吃了能变大变小的蘑菇。"纪书瑜虽然嘴上否认着，但是看着闻月的眼睛亮晶晶的，充满了期待。

闻月在心里暗叹了一声，纪则临果然不会教小孩，也难怪纪书瑜嫌他讲故事无聊，他拿大人的思维去教育孩子，自然不受欢迎，还会破坏小朋友天马行空的想象力。

闻月说："这个世界那么大，有些地方只有小孩子才到得了，有些神奇的东西也只有像你这么大的小朋友才看得到。你舅舅已经是大人了，他当然看不到会说话的兔子，吃了蘑菇也不会变小。"

纪书瑜听完，眼睛大放光彩，又傲娇了起来："我就说舅舅不靠谱，他又没见过世界上所有的兔子，怎么能确定每一只兔子都不会说话呢？"

闻月抿唇笑了，赞同道："是啊，一切都是有可能的。"

纪书瑜见闻月站在自己这边，心下欢喜，越看她越觉得她像自己的舅妈，便乖乖地抱起书，说自己要回去睡觉了，还催闻月："闻老师，你快去找舅舅吧，不然他该着急了。"

闻月看了一眼时间，差不多一个小时过去了。她把纪书瑜送回房间，之后犹豫了一下，觉得如果自己不去找纪则临，他是不会罢休的，便踅足往小书房走去。

小书房里开着灯，但是没有人。闻月正疑惑时，就听身后有人说道："终于舍得分一点儿时间给我了？"

闻月转过身，纪则临从另一头走近，他显然是从楼下上来的，手上还拿着一瓶红酒和一个杯子。

见闻月看过来，纪则临解释："我的一个习惯，睡前会喝一杯红酒助眠。"

"会喝酒？"纪则临随口问了一句。

闻月点了点头。

纪则临露出意外的表情，随后举起酒杯，问："陪我喝一杯？"

闻月说："我还要写论文。"

纪则临走到她跟前，笑着说："就是因为写论文才要喝一杯，我也是当过学生的。"

他这话说到闻月心坎里了。虽然她很热爱翻译，但写专业论文的时候偶尔也会觉得痛苦，这大概是很多学生共同的心声。

"怎么样？"纪则临问。

闻月动摇了："就一杯。"

纪则临这才满意，他喊了陈妈，让她送一个杯子上来，之后就领着闻月进了小书房。

这个小书房是纪则临专用的，平时除了要打扫，其余时候多是房门紧闭。闻月之前只在门口简单地朝里面扫过一眼，今天进来才发现，这间书房虽然没有王瑾珍的藏书室大，但并不是真正意义上的小，里面除了办公区，还连通着休息室和影音室，工作、休闲两不误。

小书房的书架上摆放着一些书，闻月本来以为会是各种生意经，但是仔细一看，才发现都是航天工程相关的书籍。书房的展示柜里还放着好些大小不一的航天器模型，闻月讶异之余，才想起王瑾珍以前说过，纪则临小时候的梦想是当航天工程师。

"这些模型都是你自己拼的？"闻月问。

"嗯。"纪则临点头应道，他走到闻月身边，指了指柜子里的几个模型，说，"这几个是从中学时保留至今的，还有一些是我从国外带回来的。"

"这个呢？"闻月走到柜子前，被一个破损严重的火箭模型吸引了注意力，不由好奇，问，"怎么摔坏了？"

纪则临把目光投向那个残次的模型，眼神忽而沉了，过了会儿才说道："这是从我父母失事的那辆车上拿下来的。"

闻月不自觉地"啊"了一声，回头看向纪则临，张了张嘴想安慰，又不知道该说什么好，只好道了一声："抱歉。"

"这不是你的错，你道什么歉？"纪则临看上去很平静，提到逝去的

166

父母，他的语气甚至没有一点儿波澜。

闻月想到了纪则临父母忌日那天，他独立风雪中，孑然落寞，就知道他其实还是在意的，只是习惯了将感伤的情绪藏得很深，这或许是他的一种防御本能。

闻月无意去触碰他的伤口，正好这时候陈妈敲了敲门，闻月便立刻走过去，拿了杯子进来，说："不是要喝酒吗？"

这话题转移得未免生硬，纪则临轻笑一声，拿上红酒，示意道："跟我来。"

小书房有个阳台，纪则临刚推开门，一阵风就吹进了室内。闻月走出去，抬头看到一轮明月挂在天幕上，熠熠生辉。

纪则临拔开红酒盖，给闻月倒了一杯酒，递过去的时候问："酒量怎么样？"

闻月答："还行。"

纪则临挑眉："我倒是没想到你居然会喝酒。"

闻月接过纪则临递来的酒杯，说："我十八岁成年那天，我爸爸就陪我喝了酒，还是家里自酿的米酒。他说女孩子会喝酒不是坏事，有点儿酒量反而安全，但是我妈妈说，他就是想培养一个酒搭子，这样在家里就有人陪他小酌一杯了。"

纪则临说："你的父母很开明。"

闻月答："他们都是老师，思想开放些。"

纪则临给自己也倒了一杯酒，晃了晃杯中的液体，刚要喝，就见闻月举起杯子朝自己示意。他怔了一下，很快勾了勾唇，举杯和她碰了一下。

月胐星堕，此时庄园里一片岑寂，只能听到风过旷野的呼声。站在高处远眺，夜色中，树林是魅影，月光下的河流是发光的缎带。

闻月欣赏着景色，时不时抿一口酒。许久没喝酒了，难得喝上一回，她还觉得不太尽兴，空杯后，她很快又看向纪则临。

纪则临觉得，闻月的眼神就像纪书瑜向自己讨要糖果时一样，只不过更加让人心软。纪则临本来怕她喝醉，只想让她浅酌一杯，但抵不住她巴巴的目光，无奈之下，只好拿起桌上的红酒，再给她倒了一杯酒。

"你果然是个称职的酒搭子。"纪则临哂笑道。

"我爸爸也是这么说的。"闻月拿起酒杯，神情恍惚，说，"他去世那天，我和他说我想吃酒酿圆子，他还说我是小酒鬼。我后来时常后悔，如果那天我没说我想吃酒酿圆子，他就不会下班后还大老远地绕去镇上的甜水店，少走那几步路，或许他就不会出事了。"

闻月说完，眼圈红了，捧着酒杯一口气把酒喝了，然后再次把空杯递给纪则临。明明刚才还说只喝一杯，现在不到半小时，第二杯已经见底了。

纪则临这回没给闻月倒酒，他伸手拿走她手中的杯子："你不是来陪我喝酒的吗？怎么现在好像是我在陪你？"

闻月喝了酒，脸上微微泛红，被抢了酒杯还有些不满，皱了皱眉说："不是一样的吗？"

"不一样。"纪则临抬起手，轻轻揩了一下闻月的眼角，指尖触碰到了些许湿意，他放轻了声音，说，"在我尽兴前，你不能先醉了。"

闻月眼尾发烫，倏地回了神，忍不住抬起手撩了一下被风吹乱的头发，以此来掩饰自己的失态。

"我的酒量没这么差。"闻月为自己正名，怕纪则临不信，还说起了自己之前出国当交换生时的一件趣事，"我在国外读书的时候，参加学校的化装舞会，国外的同学都喝不过我，那晚之后他们对我刮目相看，还开玩笑说我是中国的狄俄尼索斯①。"

纪则临难得看到闻月露出这种有点儿得意的表情，他觉得新鲜，挑眉问道："化装舞会？你不仅会喝酒，还会跳舞？"

"本科的时候我加入过学校的戏剧社，学过一点儿皮毛。"闻月答。

"你之前说自己学识不够，老太太却夸你有才华，你又说厨艺马马虎虎，但陈妈都说你不一般。"纪则临噙着笑看着闻月，施施然道，"现在你说自己不擅长跳舞，我合理怀疑又是你的谦辞。"

闻月连忙摆手："我说的是真的，小时候我妈妈送我去过舞蹈班，

---

① 希腊神话里的酒神。

但我实在没有天赋，只学了不到半年就放弃了，大学时也是因为戏剧表演需要，才去学了最基础的舞步。"

"是吗？"纪则临放下酒杯，出其不意地拉起了闻月的手，轻轻抬高。

闻月惊呼一声，但身体先一步做出了反应，随着他手上的动作轻盈地转了起来，转着转着，她忍不住笑出了声。不过几圈，她就找不到重心了，身子往边上一歪，纪则临迅速伸手一揽，将她抱进了怀里。

闻月站定后，眼底笑意未尽，又觉得不好意思，忍不住嗔怪了一句："我说我不会跳了。"

"不是跳得挺好的吗？"纪则临垂眼，声音微哑。

闻月深吸了一口气，这才发觉自己靠在了纪则临的胸膛上，她面上一热，想要从他怀里退开，但纪则临手臂一紧，让她更贴向了他。

"纪则临……"闻月的双手撑在纪则临的胸口上，上身稍稍拉开了些距离，一脸窘迫。

纪则临许久没在她脸上看到这样微窘的神情了，不由得多注视了几秒，才问道："不喊'纪先生'了？"

闻月说："你先放开我。"

纪则临一只手搂着闻月，另一只手抬起来，帮她把乱了的头发拨到了耳后，又垂眼看着她问："还记得昨天晚上我说的话吗？"

闻月眼神闪烁，见他始终不肯松开自己，便不遂他的意，故意道："我忘了。"

纪则临不满："忘了？那我提醒你一下，昨天晚上，你答应了和我交往。"

闻月立刻纠正道："是试试。"

"不是说忘了？"纪则临轻笑，知道闻月是有意的也不恼，搂着她接着说道，"在翻译家的字典里，'试试'和'正式'有语义上的区别，但是在我这里是一样的。"

他抬手挑起闻月的下巴，让她抬头看着自己："你既然答应和我试试，我就不会给你反悔的机会。"

"你未免太霸道了。"

"你不是第一天认识我，我从来都是不达目的不罢休的，所以闻月，就算你现在要反悔，也迟了。"

纪则临总是这样，他是强势的，但闻月现在一点儿也不怕他，她知道他并不会真正地伤害她。不知道从什么时候开始，她对他已经有了这样的信任。

大概是喝了酒的缘故，闻月整个人晕乎乎的，她抬头看着纪则临，月光下，他的眼神像是深潭，里面盛满了柔情。如果说昨晚是冲动，那么此刻，她不能否认内心的悸动。既然如此，她不妨和爱丽丝一样，进行一场奇异的冒险。

"我如果不反悔，你能再请我喝一杯酒吗？"闻月不自觉地放松了身体，半倚在纪则临身上，好一会儿才开口。

纪则临先是愣了，随即眼底浮现出浓烈的笑意。他松开闻月，执起她的一只手放在唇边，克制地落下一吻，愉悦地笑着说："如你所愿，小狄俄尼索斯。"

虽然闻月说自己酒量好，但是纪则临担心她后半夜会难受，因此不让她多喝。闻月喝上了瘾，抱怨纪则临小气。

纪则临这下是知道了，酒精是闻月第二人格的开关，只要沾上一点儿，她就不再像平时那般克己，而是变得更加活泼，别样可爱。

晚上夜风大，入秋了，室外是寒瑟的。

纪则临担心闻月喝了酒再吹风会生病，及时将她拉回了书房。室内温暖，催人困倦，闻月昨晚没睡好，今天精神不济，不一会儿就犯了困。

纪则临见状，并不拖着她熬夜，绅士地把人送回了客房。

"今天晚上别写论文了，好好睡一觉，不然老太太明天又会担心你是不是生病了。"纪则临将闻月送到客房门口，说道。

闻月点了点头，她打开房门，刚要进去，又被喊住了。

纪则临上前一步，垂下眼看着闻月，问："明天酒醒了，还能记得今天晚上答应我的事吗？"

"你又在质疑我的酒量。"闻月不满。

纪则临挑眉："这么说，你是不会赖账了？"

闻月保证："我不是会做虚假承诺的人。"

纪则临神情愉悦，今天晚上实在太过美好，竟然让他产生了不舍之情。如果可以，他希望时间能永驻在这一刻，如果不能，那么他期望这种美好能无限期地延续下去。

"我需要行为承诺。"纪则临说道。

闻月的心倏地一跳："什么行为承诺？"

纪则临问："明天早上……一起吃早餐？"

闻月愣了一下，旋即松了一口气："吃早餐啊。"

"不然你以为是什么？"纪则临的笑声从喉间溢出来。

闻月窘迫，觉得纪则临就是故意戏弄自己，一时有些恼。

"我当你是答应了，明天早上，我在餐厅等你。"纪则临见好就收，低下头在闻月的额间落下轻轻一吻，"晚安。"

回到房间，闻月还有些没回过神来。她不是第一回谈恋爱，但今晚的感觉十分陌生，让她觉得不可思议。或许这么想对上一段恋情是不公平的，可她过快的心跳欺骗不了别人。这种失控的感觉让她有些心慌。

闻月抬手碰了碰发烫的脸颊，最后把今晚的异样归结于那瓶红酒。纪则临说得没错，那瓶酒的后劲的确很大。

喝了酒，闻月晚上没再失眠，回房间洗漱后，尽管躺在床上，她的脑子里思绪纷杂，但还是很快就睡着了。

隔天天光大亮，闻月悠悠转醒。醒来后，她看了一眼时间，还很早，她没有赖床的习惯，直接起床洗漱。换好衣服，时间尚早，闻月习惯性地拿了本书，想进行晨间阅读，但转念想起昨晚和纪则临的约定，便放下书，下了楼。

这个时间点，闻月想纪则临大概还没起，但到小餐厅一看，他已经坐在了餐桌前，正拿着报纸在翻阅。

纪则临看到闻月，放下手里的报纸，笑道："我还以为你今天又会睡过头。"

闻月回说："我昨晚睡得早。"

"才过了一天的时间，就不认床了？"

闻月轻轻咳了一声，给自己找了个合理的理由："大概是昨天晚上喝了酒。"

纪则临轻笑，并没有抓住这点不放，他见闻月今天脸色好多了，询问了一句："喝了酒没觉得不舒服？"

闻月摇头。

"看来我的确是小看你了。"

"我说过我酒量不差的。"

陈妈一大早起来忙活，走进餐厅看到纪则临和闻月，还有些纳罕："你们今天倒是比老太太起得还早。"

纪则临说："我约了人的。"

"谁啊？"陈妈下意识地问了一句。

纪则临看向闻月，她端正地坐着，表面上看着很平静，但是微红的耳朵泄露了她的心思。纪则临笑了，回道："老太太之前不是总埋怨我不陪她吃饭？我这两天住在庄园，正好多陪陪她。"

"你工作忙，有时间是该多陪陪她，免得她孤单，只能逗猫解闷。"说到这儿，陈妈忽然想起一件事，看向闻月，问："小月，你前天晚上是不是很晚才离开书房？"

闻月心里咯噔一声，含糊地回道："是有点儿晚。"

"我就说一直听到楼上有动静，但是上楼一看，就只有那只猫。大概是你前脚走，它后脚就偷溜进去了。"陈妈说着，又自顾自地摇了摇头，嘀咕道，"这猫胆子小得很，庄园这么大，没人的地方它都不敢去，那天晚上也是奇怪，它跑去了书房。"

闻月闻言更窘，抬眼看向对面的人，纪则临噙着笑，一副好整以暇的模样，全然没有一丝心虚。

"你怕陈妈做什么？"纪则临等陈妈走后，问闻月。

闻月恼道："陈妈最喜欢和人聊天了，如果让她知道……那庄园里的所有人都会知道。"

纪则临实在忍不住，笑出了声，见闻月不满地看着自己，才轻咳一声，收敛道："你以为陈妈不说，其他人就看不出来吗？闻月，我从来没有掩饰过对你的好感，你之前是故意装作不知道，但是别人很轻易就能看出来，就连纪书瑜……你知道她的生日愿望是什么吗？"

纪则临一点儿不卖关子："她想让你当她的舅妈。"

闻月听完，想到昨晚纪书瑜认真看书的模样，觉得好笑又难为情，不由道："你别教坏小孩子。"

纪则临说："这可不是我教她的，只能说她的眼光像我这个舅舅。"

话音刚落，王瑾珍走了进来，看到纪则临和闻月比自己还早到，一时稀奇。她问纪则临："你刚才说书瑜眼光像你，什么意思？"

纪则临看向闻月，王瑾珍便明白了，打趣道："你这话说得不够准确，要说像，应该是你和书瑜的眼光像我才对。"

纪则临哂笑："您说得对，我和纪书瑜随您，您喜欢谁，我们就喜欢谁。"

闻月知道他们祖孙俩侃的是自己，面上微热，但被感染着，也不自觉地露出了笑意。

王瑾珍的目光在纪则临和闻月身上转了个来回，最后落在闻月的身上，王瑾珍见她笑着，心里默默叹了一声。强求的缘分也是缘分，最终结出的果子是甜是苦，只能看小辈自己的造化了。

他们吃完早饭，太阳已经升至半空，大放光芒了。

纪书瑜起来后，拉着闻月去遛狗。纪则临陪着王瑾珍坐在户外的遮阳伞下，和她聊着闲天，时不时看向闻月和纪书瑜的方向。

纪书瑜好动，拉着闻月一起陪 Yummy 玩耍，她们一大一小轮流丢着飞盘，Yummy 再叼回来送到人手里，配合默契。

秋阳和煦，并不似夏日灼人，庄园里放眼望去开阔极了，有风吹过，还能嗅到空气里草地被太阳晒过后散发的淡淡香气。这样的好天气正适合户外活动，晒晒太阳，吹吹微风，极其惬意、舒服。

纪则临的心情不自觉地十分舒畅。他以前算是个工作狂，并不好玩乐，也不贪图安逸，平时除了必要的应酬，基本上不会去娱乐场所。但今天，他难得地享受起了慢节奏的生活，觉得在庄园里消磨时间也不错，就连那只不顺眼的狗都看顺眼了。

但即使他有心懈怠，李特助也不允许。李特助一个电话接一个电话地打来，催他回公司，纪则临都不知道到底是谁给谁打工。

王瑾珍见状，说道："公司有事情，你就先回去处理，别让底下人难做。"

纪则临把能推的工作都推了,但还是有一些事务必须他亲自去处理,推也推不掉。他接了李特助的电话,答应会尽快去公司,在庄园的司机把车开出来前,他去找了闻月。

闻月弯下腰准备接 Yummy 叼来的飞盘,但是它跑到一半,突然急刹,扭脸就奔向了纪书瑜。闻月疑惑,转过头,果然看到纪则临站在了自己身后。

纪则临显然也看到了 Yummy 中途掉转方向的行为,轻嗤了一声,说道:"我养了它那么久,都没能养熟。"

闻月撩了一下被风吹散的长发,侧过身说:"你平时对 Yummy 不用心,它自然不和你亲近。"

纪则临笑了一下:"和人一样?"

闻月答:"动物本来就通人性。"

纪则临又问:"反过来说,人和动物一样,多用心就能亲近?"

闻月噎了一下,垂下眼回道:"还要看你的用心程度。"

纪则临失笑:"我当然百分百用心。"

他说着,抬起手,拈下了闻月发间的草屑。只是一个简单的动作,却带着说不出的亲昵。闻月脸上一热,她忍不住抬手理了理头发,掩饰自己的情绪。

"公司有事,我要过去一趟,你今天要回学校?"纪则临问。

闻月答:"下午回去,我想再陪陪老师。"

纪则临轻叹:"我在你心里果然比不过老太太。"

闻月莞尔:"那是自然。"

输给王瑾珍,纪则临心服口服。

庄园的司机把车开了过来,纪则临看了一眼时间,对闻月说:"你什么时候要回学校,就让司机送你回去,不要自己搭车。"

闻月点了点头。

纪则临等了那么久,花了那么多心思,好不容易把人追到了手,现在要走,还有点儿舍不得。他笑自己,居然有一天"舅肖甥",变得和纪书瑜一样黏人了。

"什么时候去青水湾，和我说一声，这次别忘了。"纪则临说。

闻月没想到纪则临还对她回青城时没和他说这件事耿耿于怀，她在心里笑他记仇，但还是依言点了点头，答应了他的话。

纪则临低头，在闻月额上吻了一下："我走了。"

这个吻和昨晚的一样，是礼仪性的，但闻月还是红了脸，胡乱地点了点头。纪书瑜在一旁捂着嘴偷笑，闻月觉得难为情，等纪则临走后，就折回去，走到了王瑾珍身旁。

王瑾珍给闻月倒了杯茶，示意她坐下，又忍不住感慨道："则临是我看着长大的，我还是第一回见他孔雀开屏，真是恨不得让每根羽毛都亮一亮相，好吸引你的注意力。"

王瑾珍说的是纪则临，闻月却也难为情："老师……"

王瑾珍叹道："小月，你就当我是王婆卖瓜。则临是我外孙，在我心里，他一直都是出色的。从小到大，我这个外祖母就没见他对哪个姑娘动心过，但是对你，我看得出来，他是真心的。之前你有男友，我劝他趁早打消念头，现在你恢复了单身，我就不能不为他说一两句好话。"

王瑾珍娓娓说道："则临骨子里是带了些执拗的，自从他父母去世后，他就愈加偏执了，这是他的缺点，却也是优点。他轻易不对人动感情，但是一旦喜欢上谁，那这辈子大概就认定她了。"

"所以，小月，你无须质疑他对你的感情真诚与否，他如果不是认真的，压根不会花心思去取悦你。"王瑾珍看着闻月，语气真挚道，"作为则临的外祖母，我希望你能给他一个机会，教他学会好好爱人。当然，这是我的私心。"

"你聪慧敏学、心地善良，要是能和则临修成正果，我乐见其成。不过，旁人的看法都是次要的，最要紧的还是你自己。"王瑾珍拉过闻月的手，亲昵地拍了拍，说道，"反正不管你和则临之后怎么样，我都不会和你疏远。"

王瑾珍说得诚挚，完全是出自长辈的拳拳之心，闻月不由动容。

来青城之前，闻月从未想过自己会和纪则临这样的人有交集，他对她来说，完完全全是个不期然的意外。之前她忧心忡忡，心里充满对未来的不确定，担忧以后的事情会脱离自己的控制。

现在她反而坦然了。人生之事本来就是计划不来的，她虽然忐忑，却也享受这种不确定性。如果不允许意外的人出现，那么生活未免太无趣了。母亲让她尽情去体验人生的酸甜苦辣，那么她便大胆一些。

闻月近来在学校时常被人围追堵截。她关闭了社交软件的添加方式，但一些追求者仍不死心，线上聊天不成，他们就去线下"偶遇"她，教学楼、图书馆、食堂……甚至宿舍楼下。

闻月上了好几回学校的表白墙，实在不胜其扰。室友们知道她的烦恼，说要打消这些追求者的念头，最行之有效的办法就是重新找个男友，彻底灭了他们的希望。

闻月其实也知道，只要搬出纪则临，就不会再有人来打扰自己，但她还没做好这个心理准备。纪则临是青城的大红人，一举一动都备受瞩目，闻月暂时还不想成为焦点，用大麻烦去解决小麻烦。

她待在学校里总是被纠缠，都没办法安心写论文。闻月也想去庄园里躲清静，但是这学期她答应了陈晓楠，要给陈晓楠当助教，所以平时就算没课，她也不能离开学校太远，免得陈晓楠需要帮忙的时候找不着人。

闻月无法，为了不被打扰，专心写论文，只能待在寝室里，尽量少出门。这样虽然不太方便，但也别无他法。

一周里，闻月会尽量保证去青水湾三个晚上，陪纪书瑜聊聊天、看看书。纪则临工作忙，但会尽量抽时间回来，他几乎每次回青水湾时都很晚了。闻月回校有门禁，他只能充当司机，在送她回去的路上和她说会儿话。

入秋后，一场秋雨一场寒，进入十一月，青城的气温一天比一天低，到了中旬，第一场雪不期而至。

初雪那天晚上，闻月陪纪书瑜看完书，下楼时正巧碰上了刚回来的纪则临。纪则临抬手拍了拍肩上的落雪，对闻月说："今天下雪了，在这儿住一晚？"

闻月周末留宿落霞庄园，是为了陪王瑾珍，和王瑾珍交流学习，所以尽管那也是纪则临的地盘，她却自在些。但住在青水湾，仿佛单纯是为了纪则临，心理上，她还是没办法做到十分坦然。

"明天导师要开会，我住在学校会比较方便。"闻月思忖了一下，说道。

从青水湾到青大，开车至多二十分钟，要回去随时都可以回去。纪则临知道闻月只是不愿意留下，他猜出她的心思，但没有点破，也没有强迫她留下，而是喊来王叔，让他重新把车开出来。

下雪了，路面湿滑，纪则临放慢了驾驶速度，见闻月一直看着窗外，开口问："喜欢下雪天？"

闻月回过头，答："我只是在想，时间过得好快，感觉去年的第一场雪才过去没多久，今年的雪就落下来了。"

"时间是相对的，我觉得过去的一年比往年都要慢。"纪则临噙着笑说。

闻月一下子就听出了纪则临的言外之意，不由得垂下眼，低声说："那你就往手表里多抹点儿黄油。"

纪则临轻笑："但是我现在并不想时间过得那么快，我的手表最好能进点儿面包屑，卡住不动。①"

闻月没忍住，笑了，见纪则临看向自己，便又转过头看向了窗外，不让他看见自己脸上未来得及收敛的笑意。

外面，行道树的秃枝挂上了雪，在城市灯光的照射下呈现出缤纷的色彩。闻月认真想起来，她和纪则临认识的时间已经有一个四季轮回之久了，青城的树木从白头到新绿，又再次白头。

Winter again.（冬天再次来临。）

去年下雪的时候，闻月怎么也不会想到，今年的初雪日会和纪则临一起度过。她本以为自己和他不是一个世界的人，但此刻和他待在一起，她的内心竟然十分安宁。

车虽然开得慢，但目的地早晚会到。闻月不让纪则临把车开进学

---

① 出自《爱丽丝梦游仙境》：疯子的茶话会中，制帽匠说自己的手表不动了，是因为三月兔拿面包刀往手表里加黄油时，掉了面包屑进去。

校，纪则临就在校门口附近停下车。

闻月今天穿的是羽绒服，衣服厚实，影响了她的灵活度，她摸索了一会儿，没解开安全带，纪则临见状，解了自己这边的安全带，探身过去帮她。

两个人之间的距离骤然拉近，闻月听到咔嗒一声，安全带松了，纪则临却没有坐回去。她看着他近在咫尺的脸，眸光微微闪烁，她轻声说："我回学校了。"

"嗯。"这么应着，纪则临却动也不动，垂眼注视着闻月，目光深深。

车厢里无端安静了下来，雪还在下，落在车身上，发出极细微的声响。

"雪下大了。"纪则临说。

"嗯。"闻月应声。

"一会儿回去，纪书瑜又该折腾我给她堆雪人了。"纪则临似在抱怨。

闻月想到他堂堂一个总裁，回到家里还要被外甥女使唤，做一些不太符合他身份的事，便忍俊不禁："谁让你是她舅舅。"

纪则临说："我就不信她今天没求过你这个舅妈。"

闻月脸颊微热："你胡说什么呢？"

纪则临闷笑："你和她关系这么好，总不忍心让她的生日愿望落空。"

闻月抿了一下唇："这是你答应书瑜的事，不能拿来绑架我。"

"自然。"纪则临抬手，轻轻托住闻月的下巴，眼神若有似无地扫过她的唇瓣，声音喑哑道，"我是个信守承诺的人，答应了的事，就会办到。"

闻月心尖一颤，眼睁睁地看着纪则临靠近，最后还是忍不住瑟缩了一下。

纪则临动作一顿，抬眼看着闻月，她的眼睛湿漉漉的，像是受了惊的小鹿，叫人不落忍。他几不可察地叹了一声，凑过去蜻蜓点水般地亲了一下她的额头，叮嘱道："下了雪路滑，回去小心点儿，别摔了。"

闻月含混地答："好。"

闻月下了车，往学校大门方向快步走了一小段路，进学校前又按捺不住地回头。纪则临的车还没开走，即使隔着一段距离，看不清车内的情形，但闻月知道，他在目送着自己。

明明寒冷应该止沸，闻月却浑身滚烫，她感受到胸腔里的某块地方前所未有地剧烈跳动，有一刹那，她居然产生了往回走，重新坐上车的冲动。这股冲动让她惶恐，她不敢再回望，赶紧收回视线，仓促地进了学校。

王瑾珍和好友们有约，下雪后会在庄园里一聚。

闻月周末去庄园的时候，已经有好几位老教授坐在会客厅里了。他们去年见过闻月，今年再见，对她十分亲切。

"则临也来了啊。"林教授看到跟在闻月后面进来的纪则临，说道，"我刚才还和瑾珍提起你呢，这不，说曹操，曹操就到了。"

纪则临向几位长辈问了好，噙着笑回复林教授："您和老太太在背后说我什么呢？"

"说你一掷千金把我想要的书买走了，不是送给你外祖母，是送给了谁啊？"林教授问。

"老太太没和您说？"纪则临反问。

"她嘴严着呢，说是要问过小辈的意见，才能告诉我。"林教授看着纪则临，"上回你说，以后有机会就把你的心上人介绍给我们，现在是时候了吧？"

纪则临不动声色地看了一眼闻月，她神情紧张，悄悄地朝他小幅度地摇了摇头。他眸光微动，收回视线，从容淡定地应了林教授的话："时机还未到，这件事不是我一个人做得了主的。"

林教授这下更好奇了，"啧啧"感慨道："倒是没想到还有人做得了你的主，看来你是很中意这位姑娘啊。"

纪则临坦然承认道："再喜欢不过了。"

林教授只当纪则临在卖关子，便道了一句："我是越来越好奇了，能让你们祖孙俩都满意的姑娘，到底是何方人物？"

纪则临答："等时机成熟了，我再给您介绍她，到时候您就知道我的眼光的确不错了。"

纪则临在长辈面前这样直白地示爱，尽管他们都不知道他的心上人是谁，但闻月是一清二楚的。她的面颊不由得发烫，生怕被几位阅历丰富的前辈看出端倪，就垂着脑袋，像鸵鸟一样隐藏着情绪。

所幸林教授没有打破砂锅问到底，很快就和友人聊起了学术上的事。闻月这才松了一口气，坐在王瑾珍身旁，听着前辈们说话。

纪则临并不打扰他们交流，去了琴房，督促纪书瑜练琴。

沙龙结束，几位教授陆陆续续离开庄园，陈妈找王瑾珍去喝熬好的中药。闻月本来要上楼去书房找书，听到偏厅有琴声传来，心神一动，不由自主地就往那儿走去。

偏厅里，纪则临坐在他母亲留下来的钢琴前，信手弹了首曲子，是《致爱丽丝》。闻月站在门口，静静地看着他弹琴，眸中浮现出惊喜之色。

纪则临看到了闻月，或者说他早猜到琴声会把她吸引过来，所以才掐着点儿弹了这首曲子。他手指轻按，收了个尾，等余音歇了，才站起身。

闻月走进去，讶然道："你会弹琴？"

"和你一样，小时候跟着母亲学过，不过荒废很久了。"纪则临答。

"但是你弹得很好。"闻月不吝赞词。

纪则临轻笑。刚才在纪书瑜的琴房里临时抱了一下佛脚，果然有用。

"几位老教授走了？"纪则临问。

闻月点头。

"这下放心了？"纪则临谑地问。

闻月眼神闪烁，说："我又没什么好担心的。"

纪则临问："那刚才林教授问，为什么不让我向他们介绍你？"

闻月犹豫了一下，解释道："我们才在一起没多久，我想等我们的关系更稳定些再说。"

"到什么状态你觉得才算稳定？"纪则临近前问。

闻月也说不上来，但她知道现在的状态肯定是不行的，这段感情迷雾重重，她很难看清前路。

纪则临似乎看出了闻月的忧虑，果断开口道："闻月，如果你对我们的关系没有信心，它就不会稳定；如果你对我们的关系有信心，那它就是稳定的。"

纪则临抚上闻月的脸，十分笃定："我们的关系稳不稳定，完全取决于你，我对你的感情从来都是坚定的。"

闻月看着纪则临，一阵怔然。

纪则临见她神色动容，眼底微光一闪。他挑起她的下巴，低下了头。

闻月心跳加速，那种心动又不安的感觉再次涌上心头。紧要关头，王瑾珍养的那只猫忽然蹿了进来，叫了一声。她倏地回神，往后退一步，快速道："我好像听到老师叫我了……我去看看。"

纪则临手上一空，眼看着闻月快速离开了偏厅。他练了那么久琴，好不容易把人引过来了，结果被一只猫搅和了。成也是那只猫，败也是那只猫。纪则临抬手扶额，路漫漫其修远兮，闻月大概真是属猫的，天生就是他的克星。

初雪之后，不到一个星期，第二场雪又落了下来。第二场雪下得比初雪大，一个晚上的工夫，整座城市改头换面。

小雪节气那天逢周末，王瑾珍心血来潮，说日子好，要亲自下厨做一桌家宴。难得的机会，纪则临就把一些不紧要的工作和应酬推了，顺便和李特助说自己周末要去庄园，没事别找他。

这段时间，纪则临休息频繁，正常过起了周末，一些生意上的伙伴私下里玩笑说，他是不是赚钱赚腻味了，想起要享受生活了。纪则临只是笑了笑，回说自己最近养了只猫，必须百分之两百地用心才能亲近。

时近傍晚，天色发灰，看着又像是要下雪。离开公司后，纪则临看了一眼时间，闻月说她要开组会，他便开车先去了纪书瑜的学校。

他到的时候正好放学，校门口停满了接小孩的车。纪则临把车停在路边，在车里坐着等，没过多久，他就看见了纪书瑜。

她背着书包先是在校门口张望了一下，今天不是王叔来接她，纪则临想她可能一下子找不到车，正要下去喊人，就见纪书瑜一路小跑着往另一个方向去，敲了敲一辆车的车窗。没一会儿，那辆车上下来了一个男人。

看到周禹的那一刻，纪则临的表情瞬间阴沉了下来。

周禹蹲下身来和纪书瑜说话，纪书瑜对他也不陌生，还给他递了什么东西。他们相处得十分熟稔，看样子并不是第一回见面。

王叔之前说纪书瑜说过，最近放学的时间推迟了，让他不用那么早去接她。纪则临还以为是时令的缘故，没想到她小小年纪，已经学会耍心眼了。纪则临沉着脸下车，径自朝对面的周禹和纪书瑜走过去。

周禹第一时间发现了纪则临，当即脸色微变，站起身将纪书瑜护在了身后。纪书瑜不明所以，歪头从周禹身后看过来，见到纪则临的那刻，小脸一慌，顿时六神无主。

"舅舅……"纪书瑜走出来，怯怯地喊了一声。

纪则临低头看着她，心里涌现出了一种被背叛感，他冷着脸，沉声道："过来。"

纪书瑜不敢说"不"，她抬头看了一眼周禹，小步走向纪则临。

周禹见纪书瑜可怜巴巴的模样，狠狠皱起眉头，对着纪则临不满道："你有什么不痛快的冲我来，不要责怪书瑜。"

"怎么教育她是我的事，还轮不到你一个外人插手。"纪则临不悦地看向周禹，又低下头对纪书瑜说道，"先去车上待着。"

他还没丧失理智，知道大人间的是非不能波及小孩子。

纪书瑜知道自己犯了错，这时候比谁都乖，听到纪则临的吩咐，她顺从地往前走，走了两步又转过头来，抽抽噎噎地说："你们两个别打架哦，不然老师会报警的，我不想去派出所。"

周禹见纪书瑜两眼含泪，心都要化了，便一改冷峻的神色，对她温和地承诺道："我和你舅舅不会打架的，你放心。"

纪则临看周禹这副慈父的模样，冷笑了一声，等纪书瑜走远了，才面无表情地开了口："我说过，让你不要出现在纪书瑜面前。"

周禹说："如果我说，是书瑜先找到我的呢？"

纪则临眸光一沉。

周禹说："纪则临，不管你怎么看不惯我，都没法否认，书瑜是我和筱芸的孩子，她和我有父女亲情。"

纪则临"哼"了一声："纪筱芸现在连你都不想见，她生的孩子，和你一点儿关系都没有。"

"不管她躲到哪儿，迟早有一天我会找到她。"周禹发狠道。

纪则临冷笑，讽刺道："我劝你还是死了这条心，她现在心里已经没有你了。"

"如果她心里没有我，就不会生下书瑜，又满世界地躲着我。"周禹看着纪则临，回以一个嘲讽的笑，奚落道，"筱芸之前说你眼里只有工作，没有男欢女爱，你大概不知道，刻骨铭心的爱情是种什么感觉。"

纪则临闻言，神色更冷，不客气地回敬道："如果你真的爱她，就不会利用她。"

周禹的眼神一下子沉寂下来，表情里隐隐透着一丝苦涩："我承认，一开始我的确是想利用她来牵制你，但是后来我对她的感情都是出自真心。"

纪则临嘲讽道："你的真心未免太不值钱了。"

周禹缄默片刻，忽然看着纪则临说："你如果不相信我对筱芸的心意，我可以证明给你看。筱芸之前和我提过，你怀疑你父母的事故不是意外，我之前一直不理解，你为什么一回国就和你二叔对着干，后来我想明白了，你觉得是他造成了你父母的死亡。"

纪则临的神情倏地冷峭，看着周禹的眼神里挟带着凛凛的寒气，似乎能将人冻住。

任谁见了纪则临这副罗刹模样都要退避三舍，但周禹并不退缩，他直视着纪则临，接着说道："我知道你一直在找纪崇武谋害你父母出车祸的证据，我可以帮你。作为交换，你要告诉我筱芸的行踪，以及，以后要让我见书瑜。"

纪则临神色微动："周禹，你又想耍什么花招？"

周禹答："我只是想用你我最熟悉的方式，做一笔交易。"

纪则临轻嗤道："纪崇武是你的养父，你以为我会相信你？"

"我十六岁才进纪家，纪崇武收养我，不过是为了培养一个傀儡，他从没有把我当成亲人看待，在知道我和筱芸的事后，我对他来说就是一个不中用的弃子。"周禹自嘲般地笑了，说，"当初我会和筱芸在一起，还有个原因，就是不想再受他摆布，现在也一样。所以你不用担心我在设圈套，和你合作，我也有自己的私心。"

纪则临紧盯着周禹，不可否认，他身上即使没流着纪家的血，也有着纪家人的手段和心肠。他们是一类人。

周五下午，陈晓楠照例喊了学生来开会，询问他们最近的学习、工作情况。

闻月开完组会，和几个师兄师姐还有师弟师妹一起走出教室。一个师姐询问闻月的论文进度，闻月说自己的初稿差不多完成了，再修改一遍就能给导师看了。周兆龙这时候在一旁明嘲暗讽道："你还需要给陈导看吗，直接给王老师看不就得了？"

几个人互相对视了一眼，都看向闻月。

自从闻月跟着王瑾珍学习后，学院里的风言风语就一直没有断过。院里很多同学私下里都说陈晓楠是她的挂名导师，实际上只是她的师姐，两个人是同辈的。

但陈晓楠从来没有因为外界的议论就刻薄闻月，闻月对她也是打心底尊敬的。闻月不管周兆龙怎么挑拨，依然平心静气地说："陈导和王老师都是值得我学习的前辈，能同时得到她们两个人的指导，是我的荣幸。"

"你倒是说得好听，都抱上王老师这棵大树了，还看得上我们陈导？"周兆龙的语气里透着浓浓的酸味，阴阳怪气道，"我前不久又看到纪总送你回校，你之后怕不是能成为王老师的外孙媳妇？那可就真是前途无量了，提前恭喜啊。"

几个同门听周兆龙说得过分，出声劝阻了他，但闻月从他们的眼神中同样读出了探究的意味。虽然表面上他们不赞同周兆龙的话，可心里似乎都认为他说的是事实。

从教学楼离开，闻月直接离开了学校，半个多小时前，她收到了纪则临发来的消息，说接了纪书瑜后就会来学校接她。收到信息的那一刻，她不自觉地露出了笑，在察觉到自己的喜悦和期待后，她又有些慌张。

不知道为什么，面对纪则临，闻月总有一种类似于"近乡情怯"的感觉，她自己也说不清这是一种什么样的心理。

在上一段恋情中，她虽然没有刻意去掌控，但主动权一直在她的手上，从始至终，她都很从容。但是和纪则临在一起，她时常有种无法把控自我的感觉，那晚的红酒总不至于后劲这么大。这种失控感让她觉得陌生且危险，她只能不断地提醒自己，千万不能耽溺。

到了校门口，闻月一眼就看到了纪则临的车，想到周兆龙刚才说的话，她下意识地往左右两边看了看，见没人注意到自己，才走到了对面，快速坐上了车。纪则临在车上看到闻月再三确认的动作，等人上了车后，随口问了一句："找不到我的车？"

"不是。"闻月系上安全带，迟疑了一下，还是选择实话实说，"我不想让同学看见。"

纪则临闻言，回过头看向闻月，声音微微变沉："什么意思？"

"太高调了。"闻月说。

"你如果觉得我高调，我下次换一辆车过来。"纪则临说。

闻月摇头，想了想，还是说道："我暂时不想让别人知道我们的关系，你以后还是别来学校接我了。"

闻月有自己的顾虑，周兆龙不过是看到纪则临送她回来，就含沙射影地说她攀高枝，她可以想象，如果和纪则临交往的事被别人知道了，又会有怎样的流言蜚语向她袭来。

纪则临不久前刚被周禹坏了心情，此刻又听闻月说想和自己择清关系，心里头更加烦躁了。他稳住情绪，隐忍道："闻月，我是见不得人？"

闻月解释："你的身份特殊。"

纪则临问："所以我不配得到公正的爱吗？"

闻月愣怔："我只是没有做好公开的心理准备。"

"是没有做好准备，还是想给自己留一条退路？"纪则临追问。

闻月眉间微蹙："你是什么意思？"

"闻月，你一直在游离。"纪则临盯着闻月的眼睛，直接指出她在这段关系中的不投入。他本来以为她只是慢性子，所以愿意迁就她，但现在看来，她并不想爱他。

闻月的心脏骤然一缩，她咬了一下唇，说："我只答应和你试试，如果你觉得我在游离，那我们——"

"闻月。"纪则临猜到闻月想说什么，果断打断了她的话。

闻月抿唇沉默。

纪则临见她不说话，心口更加堵得慌。

他想到了周禹刚才奚落自己的话。当初纪筱芸为了和周禹在一起，不惜和他这个哥哥作对，她说生下纪书瑜是为了报复周禹，让纪崇武和周禹永远都有隔阂，但要说她单纯是为了报复，纪则临并不相信。

真心爱一个人是会不顾一切的，但闻月显然并不打算将自己交付给他。纪则临在她身上尝到了此前从未领受过的挫败感，在这一刻，他居然嫉妒起了周禹，刻骨铭心的爱情，他的确没有体会过。

闻月心里乱成一团，她不愿意和纪则临争吵，抬起手就要打开车门下车，纪则临先一步按下了车门锁。闻月皱起眉，回头看着他。

僵持之际，后座的纪书瑜小心翼翼地开口："舅舅，今天都是我不好，你生我的气就好，不要和闻老师吵架，不然她就不愿意当我的舅妈了。"

纪则临心念一动，缄默片刻，最后还是收起了凌人的气势，缓了一口气，说："老太太还在等我们。"

闻月抿紧了唇，想到王瑾珍，便松开了手，沉默地系上了安全带。

从市里去庄园的路上，车内始终是安静的。纪则临不发一言，闻月一直看着窗外，就连以往好动的纪书瑜今天都不吭声，老老实实地坐在后座上。

到了庄园，纪则临刚解了车门锁，闻月就直接下了车。纪书瑜不敢和情绪不佳的纪则临多待，立刻下车追上闻月，牵着她的手往房子里走。纪则临坐在车上，脸色越发深沉，半晌才抬手按了按太阳穴，叹了一口气。

王瑾珍下厨做了一桌子的家常菜，纪则临和闻月还有纪书瑜都很捧场，尽管如此，王瑾珍还是察觉到了不对劲。

纪则临和闻月显然是闹别扭了，两个人在饭桌上一对上眼神就立马错开，连话都不说一句。还有纪书瑜，以前总是有说不完的话、使不完的劲，但今天异常听话，都不用人盯着她，她自己就乖乖地把蔬菜吃了。

王瑾珍虽老了，但眼明心亮，在饭桌上并没有发问，而是等吃完饭了，才把纪则临喊到了一旁，先是问他："书瑜怎么了？是不是在学校犯事了？"

纪则临轻"哼"了一声："她背着我，偷偷见了周禹。"

"啊？"王瑾珍讶然道，"书瑜也就一两岁的时候见过周禹，照理说记不得人了才对。"

纪则临说："估计周禹平时没少去学校看她。"

王瑾珍摇了摇头，叹道："他是书瑜的父亲，想见孩子也是情理之中。书瑜还小，正是渴望父母关爱的年纪，你别责怪她。"

纪则临颔首："嗯。"

王瑾珍见他心不在焉，满腹心事似的，思忖了一下，问："你和小月怎么了？吵架了？"

纪则临想到闻月，心里头就无端一阵烦躁，他自嘲地笑了笑，说："要是能吵一架倒好了，您看她是会和人吵架的人吗？"

"小月不是会和人吵个急赤白脸的性子。"

"但是也不会让人好过。"

王瑾珍还是第一回看到纪则临这副焦躁难安又无可奈何的模样，不由失笑："你横行霸道了那么久，这回算是遇到对手了。"

纪则临苦笑："我的确拿她没办法。"

王瑾珍看到纪则临自愿示弱，心里头一阵宽慰。一直以来，她都担心他过于偏执、强势，会伤害到亲近的人，但现在，他似乎已经意识到不是所有事都能用强的。

"我早和你说过，小月不一样，她的心可不像她的外表那么柔弱，你如果想强行闯入，那是行不通的，得拿出真心才可以。"

"我的真心，她未必看得上。"

"那么你就得承认，你赌输了。"

纪则临神色一凛，随后眼神渐深。

饭后，闻月带着纪书瑜去了书房，但这次两个人都没什么心思看书。

纪书瑜见闻月看着书出神，就凑过去说："闻老师，你别生舅舅的气哦，今天是我惹他不高兴了，他才会对你凶凶的。"

闻月回神，这才想起纪书瑜一直闷闷不乐的，便关切地问："你怎么了？"

纪书瑜答："我偷偷去见我爸爸，被舅舅发现了。"

闻月惊讶："你爸爸？"

纪书瑜点了点头，撇了撇嘴说："舅舅和曾外祖母一直不告诉我，我的爸爸是谁，但是我知道他。他经常在我放学的时候来看我，虽然每次都站得远远的，也不来和我说话，但我就是认得出他是我爸爸。是我主动过去找他的。"

闻月讶然，她想到了之前听说的传闻，如果是真的，那么纪书瑜的父亲就是纪则临二叔的养子，他人在青城，会私下去看纪书瑜并不奇怪。

"你去见你爸爸，你舅舅说你了？"闻月问。

纪书瑜摇了摇头："他没有说我，但是我知道他生气了，他一定觉得我更喜欢爸爸，但是他们两个对我来说是一样重要的。"

闻月轻轻叹了一口气，看着纪书瑜的眼神不自觉地怜爱了起来。虽然纪则临总说纪书瑜被宠坏了，但纪书瑜其实是很善解人意的。

纪书瑜劝道："闻老师，舅舅很喜欢你，他知道你喜欢 Yummy，最近都会陪它一起玩了，还和我说这叫爱屋及乌，所以你别生舅舅的气了，原谅他吧。"

闻月心头一动，随后微微失神。她想起了今天在车上纪则临对自己说的话，他说她在游离。不可否认，她的确尽力地在保持自己的理性，每当察觉到陌生的情愫时，就会强制性地把它按压下去。

她感觉自己就像一条小船，习惯了在潺潺的溪流中徜徉，而纪则临是海洋，宽阔无边，波涛不定。她必须尽力维持平稳，才能保证自己不会倾覆。但海洋总是一浪又一浪地拍过来，非要打破她内心的秩序，这样的感觉让她感到无措，不知如何应对。

晚上，闻月失眠了。庄园的床她是睡惯了的，没理由会认床。

翻来覆去睡不着觉，闻月就侧躺着，注视着从窗外泻进来的月光，正出神的时候，忽然听到房间外传来了脚步声。这次她并不慌张，也没有怀疑是阁楼上的"疯女人"，她听出了在外面走动的人是谁。

声音由远及近，最后在闻月的房间前停下。但房门始终没有被敲响。

没多久，脚步声再次响起，这次渐渐远了。

闻月下意识地屏住呼吸，双手不自觉地抓着被子，直到房间外重归安静，她才松开，但心里无端感到一阵空落落。

犹豫片刻，她拧开了床头灯，下了床，轻手轻脚地走到门后，稍微迟疑了一下，才小心翼翼地打开房门。

走廊上空无一人，她有些失落，转过身要回房间时，才发现门把上放置着一朵鲜红的玫瑰，玫瑰的叶片上还夹着一张小卡片。她拿下花，又取了卡片来看，上面用钢笔清晰地写着——Rose is a rose is a rose is a rose.（玫瑰就是玫瑰。）[1]

闻月愣神，忽然想起王瑾珍七十岁生日宴那天，她给纪则临读的台词。他这是在告诉她，别忘了玫瑰即玫瑰，在她面前，他没有任何头衔，只是纪则临。他想要公正的爱。

---

[1]　出自 *Sacred Emily*（《神圣的艾米莉》）。

Chapter 07　升温

　　隔天，闻月醒得稍微迟了些，还迷瞪着的时候，看到了床头桌上的红玫瑰，很快醒了神。她起床洗漱更衣，下了楼后先去了客厅，见客厅里没有人，才去了餐厅。

　　王瑾珍已经起了，此时正坐在餐桌前，看见闻月，便招呼她坐下吃饭。

　　闻月左右看了看，没见到别人，才在王瑾珍对面坐下。她犹豫再三，还是问道："早餐……就老师和我两个人吃吗？"

　　王瑾珍看出了闻月的心思，笑道："你是想问则临？"

　　闻月脸上无端一热："他以前很早就起来了。"

　　王瑾珍说："他啊，公司有事，一大早就开车回市里了。"

　　闻月愣了一下，王瑾珍怕她多想，解释道："早上则临的助理给他打电话，说公司的海外项目出了点儿问题，需要他出面解决，情况像是有些紧急，所以他来不及和你道别，就回去了。"

　　闻月点了点头，但心里还是有点儿在意。据她观察，纪则临只要心情不好，就会变成工作狂。看来昨天他的确是生气了。

　　陈妈这时候给闻月端了一杯热牛奶，和王瑾珍说："温室花房里的玫瑰前阵子结了花苞，我这几天天天都过去浇水，昨天见开了一朵，还想着让你们去瞧瞧，结果早上过去，那朵花居然不见了。"

陈妈不满地嘟囔："好不容易才开了一朵，也不知道是被谁剪了。"

闻月想到自己床头放着的那朵玫瑰，不由得心虚地低下了头。

王瑾珍一眼就看穿了闻月的慌乱，心下明了，解围道："昨天晚上，则临去过花房，花大概是他剪走的。"

"他一直对花粉有些过敏，怎么会跑花房里去？"陈妈不解。

王瑾珍别有深意地看了一眼闻月，笑道："谁知道呢？可能是想借花献殷勤吧。"

闻月更窘，忍不住将头埋得更低，想到纪则临花粉过敏，心里又有些后悔。她昨天就不应该消极地回避他，应该及时开门的。

纪则临离开后，这个周末就没再来庄园。闻月陪了王瑾珍两天，回到学校，陈晓楠找她帮忙批改本科生的期中作业。忙碌起来，时间就过得很快，但她心里还是有缺憾感，好像生活里少了什么似的。

忙了两天，总算得空了，闻月晚上去了趟青水湾，纪书瑜一见着她，就兴奋地拉着她去看别墅里的新成员。

纪书瑜说的新成员是一只刚出生不久的布偶，幼猫小小的，看上去可爱极了。闻月看见猫的时候，双眼一亮，没忍住，轻轻地抱起了小猫，摸了摸它的背，惊喜地问纪书瑜："这只小猫是从哪儿来的？"

"这是舅舅昨天带回来的。"纪书瑜答。

"你舅舅？"闻月倍感意外，她知道纪则临是不太喜欢宠物的，因为小时候被抓过，他对猫更是避而远之。

纪书瑜点了点头，对闻月说道："他说你喜欢小猫，还让我下次见着你，请你为它起个名字。"

闻月愣怔，随即低下头看着依偎在自己怀里的小奶猫，心里忽地柔软了下来。

今天气温下降，晚间下起了大雪，雪花漫天，道路一下子就积了一层厚厚的雪。李妈担心闻月回校不安全，劝她留下来住一晚，纪书瑜也拉着闻月不让她走。

闻月出门看了看，见雪势很大，便和室友们知会了一声，她们知道她是因为天气不好才外宿，并没有多问。

别墅里一直留着闻月的房间，每天都有人打扫，李妈还给她准备了合身的换洗衣物。洗了澡后，纪书瑜拉着闻月到了自己的房间里，像小姐妹一样依偎着说悄悄话。

纪书瑜告诉闻月，今天她爸爸去接她放学，带她一起吃了饭，还说以后他们每星期都能见一次面。闻月猜，这应该是纪则临默许的，否则上回发现纪书瑜背着他偷偷见周禹，他对她的管教应该更严格才对。

想到纪则临，闻月不自觉地叹了一口气，有种不知道该拿他如何是好的感觉。

纪书瑜谈兴高涨，直到夜深了，才抵抗不住睡意，沉沉地睡了过去。

闻月让纪书瑜在床上躺好，帮她盖好被子，这才轻手轻脚地走出房间，回到了客房。在新的地方，她总是很难入睡，在床上躺了会儿，酝酿不出睡意，就起身在窗边坐下，支着脑袋看着外边的雪景。

雪慢慢变小了，这时候已经变成了稀稀拉拉的小雪。

青水湾的视野不如落霞庄园的开阔，视线总被别墅楼阻碍。闻月的目光始终落在别墅前的那条路上，但是一直没有看到有车开进来。她心里浮现出淡淡的失落，很快又反应过来，她居然在等纪则临回来。

察觉到自己的心思，闻月一时慌乱。她倏地站起身，用力把窗帘拉上，转身正打算上床睡觉，却在下一秒听到车轮轧在雪地上的声音时顿住了脚步。

车轮声渐渐近了，不一会儿就消歇在了别墅楼下。闻月犹豫了一下，还是回过身，轻轻地拉开窗帘，透过窗帘缝隙往楼下看。别墅前停了一辆车，但是一直没有人下来。上回纪则临也是这样，这或许是他的一个习惯。

闻月站在窗边，视线一直落在楼下的车上，期盼看到坐在车里的人，又害怕看到他。她怀着矛盾的心情等了许久，其间，纪则临一直没有从车上下来，她的情绪又从忐忑变成了担心。最后，闻月还是忍不住披上外套下楼，走出别墅，到了车旁，抬手轻轻敲了敲车窗。

纪则临看到闻月，愣了一下，立刻打开车门下来。他垂眼见她衣着单薄，便敞开自己的大衣，将她裹进了怀里。

"你今天没回学校。"纪则临意外地说。

"晚上下雪，就没有回去。"闻月解释。

"李妈疏忽了，没告诉我你今天住在青水湾……怎么还没睡，认床？"纪则临问。

闻月轻轻点头，迟疑了一下，问："你为什么一直坐在车里？"

纪则临答："习惯了，坐在车里能想明白一些事情。"

闻月抿唇，沉默了片刻，仰起头问："你在想什么？"

纪则临眸光浮动，眼底闪过一抹欣喜。上一回，闻月并不想知道他坐在车里是在想什么，但今天，她对他有了探究的心。

"我在想，我的玫瑰有没有让你消气。"

闻月心念一动："我本来也没有生气，生气的人明明是你。"

"知道我生气，为什么不来哄我？"

闻月眼神闪烁。

纪则临知道让闻月主动一回比登天还难，他无奈地叹了一口气，说："闻月，我和纪书瑜一样，吃软不吃硬。"

闻月失笑："哪有舅舅像外甥女的？"

纪则临说："如果你能像对纪书瑜一样对我，那我像她也不是不行。"

闻月好笑又动容，不由轻声说："你那天那么早就离开了庄园，我以为你不想理我了。"

纪则临解释："公司有突发情况，我不得不回去处理，这几天也比较忙，而且……我怕贸然去找你，你又该觉得我高调了。"

闻月听纪则临提起上回引发他们不愉快的事，忍不住抬眼看向他，思忖了一下，细声细语地说道："我并不是因为你的身份和你在一起的，自然也不会因为你的身份推开你，只是……我有我自己的顾虑。"

几天时间过去，纪则临早已冷静，他将闻月颊侧的头发拨到耳后，叹道："我知道我们的关系一旦公开，会给你带来很大的压力，如果你不想别人知道我们在交往，那么我完全尊重你的意愿。但是闻月……"

纪则临顿了一下，才按捺住情绪，克制地说："不要吝啬你的情感。"

闻月的鼻尖无端一酸。

"你之前和我说过，翻译是用天平不断平衡原著和译作的过程。感情和字词一样，是有质量的，我已经拿出了全部的砝码，你呢？"纪则临进一步问道。

闻月的心口处一阵紧缩，她的眸光不自觉地闪了一下，语气稍显慌乱："翻译需要一个字斟句酌的过程，才能达到最精确的效果。"

"但爱情毕竟不是译文，不需要一分一厘地计较，要全情投入才行。"纪则临轻轻触碰闻月的脸颊，让她直视着自己的眼睛，"对我坦诚一点儿，闻月，你应该知道，即使你拿出全部的砝码，天平也不会向你倾斜。我的情感重量永远要重于你的。"

闻月瞳仁微震，在纪则临的目光之下，她忽然有种失重的跌坠感。海浪一下又一下地袭来，她这只小船左右晃荡，次次都在倾覆的边缘。

"我害怕。"闻月茫然道。

"害怕什么？"纪则临追问。

"我怕……我自己。"闻月说。

闻月答得莫名其妙，但纪则临立刻明白了她的意思，心旌不由得为之一荡，内心忽然涌出了不可名状的喜悦。他轻笑了一声，叹息似的说："你怎么会觉得我们两个之中，失去自我的那个人会是你？"

纪则临往前欺近，毫无掩饰地注视着闻月的眼睛，让她看清自己眼里的情感，接着哑声说道："闻月，或许一开始我是想征服你，但现在，我只想让你爱我。"

在爱人面前，高傲者也要低下头颅，虔诚地侍奉自己亲手创造的神明。

闻月心神一震，这一刻，她再难以控制自己的情感。或许面对纪则临，一切的抵抗都是徒劳的。母亲曾经说过，总有一天，会有那么一个人出现在她的生命中，那时候她就能体会到真正爱上一个人是什么样的感觉。闻月现在好像有些懂了。

爱人不是一种本领，而是一种本能，是难以抗拒的。

纪则临好像激发了她爱人的天赋，闻月一开始对这种陌生的情感感到惊惧，但现在能体会到它的美妙了。就像此时此刻，在寒冷雪夜中，纪则临裹在她身上的大衣一般，是温暖的、感动的。

闻月仰头看着纪则临，现在即使不看着他，他的面容也烙印在了她的心里。这几天，她虽然一直克制着自己不去想他，但是就如脑海里的大象，当她去压抑自己想法的时候，他就已经在她的脑海里了。

现在纪则临就在眼前，闻月已经不想再违背自己的心意了。她深吸了一口气，踮起脚尖，轻轻亲了一下他的嘴角。

纪则临有一瞬间的失神，随后他不给闻月后退的机会，手臂一收，将她揽得更紧，果断地低下头，深深吻住了她的唇。

夜风忽又拂起，片片雪花在空中不断地旋舞，落在了地面、树梢、屋顶上，还有情人交吻的唇瓣上，慢慢消融。

雪夜寒冷，并不能冻灭有情人的爱意。闻月觉得自己的身体现在就处在十分矛盾的状态，她吸入的是寒冷的空气，吐出的却是滚烫的鼻息。纪则临用大衣将她严严实实地裹住，她不知道是自己的身体在发热，还是他的体温在熨烫着她。她觉得要透不上气来了。

纪则临察觉到闻月的吃力，松了松手劲，改变了接吻的方式，从深吻变成了一下又一下亲昵的浅啄。闻月呼吸到新鲜的空气，脑袋供了氧后总算能运转起来了。见纪则临还抱着自己亲个不停，她后知后觉地感到难为情，忍不住低头，埋首在他的胸膛上，借以获得更多喘息的机会。

纪则临拥着她，吻了一下她的发间，哑声道："闻月，我就当这是你的回答，你愿意在我们之间的天平上增加砝码。"

闻月一呼一吸之间都是纪则临身上的气味，她为自己刚才一瞬间迸发的勇气感到惊讶，但冷静下来，也并不后悔。既然没办法对抗海洋，便只有尝试去驾驭它了。

闻月抬起双手，环住了纪则临的腰，倚在他身上，全身心地放松下来，默认了他的话。

纪则临眸光一澜，忍不住又想吻她。虽然已是深夜，但难保不会有人看见他们，闻月别开脸躲了一下，低声说："我们先进去吧。"

纪则临看闻月满脸通红，知道她是不好意思，又担心她是冻着了，不由轻笑着揽住她的肩膀，用衣服裹着她，一起进了别墅。

室内燃着壁炉，和外面的天寒地冻俨然不同，甫一进室内，温暖的空气便把人从头到尾地包围住。纪则临反手关上大门，手臂一收，让闻月面对面靠在自己身上，低头精准地吻住她的唇，毫无过渡，直接往深了吻。

闻月虽然谈过恋爱，但是在这方面还很生疏。她微微后仰，闭着眼承受着纪则临的索取，也尝试主动地去回应他。她从来不知道，自己能有这样的热情。

　　室内暖和，整间屋子像是一个桑拿房，热空气烘得人浑身发烫。闻月觉得自己是一块冰，要被纪则临融化了，但他好像怎么亲近都不够似的，抱着她越吻越深。闻月再次感到呼吸不顺，只好用手拍了拍纪则临，他领会了意思，往后退开，额头抵着她的额头，给予她喘息的空间。

　　"我热。"闻月低喘着，忍不住说道。

　　纪则临稍微松了手，不再用大衣裹着她，但双臂还是搭在她的身上，不让她离开自己。

　　闻月喘匀了气，轻轻推了推纪则临抱着自己的手，心虚地左右看了看，急切但小声地说："你先松开我，一会儿李妈看到不好。"

　　"怎么个不好法？"纪则临低头，语意暧昧地问，"我们是做了什么见不得人的事？"

　　闻月窘迫，耳朵不知道是热的还是臊的，一下子更红了。

　　纪则临从喉间溢出笑来，抬手摸了摸她的脑袋，安抚道："放心吧，这个点李妈和王叔早就睡了，只要你不大声说话把他们吵醒，就不会不好。"

　　闻月张嘴刚要说话，忽然察觉脚边有什么东西在蹭着自己，低头一看，是一只猫。她惊喜道："Rose！"

　　"你喊它什么？"纪则临问。

　　"你不是让我给它起名字？以后它就叫 Rose 了。"闻月说着，动了一下身体，纪则临见她想抱猫，便松开了手。

　　"Rose." 纪则临低声念道，继而一笑，觉得这个名字再合适不过了。

　　他和闻月结缘于莎士比亚的玫瑰，此后他们与玫瑰的缘分可谓十分深厚，即使闻月没有解释，他也能明白她起这个名字的用意。Rose 是他们爱情的象征，原来早在他回来之前，她就已经做好了决定。

　　纪则临给闻月送猫，本意是想为那天的不愉快致歉，博她欢心，这只猫本来是他的砝码，现在成她的了。只是简单的一个名字，他就被取悦了，并且甘之如饴。

"看来我还要养一只 Jack 和它做伴。"纪则临玩笑道。

闻月把猫抱在怀里，抬眼看他："你不是不太喜欢猫吗？Rose 养在这儿，会不会不方便？"

"不会。"纪则临轻咳，为自己正名道，"我现在还挺喜欢这些小动物的。"

"是吗？"闻月忽地把怀里的猫往前递，示意道，"那你抱抱它。"

纪则临下意识地往后退了一步，站定后，见闻月双肩颤动，笑得不可遏制，他才知道自己被捉弄了。

"原来你怕猫啊。"闻月笑意盎然。

"只是一下子还没适应。"纪则临见闻月抱着猫，一脸喜爱的模样，心软了，说道，"Rose 是送给你的，我先让人帮你养着，毕业后你可以选择带走它，或者……留在它身边。"

闻月立刻听出了纪则临话里的意思，Rose 现在养在青水湾，选择留在它身边，就是变相地答应和纪则临生活在一起。他果然是狮子，只要她稍微一松懈，他就会想进一步侵占她的领地。闻月受不住纪则临炽热的眼神，垂眼看向 Rose，轻声说："我肯定不会丢下 Rose 的。"

果然是闻月，这个回答很有智慧，是她一贯的风格，留有余地，从来不会轻易给予承诺。

"人和动物是平等的，你既然不会丢下 Rose，自然也不会丢下我？"

闻月听纪则临拿自己和猫比，禁不住弯起了嘴角。

纪则临看她笑了，也扬起了嘴角，语气轻快却又果断地说道："闻月，你收了我的玫瑰，从今往后，别想甩开我。"

纪则临就是这样，在某些时刻很体贴，某些时刻又十分强势。霸道的绅士，闻月觉得自己给他贴的这个标签一点儿也不错。闻月受用于他的绅士，且现在已不再畏惧他的强势，因为一只怕猫的狮子并不可怕。

"那你之后要和 Rose 好好相处。"闻月抚摸着猫，似是随意地说。

纪则临听出闻月这是默许的意思，心宽了。他低下头看着她怀里的猫，想起了小时候被抓伤的经历，微微皱起眉头。他没想到和闻月在一起，还需要克服童年阴影。

闻月把 Rose 放进猫窝，起身往回走时险些撞上了纪则临。偌大的别墅里，现在只有他们两个人是清醒的。只要视线相接，她就会想起刚才他们的亲密。

纪则临见闻月面色赧然，眼神游移，便猜出了她的所思所想。他的目光不自觉地下移，落到了她的唇上，一时间又想起了不久前的滋味。他眼神黯下来，正要往前靠近，忽然听到了脚步声。

李妈走了过来，看到纪则临和闻月，露出了惊讶的表情，说："我听到外面有声音，还以为是猫出什么事了，就出来看看。"

纪则临旖念刚起，就被强行打消了。他暗自叹了一声，转过身对李妈说："猫没事，我和闻月刚刚看过。"

"哦。"李妈现在的心思都不在猫上了，她的目光在纪则临和闻月身上游弋。到底是有阅历的人，她一下子就知道自己坏事了。

"没事就好没事就好，我回去睡了，你们……随意。"李妈很有眼力见地说。

李妈明显是想入非非了，但也不能说她是想岔了，闻月因此更加窘迫。她赶在李妈离开之前，撇清嫌疑似的快速地和纪则临说道："时间很晚了，我要上楼了。"

纪则临一看她这样，就知道今晚没别的指望了。不过来日方长，既然她已经不吝啬对他的情感，那么他也不急于一时。

纪则临说："困了就去睡吧，要是还认床，可以找我给你讲故事，纪书瑜都说催眠效果很好。"

对于纪则临的玩笑话，闻月莞尔一笑。她转身上楼，在楼梯拐角处又忍不住回头看向底下。纪则临还站在原地，见她看过来，噙着笑道了一句："做个好梦，闻月。"

不知道是不是纪则临的话起了作用，闻月尽管认床，但睡着后果真做了个好梦。一夜睡得踏实，清早醒来心情都是愉悦的。

今天学校没什么事，闻月不急着回去，洗漱换衣后，她下了楼。才至一楼，就看到纪则临拿着个小盆子，蹲在猫窝前，照顾 Rose 喝水。

他看上去对 Rose 还有点儿防备心，手伸直了喂它，表情也不是那么放松，但到底是耐心的。闻月不由想到了"心有猛虎，细嗅蔷薇"，这句话用来形容现在的纪则临再合适不过了。她深知他不喜欢猫却细心照顾 Rose 的原因，看他的眼神不自觉地就柔软了下来。

后面的声音传来："闻老师，早啊。"

闻月回神，低下头看向纪书瑜："早啊，书瑜。"

"昨天下了大雪，今天学校通知不用上学了，吃完饭我们一起去堆雪人吧？"纪书瑜兴冲冲地说。

闻月应声："好啊。"

"起来了。"纪则临听到闻月的声音，站起身，等她看过来，才举了一下手上的小盆子，似是随意地说，"哦，我在喂猫。"

闻月看他故作不经意的模样就忍不住想笑。他和他外甥女一个样，做了点儿好事就藏不住，等着人来夸。

"你对 Rose 很上心。"闻月浅浅笑了。

"当然，毕竟以后要长久地生活在一起。"纪则临把小盆子放在猫窝前面，走到闻月面前，问，"昨晚睡得好吗？"

闻月颔首："还不错。"

纪则临说："你可以在青水湾多住一段时间，熟悉熟悉，这样以后就不会认床了。"

闻月面颊微热，说道："我熟悉这里做什么？"

纪则临笑了："你忘了？一开始我请你来就是想让你当纪书瑜的住家家教的。闻月，你现在没有课，并不需要住在学校里，在青水湾没有人会打扰你。有李妈在，她会照顾你的饮食起居。你在这儿可以专心地写论文、译稿，还有 Rose 和 Yummy 陪着，如果你有事要回学校，和王叔说一声，他会送你回去。"

纪则临罗列了好些住在青水湾的好处，说实话，闻月是有些心动的。

现在在学校，除了寝室，她已经很难找到一个清净的地方了。青水湾离学校不远，她来这里的确能够有个不被打扰的环境，有纪书瑜解闷，还有猫狗做伴。不过她没忘了，这里还有一只狮子。昨天他们才彼此印证了心意，今天纪则临就迫不及待地要把她圈进他的领地里。

"我要想想。"半晌，闻月说。

纪则临知道她的顾虑，故意叹了一口气，哂笑道："看来是我太心急了，让你一下子看穿了我的私心。"

纪则临主动点破自己的心思，闻月不觉失笑："你知道就好。"

"你不让我去学校找你，我只能想方设法让你来到我身边。"纪则临垂下眼，看着闻月的眸光变得幽深，他直白地说，"我的私心只是想和你亲近些。"

闻月脸上飞上薄红，她下意识地看了纪书瑜一眼，纪书瑜捂着嘴在笑。

"你在书瑜面前瞎说什么呢？"闻月不好意思地说。

纪则临见闻月面色微窘，就想起刚认识的时候，她在他面前也时常露出这样的神态。一晃一年多的时间过去了，他初始以为自己对她只是一时兴起，没想到是一往情深。

纪则临心神一动，抬起手一把捂住纪书瑜的眼睛，低头在闻月的唇上烙下一个吻，心满意足地喟叹道："我说的都是实话。闻月，我等这一天已经很久了。"

吃了早饭，纪书瑜拿着工具，拉着闻月兴冲冲地去了别墅区的湖边，信心满满地要堆出一个大雪人。纪则临对这种亲子活动是没什么兴趣的，但闻月被纪书瑜勾走了，他只好跟着她们一起出门。

才至户外，纪则临就接到了李特助打来的电话，说公司有事要请示。他看了一眼在湖边玩雪的一大一小，拿着手机走到一旁。

闻月许久没堆过雪人了，印象里上一回还是在 L 市，和几个同去交换学习的同学一起堆过一个。他们几个基本是南方人，一见着雪就十分激动，一个同学提议说堆雪人，剩下的人便行动起来。

纪书瑜说自己要做雪人的脑袋，闻月便揉起一团雪球，负责雪人的身子部分。她们俩玩得不亦乐乎，不一会儿就吸引了两三个来湖边遛狗的孩子，其中一个还是闻月之前教过的孟雅君。

孟雅君还记得闻月，见到她，有礼貌地喊她"闻老师"。闻月看到她也很欣喜，虽然她们师生缘分不深，但那几节课相处得还是很愉快的。闻月关心地询问了几句孟雅君的近况，尤其是英语写作方面是否还会觉得吃力。

孟雅君说自己已经进步多了，还问闻月："闻老师，您之前为什么不教我了呢？我妈妈说你是有别的家教要做，没办法两头兼顾才走的，是这样吗？"

闻月愣了一下，当初是孟雅君的父母辞退了她，说是不想给孩子这么大的压力，那怎么会和孩子说是她自己辞职的？她之后的确成了纪书瑜的家教老师，可在这之前，她根本没有答应纪则临，孟雅君的母亲又怎么会说她有别的家教？

闻月觉得困惑，但当着孟雅君的面，没有和孩子说与她父母相悖的话，就顺着解释说自己当时有别的事要忙，也怕教不好她，便没再去她家了。

纪则临在一旁和李特助沟通完，挂断电话回头，就见闻月和几个年纪不一的小孩子玩在了一起，看上去其乐融融。

闻月好像天生就有一种魔力，能让人自然而然地想亲近，不管是孩子、动物、老人，都喜欢与她相处。当然，也包括他。

雪人已经初具形象了，纪书瑜和几个小朋友一起给它安上眼睛和鼻子，又给它戴上了一顶帽子。闻月在旁边看了看，总觉得缺了点儿什么，便将自己的围巾取下来，给雪人围上。这样，一个完整的雪人就堆好了，虽然不能说是栩栩如生，但也有模有样的。

纪则临走过去，见闻月笑得一脸开心，不自觉地被感染着，也露出了笑意。他取下自己的围巾，替她围好，又抬手为她拂去脸上的雪屑。

堆好雪人，几个小孩子陆陆续续地散开了，或接着遛狗，或回家。

孟雅君和闻月告别，纪则临听她喊闻月"老师"，忽然想到了什么，眉间一动，不动声色地问："那是你之前在南苑8号教的学生？"

"嗯。"闻月颔首，回道，"今天正好碰到了，就聊了几句。"

"都聊了什么？"纪则临问。

"也没什么，就是寒暄了一下，不过……她妈妈之前说是不想额外给孩子增加学业负担，才辞退了我，但是雅君刚才说，她现在还是有家庭教师的。"闻月摇了摇头，叹了一口气说，"可能他们不满意我，所以才找了个借口。"

纪则临眼底浮光微闪："不一定是你的原因，他们也许有自己的考量。"

"嗯。"闻月只是对孟雅君的话不解，但并没有去深究，毕竟事情已经过去很久了。

纪则临看着闻月，忽而伸手将人拥进了怀里。

闻月吓了一跳，反应过来，推了他一下，快速说道："现在在外面。"

纪则临反问："外面怎么了？我们难道不是正当关系？"

闻月恼了："你明知道我不是这个意思。"

纪则临抱着闻月，眼神幽幽，显得沉郁。沉默片刻后，他才敛起情绪，退开一些距离，拉起她的手说："回去吧，脸都冻红了。"

他招呼了纪书瑜，把小丫头抱起来，牵着闻月往别墅走。

室内暖气充足，回去没多久，冻僵的身体就暖和了。闻月脱下外套和围巾，回头见纪则临也脱了衣服，忍不住问："你今天不用工作吗？"

纪则临无奈："闻小姐，我也是要休息的。而且，我是老板，如果不能随心所欲一些，当老板有什么意思？"

闻月莞尔："我以为你还要忙。"

"公司的事情处理完了，我今天休息一天。"纪则临问，"你应该不急着去学校？"

闻月摇头："今天没什么事，导师也没让我去帮忙。"

纪则临满意了："那你就留在这儿，多陪陪书瑜、Rose、Yummy……还有我。"

"恐怕我的时间不够，只能分成三份。"闻月突然起了捉弄的心思，故意说道。

纪则临轻笑，抬手把人一揽，拥着往里走，边走边说："那这三份就都给我，让书瑜陪那两只更小的玩。"

闻月就没见过这么不讲道理的人，纪则临说要独占她的时间，当真就把她带上了楼，去了他办公的书房。纪书瑜不满地控诉，他轻飘飘地问一句"还想不想要舅妈"，就把她安抚好了，她乖乖地去陪两只宠物玩了。

到了书房，纪则临松开手，说自己有份临时文件要处理，让闻月就在这里陪着他，如果她不愿意，他下午亲自送她回校。

闻月久违地又看到纪则临威胁人的模样，忍不住说道："纪则临，你简直比书瑜还幼稚……你要工作，我又帮不上你什么忙。"

纪则临坦然道："你在我身边，我比较安心。"他指了指自己的书柜，说，"这里的书有你感兴趣的，都可以拿出来看。"

闻月知道自己是拗不过纪则临的，她微微叹了一口气，倒也不再和他计较，转过身看起了书柜上的书。纪则临在落霞庄园的书房里摆放的都是航天工程相关的书，青水湾的书房里却都是商业管理相关的书籍。显然，两边书房的侧重点不一样，一边是他的过去，一边是他的现在。

闻月拿了几本书随意翻看了一下，里面的商业名词太多，她读起来费力，所以没看多久就放回了架子上。倒是书架上一本朴素的手札引起了她的兴趣。

她踮起脚尖拿下手札，翻开后意外地在里面看到了一张旧照片。照片是塑封的，虽然没有泛黄，但看得出有些年头了，因为照片里的纪则临还是少年模样，没有现在稳重，却洋溢着年少的意气。除了纪则临，照片上还有三个人，一对相貌出众的夫妻和一位漂亮的少女，显然，这是他的家庭合照。

"在看什么？"纪则临走过来问。

闻月回神，下意识地道了歉："我是不是侵犯你的隐私了？"

纪则临垂眼，看到闻月手中的照片时，眸光微闪，很快又归于平静。

"对别人算隐私，对你不是。"纪则临神色自如，给闻月介绍道，"这是我的父母，还有我妹妹，纪书瑜的妈妈，纪筱芸。这本手札是我父亲生前用来记录工作的，他去世后，我在他办公室里找到的。"

每次触及纪则临父母的话题，闻月都犹豫不定。看纪则临的模样，他似乎早已不再沉浸于过去的伤痛中，但她知道他的内心深处其实还在意着父母的离世，所以不知道是要安慰他，还是将话题遮盖过去比较好。

纪则临见闻月露出小心翼翼的神情，微微一笑，说："这不是什么禁忌话题，你想聊，我随时都可以告诉你他们的事。"

这时候岔开话题反而生硬，闻月思忖片刻，问："叔叔阿姨是什么样的人呢？"

纪则临拿过闻月手上的照片，凝眸细看了一会儿，才平静地说道："我的母亲是个钢琴家，之前你在庄园看到的那架钢琴就是她用来演出的。"

他继续说："我的父亲……他没那么亲和，从小，他就对我管教严格，但对纪筱芸很宽容，为此我没少和他置气。就是他出事前，我还和他吵了一架，因为他答应要给我买最新款的火箭模型，但是又忘了。"

闻月听到这儿，就想起了庄园书房里那个破损严重的火箭模型，心头一凛："你之前说，他们的事故……不是意外？"

纪则临闻言，神色倏地沉了，他垂眼看着手上的那张照片，默然片刻，说道："他们是因为汽车失控摔下山崖去世的。"

闻月骇然："山崖。"

"出事那天，有人把他们约上了山。"

"是你二叔？"

纪则临抬眼，显然，闻月也听过那些传闻。当然，这是他有意散播出去的。前几年，纪崇武在纪氏大权在握，青城根本不会有他的负面舆论。

纪则临说："我父亲和我二叔纪崇武其实一直不和，他们在集团的经营理念上总是有分歧，我父亲是比较审慎的性格，但我二叔向来激进。我小时候经常看到他们争吵，一度到了水火不容的地步。

"纪崇武在青城的郊外有一处山庄，我父母出事那天，就是去了他的山庄，下山的时候在盘山公路上出了事。事故后，警方介入调查，并没有什么明确的证据证明是人为的，最后就按意外处理了。

"我父亲一向谨慎，何况车上坐着我的母亲，我不相信他会这么不小心，所以私底下找了人重新检查了事故车。车辆检验报告显示，汽车的刹车盘似乎被人做了手脚，以至于阻力不够，刹不住车。"

闻月听到这儿，心有戚戚。纪则临说的就像是一个惊心动魄的故事，却是确确实实存在的现实，让人心惊胆战。

纪则临回头，见闻月眸光微润，神情惊慌，才发觉自己说多了。她和他的成长环境完全不一样，她没见过那么多险恶的人心，没经历过亲人的背叛和搏杀，听了一定会害怕。

他把照片重新夹进手札，放回书架上，不再多言。

闻月还心有余悸，忍不住问："你二叔会不会……"

"你担心他会对我不利？"纪则临不以为意地哂笑了一声，眼神里锋芒毕露，"我和我父亲不一样，我二叔百般和他作对，但是他一直顾及着手足之情，处处留情面，而我不会手下留情。你不是说我已经找到了基督山岛？放心，我二叔动不了我。"

虽然如此，闻月还是不能安心。大家族的争斗她只在报纸、电视还有书籍上看过，以前只觉得遥远，就当是猎奇的故事来看，但现在故事到了眼前，和身边的人息息相关。她简直不能想象一直以来纪则临都生活在什么样的环境中，难怪他们一开始见面的时候，他对她存有疑心，也许从小到大，抱着不轨之心接近他的人实在太多了。

纪则临垂眸，忽然抬起手抚摸着闻月的脸颊，低声说："闻月，别用这样的眼神看我，否则我会以为你在心疼我。"

闻月轻轻蹭了一下他温热的手掌，并没有否认。

纪则临看着闻月，眼眸渐深，他用手指揩了一下她湿润的眼角，而后捧起她的脸，毫不犹豫地吻了下去。

这个吻来得突然、猛烈，闻月一下子受不住力，往后退了两步，靠在了书柜上。纪则临拉起她的双手搭在自己的腰上，一手捏着她的下巴让她仰起脸来，不断地加深着这个吻。

闻月的神志被搅弄得一塌糊涂，身体失去重心，只能攀附着纪则临。她迷迷糊糊的，被他引导着微微启唇，由着他攻城略地，忍不住露出了一丝轻不可闻的低吟声。纪则临脑中的弦倏然一紧，迅速往后退开些距离，垂眼看到神色迷离的闻月，他的眼眸染上了欲色，像是点了墨，愈加浓烈。

闻月颤动着眼睫，缓缓睁开眼，瞳仁像是浸了水一般，湿漉漉的。

纪则临抬手拨了拨她散乱的发丝，凑过去亲了亲她的嘴角，哑着声音说："现在你可以去找纪书瑜一起逗猫逗狗了。"

闻月不解，纪则临看她表情无辜，轻叹了一声，隐忍道："我需要自己待一会儿，明白吗，闻月？"

闻月一开始没反应过来，等明白后，脸上轰然一热，红得似那晚纪则临送的玫瑰。

这段时间，闻月周末去庄园陪王瑾珍，平时没事会去青水湾待着。纪则临之前让她在青水湾多住一段时间，她觉得不合适，但是白天过去修改论文、译稿十分舒心。纪则临为此还让人给她收拾了一间书房，特地供她看书、译文。

纪则临偶尔从公司回来，看她在忙，也不会打扰，直接把东西搬到她的书房，自顾自工作起来。闻月见他自己有书房不用，非得和她挤在一处，每每无奈，但也默许了他这样的行为。他们在一间书房里各忙各的，闻月只要学累了，放下手上的书，纪则临就会趁机和她亲近，美其名曰帮她放松。明明是司马昭之心，他却粉饰得冠冕堂皇。

白天纪书瑜在学校，别墅里没人打扰他们，李妈和王叔都特别有眼力见，没事绝对不会出现，这就让纪则临更加肆无忌惮。

闻月恼纪则临的痴缠，但是更恼自己每回都被他带着走，沉湎其中。遇上纪则临之前，闻月一直是个情绪极其稳定的人，她的情感就像一条河流，没有那么多跌宕起伏，始终都是匀速的。但最近这段时间，她为自己的澎湃所震惊。纪则临是河流中的石头，撞上他，她这条无声的河流便被激起了阵阵水花。

青城几场大雪过后，整座城市一片素净。为了给城市景观增加点儿别样的色彩，各大主干道的行道树上都挂起了彩灯或者红灯笼。

论文中期报告会开完那天，闻月和寝室里的三个室友一起出去吃了顿饭。从研一到现在，她们的感情一直不错，隔段时间就会出门聚一聚，吐槽一下论文难写，聊一聊娱乐八卦。

往往这时候闻月都是倾听者，这回也是。陈枫健谈，她和张佳钰两人从校园逸事聊到明星八卦，最后不知道怎么回事，就聊到了纪则临。

陈枫神秘兮兮地说："我好像知道小纪总那回在演讲上说的心仪的人是谁了。"

闻月正用汤匙舀汤，闻言动作一顿，心下诧异，无端紧张起来。

"是谁是谁？快说。"张佳钰迫不及待地问。

"就是最近刚拿了新人演员奖的叶鸢。"陈枫答。

张佳钰惊诧："啊？就那个放着富家小姐不做，非要勇闯娱乐圈的叶家二小姐？"

闻月也一样吃惊，忍不住抬头看向陈枫。

"叶家你们知道吧？虽然实力不如纪家，但也是青城老牌的大企业了。"陈枫说。

张佳钰连忙点头："知道，知道，市里好多商城都是叶家的。"

"听说叶家二小姐叶鸢和纪则临打小就认识，两个人之前还一起在国外留学来着，当初纪则临回国，要不是有叶家在背后支持，他也没资本和他二叔分庭抗礼。"

"这么说，纪则临和叶鸢真是一对？"

"我朋友也就那么一说，不过今天不是有八卦媒体在 L 市拍到叶鸢和一个男人见面了吗？我看网上好多人都在扒他的身份，好些人猜是小纪总，就因为他们两家有渊源。"

"照片，什么照片？我怎么没看到？"张佳钰急了。

陈枫拿出手机，点了几下，递给她们看："喏，就这个。"

闻月扫了一眼陈枫递到眼前的手机，几张照片拍得很糊，看上去就是偷拍的。照片上的两个人坐在一家咖啡馆里，女人戴着墨镜，男人背对着镜头，只有一张隐隐露出了侧脸。

"还真有点儿像，看来他们是真的。"张佳钰说。

闻月微微出神，等陈枫喊了自己的名字才回过神来。

"小月，你和小纪总来往过几回，见过这位叶小姐吗？"陈枫问。

闻月摇头。

"也没听他或者王老师提过？"陈枫又问。

闻月还是摇头，她是真的没听说过叶鸢，要不是今天陈枫说了，她都不知道纪则临有这么一位朋友。这么想来，她对他实在不够了解。

陈枫不知闻月所想，幽幽地叹了一口气，说："可惜了，之前学校里传小纪总在追小月，我还以为是真的，很期待来着，没想到啊。"

闻月："啊？"

闻月下意识地给了个反应，陈枫以为她是觉得荒谬，赶忙解释说："之前不是有人看见小纪总来学校接送过你几次吗？大家就都在传，小纪总是在追你。反正你和任晓那个渣男分手了，现在是单身，想和谁谈就和谁谈，就算是小纪总，你这么优秀，也是配得上的。"

陈枫从认识闻月起就是她的颜粉，深交之后更是觉得闻月是个特别好的姑娘，陈枫要是男人，也会去追求她。

"就是，就是。"张佳钰附和着点头，对闻月说，"王老师这么喜欢你，我之前也以为你和小纪总有戏来着。"

"不过这也是我们一厢情愿，闹着玩的，现在我们知道是多想了，小月你别介意啊。"陈枫说。

闻月看着她们，心里很愧疚，但把秘密告诉给风，树可能就会知道，到时候一片森林都会喧嚣起来。她想安静地过完研究生生活，因此在毕业之前，并不想把和纪则临交往的事公之于众。

这阵子纪则临出国，闻月去青水湾时，大多数时间都是自己待着，放松时就去陪 Rose 和 Yummy 玩耍，晚上再陪纪书瑜看书。纪则临不在，没有人拉着她消磨时间，她居然还有些不适应，以前她可是从来不会觉得孤单的。

年底，青大的课程陆陆续续结束，进入了考试月。闻月被喊去当监考，监督本科生的期末考试。在考场里坐了一天，虽然什么也没干，但也十分疲惫。

下午，最后一场考试结束，闻月收好卷子，密封后送到了办公室，这才拿出手机，想看时间，结果看见了纪则临发来的消息。

两小时前，正好是考试开始的时间，他说他回来了；一小时前，他说他在青大；半小时前，他说他正在外院院长的办公室，还调侃说她学校的领导净说一些客套话，他听得都快睡着了。

闻月想象纪则临坐在办公室里，表面上一本正经，私下里给她发消息抱怨领导无聊的模样，禁不住笑了。早在王瑾珍七十岁生日宴上，纪则临借她逃避社交应酬的那回，她就知道，他在"纪总"这个头衔下的另一面。闻月笑着给他回复了个表情。

"小月，吃饭去吗？"同来监考的陈枫问道。

闻月正要应"好"，下一秒，手机屏幕亮起，纪则临又发了一条消息过来，是一个车位号。

"小月？"陈枫又喊了一声。

闻月回神，犹豫了一下，和陈枫说："我突然想起我有样东西落在教室了，你和佳钰先去吃饭吧。"

"行，要不要给你打饭？"

"不用了，我迟点儿再吃。"

"行，那我们晚上图书馆见。"陈枫应了话，和张佳钰先一步离开了办公室。

闻月等她们走后，才下楼离开教学楼，往学校的地下停车场走去。她很少去停车场，在里面绕了好大一圈，才在角落里看到了纪则临的车。

驾驶座上没人，闻月便拉开了后座的车门，上车关门后，回头问："你今天怎么——"

话没说完就被打断了。纪则临欺近闻月，一只手搂住她的腰，一只手护住她的脖颈，径自吻上了她，把她未说完的话堵了回去。

闻月总觉得车上不是适合亲密的地方，何况他们还是在学校的停车场里，外面随时都会有人经过，万一被哪个学生或是老师看到了，那就糟了。

"专心点儿。"纪则临轻咬了一下闻月的唇瓣，不满她的分心。

"会有人……"闻月犹豫道。

"外面看不到的，只要你不出声音。"纪则临含笑道。

"你……"闻月脸上一臊，刚想说纪则临耍流氓，就听到外面传来了汽车解锁的声音。

在车内能听到声音，说明距离很近，或许就在隔壁几个车位。

闻月的身体微微一僵，再不敢发出一丝声响，生怕别人听见。

纪则临见她紧闭着唇，一副如履薄冰的模样，低声一笑，也不执着于撬开她的唇，转而顺着下颌线慢慢地往下吻，在她颈侧轻轻啃咬。他像是吸血鬼，在她的颈动脉处不断地游移，寻找最适合咬破血管的位置。

闻月浑身一颤，又不敢说话，只能用手推他。她那点儿推阻的力气，根本撼不动纪则临这棵大树。

外边传来了人的说话声，闻月余光看到车前走过几个人，更是吓得往后靠，害怕那几个人回头，从前风挡玻璃看到自己和纪则临。

纪则临顺势将她压在车门上，趁她惊呼的时候，重新吻上了她的唇，不费力气就侵入了她严防死守的领地，处处标记。

闻月一开始还会推拒，后来没了力气，就只能让纪则临得逞了。

车厢内的温度不住地攀升，狭小的空间就像一个小型的火炉，连空气都是灼热的。闻月感觉胸腔里的氧气都被吸走了，她憋得透不过气来，就抬手轻轻捶了一下纪则临的胸膛，示意他松开自己。

纪则临垂眼，见闻月满脸涨得通红，往后退开了些距离。

"闻小姐的学习能力不太行，多久了，怎么还是没有长进？"纪则临低笑道。

闻月的胸口起起伏伏的，她恼道："从来没有人说我学习能力不行。"

纪则临失笑，闻月在学习上是有自尊心的，非常要强。他凑过去，亲了一下她的鼻尖，认错道："那是我这个老师没教到位，我再继续努力。"

闻月脸上的温度好不容易才降下，听他这么说，一下子又升温了。

纪则临最后再亲了闻月两下，这才松手，不再难为她。

闻月坐好，理了理自己的头发和衣服，回头正要控诉纪则临不分场合地胡来，就见他递了本书过来。书是闻月最近很喜欢的一位外国作家最新出版的作品，国内还买不到。她从来没和纪则临说过自己想要这本书，但没想到他竟然这么了解自己，出差还不忘给她带一本回来。

闻月接过书，翻开后居然看到扉页上有作者的赠语还有亲笔签名，顿时欣喜道："你怎么拿到的？"

"托一个朋友要来的。"纪则临见闻月这么高兴，便觉得为了几个字费那么大的功夫也值了。

闻月听纪则临说起一个朋友时，不由想起了陈枫前两天提起的叶鸾。纪则临在 L 市和她见了面，那这个朋友应该就是她？

闻月没有过问，她向来觉得即使是恋人，也应该有自己的空间，不必事事都和对方报备。既然纪则临没有介绍这位朋友，她就不多问了，否则显得自己没有边界感，过度去干涉他的生活。

闻月把书收好，这才问纪则临："你之前不是说明天才回国吗？"

"工作提前结束，就回来了。"

"那怎么会来青大？"

"你说呢？"纪则临朝闻月看过来，"你不让我来学校找你，我想见你，只好找了个理由，以老太太的名义去见见你们院长。"

闻月没想到他绕这么一圈，就为了见自己一面，不由笑了一下，说："明天就是周末了，你要去庄园看望老师吧，到时候不就能见面了？"

"看来我出国一周，你都不见得想我。"纪则临说。

闻月想起自己这几天在青水湾觉得孤独的那些时刻，觉得冤枉，忍不住说："如果是这样，我为什么要来这里找你？"

纪则临见闻月蹙着眉，一脸肃然的模样，细看还有些委屈，怪让人心疼的。他满意地笑了，抬起手轻轻刮了一下她的鼻子，笑着说："闻月，你总算对我坦诚一些了。"

"这样，我熬了几个通宵，快马加鞭处理完工作，从国外赶回来也值了。"纪则临伸手把人揽进怀里，亲了亲她的发顶，问，"晚上去青水湾，明天上午一起去庄园？"

闻月迟疑了一下，摇头："我答应了我室友，晚上陪她一起去图书馆，帮她梳理论文思路。"

"上次在演讲上问我问题的那个？"

"嗯。"

"说起来，我还欠她一个回答。"纪则临垂下眼，"我之前和她说过，如果有了伴侣，不介意公开。你说，什么时候把答案告诉她好？"

闻月抬头："你答应过会尊重我的意愿。"

纪则临从来都是被人追着捧着的，别人巴不得和他沾上点儿关系，但闻月一开始对他避之不及，现在又藏着掖着，好像他是什么不吉利的人。偏偏他就是拿她没办法，不得不顺着她的意思。

"我尊重。"纪则临轻叹了一声，感慨道，"Secret love（地下情），没想到我也有这一天。"

"只是暂时的，等毕了业，如果我们还在交往——"

211

"闻月。"纪则临皱眉，沉下声音，问，"你是对我没有信心，还是对你自己？"

"我仅仅是比较严谨地表达而已。"闻月解释道。

"小翻译家，别拿对待学术的那套用在我身上，爱情不需要这么严谨，等你毕了业，我们依然会在一起。"纪则临说。

对话不是答辩，闻月不和他做字句之争，接着说："到那时候，你想公开，我没有意见。"

纪则临哂笑："那我就等着那天。"

闻月和纪则临在车上待了会儿，见时间不早了，就提出要走，否则过一会儿陈枫该找她了。她转身要打开车门，又看到有人走过来，便下意识地缩手往后躲，一下子撞回了纪则临的怀里。

纪则临见闻月这副胆小的模样，噙着笑在她耳边低声说："Secret affair?（偷情？）"

"你别胡说。"闻月窘迫，再次伸手搭上车门把手，回头说了一句，"我走了。"

"嗯。"纪则临故作幽怨，"反正我也留不住你。"

闻月忍不住笑了，想到纪则临工作这么忙，出国回来的第一件事就是来找自己，不由心头一软，主动凑过去亲了他一下，道："明天见。"

从国外到国内，再到青大，纪则临费尽功夫，最后只短暂地见了闻月一面，但她仅是主动献上一个吻，他就被安抚住了。

这段关系里，他看似是掌控者，其实一直都是被动的。

闻月去食堂吃了晚饭，之后回了趟寝室。收拾东西的时候，陈枫突然走到了她身边，指了指她的脖子，问："小月，你这里怎么红红的？"

闻月立刻知道陈枫指的是什么，马上抬起手捂住脖颈。这个时节又不能说是蚊子咬的，她只好强自镇定地解释说："可能是衣领磨的。"

这个理由实在经不住推敲，衣领磨出的痕迹怎么会是竖着的？但陈枫心大，没有多想，点了点头说："这样啊，我还以为你过敏了呢。"

闻月松了一口气，在心里埋怨了纪则临一句，都是他的孟浪惹出的祸。她怕别人再注意到自己颈侧的红痕，赶紧换了件高领的衣服，把脖子遮得严严实实才安心。

收好东西，闻月和陈枫一起出门，往图书馆走。路上，陈枫又说起了纪则临和叶鸾的绯闻。她说网上有人透露他们父母的关系很亲厚，两个人打小就结了娃娃亲，是有婚约在身的。闻月听到这儿才微微怔住，神色茫然。

年底这几天，青城的天气不太好，虽然不下雪了，但天总是暗沉沉的。周六这天，许久没露面的太阳总算出来了，有了阳光，即使外面白雪茫茫，体感上也温暖了许多。

闻月从图书馆出来，到了校门口，就看到了庄园的车。她和开车的吴师傅打了个招呼，拉开后座车门时，意外地看到纪则临在车上。

"你今天和我们一起去庄园？"闻月坐上车后问。

纪则临挑眉："你昨天说今天见，难道不是让我早点儿来找你？"

"我可不是这个意思。"闻月说。

"那是我自作多情了。"纪则临笑了，说，"你不让我来接你，我搭吴叔的顺风车总可以吧？"

这话说的，好像闻月多霸道似的，还不让他搭自己雇的司机的车了。

闻月赌气道："你想搭就搭吧，现在就算有人看见你，大概也不会误会我们的关系。"

纪则临皱了皱眉："什么意思？"

闻月低头看向纪书瑜，觉得有小孩在，且吴叔在开车，此时并不是沟通的好时机，便轻叹了一声，回道："没什么。"

纪则临了解闻月，她不会平白无故地说一句莫名其妙的话，肯定是心里有事。他回头，见她已经和纪书瑜说起了话，思索片刻，暂时按捺下了询问的欲望。

到了庄园，闻月牵着纪书瑜的手进了宅子，到了大厅才发现另有客人上门，是个年轻的男人。纪书瑜一见到那个男人，就欣喜地喊道："爸爸！"

闻月愣住。

纪则临看见周禹，皱起眉头，语气不快地问："你怎么来了？"

"好久没来看望老太太了，而且，我这周还没和书瑜见过面。"周禹起身说道。

纪则临不满："周禹，你越来越得寸进尺了。"

周禹耸了一下肩，这才正色道："我有事和你商量。"

纪则临眸中暗光一闪，猜到周禹要说的事和纪崇武有关。

王瑾珍知道他们有事相商，抬手招呼闻月和纪书瑜一起上楼，去书房看书。纪则临也回过头，对着闻月缓和了脸色，温和地说道："你先和老太太上去，我一会儿去找你。"

闻月颔首："嗯。"

她礼貌地朝周禹也点了点头，牵着纪书瑜的手，跟着王瑾珍上了楼。

周禹多打量了闻月两眼，等人走后，才看向纪则临，说："书瑜之前和我说她有舅妈了，我还以为是叶莺。"

"叶莺？"

"筱芸从小和叶莺关系好，她以前就一直想撮合你们在一起。"

纪则临"哼"了一声："她自己的感情一团糟，还管上我的了。"

周禹已经习惯了纪则临的冷嘲热讽，此时并未被激怒，反而噙着一抹看戏般的谑笑，问："你既然对叶莺没意思，怎么会私下和她见面？"

纪则临皱眉："你怎么知道？"

周禹答："有人拍到了你们在 L 市一起喝咖啡的照片，现在网上都在传你们是一对，连早有婚约的说法都有。"

纪则临闻言，眉眼沉了下来，这才知道自己着了道了。

上周纪筱芸知道他去了 Y 国，说她正好在那边，想和他见个面，让他把她给王瑾珍还有纪书瑜买的礼物带回国。结果到了地方，来的人是叶莺，叶莺解释说纪筱芸临时有事，托自己过来送点儿东西。

周禹见纪则临变了脸色，立刻问道："是筱芸捣的鬼吧？"

纪则临没有否认。

"这是她做事的风格，总是动小脑筋。"周禹说。

"心思不用在正途上，就会耍小聪明。"

"不过这回，她算帮了你一个忙。"

"什么意思？"

"上回我们在公司差点儿动手，现在公司上下都知道我们俩因为筱芸闹得很僵。我去找纪崇武表忠心，他虽然不像以前那样信任我，但是对我的态度缓和了很多，毕竟他现在缺人用，我这个傀儡多少还能派上点儿用场。"周禹顿了一下，接着说道，"我最近查到，他私底下一直在往外转移资产，或许是知道你一直在查他，所以提早做准备。

"如果真像你怀疑的那样，纪崇武之前为了上位，加害你的父母，那么他就是没有底线的人。他现在不敢动你，但不代表不会对你身边的人下手。"

纪则临闻言，眼神冷了。

周禹说："所以现在网上传你和叶鸢的绯闻，也算是一个掩护，再怎么说她都是叶家的人，而且是公众人物，纪崇武不敢动她。这样，你真正心仪的那位小姐的安全也有保障。"

纪则临之前倒是忽略了这一点，最近他在加紧削弱纪崇武在公司的权力，要不了多久，他就有把握将他踢出纪氏。这段时间，他的确要警惕纪崇武狗急跳墙。

王瑾珍住在庄园里不出门，纪筱芸常年在国外，纪书瑜上下学都有人接送，再者说，有周禹在，他也不会让纪崇武打小孩子的主意。只有闻月，她现在是他的软肋。纪则临在这一刻，还有些庆幸闻月之前说暂不公开关系，只要她不暴露，他就不会有后顾之忧。

周禹观察到纪则临的表情变化，玩味道："看来你的确很喜欢那位闻小姐，就是不知道她如果知道你插手干预过她的感情，她还会不会愿意和你在一起。"

纪则临的眸光倏地一凛。

周禹见纪则临神色倏冷，好整以暇道："纪崇武之前一直想利用联姻攀上赵氏，和你抗衡，但是纪欣尧不争气，背着纪崇武和一个从江城来青城创业的年轻男人勾搭上了。这事不知道被谁捅到了纪崇武的面前，他发了好大的火，纪欣尧为此被禁足了好几个月。

"纪欣尧怕再挨一顿骂，没敢和纪崇武说那个男人有女友，自己反被摆了一道的事，倒是和我提了几句，还让我替她去看看，你有没有替她讨回公道。"

周禹挑了一下眉，说："我知道你不是这么好心的人，如果一件事

215

对你无益，你不会去做，何况是纪欣尧的事。所以我就去查了一下那个脚踏两条船的男人，很轻易地就知道了他的正牌女友居然就是书瑜的家庭教师。"

周禹盯着纪则临，眼神犀利，语气笃定："我相信这一切不会是巧合，今天看见你这么紧那位闻小姐，就更加坚定了我的猜测。一开始我以为你只是想破坏纪崇武的联姻计划，现在我才明白，你是利用纪欣尧，破坏了闻小姐和她那位前男友的感情。"

纪则临的眼神在周禹的话语中渐渐黯下来，内里情绪晦暗不明，像是酝酿着一场风暴。

周禹不是纪欣尧，他并没有那么好忽悠。这么多年了，周禹和纪则临对峙，始终被拿着短处，好不容易占了上风，心情无比愉悦。纪则临拿纪欣尧对着他冷嘲热讽了那么多回，现在他算扳回了一城，也让纪则临尝一尝他当初的憋屈滋味。

"你放心，怎么说你也是我的大舅哥，我不会拆你的台，但你最好有把握瞒得住闻小姐，否则你就要和我一样，用余生来请求原谅。"

周禹给纪则临带来了纪崇武的近况，又埋下一个地雷后就走了。

纪则临等人走后，坐在沙发上，陷入了沉思。纪崇武不会乖乖地等着被踢出公司，一定会想方设法反击。想到当年父母的意外，纪则临的眼底就覆上了一层寒冰。他不会让这样的事情重演。

还有周禹最后不知是警醒还是诅咒的话，纪则临只要一想到就不由自主地皱起眉头，心情格外烦躁。他知道周禹不拆台并不是因为好心，周禹是想在他头上悬上一把达摩克利斯之剑，以此来折磨他，同时手上也能有一个可以拿捏他的筹码。

纪则临当然不会惧怕周禹，他真正在意的只是闻月。可以想见，如果有一天她知道了他曾像蝴蝶般对着她的人生扇动翅膀，以她的性格，一定会选择离开他。这是他不能接受的事，所以他不允许它发生。

午后，王瑾珍去休息，纪书瑜也被陈妈带走，回房间午睡。

闻月看了一眼时间，从大书房离开后，去了小书房。书房里没有人，她犹豫了一下，走到纪则临的房间前，敲了敲门。

没多久，门开了。纪则临似乎在里面换衣服，一只手打开门，另一只手还在扣着衬衫上的扣子。

闻月眸光闪烁，垂下眼，快速说道："我有些话想和你说。"

"进来。"纪则临让开门。

闻月觉得自己进他的房间不太好，便说："我在书房等你吧。"

说完，她转身要走，却被纪则临一把拉住了手，带进了他的房间。

门一关，就与外面的人和物隔绝开了，在私密的空间里，连呼吸都是隐秘的。纪则临靠在门后，拉着闻月的手，让她面向自己："就我们两个人，在哪儿都可以说话。"

在书房和在他房间里说话差别很大。不过闻月了解纪则临，他有时候恶劣得很，如果她说了，他指定会让她讲讲两者的差别，故意惹她发窘。

她现在摸清了他的脾性，才不会着了他的道。

纪则临等了等，不见闻月开口，似是猜到了她的心思，低笑了一声，问："你想和我说什么？"

闻月才想起自己有话要问，她凝神想了想，很郑重地对纪则临说："我小时候读《简·爱》，总是不能理解为什么罗切斯特先生明明娶了妻子，却还是隐瞒事实，向简求爱。尽管我后来重读这个故事，也明白他有他的苦衷，但依然觉得这个行为不妥。"

"你想问我是不是像罗切斯特一样有个妻子，或者说，有一个未婚妻？"纪则临问。

闻月抿唇，问："你有吗？"

纪则临笑了："闻月，虽然我曾经告诉过你，我不讲道德，甘当一个滥情者，但是我并非一个完全没有原则的人。你可以不相信我的品格，但是不要怀疑我对你的忠诚。"

闻月心头一动，眼底泛起了层层涟漪。

纪则临接着解释道："我的父母和叶鸢的父母是好友，两家人的关系一直很好，小时候他们的确有让我和叶鸢结娃娃亲的想法，不过最后被老太太给打消了。老太太是很讲自由、民主的人，她觉得感情的事应该由小辈自己做主，长辈不应该包办。"

"我和叶鸢其实说不上熟稔，只是因为父母的关系才认识，倒是纪筱芸和她一般大，她们关系好。纪筱芸一直想撮合我和叶鸢，这次去 L 市，我本来是去见纪筱芸的，来的人是叶鸢，我也很意外。"

纪则临这么说，闻月就知道他和叶鸢怎么会在一起喝下午茶了。

"现在，闻小姐还有什么要问的吗？"纪则临看着闻月，眼里透着笑意，他很满意闻月对自己的在意。

闻月摇了摇头。纪则临噙着笑，开口道："难怪今天去接你的时候，你说现在没人会误会我们的关系……吃醋了？"

"没有。"闻月快速否认，说完才觉得自己回得太快了。

纪则临笑意更盛："闻月，我说了，坦诚一点儿。"

闻月不能欺骗自己，在听到纪则临和人有婚约的消息时，尽管心里明白这大有可能是个误会，但她还是被影响了情绪。

"我没有吃醋，只是有点儿在意。"片刻后，闻月抬眼看着纪则临，认真道，"我并不希望你有什么事情瞒着我。"

纪则临闻言，神色沉寂，看着闻月的眼神忽地晦涩起来。

闻月确认了自己想知道的事，解开误会后打算离开，奈何纪则临靠在门上不动，她只好开口说道："我要出去。"

"中午就别看书了，休息一会儿。"

"我回自己房间休息。"

"何必舍近求远？这里也有床。"纪则临拦腰抱起闻月，几步走到床边，把她放倒在床上，自己随即也躺了上去。

闻月看着天花板蒙了片刻，意识到自己现在躺在了纪则临的床上，立刻想要坐起身，却被纪则临抬手压住。纪则临侧过身，微合着双眼说："陪我躺一会儿，我这段时间都没怎么休息，乏得很。"

闻月抬眼见他神态疲倦，不是装的。他这阵子出国处理工作，忙完又赶回国，这两天估计时差都没倒回来。她难得看他露出这么毫无攻击性的一面，不由心口一软，便也侧过身，静静地躺着。

房间窗帘没拉上，午后一缕阳光穿窗而过，斜斜地洒在地面上。冬季，庄园里的动物或是去了温暖的南方，或是在休养生息，窗外连一声鸟叫都没有，十分静谧。

闻月本身就认床，何况现在在纪则临的房间，躺在他的床上，更是一点儿睡意都没有。她闭眼安静地躺了十分钟，耳边听到纪则临平稳的呼吸声，以为他是睡着了，悄悄睁开眼睛往上看，才发现他并没有在休息，始终睁着眼在看她，眼底有她看不懂的复杂情绪。

冬日室外寒风凛冽，白雪皑皑。和恋人一起躲在屋子里，无所事事地躺在床上，静静地望着彼此，似乎别有一种浪漫的情调，叫人心醉。

不知道是谁先主动的，或许是心有灵犀，纪则临和闻月都向对方贴近，默契地接起吻来。这个吻一开始是温和的、脉脉的，甚至是不经心的，纪则临的呼吸扫在闻月的脸上，痒痒的，她还忍不住笑出了声。

很快，笑声便被吞没了。纪则临不再满足于蜻蜓点水，他翻过身，一只手枕在闻月的脑袋下，无限度地加深了这个吻。

身下的床像是变成了沼泽，闻月觉得自己要陷进去了，她没有安全感，本能地抬手搂住了纪则临，想寻找可以将自己拉出沼泽的力量，却被他压着往更深处陷落，迷失了神志。

纪则临的另一只手游移在闻月腰上，渐渐地不再满足于隔靴搔痒般的触摸，转而潜进了她的外衣之下，蛰伏片刻，游鱼一样逆流而上。他掌心温热，和衣物的温度无二，闻月被吻迷糊了，一下子没有发觉，直到他的手掌攀上某处，才将她的意识揉了回来。

"别……"闻月倏地睁开眼睛，窘然出声，声音却软得她自己听着都陌生。

她松开搂住纪则临的手，想摆脱他的掌控，身体刚动，就被纪则临制止住了。他抽出手，埋首在她颈侧，低喘着说道："别动，闻月。"

闻月像是猜到了什么，脸上红得要滴血，却不敢再乱动。她就知道在书房里说话和在他房间里差别大。

纪则临压抑着体内涌动的情潮，平复着自己的呼吸，勉强按下那一股冲动，渐渐冷静了下来。他不再压着闻月，转而侧卧着，半拥着她，低头安抚性地亲了亲她的后颈，哑声道："抱歉，吓到你了。"

闻月一开始是吓着了，不过不是害怕，是羞怯。他们是恋人，情之所至算不上冒犯。她也平静了下来，依偎在他怀里，透过房间的落地窗看着庄园壮阔的雪景，忽而轻声说："好安静啊。"

纪则临将下巴轻搁在她的头顶上，问："你喜欢热闹？"

闻月想了想，说："我的家在落云镇的河边上，河上有一座桥，镇上的人都喜欢站在桥上说话，有些小商贩还会在桥上吆喝做买卖，我以前读书的时候都不需要闹钟，一大早听外面的声音就知道天亮了。

"我有时候觉得吵闹，有时候又觉得这些声音很有烟火气，十分亲切，离开家久了，还会很想念。"

纪则临垂眼："想家了？"

"有点儿想我妈妈了。"

"你们学校要放假了吧？"

闻月颔首："我还要监督几场考试，结束后就没什么事了。"

纪则临说："到时候我送你回去。老太太一直牵挂着你妈妈的身体，我也应该上门拜访一下她。"

"你要和我一起去江城？"闻月微讶道。

"你不愿意带我去见你妈妈？"纪则临语调上扬。

"不是。"闻月回道，"只是有点儿突然。"

"那我现在告诉你，等你放假，我要跟你一起回江城，你从今天就开始做心理准备吧。"

纪则临简直霸道，闻月腹诽，但她并不排斥他的这个提议。和纪则临交往，闻月没有瞒着母亲，母亲知道这事后并未反对，甚至不感觉意外，还说有机会想见见他。现在既然纪则临主动说要去江城，她也不拦着。

"你抽得出时间吗？"闻月问。

纪则临知道闻月这是同意了的意思，遂笑道："什么工作都比不上跟你回家重要。"

闻月轻笑："那等学校的事情结束了，我再告诉你我什么时候回去。"

"嗯。"纪则临低头，在闻月发顶上轻轻一吻，说，"老太太要午休一个小时，现在还有时间，你睡一会儿。"

到了午睡的点，闻月也有些犯困，便闭上了眼睛。从纪则临这个角度，可以看到她恬静的睡颜，像是童话里的睡美人，格外惹人垂怜。

他从来没有贪恋过哪段时光，因为知道时间永不止步，即使留恋也是没用的，但此刻，如果可以，他希望时间能够定格在这一刻。

纪则临能感觉到闻月现在已经不再像一开始那样，游离在关系之外，对他保持理智的冷静。天平另一端的重量在上升，他心里却不能感到踏实。

哪怕父母离世，他独自出国留学抑或回国进入公司，从零开始，他都没有生出现在这样，如同走钢丝般的危机感。

患得患失，纪则临从来没想过自己会有这样的情绪。居然有一天，他会担心自己没有能力留住一个人，而他要面对的对手，是他自己。

Chapter 08　奔向他

　　元旦过后，闻月又被安排去监考。

　　上午两场考试结束，她把卷子送去了办公室，离开后拿出手机看时间，见有好几个来自江城的未接电话，是母亲的同事姜阿姨打来的。

　　闻月无端心一坠，有种不好的预感。她回拨了电话，姜阿姨很快接通，着急忙慌地说："哎哟，月月，我可算联系上你了，你赶紧回来看看，你妈妈今天在上课的时候晕倒了，现在人在医院呢。"

　　闻月听到这个消息，耳中轰然一响，险些站不住。

　　她想起了前年暑假，也是这样一个突如其来的电话告诉她，她的父亲晕倒被送去医院急救了。她匆忙赶到医院时，等来的却是抢救无效的通知。

　　闻月不知道自己是怎么回的姜阿姨，挂断电话后，有几分钟的时间，她脑子里一片空白，茫然不知所措。手里的手机再次振动起来，闻月手一抖，手机掉在了地上，她慌忙蹲下身，捡起来接通。

　　"考试结束了？我今天来青大出席个活动，中午一起吃饭？"纪则临直接问。

　　闻月蹲下后都没有力气再站起来，她蜷缩成一团，半晌才无助地喊了一声："纪则临……"

纪则临立刻察觉闻月声音有异，马上问道："出什么事了？"

"我妈妈……我妈妈晕倒了。"闻月喉头哽咽，带上了哭腔。

纪则临听出闻月状态不对，知道她现在应该慌得不行了，立刻安抚她："闻月，你别着急，你妈妈现在是什么情况都还不确定，你先别往坏处想，自己吓自己。"

纪则临温声问："你告诉我，你现在在哪儿？"

"我在……在考试的教学楼。"

"你听我说，我会让人订好今天前往江城的机票，你现在先去找老师说明情况，请他找人来替你监督剩下的几场考试，再和你的导师说一声，和导员请个假，拿上身份证来找我，我在停车场等你。别怕，有我在。"

闻月的情绪在纪则临的话语中渐渐平复，她深吸了一口气，撑着腿站起来，应了一声"好"。挂断电话，她掐了掐手心，折回办公室找负责的老师说明了家里的情况，之后给陈晓楠打了个电话。

处理好学校的事，闻月回宿舍简单收拾了些东西，直接去了停车场，在上回的车位上看到了纪则临的车。

纪则临下车，迎上闻月，把她抱进怀里，这才发现她在发抖。

"机票已经买好了，我们现在就去机场。"纪则临说。

"你……"

"我和你一起去江城。"

纪则临说完，拉着闻月上了车，直接让李特助往机场开。

路上，闻月又给姜阿姨打了个电话，询问母亲的情况。姜阿姨说她刚到医院没多久，医生正在检查，具体情况还不知道。

闻月心下焦灼，慌得六神无主。纪则临见状，将她搂进怀里："我已经安排人去了落云镇，有什么情况他们会第一时间反馈的，你不要太着急。"

车里明明开了暖气，但闻月觉得浑身都是冷的，她依偎在纪则临的怀里，双手抱着他，像是想寻求安全感："我爸爸就是晕倒之后，再也没有醒来，我怕我妈妈……"

"不会的，闻月，现在什么情况还不清楚，你别吓唬自己。"纪则临轻抚闻月的后背，让李特助把车开快一点儿。

纪则临让人订了最近一班从青城飞往江城的航班。到了机场，办完各种手续，一直到登机后，闻月都心神不宁，这样的情绪持续到飞机落了地也没有缓解。

下了飞机，纪则临拉着闻月走出机场，早有车在外头等着。他们一上车就直接出发，往落云镇赶过去。

刚才姜阿姨给闻月发消息，说她的母亲已经醒了，但还需要进一步检查，才能知道晕厥的原因。听到母亲醒了的消息，闻月悬着的一颗心总算是有了附着点，但在见到人、知道病因之前，她还是不能完全放松下来。

从江城市里到落云镇需要半个小时的时间，纪则临让司机把车开去了落云镇医院，汽车刚在院门口停下，闻月就下了车，跑向住院楼。落云镇医院的条件有限，纪则临让人安排闻母住进了这里最好的一间病房。闻月在护士的引导下找到了病房，进去看到躺在床上的母亲时，眼圈倏地就红了。

闻母刚醒过来没多久，看到闻月先是一愣，很快笑道："囡囡，是不是吓到你了？妈妈没事，别害怕。"

闻月忍了一路的情绪，在听到母亲声音的这一刻再也控制不住了。她走到病床边，轻轻握住母亲的手，眼泪默默地往下淌。

闻母回握住女儿的手，安抚地摸了摸，转眼看向病房门的方向，对闻月说："囡囡，你带了人回来，怎么不和妈妈介绍一下？"

闻月这才想起纪则临，抬手用手背抹了一下眼睛，回过头看过去。

纪则临走进来，看到闻月脸上的泪痕时，眸光微动。

闻母打量了一眼纪则临，即使身体不适，她还是很有礼节："是纪先生吧？小月之前和我提起过你，她在青城读书，多亏了你和王瑾珍老师的照顾。"

纪则临略颔首，谦和道："您是长辈，喊我则临就好。"

闻母从善如流："麻烦你大老远的陪小月回来一趟，费心了。"

"闻月很担心您，我陪她回来是应该的。"纪则临看了一眼闻月，说，"老太太也很关心您，但她上了年纪，不方便出远门，让我代她向您问好。"

闻母说："你也代我向她问好，小月父亲在世时，经常和我提起他的英语启蒙老师，以后有机会，我再去青城看望她。"

纪则临知道闻月和她母亲一定有很多话要说，他很有分寸，并没有过多地占用她们母女的时间。和闻母问了好后，他便和闻月知会了一声，说自己去找医生问问情况，离开了病房。

闻月在病床边坐下，关切地问母亲："您现在觉得怎么样？有没有哪里不舒服？"

闻母答："我没事，你别担心，医生刚才说了，就是血压有点儿低，加上今天上午我误了时间，急着去上课，没吃早饭，才会晕倒。"

闻月问："您怎么能不吃早餐呢？还有血压，我不在的时候您没有定期测量吗？之前医生开的药，没有按时吃吗？"

闻母见闻月神色严肃，微微恍了神，很快握着她的手感慨道："我的囡囡长大了，现在都会管教人了，要是你爸爸看到了，不知道该多欣慰。"

闻月心头一恸，哽咽道："您不知道姜阿姨给我打电话说您晕倒的时候，我多害怕，我怕您和爸爸一样丢下我。"

闻母看闻月掉眼泪，心疼得不行，赶紧抬手帮她揩了泪珠，安慰道："是妈妈不好，以后我一定不会再忘记吃早饭，会按时吃药的。血压我也会控制好的，你要是不相信，妈妈可以天天量了拍照发给你看。"

闻月回："这是您自己说的，我可没有逼您。"

"对，是我自己承诺的。"闻母摸了摸闻月的脸，温和地笑道，"怎么还哭鼻子了？让人看见了笑话。"

闻月反问："谁会笑话我？"

闻母微笑："则临之前看过你失态的样子吗？"

"我在他面前都闹过好几回乌龙了，而且，他不会笑话我的。"闻月吸了吸鼻子，说。

恋爱与恋爱是有差别的，闻母觉得闻月现在的状态和上一段恋情的很不一样。以前她谈起恋爱对象，是很从容淡定的，但今天有了女儿家的娇态，提起纪则临的时候，眉目间是有情意的。

闻母不敢替女儿判断现在这一段恋情是否会比前一段长久，现在的恋人又是否与她百分之百契合，但至少目前来看，在这段关系中，闻月是快乐的，那么就足够了。

闻母还需要留院观察，闻月不敢拉着她一直说话，便让她多休息。等她睡着后，闻月才起身离开病房，在走廊尽头找到了纪则临。他正在打电话，说的似乎是工作上的事。

纪则临交代完公司的事，一转身发现闻月站在自己身后。他垂眼，抬手轻轻擦了一下她发红的眼角，问："你妈妈怎么样了？"

"状态还好，现在睡着了。"

"我刚才问过医生，他说初步检查没什么大问题，镇上医院条件有限，我想把你妈妈转去市里的医院进一步检查看看，你觉得呢？"

闻月摇了摇头，无奈地说："我刚才问过她了，她说前阵子才去体检过，体检报告没什么问题，不愿意再去市里的医院折腾。"

"她既然这么说，我们还是尊重她的意愿，先留院观察，之后再说。"纪则临问闻月，"现在安心了？"

闻月看到母亲好好的，能说能笑，提了一上午的心可算是落了地。经历过父亲的骤然离世，她实在不能再承受母亲一丝一毫的意外。

"你今天陪我回江城，是不是很多工作都来不及安排？"闻月担心自己打乱了纪则临的计划，给他添了麻烦，立刻说道，"我妈妈现在已经没什么事了，你如果忙的话，可以先回青城，不用陪我在这儿待着。"

"闻小姐这是赶我走了？"纪则临挑声问。

"我是怕你青城那边走不开。"闻月解释。

"我说过，什么工作都比不上跟你回家重要。我离开几天，公司不至于转不动，而且……"纪则临哂笑道，"我都没来得及在你妈妈面前表现，现在走了，印象分就扣了。"

闻月失笑："我妈妈才不会随便给人扣分，她很尊重我的意见，我喜欢的人，她也会喜欢的。"

"那么……你觉得你妈妈对我印象如何？"纪则临看着闻月，目光灼灼。

闻月刚才说她母亲对人的看法是由她这个做女儿的决定的，那纪则临的这个问题就等价于问闻月对他的喜欢程度。如果是以前，闻月不会正面回答这个问题，但今天，想到上午从青城到落云镇，纪则临这一路的陪伴、安抚，她心里一阵熨帖。如果没有他，她在青城的时候可能就垮掉了。

在不知不觉之中，她已经慢慢地开始依赖他了。

闻月不想抗拒内心真实的想法，顺势靠向纪则临，将脑袋埋在他的胸口，抱着他轻声说道："我想，她很满意你。"

纪则临感到天平的另一端又重了一些。

闻月简单的一句话所蕴含的情感质量是旁人无可匹敌的，她的一句满意可以抵掉他人的十句。以前在他的世界里，谁都没有这样以一敌十的分量。她是独一无二的。所以无论如何，他都要守住她。

下午，闻母去做了几个检查，她身体虚弱，没办法走太久，纪则临就和医院的护士要来了轮椅，推着她去做检查。

检查结束回到病房，闻母重新躺上床，忽而说自己吃了药，嘴巴里都是苦的，很想吃梅花酥，让闻月去买。闻月拉上纪则临要一起出门，纪则临看了闻母一眼，说担心护工照顾不周，还是要留一个人在病房里看护。

闻月觉得有道理，便独自离开了医院，去买梅花酥。

闻母等闻月走后，笑着对纪则临说："今天真是辛苦你了，我之前还和闻月说有机会想见见你，没想到第一回见面是在医院，让你跑上跑下地忙活。"

纪则临回道："您不用过意不去，家里老太太曾经在落云镇受过闻月父亲一家人的照顾，闻月在青城还常去陪老太太说话解闷，现在您生病，于情于理，这些都是我应该做的。"

纪则临言语谦虚，说的话进退得宜，半点儿不邀功。闻母之前以为他这样身居高位的人，多少是高傲的，但今天短暂地相处过后，她发觉自己还是过于刻板印象了。闻母想起了之前女儿对纪则临的评价，绅士的一面她是见到了，就是霸道的那一面，她暂时没有发现。

"本来和女儿的男友交谈应该是父亲的工作，小月的父亲走得早，有些话现在只能由我来替他说了。"闻母提起逝去的丈夫时，眼神哀切，但并没有失态。

纪则临早猜到闻母支开闻月是有话和自己说，此时并不意外。

闻母看着纪则临，嘴角噙着淡淡的笑，她温声细语地开口道："我和小月的父亲虽然从小就把她捧在手心里，但并没有将她宠成一个没有主意的人。从小到大，她的很多事情都是自己做的决定，包括选专业、报考大学、读研究生、和人谈恋爱。

"我和她父亲从来不会干涉她的决定，我们相信她的判断力，也相信她有为自己的人生负责的担当。这次也一样，你们既然在交往，就说明小月认可你，那么我就相信她的眼光。况且，我看得出来，和你在一起，她很开心。"

纪则临听到这儿，神色微动。这样的话从闻月的母亲嘴里说出来，分量是不一样的。她理应是最了解闻月的人。

"不过希望你能体谅一位母亲矛盾的心理，既想放手让孩子去成长，又担心她会受伤。"闻母叹了一口气，真挚道，"我在这里并不是想警告你或是考验你，只是以一个母亲的身份，希望你能好好爱护我的女儿，她是我和她父亲的珍宝。"

认识闻月之初，纪则临就知道她是被爱浇灌大的花朵，拥有无比坚韧的内核。今天见到闻母，他更是确信了自己的这个想法，她的父母将她养得极好。

面对闻母诚恳的嘱托，纪则临的态度愈加尊敬，他郑重道："或许您会觉得我是在附会，但是闻月对我来说，也是独一无二的宝藏，我花费了很多心力才找到她。您不用担心，我会像您和叔叔一样珍视她。"

闻母见纪则临态度诚挚，心宽了。观其行，听其言，无论是行为还是言语，她都觉得纪则临的表现很得体，如此，她就放心了。

闻月买了梅花酥，回到病房时看到了姜阿姨。闻母便说有姜阿姨在，让闻月先带纪则临去吃饭，回家休息一下。

闻月想到晚上还要陪床，的确得回家收拾些东西带过来，再者说，也不能让纪则临一直和自己待在医院，便听母亲的话，拉着他离开了医院。

青城这个时节积雪覆深，江城却半片雪花都见不到，路旁的行道树仍绿意盎然，如果不是夜风冷峭，一点儿都不像冬天。

落云镇是个古镇，镇上的建筑白墙黑瓦，很有地域特色。傍晚，镇上十分热闹，闻月牵着纪则临的手往家走，路上碰到了好多熟人，她的父母在本地是很有声望的老师，她也因此被很多人认识。

镇上一些长辈见闻月牵着个男人的手，还会调侃地问她，是不是带男朋友回来见家长。闻月难免不好意思，但并没有否认。纪则临便得到了极大的满足。

闻月的家是独立的一栋房子，进门是一个小院子，院子里栽着很多绿植，即使是冬季，那些植物也不显颓靡，看得出来是得到了主人精心的照料。

穿过院子，推门进去就是客厅。厅不大，但是很整洁，从里面摆放的各种字画、书籍还有钢琴就可以看出，这一家人的学识不低，并且很有生活情趣。

"你饿了吗？我给你煮点儿东西吃。"闻月说。

"嗯。"纪则临颔首。

闻月去了厨房，打开冰箱看了一眼。她母亲向来只会买适当的食材，不会有过多的囤积，以免造成浪费。今天她住了院，没能去菜市场，因此冰箱里并没有多少可供选择的食材。闻月从厨房里探出脑袋，说道："家里的食材不多，我只能给你做些简单的，不然……我们去外面吃吧？"

纪则临放下手里的相框，走过去说："不用那么麻烦，你知道的，我不挑食，你做什么，我吃什么。"

闻月莞尔，便拿出橱柜里的阳春面，切了肉末，洗了一把青菜，用简单的食材做了一碗清汤面，又煎了个荷包蛋盖在面上。纪则临在一旁看着，忽然开口说道："这个面做起来比较简单，下次你教教我？"

闻月回头，讶然道："你想学做饭？"

"不行吗？"纪则临反问。

"可以是可以，但是……你怎么突然想下厨了？"闻月实在搞不懂纪则临的心思，明明他想吃什么都不用自己动手。

纪则临走过去，扫了一眼那碗刚煮好的面条，比起他吃过的精致料理，这碗面很简单，却让人食指大动。他看向闻月，抬手撩了一下她的脸颊，把她沾在颊侧的发丝拨走，施施然道："我想让你站在我的位置上，感受一下我的心情。"

闻月愣了一下，很快反应过来，不自觉地露出了笑："巧言令色。"

纪则临低笑。

闻月把面端到餐厅，和纪则临一起简单地吃了晚饭。饭后，她领着纪则临上了二楼。

今天落云镇的天气不是很好，天阴阴的，闻月遗憾道："可惜今天没什么阳光，不然在阳台上可以看到很漂亮的晚霞，不比落霞庄园的差。"

"以后有的是机会。"纪则临回道。

闻月思索了一下，回头对纪则临说："我妈妈还需要人照顾，这段时间我不能离开她。这学期差不多结束了，我想，我就不回青城了。"

纪则临理解闻月的想法："你妈妈的身体要紧，现在就算回了青城你也不会放心。正好快过年了，你不用来回折腾，老太太那边我会和她说的。"

"你工作忙，就不用留在落云镇陪我了。"

"又赶我走？"

"不是。"闻月靠上纪则临的肩头，说，"我妈妈的情况不严重，我自己照顾得过来，你留在这儿我也没有时间陪你，反而耽误你的工作。"

周禹给纪则临发消息，说纪崇武这两天又有新动作了，纪则临担心公司出状况，的确不能在江城多留。他思忖片刻，问："年后你就回青城？"

闻月点头："嗯。"

纪则临颔首："我等你。"

今天一天实在是起落无常，堪称天上地下。闻月的神经紧绷了一整天，现在总算能放松下来了。她伸手抱住纪则临，仰起脸，由衷地道了一句："今天谢谢你陪我回来。"

"怎么谢？"纪则临故意问道。

闻月眸光粼粼，和此时门前路灯下的河水一般。纪则临心神一动，低下头想亲她，却被躲开了。

"桥上有人。"

"你刚才不是和他们介绍过我了？他们都知道我是你领回家见家长的男朋友。"

闻月脸上微热，含糊道："那也不能在他们眼前……"

"在他们眼前怎么样？"

闻月说不出口，纪则临见她难为情，反而更觉眼热，忍不住就想亲近。

闻月看出了纪则临眼底浓烈的情愫，心神微荡，便也被勾出了一丝热意。她怕被左邻右舍看见，拉上他进了自己的房间，抬手刚想开灯，就被人抱住了。纪则临不需要光，一只手挑起闻月的下巴，低下头精准地吻上了她的唇。

闻月吃不住力，不由得往后退，不过几步，退到了床边，倒在了床上。纪则临没有犹豫，顺势欺了上去，拉上闻月的双手搂住自己，继续亲吻。

不管睁眼闭眼，眼前都是漆黑的，在黑暗中，感官的触感被无限放大。纪则临吻得激烈，闻月便跟随着他的节奏回应着他。这段时间，她在接吻这件事上精进了不少，再不像一开始那样不得其法，把自己憋得不行。

以前，她总觉得凡事点到为止即可，过犹不及，就算是恋爱，她也排斥深度的接触，因为她难以投入，常常抽离在状况外。但和纪则临交往以来，她才发现和喜欢的人相拥、深吻是一件令人沉溺的事，那些难以用言语诉说的爱意，都能通过彼此的体温来传达。闻月好像重新认识了自己。

黑夜寂静，屋子里男女的喘息声昭示着他们的亲密。

纪则临感受到闻月的迎合，眼神更黯，他的吻细细密密地蜿蜒而下，在她锁骨附近徘徊，搭在她腰上的手也自觉地越过阻碍，渐行渐高。

闻月一个激灵，刚要发出惊呼声，唇瓣就又被堵住了。这个吻来势汹汹，比刚才的还凶狠、激烈，她一会儿觉得热得要融化，一会儿觉得身体暴露在空气中，冷得她微微打战。水深火热大抵如此。

"纪则临，不可以……我晚上要去医院陪床。"闻月听着耳边纪则临的低喘声，感受着他掌心的热量，一股热血往脸上冲。她轻轻别开脑袋，推了一下纪则临，在事情往不可控制的方向发展前，制止他。

"晚上不需要去医院，就可以？"纪则临问。

闻月咬唇，脸上更烫："你别随便曲解我的意思。"

纪则临胸膛微颤，从喉间溢出轻笑。

"你先把你的手……"闻月声音不稳，臊得想用被子把自己裹起来。

纪则临理智尚存，知道再往下会一发不可收拾，便松开闻月，仰躺在床上，抬手用胳膊盖住自己的眼睛，竭力地想压住体内的那股冲动。

但在闻月的房间，躺在她睡过的床上，鼻尖闻到的都是她特有的馨香气息，要平复下来实在不易。

闻月坐起身，把自己里里外外的衣服整理好，回头往纪则临躺着的方向看过去。虽然她看不清他此时的状态，但从他粗重的呼吸声中也能察觉出他在竭力地隐忍。

"你还好吗？"闻月问。

"不是太好。"纪则临声音沙哑。

闻月一想到纪则临现在处在应激状态，耳朵就热得不行："那怎么办？"

纪则临答："过段时间就好了。"

闻月动了一下身体，纪则临下意识地拉住她的手，问："你去哪儿？"

闻月回："我去把灯打开。"

纪则临侧过身，埋首贴在闻月的手背上："再等等……如果你不想被吓到的话。"

闻月闻言，面颊灼烫，倒是听话地坐定，再不敢乱动。

黑暗中，时间仿佛是静止的，只有外面小河的流淌声证明世界还在运转。闻月也不知道过了多久，手背上的呼吸不再灼热，频率渐渐地和缓了下来。

"现在，你可以开灯了。"纪则临松开闻月的手，坐起了身，声音还很沙哑。

闻月动了动坐僵了的身体，起身摸黑去开了灯。电灯亮起的那一刹那，她不适应地闭了闭眼睛，再睁开时，正好和纪则临对视上。

想到刚才的一切，闻月的眸光不自觉地闪烁，纪则临倒是十分淡定，就好像刚才失态的人不是他一样。

纪则临起身，转头四顾，打量了一番闻月的房间。很简约的布置，整体以素色为主，房间里和窗户正对着的那面墙是一整面嵌入式的书架，书架上摆满了书，倒是很符合闻月的风格。

"这个书架是我爸爸找人给我做的，上面很多书都是他以前给我买的。"闻月介绍说。

纪则临走到书架前，扫视了一眼，看到上面有一本很厚的相册，回头询问："我能看看？"

闻月答："可以。"

纪则临拿下相册，从头开始翻看。第一页就是闻月的出生照，她尚在褓褓里的时候，小小的一个，粉雕玉琢，玲珑可爱。再往后是她的周岁照、幼儿园入学照、小学升学照……一直到闻月大学毕业，他们一家三口在毕业典礼上的合照。

这本相册里记录着闻月从出生至今的成长轨迹，纪则临看着那些照片，想象着遇见她之前的模样，眼神不由自主地柔软了下来。

"这里面很多照片都是我爸爸帮我拍的，在我出生前，他就用好几个月的工资买了一台相机，我出生后，他给我拍了好多照片。"闻月抬手指了指书架上放着的一台相机，说，"就是这一台，不过早就坏了，我不舍得丢掉，一直收藏着。"

纪则临抬头看了一眼，那是台老旧的胶卷相机，现在已经不生产了。

镜头是有感情的，这本相册的每张照片背后，都能看出摄影者对摄影对象浓浓的爱意。闻月的父母很用心地帮她把人生的一些重要时刻定格成了照片，结集成册，以此收藏。闻月的目光停留在相册的最后一张照片上，照片拍摄于毕业典礼那天，她穿着学士服，手捧鲜花，和父母一起站在校门口合影。他们一家三口的脸上都露着笑，看上去十分幸福。

"拍这张照片的时候，我爸爸还说等青大开学，就和我妈妈一起送我去学校，到时候我们一家再一起拍一张照片……"闻月微微哽咽，"他明明说过以后会给我拍更多照片的。"

纪则临见闻月触物生情，立刻把手上的相册合上，放回书架。他伸手把闻月抱进怀里，安慰道："没办法参与你人生的每一个重要时刻，我相信你父亲也非常遗憾。"

"我那天就不应该说我想吃酒酿圆子。"

"闻月，这不是你的错，谁都预料不到以后的事。我想，你的父亲并不愿意看到你这么自责。"

闻月靠在纪则临身上，哽咽道："我很想他。"

纪则临说："我知道。"

只要触及家人，闻月都是脆弱的。纪则临轻轻抚着她的后背，并没有劝她看开，也没有制止她流露悲伤的情绪。她已经足够坚强了，在他面前，她不需要隐藏。

他们相拥了许久，感觉到闻月的情绪已经平复了下来，纪则临才开口说道："以后，我来帮你拍照。"

闻月抬头，纪则临垂下眼，说："我知道你父亲对你来说是无可替代的，我没那么自大，傲慢地以为自己可以填补他的离去给你造成的缺失。只是我想，他没能继续的事情，我可以帮他完成。"

"我会和他一样，做你人生的见证者，不缺席你的每一个重要时刻。"纪则临抬起手，轻轻地摩挲着闻月的脸庞，缓缓说道，"闻月，你父亲对你的爱永远也不会减少，现在，你又多了我。"

闻月的眼眶不由得发热，这一回是因为纪则临。

他能理解她和父亲之间的血缘羁绊，不会大放厥词说可以代替父亲来爱她。他对她的感情是谦逊又热烈的。

"那你得买一台相机。"闻月含着泪说。

"当然。"纪则临微微一笑，见闻月红了眼，低头在她眼角落下一个郑重的吻。

闻月晚上住在医院，纪则临就在落云镇的酒店入住。

因为工作，纪则临没办法在镇上多待，因此隔天上午他去了医院，和闻母道别。闻母知道他忙，再加上自己身体抱恙，没办法好好招待他，就没有勉强留人。

纪则临要去江城市里坐飞机，他不让闻月送，到了医院门口就让她回去陪她妈妈。纪则临一走，闻月心里无端空落落的，似乎才分别就已经开始想念他了。她以前从来不会这样舍不得一个人。

闻月回江城的事几个室友都知道，陈枫以为闻月之后还要返校，下午发来消息让她这两天别回去。陈枫说青城下暴雪，好多航班都停了，安全起见，还是等雪停了再坐飞机比较好。

闻月立刻给纪则临发了消息询问，他回复说今天江城飞往青城的航班基本上都取消了，大概率要到明天才能走，他今天就先在机场附近的酒店住下。怕她不放心，他还特地发了个酒店定位过来，证明自己真的没走。闻月这才算是放了心。

“则临已经登机了？”闻母问了一句。

闻月收起手机，回道：“没有。今天青城下暴雪，航班取消，他先在市里住一晚。”

闻母问：“那你不打算去找他？”

闻月疑惑：“嗯？”

“则临走后你就心不在焉的，不是舍不得他？”闻母笑问。

“哪有。”闻月不好意思地否认。

闻母见闻月嘴上否认着，脸颊却微微红了，心下了然：“囡囡，妈妈之前不是告诉过你，人生几十年，只有当下是可以把握的，一定要跟随自己的心意去活吗？你如果想一个人，就去见他，不要犹豫，否则日后想起来就是一个遗憾。”

“可是……我不能把您丢下。”闻月说道。

闻母安慰道：“你早上不是听医生说了？我的检查结果没什么问题，你不用担心我，我还有护工照顾。还有你姜阿姨，她晚上下了班就会过来。”

闻月还在犹豫，闻母抬手摸了摸她的脸：“去吧，别留下遗憾。”

闻月看着母亲，在她鼓励的眼神中，心里慢慢地滋长出了勇气。她起身凑过去，在母亲的脸上亲了一下，转身离开了病房。

落云镇这两天是阴天，午后黑云翻滚，看上去像是要下雨。闻月拦了辆车，把纪则临入住的酒店地址给了师傅，让他送她过去。

从镇上到市里一路畅通无阻，倒是进了市区后堵了一段路。去酒店的高架上，外面下起了雨，一时间，整座城市都灰了好几度。

师傅把车开错了方向，停在了酒店的对面，他说掉头的地方还要开很远，问闻月能不能走两步到对面去。闻月没有计较，付了钱后，冒雨穿过了马路。进了酒店，她才想起自己并不知道纪则临的房间号，遂拿出手机给他打电话，语音提示说占线。

闻月还是第一回毫无计划，仅凭冲动做事。她茫然失措片刻，很快想起纪则临的一切日常事务都是由李特助负责的，便立刻给李特助拨去了电话，询问纪则临的酒店房号。李特助效率极高，挂断电话后不到半分钟就把纪则临的房号发给了闻月，好像怕耽搁一秒就会坏了自家老板的大事一样。

纪则临住在顶层的总统套房里，闻月搭乘电梯上楼时还有些紧张。到了房门前，她深吸了一口气，才抬起手轻轻地敲了敲门。

好一会儿，门被打开。

纪则临一手拿着手机，用英语熟练地和人交谈着，他本以为敲门的是客房服务员，抬眼看到闻月时，表情明显怔了一下，而后眸色渐深。

"Sorry, I will contact you later.（抱歉，我稍后再联系你。）"纪则临快速挂断电话。

"我是不是影响你工作了？"闻月在纪则临的注视下，没由来地慌张起来，她从来没做过这样类似给人惊喜的事情，心里没底，匆忙解释道，"我只是突然想起来，今天上午没有好好地和你道别，所以想来见见你。你如果要忙也没关系，反正我的目的已经达到了，就不——"

话还没说完，闻月就被人拉进了房内。

"怎么淋雨了？"纪则临问。

闻月低头，这才发现自己现在十分狼狈，衣服湿了不说，发丝还往下滴着水。

纪则临拉上闻月，带她到了套房的盥洗室，说："柜子里有干净的浴衣，你洗个热水澡，把衣服换掉。"

"不用了，我把头发吹干了就好。"

"冬天淋雨不是闹着玩的，听话，洗个澡，把衣服换了，别感冒。"

"哦，好。"闻月知道纪则临是关心自己，便顺从地点了点头，把被雨打湿了的外套脱下来。

纪则临转身往外走，到了盥洗室门口，又快速折回去，走到闻月的面前，捧起她的脸，毫不犹豫地吻下去，不过几秒，很快后撤。

"我在外面等你。"纪则临抵着闻月的额头说。

闻月耳热，点了点头。

雨越下越大，天地变了颜色。冬天的雨不像夏天的，一下子就来得迅猛，而是从一到百，层层来袭。

纪则临站在酒店的落地窗前看着雨中的江城，听到身后的动静，转过身，看到换上了浴衣的闻月，他眼底幽光微闪，问："怎么没把头发吹干？等着我给你讲一个干巴巴的故事？①"

闻月抿唇笑了，说："我擦了一下，房间里开了暖气，很快就干了。"

"会感冒。"纪则临走过去，拉过闻月的手，带着她进了套房的化妆间，找出吹风机帮她吹头发。

暖风呼呼吹，闻月被吹得微微眯起了眼睛，就像一只被按摩舒服了的猫咪。她抬眼看着镜中，纪则临轻轻拨弄着她的头发，十分细致。

本来以为要一个月后才能见到的人，现在就在身边，闻月心里无端有种满足感，忍不住盯着身后的人一眨不眨地看。

纪则临抬头，和闻月的目光在镜子中交会，她难得地没有移开视线。他们通过镜子对视着，谁都没有说话，但又好像说了千言万语。

纪则临关掉吹风机，室内霎时安静了下来，他抬手捏住闻月的下巴，让她回转过脑袋，垂首吻了下去。

这个吻越来越深。纪则临将闻月的身体扳过来，搂着她的腰，一只手按着她的脑袋，强势地攻城略地。

闻月的重心往上，脚尖几乎够不着地，完全是被纪则临抱着的。她整个身体不由自主地往下坠，本能地抬起手攀上纪则临，想谋求安全

---

① 出自《爱丽丝梦游仙境》：爱丽丝和一众动物从湖里出来，浑身湿答答的，这时候老鼠讲了一个干巴巴的故事，想要把他们弄干。

感，却将自己更贴向了他。纪则临察觉到闻月的吃力，把人抱起来，让她坐在了梳妆台上。

梳妆台高，闻月坐在台上比纪则临还高出半个脑袋，高度互换，便成了闻月低着头去吻纪则临。这回她很主动，像个好学且出色的学生，仿着他的样子去描摹他的唇。

纪则临成了被动的一方，他享受着闻月的亲吻，只偶尔给予引导。即使闻月掌握了主动权，却还是不能和纪则临匹敌。

纪则临现在已经摸清了闻月的极限，在她要呼吸不上来的前一秒，及时后撤，给她喘息机会的同时，一把抱起她，走出化妆间，大步往卧室里走。

闻月被轻放在床上，还没来得及回神，纪则临便压上去，再次攫住了她的唇，随后渐渐往下吻去。

闻月穿的浴衣早在一番折腾之后，不复规整，纪则临只要稍一垂眼，就能看到她领口内瑰丽的风光。他眸光一黯，在闻月的脖颈、锁骨处流连，一只手摸上她系好的腰带，轻轻一扯。

房间里开了暖气，半点儿感受不到冬季的严寒，反而比夏天更加热。

闻月明明有了呼吸的机会，却仍像是缺了氧，脑子里混沌成一片，直到感觉纪则临的手不再攀高，而是往更低处探去，才猝然惊了。

"纪则临……"闻月脸颊绯红，声音都在抖动。

纪则临从闻月的心口处抬起头，眼睛里韫满了欲色。他屈膝半跪在闻月身旁，另一只手将她的碎发往后拨，露出了精致的脸庞，他抚慰似的哄她："放松一点儿。"

闻月一脸羞意，她像是一块冰，在纪则临的温度下化成了一汪水，无力地淌开。纪则临眼看着闻月的表情从清醒克制到迷离惝恍，眸光越发幽暗。他更加贴近她，低头将她鼻尖沁出的细汗吻掉，再望着她的眼睛，问："可以吗？"

这么无间的接触，闻月自然能感受到他的变化，也明白他在问什么。望着上方的纪则临的脸，闻月想到了自己不久前因为堵车，被困在半途中的焦灼心情。她从来没有这么迫切地想见一个人，现在他就在眼前，她并不想将他推开。

闻月抬起手，轻轻地描着纪则临的眉骨，很快服从于自己此时的心意，主动撑起身体去亲他。纪则临喉头滚动，再忍耐不住，抬起一只手解开自己衬衣的扣子，同时夺过主导权，咬住闻月的唇，将她往更深处压。

江城的雨还在下，冬天的雨攻击性不强，敲打在窗户上，发出的声音都是柔和的，甚至掩盖不了人声。明明雨水淋不进来，但酒店房间里潮湿一片，连空气都像是吸饱了水分，氤氲着雾气。

纪则临这片海洋在雨中波涛不定，闻月觉得自己这艘小船随时都要被浪花拍碎，她别无他法，只有去适应海洋跌宕的节奏，迎合着他，以求不会倾覆。

纪则临垂眼，见闻月咬着唇，便抬手去抚摸她的唇瓣，低声哄道："别咬着自己……咬我的手。"

闻月微微启唇，后知后觉自己这样像含弄着纪则临的手指，更是臊得浑身通红。纪则临看她这反应，闷笑了几声，将她抱得更紧。闻月在纪则临一声又一声的"囡囡"中，渐渐失了神。

她还小的时候，曾经在父亲的书房里找到了一本《查泰莱夫人的情人》，父亲那时候并不让她翻看，他告诉她，等她再长大一些才能看这本书。但她那时候正是好奇的年纪，也有叛逆心，背着父亲，悄悄地读了这本书。

这本书算是她的性启蒙读物，那时她年纪小，不谙世事，加上词汇量不足，因此里面的很多描写她都一知半解，只隐隐约约地明白说的是男女之事。后来她长大了，母亲特地找了一个时间，给她做了性教育，告诉她男女之间最亲密的事是怎么样的。

闻月读过很多书，文学里关于性的描写五花八门，有写实的，有意识流的。她自认为对这件事已经祛魅了，它并不神秘，相反十分直白简单。但今天，她才真切地认识到"纸上得来终觉浅，绝知此事要躬行"。

书里写的是别人的故事，无论怎样细致动人或是露骨香艳，她都只是一个读者。只有成了故事里的人，和心上人交颈而卧，亲密无间地贴合在一起，她才能切身体会到书里描绘的那种融为一体是什么样的感觉。

往往最原始的欲望能够表达最汹涌的爱意，船随浪涌，直至风消雨歇。

纪则临抱着闻月，拨开她额间的湿发，注视着她的脸，眼底俱是餍足。

刚才打开房门，看到闻月的那一刻，他以为自己出现了幻觉。他没想到有一天，她会冒着风雨主动追过来，就只为了见见他。想到闻月刚才鼓足勇气敲了门，又在自己面前慌慌张张的生涩模样，纪则临就心软得一塌糊涂。她分明没有说想他，可字字句句都是不舍。

纪筱芸和周禹谈恋爱的时候，曾形容过和心上人相爱的感觉，她说那是世间最美妙的事。纪则临那时候嗤之以鼻，认为爱情就是一种劣质的情感，毫无益处，早晚有一天会被人类进化掉。

但今天，他要推翻自己曾经的暴论。如果爱情是一种低级的情感，那么从遇上闻月开始，他就注定成为不了自己以前所认为的高等人类了。他甘自堕落，将一颗心奉献给她，以后就算是下地狱，他也认了。

纪则临拥着闻月在床上躺了会儿，等缓过了劲，才抱着她去了浴室。之后又把人抱到了另一个房间，再躺在一起休息。

雨还未停下，淅淅沥沥的，从房间内看出去，雨雾蒙蒙，天地缥缈。

"外面好多猫猫狗狗。①"闻月整个人倦倦的，她依偎在纪则临的怀里，闭着眼睛听着不息的雨声，忽然说道。

纪则临闻言，低声笑道："为什么不是大象和长颈鹿？②"

闻月见纪则临听懂了自己的小玩笑，不由得微微一笑，说："今天的雨还没下到这种程度。"

"也不小了，青城冬天很少下这样的雨。"纪则临垂眼看着闻月，问，"来了怎么没给我打电话，还淋了雨？"

"我给你打了，没打通。"

"闻月，这是你第一次主动来找我。"纪则临语气欣慰，细听之下似

---

① 化用英语习语"it's raining cats and dogs"，形容雨下得很大。

② 化用英语习语"it's raining elephants and giraffes"，形容雨下得很大。

乎还有些感慨。

闻月回过头，问："你开心吗？"

"你应该问我有多开心。"

"你有多开心？"

纪则临亲了亲闻月的发顶："说出来你又会觉得我巧言令色，但是闻月，我已经很久很久没这么高兴了。"

闻月看着纪则临眼底透着的笑意，庆幸自己追了过来。原来付出行动去让一个人高兴，自己的心情也会变得愉悦。

"你来市里，你妈妈知道吗？"纪则临问。

闻月颔首："她让我遵从自己的意愿，所以我来找你了。"

纪则临说："你妈妈是个很令人敬重的人，这次时机不是很好，下次我再正式上门拜访她。"

闻月点了点头，困倦地闭上了眼睛。刚才一番折腾，她现在浑身酸软，手脚都没什么力气。纪则临见她犯困，不再说话，拉过被子将她盖得严严实实的。大概真的是累了，不一会儿，闻月的呼吸就平缓了。

纪则临低下头，注视着闻月的睡颜，亢奋过后，他的心情无端地沉寂了下来。这种感觉最近常常出现，每当闻月向他靠近，他在欣喜的同时又会感到沉重。他们的关系是他费尽心机一手促成的，一开始他就在赌，现在到了这一步，他好像是赢了，却没有赢家的畅快。胜利的背后隐藏着忧患，就像一颗地雷，不知道哪一天会被引爆。

如履薄冰，如果这是他要付出的代价，那么他甘愿接受。

闻月睡了一觉，醒来时已经是傍晚了。窗外雨停了，天色如晦，室内没有灯，更昏暗。

她认床，但这一觉睡得格外踏实，可能是因为床上有熟悉的气味，所以并没有睡在陌生地方的不适感。

闻月侧过身，抬头看向纪则临。他合着眼，还没醒。她忍不住伸出手，用手指轻轻地触碰他的脸，心里涌动着一股难以名状的感动。

她一直认为，人与人之间的关系就像翻译，人们通过语言的交互来领略彼此的意图和真实的想法，以此交心。每个人掌握的语种不同，翻译能力存在差异，就会有合得来的和合不来的。翻译度越低的两个人越投契，反之则鸡同鸭讲。

如果说友情、亲情是小说、散文，那么爱情就是诗歌。对译者来说，翻译诗歌是最难的。诗的语言是探索性的，无论译者的能力多么高超，在译诗时都无法将诗意原原本本地用另一国度的语言呈现出来。

弗洛斯特曾说，诗歌就是在翻译中流失的东西。

爱情也是。

所以闻月对爱情的态度向来是悲观的，即使她的父母是为人称羡的模范夫妻，但她知道这样的感情是可遇不可求的。直到遇见纪则临，她忽然有种译稿时灵光一现，找到最合适的词语时的惊喜和兴奋感。

一开始，闻月答应和纪则临试试，其实并不对这段感情抱有信心。她原以为他们不会是一个世界的人，但后来发现，和他在一起，她并不需要翻译自己的语言。无论她说什么，他都能懂。纪则临曾说他比她以为的还要了解她，这不是大言不惭，他是真的能读懂她这首诗。

比起纪则临对她的了解，闻月对他的认识却不够，之前她一直是被推着走的那个人，现在，她也想要去解析他这首诗，主动地去了解他的世界。

她想和他走下去。

闻月靠在纪则临怀里，又睡了一觉，再次醒来时房间里一片漆黑，时间更晚了。她伸手往身边摸了摸，没摸到人，愣了一下，拥着被子坐起身。她打开灯，适应了一会儿光线，低头看了看自己，是穿了衣服的。

纪则临听到房间里有动静，端着一杯温水从外面走进来，见闻月醒了，便把水杯递过去，哄道："补充点儿水分。"

闻月喉头干渴，凑近杯子，就着他的手喝了几口水，润了润嗓子。

"现在几点了？"闻月问。

"快八点了。"纪则临抬手碰了碰闻月脸上的睡痕，问，"你要不要和你妈妈打个电话，告诉她晚上不回去了？"

时间不早了，闻月现在回落云镇也迟了，而且她乏得很，根本没办法出门。

纪则临帮闻月找来了手机，递过去的时候顺便问了一句："需要我帮你附加说明吗？毕竟是因为我，你才回不去的。"

闻月脸上一红："不用，我自己和我妈妈说就好了。"

纪则临低笑，抬手揉了一下她的发顶，说道："打完电话就出来吃饭。"

闻月点头。她给母亲打了电话，解释说下雨了，自己今天要在市里住一晚。

闻母没有责怪，也没有多问。她完全把闻月当成一个独立的人来看待，只在电话的最后，提醒了一句，如果发生了亲密关系，一定要做好措施。闻月顿时窘得不行，但还是乖乖地应了"好"。

挂断电话，闻月掀开被子下床，起身的时候还觉有些不适。她先去浴室洗了把脸，抬头从镜子中看到自己领口袒露处的红痕，一下子就回想起了下午的缠绵，脸上登时红了一片。

闻月整理好身上的浴衣，从房间里出去。纪则临叫酒店送了餐，朝她招了一下手，舀了一碗汤递过去，说："先暖暖胃。"

闻月坐下，拿汤匙喝汤，抬眼见纪则临一直盯着自己看，不自在地别了一下头发："你一直看着我做什么？"

"下午光线太暗，没看清楚，现在补看回来。"纪则临说话的时候，眼睛还一眨不眨地看着闻月。

闻月垂下眼，忍不住说了一句："刻舟求剑。"

纪则临颇为赞同地点了点头："有道理，看来下一回，还是要开灯。"

闻月脸上腾地红了，她早该知道纪则临是个不害臊的，就不应该去接他的话，让他口头上又占了便宜。

纪则临见她双颊绯红，低笑一声，感慨道："幸好今天的航班取消了。"

闻月眼神微闪，问："航班什么时候能恢复？"

"青城的雪已经停了，估计明天就能恢复航线。"

"那你明天走？"

"我也可以不走。"纪则临盯着闻月。

闻月知道只要自己开口，纪则临就会留下。他有工作在身，她要是缠着他不放，倒显得任性，她从来不是这样的人："你还是尽早回去吧，我明天也要回去陪我妈妈了。"

"这次算是好好道别了？"纪则临拿闻月来找他时说的话打趣她。

闻月这下真羞恼了，她抬起头，没什么威慑力地瞪了他一眼："纪则临！"

纪则临失笑，再不说揶揄的话，拿起筷子给她夹菜。

吃完饭，闻月见纪则临在接工作电话，就收拾了桌子。无事可做，她打开客厅的电视，看起了电影。纪则临处理完工作上的事，回到客厅，见闻月抱着抱枕缩在沙发上，便走过去，在她身边坐下，伸手把人揽进怀里。闻月靠在纪则临的胸膛上，全身心地放松。

电影是闻月随便挑的，一部外国电影，剧情不怎么样，她和纪则临都没怎么看进去，倒是看到里面的演员吃东西时，他们饶有兴致地聊了起来。

闻月说："我去做交换生的时候，吃不惯那里的食物。我爸爸那时候经常视频指导我做菜，也就在那半年，我的厨艺进步了很多。"

"你只待了半年就受不了那里的食物了，我在那里生活了七八年。"纪则临说。

闻月抿出一个笑来："难怪你不挑食。"

纪则临也笑："所以我现在不怎么吃西餐，那几年吃腻了。"

闻月抬头，思忖片刻后说："还有一学期我就毕业了，我现在有两个不一样的规划。一个是去出版社工作，青城译文出版社的主编之前邀请过我，另外一个是出国。我妈妈比较倾向于让我出国再学习一段时间，我问过老师，她的想法和我妈妈的差不多，认为我可以去英语国家生活一段时间，毕竟语言环境对译者来说很重要。"

纪则临认真听完，问："你自己的想法呢？"

"出国的话，回家就没那么方便了，我妈妈自己一个人，我不放心。"闻月面色纠结。

纪则临分析道："你妈妈想让你出去增长见识，你如果因为她而放弃出国深造的机会，她反而不会开心。"

母亲也是这么说的，闻月明白母亲的苦心，但她还是不能痛快地下决心。她其实挺恋家的，以前父亲尚在的时候，母亲还有人做伴，现在家里只有母亲一个人，闻月更没办法说出国就出国。

"你能给我点儿建议吗？"闻月看向纪则临，她一向很有主意，这还是她第一回向他求助，想来是真的苦恼。

纪则临思忖了一下，说："你在担忧出国后的事，说明你潜意识里还是想出去走一走的，只是放心不下家人。那么我的建议是遵从内心的想法，你如果想去国外继续学习，那就去，不用担心你妈妈，我会帮你照顾她。"

"你支持我出国？"闻月稍感意外。

纪则临哂笑了一声："闻月，你未免把我想得狭隘了，虽然我的确很想让你待在我身边，哪儿也不去，但我不会阻止你提升自我。还是说……你犹豫出不出国，其实也是舍不得我？"

纪则临带着一抹玩味的笑，低头看着闻月。

闻月的眼神闪了闪："我只是在思考我们之间异国恋的可行性。"

纪则临问："思考的结果是？"

闻月轻轻摇头："我不知道。"

"那我来告诉你，完全可行。"纪则临回得毫不犹豫，笃定地说，"闻月，你只管去做想做的事，剩下的我会解决。"

闻月问："包括照顾 Rose？"

纪则临无奈地叹了一声："包括照顾你的猫。"

闻月无声地笑了。

纪则临抬起手轻轻抚着闻月的脸，心情愉悦："闻月，我很高兴，你在做决定的时候会考虑到我了。"

闻月蹭了一下纪则临的手，姿态依恋。

纪则临养了 Rose 一段时间，渐渐地也摸清了猫的脾性。它不像 Yummy，用些小手段就能使它谄媚地摆尾屈服。猫是有傲骨的动物，非要用心照顾才可以得它青睐。而一旦建立起羁绊，它就会十分亲人。

闻月就像猫。纪则临抬手摸了摸闻月的脑袋，像帮猫顺毛一样，随后轻按了一下她的脑袋，低头亲吻她。

闻月闭上眼回应，在纪则临的攻势下，躺倒在了沙发上。她被夺去了呼吸，很快就失了神。纪则临起身，趁着闻月补充氧气的空隙，一只手抚上她浴衣下的腿，微微抬起，亲了亲她莹白的脚踝，而后渐渐往上。

闻月察觉到他的意图，身子一僵，慌忙阻止道："纪则临……不行。"

纪则临抬头，眼底情潮涌动。他沉吟片刻，将闻月打横抱起，进了卧室后和她一起扑倒在床上，无缝衔接了刚才的亲密。

闻月躺在床上，忍不住往后缩，难耐地喊道："纪则临……"

纪则临抬起头，声音喑哑地问："卧室里也不行？"

闻月脸上燥热，觉得纪则临就是故意曲解她的话，他从来不是愚笨的人，只有在对自己不利的情况下才会装傻。这是狮子的策略。

纪则临闷笑，抓住闻月的脚踝不让她缩回去。他偏过头，亲了亲她的小腿肚，含混道："闻月，明天我就回青城了，现在换我来和你好好地道别。"

房间里没开灯，像是一个巨大的黑洞，人在其中不断地向下陷落，永无止境。闻月看着漆黑的天花板，紧紧抓着身下的床单，胸口似溺水刚获救的人一样起起伏伏，没多久，她猝然屏住呼吸，失神良久。

纪则临抱住闻月，让她靠在自己怀里，一下又一下地亲吻着她的发顶。

闻月的呼吸平顺后，她主动靠近纪则临，去亲他的喉结。

纪则临说："闻月，别撩拨我。"

闻月见纪则临只是抱着自己，没别的动作，忍不住疑惑地抬起头看他。

纪则临解释："你会受伤。"

闻月说："那你……"

"你知道的，过段时间就好了。"纪则临隐忍道。

闻月的身体的确还有不适感，她不确定自己是否还能承受一回下午那样的跌宕。她侧卧着，听到纪则临粗重的呼吸声，很显然，他忍得难受。饮食男女，大欲存焉。

闻月咬了一下唇，埋头在纪则临的胸口上，一只手从他的腰腹往下滑。

"闻月？"纪则临嗓音粗粝，透着一丝不敢相信。

闻月整个人都要烧起来了，但还是大着胆子，伸手向下。

猫真的是高冷又爱娇的动物，没有感情的时候冷淡得很，巴不得退避三舍，但只要动了心，就会变得黏人，让人心软。

纪则临低头去觅闻月的唇，将她抱得更紧。

夜色愈浓，外面的风更喧嚣了。

等风声止息，纪则临打开灯，闻月缩在床上，露在外面的皮肤都透着薄红，整个人像是一尾虾，恨不得把自己团起来。

纪则临简单做了清理，见闻月始终闭着眼，都不敢看自己，轻笑一声，按了一下她的耳珠，哑声道："刚才不是挺大胆的？怎么现在胆子又变小了？"

闻月的耳朵红得要滴下血来，她微睁开眼，指了指顶上的灯："好刺眼。"

纪则临看出她的难为情，不再打趣，伸手关了灯，将人搂进怀里。重新坠入黑暗，闻月的羞耻心有了躲藏的地方，便放松了下来，主动靠向纪则临，枕在他的臂上。

"睡吧，明天早上我找人送你回落云镇。"纪则临吻了一下闻月的额头。

"嗯。"闻月疲惫极了，她嗅着纪则临身上熟悉的味道，不再有认床的烦恼，很快便沉入了梦乡。

隔天，江城云销雨霁，青城的暴雪也停了，因为极端天气而停飞的航班全线恢复。

闻月本来想跟着纪则临去机场，但他不想让她看着自己走，便叫了车来酒店接她。车到后，纪则临牵着闻月下楼，打开后座车门，示意她上车。

"到镇上了给我发个消息。"纪则临说。

"好。"闻月站在车旁，看着纪则临，迟迟没有上车。

纪则临笑了："你这样看着我，我就要让李特助把机票改签了。"

他张开双臂，闻月便依过去，伸手环住他的腰。他们静静地相拥着，纪则临对闻月的不舍依恋很受用，他抬手轻揉了一下她的脑袋，说："要不是你妈妈现在需要人陪伴照顾，我就把你带回青城了。"

闻月知道纪则临要去机场，迟了怕耽误他登机，便松了手："我上车了。"

纪则临："嗯。"

闻月坐上车，纪则临关上车门，示意司机可以出发了。

汽车启动，闻月心头涌上不舍，忙降下车窗，趴在窗框上。纪则临见状，心头一动，趁着车还没走，弯下腰，和她相吻。

"代我向你妈妈问好。"纪则临抵着闻月的额头说。

闻月眨了一下眼："你也代我和老师说一声，我年后再去青城看望她。"

纪则临："嗯。"

闻月坐好，纪则临后退一步，最后再深深地看了她一眼，才抬手和司机示意。司机也是有眼力见的，刚才眼观鼻，鼻观心，都不敢往后看，见纪则临抬手，确认他们已经话别，才慢慢地把车往前开。

闻月靠在窗边，抬起手挥了挥："你到了也要和我说一声。"

"好。"

纪则临目送着车载着闻月越来越远，直至消失，这么多年来，他还是第一回感到与人分别的苦闷。不过是南北两座城市，他就这样舍不得，昨天晚上还装什么大方，说会全力支持她出国深造。他明明就想把她系在身上，时刻带在身边，最好永远都不会离开。

从市里回来，闻月去了医院，母亲的身体已没有大碍，医生说随时可以出院，她便去办了出院手续，收拾了东西，带了母亲一起回家。

对于闻月去市里的一天一夜，闻母没有过问。她不是没有边界感的家长，孩子大了，有自己的生活，作为父母，手就不能伸得太长。

闻月没有回校，就让室友们帮忙收拾了些必要的东西寄回来。研二上学期结束，再有一个学期，研究生生涯就结束了。在学校的时光所剩无几，她不得不开始计划起毕业后的事。

那天和纪则临聊了之后，闻月回家后就开始琢磨起了留学的事。她可以去国外读博或者申请二硕，单纯地出国游学一段时间也可以，毕竟学历并不是她的主要追求，增加生活阅历才是。

闻月和母亲说了自己出国的打算，母亲完全支持她，并表示自己并不需要她担心，让她尽管放心地去探索这个世界。母亲还说，这也是她父亲的心愿。

这世上有那么多家庭、那么多父母，闻月一直很庆幸自己出生在了现在这个家庭，有这样的一对父母。他们给予了她无限的爱，才能让她拥有去探索、试错的勇气和力量。因为她知道，即使失败、受伤，也始终有人在背后护着她，她还有一个港湾一样的家。

新年将至，落云镇张灯结彩，年味十足。

年前几天，闻月天天陪着母亲去市场置办年货。这是只有她们母女俩的第二个春节，时间或许真是良药，父亲离世的悲伤在时光的长河中渐渐被稀释，而活着的人必须学会往前走。

除夕那天，闻月上午帮着母亲大扫除。午后，母亲说要去姜阿姨家里坐坐，闻月在家无事，便拿了本书去了镇上的咖啡馆。

落云镇算是江城的一个小景点，地方虽小，但并不落后，小镇上有很多特色小店，大多是镇上居民开的，因此除夕也没有闭店，照常营业。

闻月去了常去的那家咖啡馆，点了杯咖啡，坐在窗边看书。放在桌上的手机忽然亮起，她拿起来一看，是纪则临发来的消息。他发了张照片过来，照片中，王瑾珍和纪书瑜一人抱着一只猫，Yummy 在她们脚边坐着，看上去一派温馨。

除了照片，纪则临还发来了一段话：老太太今天很高兴，上午我带纪书瑜堆了雪人，她玩疯了，Yummy 能吃能喝，Rose 长大了不少。

闻月回复：那你呢？

纪则临答：我很想你。

闻月的嘴角忍不住微微上扬，她点了几下屏幕，回复了一句话：我也很想你。

年节日的咖啡馆没人光顾，整家店原本只有闻月一个客人。她回复完消息，听到前台有人点咖啡，声音耳熟，回头看过去，意外地看到了任骁。

任骁点完咖啡，转过身要找桌子坐下，看见闻月，表情明显愣了。

他们已经半年多没见过了，骤然遇见，彼此都有些恍惚。

"我陪我爸妈来看望我姑奶奶。"任骁不太自在地打了招呼。

任骁的姑奶奶前两年在落云镇买了房子养老，以前闻月和任骁交往的时候还跟着他上门做过客。他们分手后，闻月偶尔会在镇上碰上他的姑奶奶，老人家一开始还会劝她和任骁复合，但时间一久，也就罢了。

闻月和任骁分手时虽然闹得不是很愉快，但再次见面，她对他并没有什么怨恨的情绪。对人生的过客予以宽容，是她一贯的准则。

闻月朝任骁客套地颔首，算是回应。任骁犹豫了一下，走过来，扫了一眼闻月在看的书，说："这本书我看过，王老师译的，很精彩。"

闻月在看的是王瑾珍去年译的一本外国小说，她很喜欢这个故事，所以今天带出来重温。只是没想到任骁居然也读过，以前他基本上不看这些文学读物。

任骁似乎看出了闻月的疑惑，自嘲地笑了："说起来，这本书还是纪总给我的。"

闻月疑问："纪则临？"

任骁点头："那时候我去找他拉投资，他说帮家里老太太宣传，就送了我这本书。我当时就是因为他送的这本书，才有了开发《文·译》的想法，不过没想到会错了意，还惹得你生了气。"

闻月微感诧异，倒是没想到任骁当初设计《文·译》的契机竟然和纪则临有关。

"以前你给我推荐书，我都没去看过，也从来没有真正地去了解过你热爱的事业。如果我早一些意识到这些，或许我们就不会走到现在这一步。"任骁说。

闻月眼神一动："都过去了。"

任骁说："月月，我还欠你一个郑重的道歉，之前……是我错了。"

半年多的时间过去，任骁整个人都变得内敛平和了，在社会里浮沉了一遭，他眼见地沉稳了许多。

闻月一阵唏嘘，但并不想给他错觉，所以很快回道："以前我们都有不对的地方，再追究没有意义，以后……各自珍重吧。"说完，她合上书，起身向任骁点头致意，果断地离开了咖啡馆，把往事留在身后。

除夕夜，闻月和母亲一起吃了顿饭，即使只有她们两个人，这也是团圆饭。饭后，她们一起在客厅里看春晚，到十一点钟，闻月怕母亲熬不住，催她去睡觉，自己来守岁。

电视上的节目没有新意，看得人犯困。闻月拿起手机查看消息，一小时前她给纪则临发的消息，到现在都没收到回复，也不知道他除夕夜都在干什么，不会是在公司吧？那未免过于凄惨了。

闻月百无聊赖地坐着，时不时看一眼手机，左右等不到消息，就跑到阳台上透气。小镇的过年氛围比城市浓，从高处放眼望去，能看到处处张灯结彩，还能听到隐隐约约的乐声——那是镇上人们在游神。

闻月站在阳台上边，深吸了一口气，清冽的空气进入肺里，让她神志都清醒了。她醒了神，正打算下楼回客厅，忽然看到一辆车开了过来，停在了自家楼前。初一才开始走亲戚，何况这么晚了，又有谁会上门来做客？

闻月倚在栏杆边上，低头看着楼下，在看到从车上下来的人时，神色微怔，一瞬间觉得自己出现了幻觉。

纪则临下了车，拿出手机刚要打电话，抬起头就看到了阳台上的闻月。他笑着收起手机，朝她招了招手："下来。"

幻觉怎么会有声音？本来应该在千里之外的人，此时突然出现在了眼前，闻月眼底浮现出喜悦，立刻转身下楼，打开大门走出去。

纪则临张开双臂，闻月无端眼眶一热，毫不犹豫地奔向他。上一回相拥是分别，这一回是重逢，原来同一个动作能有如此迥然不同的情感表达。

"你怎么来了？"闻月到现在都有种不真实感，上午还在青城给她发消息的人，现在突然出现在了眼前。她能触碰到他，感受到他的体温，一切都显得梦幻。

"你不是说想我？"纪则临收紧手臂，将闻月抱进怀里。

就因为她一句话？闻月抿出一个浅笑，仰起头道："你来也不提前和我说一声。"

"说了就没有惊喜了。"

"今天过年，你跑来江城，老师知道吗？"

"知道，她乐于看到我来找你，最好明年能和你还有你妈妈一起吃年夜饭。"

闻月不喜欢展望，因为未来是未知数，谁也无法预知。但此刻听纪则临这么说，她并不排斥，甚至已经想象到了他所描述的场景会是何等融洽、幸福。原来只要未来足够美好，她也是会向往的。

"你妈妈是不是睡了？"纪则临问。

闻月点头。

"我本来想早点儿过来上门拜访的，航班延误了。"

"那你明天早上过来，拜个早年……我等你。"

纪则临扬起嘴角："好。"

恰是这时，几朵烟花在他们上空炸开，异常璀璨。

纪则临低头，刚想亲吻闻月，她先一步踮起脚尖，主动亲了他一下，欣然道："纪先生，新年快乐。"

纪则临看着她的笑靥，便知晓这一趟是来对了。他俯身，在吻上闻月的前一秒，噙着笑回应道："新年快乐，闻小姐。"

纪则临晚上宿在落云镇的酒店，年初一一早，他就带着王瑾珍备好的礼品去了闻月家拜年。这不是他第一次见闻母，但毕竟这一回才算是正式拜访，心理上他还是觉得不太一样。

说来也好笑，他掌管着一个大集团，见惯了大场面，但在闻月的家里，面对她的母亲时，居然还会有点儿无所适从。王瑾珍说得对，管他是什么总裁，在闻月的家人面前，他就是一个普通男人，以后想要把人家的女儿娶走，就得放低姿态。

纪则临专门上门来拜年，闻母能看出他的诚意。中午，她留纪则临吃饭，饭后，就让闻月带他出去逛逛。

青城到了过年就成了一座空城，但江城不一样，尤其是底下的乡镇，更是年味十足。闻月领着纪则临逛了庙会，又去看了游神。纪则临本来是不喜欢热闹的，但陪着闻月，便觉得人头攒动的世俗活动别有一番意趣。

逛累了，闻月牵着纪则临的手进了一家咖啡馆，点了两杯咖啡，坐在店里休息。喝完一杯咖啡，临离开前，闻月起身去洗手间补妆。纪则临拿手机查看消息——虽然现在是过年，但他还是有工作要处理，年前他和周禹给纪崇武设了个套，现在就看纪崇武往不往里钻了。

"纪总？"

纪则临听人喊自己的头衔，还以为在落云镇都能遇上公司员工，抬起头一看，是好久不见的任骁。任骁见纪则临出现在落云镇，心里隐隐有个猜测，直接问道："你是来找月月的？"

纪则临听他喊闻月喊得这么亲昵，心头不快，皱起了眉头："任先生是不是要改正一下自己对闻月的称呼？她现在不是你的女友。"

任骁说："你和她现在是……"

"我们在交往。"纪则临坦然道。

尽管早有心理准备，但任骁听纪则临承认，心里还是堵得慌。闻月和他分手不过半年多，就和纪则临在一起了，而且还带纪则临回了家，这一点儿都不像她的作风，她以前一向是很慢热的。

"我就知道，她早晚会和你在一起。"任骁神情不豫。

纪则临放下手机，看向任骁，冷然道："闻月是在和你分手后才接受了我的追求，在你们恋爱期间，她没有任何对不起你的地方。她与你分了手就是单身，可以自由地选择要不要进入一段新的恋情，你没资格指责她。"

纪则临神色泰然："分手不是丧偶，她不需要为谁守丧。"

过去了那么长的时间，任骁面对纪则临仍处于下风，他不甘心，质问道："月月不是三心二意的人，但是也禁不住别人有意离间。纪则临，你敢说你从来没有从中作梗，意图破坏我和她的感情吗？"

纪则临眸光微闪。任骁紧接着说道："离开青城前，纪欣尧来找过我，她说你不会让我好过的，这是不是说明，你一开始就知道我和她的事？"

纪则临反问："知不知道又如何？这和你没抵住诱惑，背叛了闻月有关系吗？"

任骁噎了一下，不死心地说："我本来以为你和你二叔不和，纪欣尧和你的关系也不怎么样。但是现在看来，她和你这个哥哥还挺亲近的，所以我有理由怀疑，是你指使她，以投资的名义来引诱我的。"

纪则临眼中锋芒一闪，面上却波澜不起："任先生这么冤枉人，是打算把你自己犯的错推到我身上了？"

任骁说："我知道我对不起月月，但如果你真的居心叵测，挑拨过我和她的感情，那么你也不是什么好人，同样配不上她。"

纪则临的神色倏地沉了，他冷声道："无凭无据的话，任先生还是少说。"

闻月从洗手间回来，看见任骁时微微一愣，再看向纪则临，他的表情明显不快。之前他们俩就不对付，现在似乎也有点儿相见眼红的意思。

前男友和现男友相遇，饶是闻月也觉得情境尴尬。大过年的，还是不要起冲突为好。她没有和任骁打招呼，走过去，拿起自己的包，对纪则临说："有点儿晚了，我们走吧。"

"月月……"任骁上前一步。

纪则临伸手拉过闻月，挡在她的身前，警告道："任先生，请自重。"

这话以前是任骁对纪则临说的，现在他们位置调换，任骁成了那个第三者。他心有不甘，但也只能眼看着纪则临将闻月带走。

纪则临拉着闻月离开咖啡馆。闻月走在他后头，几乎要跟不上他的步伐，忍不住开口说了一句："纪则临，绅士是不会让女士追着他跑的。"

纪则临回神，这才发觉自己走得太快了。他站定，回过头道了一句："抱歉。"

闻月见他情绪不太对，主动挽了他的手，问："任骁是不是和你说了什么？"

"没什么。"纪则临很快掩藏起了情绪，恢复了一贯的冷静自持，淡然道，"只是低级的挑衅罢了。"

闻月安慰道："我已经和他说清楚了，今天是新年，要开开心心的，你别将他的话放在心上。"

"嗯。"纪则临看着闻月，眼底情绪晦暗。任骁的话成功地让他感到不安了，此时此刻，闻月就在身边，但他总觉得还不够。

"江城的冬天比青城的还冷。"纪则临说。

"你冷吗？"闻月摸了摸纪则临的手，担心他不适应南方的天气，不抗冻，便说，"你回酒店暖一暖吧，别感冒了。"

纪则临回握住她的手："那走吧。"

闻月的眼波像是被投入了一颗石子，泛起涟漪。她没有抽回自己的手，跟上了纪则临的脚步，和他一起回了酒店。

电梯从一楼往顶楼上升，不知道是不是高度变化的原因，在电梯里时，闻月就觉得氧气稀薄，心怦怦直跳了。

顶层是套房，纪则临推开门，侧过身示意闻月进来。套房里的一切设施都是自动化的，门一开，窗帘就拉上了，灯光亮起，中央空调也开始输送暖气。

闻月走进去，听到身后咔嗒一声，下意识地转过身，纪则临就已到了眼前。她抬起头，他的吻落了下来，像是一张无形的密网，将她牢牢捕获。纪则临一边吻着闻月，一边去脱她的外套。闻月配合着他脱下衣服，抬手搂住他的后颈，微微踮起脚去回应他的亲吻。只是亲吻尚且不够，纪则临一把抱起闻月，往卧室里去。

近一个月的分别虽然不算长，但以思念来做标尺，就是如隔三秋。纪则临重访故地，每一处都再次标记。他垂首注视着闻月，眼神晦暗不明，动作却笃然有力。闻月很快便失了神。

这片海像是起了风暴，飓风卷起巨浪，闻月一会儿被浪掀到天上，一会儿又跌落海面。她在起起伏伏间惊心动魄，却也渐渐地体会到了别样的刺激。不知过了多久，海面好不容易平息，但很快，另一阵飓风又卷了过来。

纪则临贴上闻月的背，闻月还来不及阻止，惊呼声就被底下的被褥堵了回去。身体是河道，汗水是流淌的河水，此时地势倒转，盆谷变高地，水流从平原穿过峡谷，逆流而上，在两座高山间滑落。明明冬季应是枯水季，但这条河流水量丰沛，绵延不绝——河流的源头有人不断地在开凿。

"纪则临。"闻月承受不住地回头，见纪则临完全没有收手的打算，又柔声喊他，"纪先生……"

纪则临垂眼，看到此时的情状，眼一热，再也忍不住，伏在闻月身上，紧紧抱住她。风暴过后，海面便恢复了宁静，只有小波小浪在翻涌。

纪则临低头去亲闻月后颈沁出的细汗，闻月怕极了似的躲开，他又不舍地追过去："我弄疼你了？"

闻月不语，她还没缓过来，也的确不想搭理纪则临。

纪则临自知刚才有些失控，做得过头了，这会儿看闻月生了气，立刻凑过去哄人："囡囡……"

闻月耳热，喘着气生硬地说："'囡囡'是我们这儿长辈喊小辈的昵称，你喊我……不合适。"

"我年长你几岁，难道不算是长辈？"纪则临挑眉道。

"你这是占我便宜。"闻月气恼，但她此时浑身无力，说出来的话一点儿攻击性都没有，倒像是在撒娇。

"你说说，我怎么占你便宜了？"纪则临紧紧贴过去，笑问。

闻月羞恼，回过头不满地看向纪则临，控诉他的野蛮："你刚才完全不像一个绅士。"

"如果这时候还要讲绅士的美德，那这个绅士不当也罢。"纪则临亲了亲闻月圆润的肩头，抬起手轻轻抹去她额上的汗珠，"今天是我不对，下一回我听你的，你让我怎么样我就怎么样。"

这话好像是在服软，却再次让闻月红了脸。在这种事上，她能让他怎么样？

纪则临抱着闻月去浴室里简单清理了一下，之后又把她抱到另一间房，一起躺着。

太阳西斜，天色暗下，房间里没开灯，光线昏幽。纪则临搂着闻月，低头看着她，眼底情绪不明。他最近常常露出这样复杂的眼神，闻月看不穿他的心思，忍不住问："你在想什么？"

纪则临答："没什么。"

闻月能察觉出来，自打见了任骁之后，纪则临就一直不大对劲。她迟疑了，又问了一遍："任骁和你说了什么，让你这么不高兴？"

纪则临缄默片刻，很快凑近亲了一下闻月，让她靠在自己的胸膛上，平静道："没说什么，我只是不喜欢他喊你'月月'。"

　　"只是因为这样？"

　　"嗯。"

　　"你也可以这么叫我。"

　　纪则临皱眉："闻月，我没这么大度，这个称呼已经沾上了其他男人的色彩，我不会再这么叫你。"

　　闻月没想到纪则临还会计较这种细节，她莞尔一笑，问："那你想怎么叫？"

　　纪则临答："囡囡。"

　　闻月脸热："我说了，这是长辈叫小辈的。"

　　"闻小姐，你的名字实在没有太多可供发挥的空间。"纪则临说。

　　闻月思忖了一下，认真道："你还是喊我'闻月'吧，我喜欢你这么叫我，完整的我。"

　　翻译家是会用语言拿捏人的，寻常一句话，让闻月说出了无限的缱绻。纪则临心中慨然，忍不住再次低头和她相吻。只有实实在在地抱着她，他才觉得稍许安定。尽管只是暂时的。

Chapter 09　锋利月光

纪则临在落云镇待了三天就离开了。

毕竟是过年，闻月不能让他把时间都花在自己身上，在这种年节日，还是应该花点儿时间陪陪家人。而且公司的业务不会因为春节而停止，她看他即使过节也在处理工作，尽管不舍，也不忍心让他一直留在落云镇。

十五天的春节一晃而过，节日结束，所有人都要回归到工作和学习中去。研二下已经完全没课了，闻月的毕业论文撰写完毕，基本定稿，就等论文答辩了。学校现在没什么事，她其实并不需要那么早去报到，但想到快两个月没去庄园看望王瑾珍，她心里过意不去，就还是按时去了学校。

飞机落地青城已是午后，闻月先回了一趟学校。纪则临知道她今天到，派了车到学校，接她去庄园。

冬天的落霞庄园白雪茫茫，冷风一吹，卷起原野上的细雪，飘飘扬扬。目之所及，几乎没有第二种颜色，草木在风雪中凋零，庄园的确显得萧索。

到了宅子，闻月下车，进了大厅，就看到纪则临和一个男人在交谈。这个男人她见过，纪书瑜的爸爸，周禹。

"来了，冷吗？"纪则临看到闻月，直接起身走过去，拉过她的手焐了焐。

"还好。"闻月见有外人在，比较拘谨。

周禹起身，客气地和闻月打了招呼："闻老师，我常听书瑜提起你，她说很喜欢和你一起看书，我要谢谢你，平时对书瑜多有照顾。"

"周先生客气了。"闻月颔首，礼貌地回应道。

周禹的视线落在纪则临和闻月牵着的手上，意味不明地笑了："两位的感情真好，让人羡慕。"

纪则临神色微变，眼锋犀利地看了周禹一眼，低头对闻月说："老太太和纪书瑜在楼上的书房，你先上楼找她们，我一会儿再去找你。"

闻月应："好。"

闻月走后，纪则临温和的表情便不复存在。

"我之前还以为你是一时情迷，现在看来，你对闻小姐是用情至深啊。"周禹开口道。

纪则临看向周禹，眼神不悦，沉下声音警告他："你如果想知道纪筱芸在哪儿，最好管住你的嘴。"

周禹嗤笑，一派悠哉地感叹道："筱芸一定不会想到，她眼中没有七情六欲的哥哥，居然坠入了爱河，而且坠得相当之深。你现在能体会到我当初面对筱芸时的矛盾心情了吧？坦白意味着失去，为了把她留在身边，只能抱着侥幸的心理自我折磨。"

纪则临以前总是讥讽周禹假情假意，故作深情，但现在他没办法反驳周禹的话，因为他正处于自己亲手制造的困局之中，无法逃脱。

纪则临沉默，难得露出颓唐的神情，周禹倒生出了一丝同病相怜的感情。他不再借机嘲讽，拿起自己的外套要走，离开前还不忘好心地提醒一句："下个月董事会一召开，纪崇武在公司就再也掀不起什么浪了。他向来最阴狠，你这次直接斩断了他的退路，小心他狗急跳墙，做出什么下作的事来。

"现在你身边最容易下手的就是闻小姐，虽然有和叶鸢的绯闻帮忙掩护，但你最好多上点儿心，别让人有机可乘。"

纪则临闻言，眸光一凛，沉冷似铁。

周禹走后，纪则临上楼，径自去了大书房。到了书房外，抬眼就看到闻月抱着纪书瑜，回头和王瑾珍说着话。她们仨共处一室，其乐融融，气氛温馨，让人不忍打扰。纪则临在门外站了会儿，没有进去，转而去了小书房。

闻月有阵子没见王瑾珍，和她有很多话可叙。她们聊完家常，又聊起了翻译，最后又说起了未来规划。

闻月和王瑾珍说，自己毕业后打算出国生活一段时间，已经开始办理手续了。王瑾珍很支持她的想法，说趁年轻就要多出去走走，见见世面。

"你要出国的事和则临说了吗？"王瑾珍问。

闻月点头："还是他鼓励我去提升自己的。"

王瑾珍一脸欣慰："则临虽然有时候比较偏执，但不是大男子主义者，和他外祖父一样，是不会阻碍伴侣往高处走的。"

"嗯。"闻月浅然一笑，"他能理解我。"

王瑾珍活了这么久，在俗世里浮沉，看过那么多人间事，早就练就了一双洞悉人情的眼睛。闻月这次从江城回来，整个人都洋溢着一种无法言说的幸福感，提起纪则临时，更是眼角眉梢都是笑意。

这种情态，王瑾珍实在是再了解不过了。她自己经历过情爱，也有女儿，女人坠入情网后，身上的磁场会奇异地产生变化。

王瑾珍在心里暗自喟叹，两个小辈的感情日益笃实，不知道是该高兴还是该担忧。这段感情的根基就不稳固，情感越堆越高，反而容易有坍塌的风险。王瑾珍作为长辈，实在不想看到两个小辈受伤，但命运是无法抵抗的，有些劫数谁都逃不掉，只看他们能不能渡过去了。

晚上吃了晚饭，闻月陪王瑾珍说了说话，又陪纪书瑜看书。纪书瑜一个寒假没见着闻月，攒了好多话和闻月说，闻月便多陪了她一会儿。

十点钟，纪书瑜有了困意，闻月等她睡着了才从房间里出来，犹豫了一下，往小书房走去。往常闻月宿在庄园，纪则临早就按捺不住，频频在她眼前晃悠了，今天也是奇怪，他到现在都没来找她。

到了小书房门口，闻月往里看去，纪则临正站在桌前拼装着一个火箭模型。这时候的他褪去了凌人的气势，完全不像是一个大企业的管理者，就是个普通的航天爱好者，看起来平易近人。闻月敲了敲门，纪则临抬头，看到她后动作一顿，说："我还以为纪书瑜会缠着你不放。"

"她困了，已经睡着了。"闻月走进书房，看了一眼他在拼的模型，问，"你今天怎么突然拼起模型来了？"

纪则临把手上的拼件摆上去，解释道："拼模型需要耐心，这个过程可以让人沉下心来，想通一些事情。"

闻月了然："有用吗？"

"以前管用，今天失效了。"

"为什么？你今天想的事情很复杂吗？"

"嗯。"纪则临看着闻月，眸光浮动，"前所未有地棘手。"

"是公司的事？"闻月想到今天周禹来找纪则临，猜测道。

公司的事顶多算是麻烦，不算难办，纪则临此前的人生走得并不平坦，但能让他觉得棘手的事情一只手都数得上来。闻月是其中之一。他今天思考了许久，拼完了整个模型，还是不知道该拿闻月怎么办。这下他算是知道自食恶果是什么滋味了。

纪则临默认了闻月的问题，把最后几块拼件摆到模型上，收起手问："想喝一杯吗？"

闻月看他心情不好，思忖了一下，点了点头。

纪则临让陈妈去酒窖里拿瓶葡萄酒，又拿了两个杯子上来。冬天室外寒冷，还没到开春，没办法像上一回那样去阳台喝酒。

他们就在小书房里，靠着窗户对饮。

窗外，黑夜无尽，但楼房彻夜都有灯光亮着，从小书房的这个角度，可以看到外面长廊尽头连接着的小剧院。这个剧院是纪则临为了满足王瑾珍的雅趣，特地找人改造的。王瑾珍平日里闲来无事，偶尔会联系市里的剧团上门表演，再约上一些老友来庄园一起欣赏戏剧。

庄园的剧院虽然不比市里的大剧院，但麻雀虽小，五脏俱全。闻月看着剧院的屋顶，突然笑了，问纪则临："小剧院底下，有一个地下迷宫吗？"

"*The Phantom of the Opera*?（《歌剧魅影》？）"纪则临哂笑，说，"要是在剧院改造之前遇见你，我说不定会挖一个地下迷宫。"

纪则临摇晃着酒杯，半真半假地说："闻月，如果可以，我真的很想把你藏在一个只有我才知道的地方。"

闻月看他似开玩笑，却又神色认真，迷惑了一下，最后还是当作玩笑话，用戏谑的态度回道："我又不是 Christine，没有一副好嗓子，唱不出天籁之音。"

"魅影看中的可不只是她的嗓音。"

"他把她当成他的救赎，不过方式未免过激了些。"

纪则临看着闻月，眸光深邃，像是黑洞："因为他爱她如命，想要把她永远地留在身边。"

闻月微微蹙眉，提出自己的看法："爱不是免死金牌，不可否认，他伤害了 Christine。"

"人的私欲本来就是阴暗的，有时候为了能和心爱的人在一起，难免要做出一些出格的事。"

"但如果违背了对方的意愿，那么这样的爱便不能称之为爱，是裹挟。"

纪则临失语，无法反驳闻月。她从小就生活在阳光底下，被父母呵护、宠爱着长大，当然不能理解阴暗的爱，更不能接受。他们刚才仿佛回到了交往前的状态，纪则临逼近，闻月对抗，一时无言。

闻月意识到气氛的凝滞，忽觉他们都过于较真了。纪则临身上的确有 Eric 的偏执，但还不到那么疯狂的地步，他并没有真正违背她的意愿，做出什么伤害她的事。她叹了一口气，缓和道："刚才我差点儿以为回到了文学文本分析的课堂上。"

纪则临也收敛起情绪，附和着笑道："虽然没同你一起上过课，但我也算见识了你在课上和人交锋的样子，寸步不让。"

"'一千个读者，就有一千个哈姆雷特'，对故事有不一样的看法很正常。"闻月朝纪则临举起酒杯，思索了一下，说，"Seeking common ground while reserving differences?（求同存异？）"

纪则临举杯和她碰了一下："Sure.（当然。）"

他们把一杯酒喝完，纪则临拿过闻月手上的杯子，放在一旁，说："时间不早了，小狄俄尼索斯，你不能再喝了，早点儿去休息。"

闻月回头看着纪则临："你呢？"

"我还有工作要处理。"纪则临抬手把闻月的碎发拨到耳后，捏着她的耳垂，语气暧昧地问，"现在没有我，你一个人睡不着？"

闻月脸颊飞红，立刻否认道："庄园的床我早就睡习惯了。"

纪则临笑了，揉了一下闻月的脑袋："去睡吧。"

闻月今天又坐飞机又坐车的，晚上还喝了一杯酒，现在确实犯困了。她踮起脚尖，亲了一下纪则临，叮嘱道："你也别忙到太晚了。"

纪则临答："嗯。"

纪则临把闻月送回客房，再回到书房时，整个人都散发着低气压。想到刚才和闻月的相持，他心里一阵烦躁。

表面上看，是他们对故事见解不一，实际上却是观念的冲突。闻月要的是光明坦荡的爱，但为了得到她，他一开始就不磊落。

纪则临走到窗边，给自己倒了一杯酒，仰头一口喝尽。事到如今，他没有回头路，只能不磊落到底了。

开学后，闻月仍住在学校里，还和上学期一样，周末去庄园，平时抽时间去青水湾陪纪书瑜，顺便看看猫猫狗狗。

年后好一段时间，纪则临一直很忙，抽不出时间去庄园，甚至连青水湾都很少回去，每次回去都来去匆匆。闻月并不太了解纪氏集团的事，但是从室友们的八卦闲聊和青城本地的一些企业报道中多少知道了一些，很多报道称，纪氏最近股权变动，将有大事发生。

对于商业运作，闻月一窍不通，但她猜这件大事可能和纪则临还有他二叔有关，他之前就说过，到了合适的时机，就会让有罪者付出代价。想到纪则临之前说的家族斗争里的乌糟事，闻月就一阵忧心，她害怕纪则临会出什么意外，但又帮不上什么忙，能做的只有默默关注，不让他分心。

最后一学期，闻月在学校里并没什么事，论文送审后，她就专心地把精力都放在译稿上。之前和王瑾珍联合译著的书已经进入了最后阶段，现阶段，她根据出版社编辑反馈的意见，对稿子进行修改润色。

临近毕业，同级的同学都在准备毕业事宜，一些人想继续读博，一些人想就业。这段时间春招开始了，学校一连开了好几场招聘会，请了很多企业来校宣讲。陈枫不打算继续升学，这阵子就忙着投简历找工作，闻月有时候会陪她去面试，给她壮壮胆。

这天午后，陈枫说纪氏在青大开了专场招聘会，想去碰碰运气，就拉上闻月一起去了招聘现场。

纪氏的招聘会设在学校操场，到了地方，一眼望去，乌泱泱全是人。据说因为纪则临和青大千丝万缕的关系，他掌管公司的这几年，纪氏每年都会来青大招人，青大的毕业生也是削尖了脑袋想进大公司。陈枫一看人这么多，让闻月站边上等着，自己铆足了劲往里挤，想把简历投了。

纪欣尧翘了家里父母安排的相亲，溜了出来，知道公司今天来青大开招聘会，就跟了过来，想认识些男大学生。那些心思弯弯绕绕、猜都猜不透的富家公子实在不是她的菜，她还是喜欢头脑简单、好操控的。

纪氏在青城拥有绝对的号召力，不管是名头还是薪资，都是行业顶尖的水平，招牌一摆，就有一大堆应届生拥上前去投简历。

纪欣尧像是在菜市场买瓜似的，抱胸站在外围，眼睛到处扫视，打量着那些还没毕业的男学生，但都没有中意的。这些人长得都不怎么样，她总不能越找越次，任骁虽然是个渣男，好歹阳光帅气。

想到任骁，纪欣尧就一肚子气，她目光乱扫，忽然看见了一个眼熟的面孔："你是任骁的女朋友吧？"

闻月刚婉拒了一个男生要联系方式的请求，回头就看到了纪欣尧，被她这么劈头盖脸地质问，不由愣了一下。

纪欣尧上下打量着闻月，上一回在酒吧的车库，她被气疯了，都没来得及好好看看任骁的女友，今天仔细一瞧，对方长得实在漂亮，她心里更加不快——正牌女友样貌出色，那就说明任骁找上她完全是出于利益考量，他一点儿都不喜欢她。

"原来你是青大的学生啊，都没毕业，难怪任骁要找上我，你帮不上他什么忙。"纪欣尧语气不善，态度轻鄙，就好像是闻月抢了她的男友一样。

闻月轻轻皱眉，不计较纪欣尧的失礼，平静地回道："我和任骁很早之前就分手了，纪小姐要是还对他有意，可以去找他。"

"你……"纪欣尧没想到闻月看上去柔柔弱弱的，还会温声细语地反击，她吃了个瘪，怒道，"你踹了的男人，我才看不上。当初要不是看他拉投资被我哥几番拒绝，我觉得他可怜，才想帮他一把，没想到他竟然敢骗我！也就是我之前被禁足了，不然任骁敢算计到我头上，我一定不会让他有好果子吃！"

闻月回："这是你和他之间的事，与我无关。"

纪欣尧实在跋扈，闻月不想花时间和她周旋，正好陈枫投了简历，从人群里钻了出来，闻月便客气地朝纪欣尧微微颔首致意，和陈枫一起离开了操场。

"小月，刚才那人是谁啊？不是我们学校的吧？"陈枫挽着闻月的手问。

"纪欣尧。"闻月答。

"啊？纪家的二小姐，之前任骁出轨的那位？"陈枫心直口快，话说出口才觉得不妥，讪讪道，"对不起啊，小月。"

"没关系。"闻月只是笑一笑，并不介怀。

"提起那个渣男我就生气，他有你这么优秀的女朋友还不知足，居然脚踏两条船，真是利欲熏心。"陈枫不屑地奚落道，"不是我说，纪欣尧她爸现在纪氏都没什么权力，她还能有什么话语权？任骁瞎了眼就算了，脑子还不好使。"

纪则临和他二叔不和，和纪欣尧这个堂妹的关系想来也不怎么样。闻月想起任骁之前对纪则临的指控，说是纪则临指使纪欣尧去引诱的他，这当是无稽之谈。

开春后，青城冰雪消融，雪化后，枯树长出了新芽，荡去了冬日的萧瑟。

这几天，青城里最大的新闻，大概就是纪氏集团高层的变动，就算是在学校，也有许多人关注着纪氏的消息，毕竟那把"三叉戟"在青城的地位非同寻常。

纪氏集团召开董事会的那天，青城的各家媒体争相报道，很快，纪崇武因经济犯罪被调查的事就上了各家头条。闻月看到新闻的时候，微微恍神，她想到了纪则临，不知道他此刻有没有胜利的喜悦。

晚上，她去了青水湾，陪纪书瑜看完书后，没有回校，就在别墅里住了下来。躺在卧室的床上，闻月等了许久都没听到汽车的声音，迷迷糊糊睡了过去。半夜，她被一声春雷惊醒，拿过床头的手机看了一眼，已经是夜里两点。

夜深人静，外头不知什么时候下起了雨，雨水落在刚抽出芽的树上，发出如蚕食桑叶一样的沙沙声。闻月掀开被子起身，拨开窗帘往楼下看了一眼，别墅前停着一辆车。纪则临估计很晚才回来，王叔已经睡了，才没帮他把车停进车库里。她披上外套，离开房间，径自下楼。

客厅里只开了一盏灯，不太明亮，纪则临独自坐在沙发上喝酒，听到动静，抬眼看过去，见到闻月时，眼底闪过一抹暗光："还没睡？"

闻月说："睡着了，被雷声吵醒了。"

纪则临放下手中的酒杯，朝闻月伸手，她抬手搭上去，被他一把拉了过去，坐在了他的腿上。

"今天怎么住这儿了？"纪则临埋首在闻月颈侧嗅了嗅，闻到她身上馨香的味道，心神都安定了下来。

闻月抿唇，如实道："我好几天没见到你了。"

"想我了？"纪则临笑问。

闻月看着纪则临，明知被他牵着鼻子走不妙，但还是没有违背自己的内心，轻轻点了一下头。纪则临心坎都是软的，他低头，一下一下若即若离地亲吻着闻月，含混道："这几天在忙，以后不会了。"

闻月抬起手，才刚搂上，纪则临就把这个吻加深了。他抱着闻月，吻得激烈，一只手还分心往下，撩起了她的睡裙。这阵子见面少，单独相处的机会更是寥寥无几。闻月觉得自己坐在纪则临怀里，就像是他抱着的一把琵琶，被他肆意地拨弄着琴弦，发出靡靡之音。

"别在这里……李妈会出来的。"闻月低头，靠在纪则临的胸口上说。

纪则临亲了亲闻月的发顶，把人横抱起来，上了楼后直接去了自己的房间。房门一关，一个封闭性的私密场所就形成了。

闻月被轻轻放置在床上，很快，纪则临就压了上来。

闻月问："你这里是不是没有……"

纪则临知道闻月想问什么，伸手往床头上摸了一下，低笑道："闻小姐觉得我是不长记性的人吗？"

大约一周前，闻月图清净来青水湾译稿，纪则临抽了时间回来，陪她在书房待着，没多久他们就缠在了一起。那时候因为没有计生用品，便没到最后一步，不过也足够荒唐。那是闻月生平第一回做这么出格的事，本来书房是神圣的地方，她却被引着，沉沦在了欲望之下。

现在她去书房看书，脑子里都会分心想到那天的事。她就像是一本书，被纪则临摊开放在桌面上，身体每一个部位都是字词，纪则临作为阅读者，一字一句仔细地阅读着她，翻来覆去。

纪则临今天打了场胜仗，整个人都是亢奋的，晚上喝了酒也没能把这股热血压下去，便一并用在了闻月身上。闻月这把琵琶不知被弹奏了几首曲子，只知道到了后面，她都不成曲调了。

夜里寒凉，别墅里仍开了暖气。几番折腾，汗水涔涔，不仅床上是狼藉的，就是浴室里的玻璃墙上都留下了好些手印。

纪则临的房间是睡不了了，洗了澡，他把闻月一裹，抱去了她的房间。

躺在床上，闻月浑身像是被拆过重组一样，四肢酸胀无力。要不是她前半夜睡了一觉，今天晚上她早就撑不住了。

"累了？睡吧。"纪则临捋了一下闻月的头发，说。

闻月找了个舒服的位置，靠在纪则临怀里，过了会儿抬起头问他："你今天是不是很高兴？"

"嗯？"

"我看到新闻了。"

"嗯。"纪则临收手揽着闻月，声音里透着一股餍足，"我把纪崇武踢出公司了。"

"他被你这么针对，之后会不会报复你？"闻月很担忧，从知道纪则临父母的意外后，她始终放心不下，生怕纪则临也会出事。

纪则临轻抚闻月的后背，安慰道："放心，他现在被调查，就算一

267

时半会儿进不去，也没办法随意行动。"

这次纪氏高层重组，剔除了很多腐朽的血肉，虽然对集团自身的影响也不小，但长远来看，是值得的。况且，纪则临蛰伏了这么久，就是为了让有罪者伏法，即使现在暂时还不能让纪崇武得到应有的报应，也算给了他一个不小的教训。

闻月在纪则临的安抚下稍稍宽心，她依着他，忽然想起一件事，说："我前几天在学校碰上你堂妹纪欣尧了。"

黑暗里，纪则临神色微变，搂着闻月肩头的手不自觉地收了力，沉声问："她和你说了什么？"

"没什么，她就是不满任骁，在我面前骂了他一顿。"

纪则临心头松了，但眉宇间还凝着薄霜。纪崇武倒台了，之后一定会想办法把妻女送出国避险，在纪欣尧离开青城前，不能再让闻月见到她。

"你现在在学校是不是没什么事了？"纪则临问。

"嗯。"闻月回道，"论文送审了，现在就等答辩了。"

"这段时间你要不要回江城陪陪你妈妈？"纪则临问。

闻月仰起头，纪则临敛起情绪，解释道："你来青城也一个多月了，你妈妈应该想你了，趁着学校没事，可以回去陪陪她。等我忙完这阵子，就去江城找你，到时候再一起回来？"

闻月其实也记挂着母亲的身体，虽然每次询问，母亲都说没什么不舒服的，但闻月仍不能全然放心。她之前就想找个时间回江城一趟，此时听纪则临提起，便点了点头，应了声"好"。

闻月全凭安排，十分乖从。

纪则临低头，在她额上落下一吻。夜色掩盖下，他的眸光渐渐幽深，好似无底的深渊，一片死寂。胜利的喜悦在这一刻，荡然无存。

次日，纪则临先醒了，怀里的闻月还在睡。她昨晚疲惫至极了，一觉睡得特别踏实。纪则临就这么静静地注视着闻月的睡颜，脑子里忽然产生了结婚的念头。他现在很清醒，也很理智，这不是一时的冲动，是渴望。他希望不止今天一睁眼就能看到她，以后的每一个清晨也都能如此。

纪则临动了一下，闻月本来就将醒未醒，这下有了朦胧的意识，她睁开眼，迷迷糊糊地问："几点了？"

"还早，你再睡会儿，我让李妈给你做点儿吃的。"纪则临亲了亲闻月，先一步起床。

昨夜一场雨下到现在还没停，雨季来临，青水湾雾气蒙蒙。王叔送纪书瑜去学校，回来说外面能见度很低，提醒纪则临今天如果开车，一定要小心。

昨天开了董事会，今天集团还有一堆烂摊子要去处理，纪则临打了个电话给李特助，让他给闻月订一张今天回江城的机票。闻月离开青城，他才能安心。

挂断电话，纪则临本想去餐厅把早餐端上楼，让闻月先吃点儿东西，他刚起身，别墅里就闯进了一个不速之客。李妈跟在她后面，急匆匆地进来，见到纪则临，慌忙解释道："纪总，纪小姐非要见你，我说不方便，她……她……硬要进来。"

"哥，你真的要把我爸爸赶出公司？"纪欣尧一大早火急火燎地跑到纪则临面前，一脸的不可置信。

纪则临眉间一紧，下意识地往楼梯方向看了一眼。千算万算，他没想到纪欣尧会直接找上门来，偏偏还是闻月在青水湾的时候，这么不凑巧。

他凝神沉住气，先安抚住纪欣尧："二叔的事比较复杂，你先去公司，迟点儿我再和你解释。"

"我现在去公司就是给人看笑话，哥，我爸爸说，是你设计陷害的他，是真的吗？"纪欣尧问。

纪则临神色微沉，眸中晦光一闪，说："二叔误会我了，我怎么会做对他不利的事？"

"但我爸爸说，是你给他下了套，让警方调查他，还召开董事会，联合公司的股东将他踢出了公司。"事实摆在眼前，纪欣尧已经动摇了，她开始相信父亲的话，纪则临是真的要对他赶尽杀绝。

"我知道你们之前因为公司管理权的事，有过一些矛盾，但现在纪氏由你掌管，我爸爸也不插手公司的事了，他没做过什么伤害你的事，你真的要做得这么绝吗？我们是一家人啊。"纪欣尧质问。

纪欣尧昨天知道纪崇武被剔除出纪氏的管理层，还被调查的消息后，整个人都处在崩溃中。她实在不能接受父亲的失势，一旦调查有了确切的证据，他是要坐牢的。到时候，她这个纪家小姐的头衔就成空的了。所以现在，她求到了纪则临的面前，企图用亲情让纪则临心软。

但纪欣尧不知道，这只会让纪则临更加冷漠。纪崇武做过的事，她这个女儿不知道，这些年纪则临却调查得清清楚楚。要说伤害，纪则临做的事比起纪崇武做的，是小巫见大巫。

纪则临说："我和你父亲的事三言两语讲不清，你与其在这里质问我，不如回去问问他，是不是真的没做过亏心事。"

纪则临失去耐心，不想再浪费时间和纪欣尧掰扯，他喊了李妈过来，正要让她送客，下一秒就见纪欣尧看着楼梯的方向，一脸惊讶。

纪则临心头一跳，当即回过头。闻月从楼上下来，走到一半，看到纪欣尧时愣在了阶梯上，似是没想到会在这里碰上别人，在犹豫要不要下楼。

纪欣尧问："你怎么会在这儿？"

闻月看向纪则临。

纪则临喉头发紧："你先上楼。"

"等等。"纪欣尧喊住闻月，狐疑地问，"你们……是在交往？"

这个问题纪则临无论如何都无法否认，在这一刻，他已经预知到了事态的发展。纪欣尧的目光在纪则临和闻月身上游弋，眼神一时困惑，很快转为愤怒。她现在已经不再信任纪则临，因此很容易就想通了关窍。

"难怪。"纪欣尧看着纪则临，怒声道，"难怪当初我和任骁的事会被赵氏的人知道，是你，你不想赵氏支持我爸爸，所以故意破坏了他想让我联姻的计划！"

纪欣尧以前总觉得纪崇武杞人忧天，他一直让她去认识那些公子哥，逼她做不喜欢的事，还说如果不联姻，他以后就没有足够的力量和纪则临抗衡，早晚会被踢出纪氏。

纪欣尧虽然这两年才回国进公司，但也听说过纪则临和自己的父亲夺权的事。她知道他们之间有龃龉，可她想，不管怎么样他们都是一家人，就算因为争夺公司的话语权而起了冲突，也不至于将本家人赶出公司。

纪欣尧是天真的，她不在乎谁执掌纪氏，是纪崇武还是纪则临都无所谓，只要姓纪就行，这样她就还能当个不愁吃喝、无忧无虑的纪家小姐。所以对外界传的家族争斗，她并不上心，甚至觉得纪则临管理公司挺好的，他不会像她爸一样要求她上进。现在她才知道，自己实在太蠢了，被人当棋子使都不知道！

纪欣尧眼前一阵昏黑，她抬起手指着闻月，对着纪则临咬牙道："你一开始就知道任骁有女朋友，却没有告诉我，因为你看上了这个女人，所以想借我的手破坏他们的感情，对不对？"

纪则临神色一凛，下意识地回过头，看向闻月。闻月脸色苍白，怔在了原地。

"难怪你说会帮我保密，哥，不对，纪总，一石二鸟，你真是好算计！"纪欣尧眼里淬着恨。

事到如今，纪则临也不需要对纪欣尧再有好脸色。他朝李妈递了个眼神，李妈便上前边劝边拉着纪欣尧，半强制地将她拉出了别墅。

纪欣尧一走，楼里霎时安静了下来，落针可闻。不知道是不是因为阴天，灰暗的天色让人感到前所未有的压抑，好像更大的暴雨将要来临。纪则临转过身，仰头看着站在楼梯上的闻月，就像罪徒在等待神明的审判。

"你有什么要解释的吗？"闻月扶着扶手，借力才能平稳地走下楼，她深吸了一口气，走到纪则临的面前，平静地问。

纪则临喉间发涩，缄默片刻，才开口道："我不作辩解。"

一股窒息感袭来，闻月轻轻闭了一下眼睛，忍过了那一阵眩晕，而后撩起眼睑，目光像死水一般，毫无波澜地看着纪则临。她回想了一下自己和任骁感情转下的关键点，问：《文·译》这个软件是不是你有意引导任骁设计的，因为你知道我绝对不会赞同文学翻译器的理念？"

到这分儿上了，隐瞒无用。纪则临喉头滚动，承认道："是。"

闻月心脏一缩，钝痛感让她感到呼吸困难。她其实早就清楚，百兽之王的爱是在獠牙之下的。

"纪则临，看到我和任骁因为观念不合产生矛盾，你应该很得意。任骁背叛我的时候，你很高兴，对吗？"闻月轻声问。

她说的话是射向纪则临的箭，又何尝不是射向她自己的？

闻月没有歇斯底里，比任何时候都要平静，却让纪则临感到心惊。他宁愿她发火，也不想看她哀莫大于心死的模样。

纪则临沉默了几秒，声音沙哑道："你早晚会发现任骁并不了解你，即使没有我插手，他也抵不住诱惑。"

"那也是我和任骁的事，我和他的感情能不能维系不是由你说了算的，这是我的人生，我自己做主。"闻月的语气有了起伏，她紧紧攥着双手，忍住鼻尖的酸意问，"你是不是觉得玩弄人心，像神一样高高在上地算计别人，操控着我的情感，很有成就感？"

纪则临闻言，紧皱眉头，看着闻月，沉下声说道："闻月，我没那么无聊，利用感情来获取成就感。我之所以那么做，只是因为我想要你。"

"我不是你的猎物！"闻月抿紧嘴角，眼底泛起粼粼微光，外面的雨水像是落进了她的眼睛里，她轻咬了一下唇，用痛意让自己保持冷静，"我现在都不知道我们之间的一切，是不是全是你精心设计、刻意伪装的假象，你只是想捕获我。"

诛心之言，莫过于此。闻月是个精于表达的翻译家，她能用语言让人心花怒放，也能用语言让人五内俱焚。

纪则临的眼底漫起了一片猩红，他欺近闻月，拉起她的一只手放在心口，直视着她的眼睛，落地有声道："我不是演员，没有那么大的本事，能在你面前扮演一个完美爱人。我的手段或许不够光明，但你总不至于怀疑我的心是脏的。"

闻月感受到手心底下，纪则临的心脏在剧烈地跳动，就在昨晚，她还听着它的怦跳声入睡。

此时此刻，她很混乱，不知道这段感情里到底什么是真，什么是假。但她明白，一段关系到了要分辨几分真、几分假的地步，就是病态的。

闻月抽出自己的手，压下万般情绪，沉默良久后，失望道："纪则临，你果然是个滥情者，你没有把我当成一个平等的人来看待。"

纪则临心口一沉，下一秒就听闻月倦怠地说道："我想我们还是不合适，所以……分开吧。"

纪则临脸色变了，他沉着眼，往前迫使闻月抬起头来看着自己："闻月，我不同意。"

闻月抬首："到现在，你还想逼我吗？"

闻月双眼泛红，蓄着泪水，纪则临的心像是被刀割，一阵剧痛。他明明答应过闻月的母亲，会好好爱护她的珍宝，当初他信誓旦旦，现在却没能做到。

纪则临了解闻月，她感性，却不失理智。一旦触及了她的底线，她便会毫不犹豫地离去。即使他做的事不过是推波助澜，但是有意为之，她这样的性格是不会接受别人抱有目的地干涉她的人生的。在闻月的世界里，尊严比爱重要。

明明刚休息了一晚起来，闻月却觉得累极了。她的心口像是破了个窟窿，冷风一直在往里灌，寒意从胸口蔓延到四肢。

她没有心力再和纪则临拉扯，低头绕开他就要走。纪则临下意识地抓住她的手，却在和她对视上的那一刻怔住。

"我想回学校。"闻月别开脸，轻轻哽咽。

纪则临向来不择手段，只要能得到想要的，他从来不会后悔。但此时，在看到闻月落泪的这一刻，他前所未有地痛恨自己。

她是高悬于天上的月亮，不是任人随意攀折的花枝。他迷恋她身上皎洁的光芒，就不能肆意地将她摘下，让她因此黯淡。

纪则临可以强行留下闻月，但那又有什么意义？一股无力感涌上心头，半晌，他喉头滚动，低声说："外面下雨了，我让王叔送你。"

闻月抽回手，转身离开，只留给纪则临一个决绝的背影。

外面的雾气更浓了。

闻月回到学校后，当天晚上就发起了高烧。幸好陈枫还住在学校，她找出了退烧药，喂闻月吃下，照顾了闻月一晚上。闻月闷出了汗，半夜退了烧，隔天醒来，整个人还很虚弱。

"小月，你还好吗？"陈枫倒了一杯温水，爬上闻月的床，递给她润润嗓。

闻月抿了几口水，看向陈枫："昨天晚上麻烦你了，小枫。"

"我们是朋友，说什么麻烦不麻烦的？"陈枫伸手探了探闻月的额头，不烫手了，她松一口气，说，"昨天晚上你吓死我了，烧到三十九摄氏度，我差点儿叫救护车。"

闻月虚弱地笑了笑："还好没叫，我就是着凉了。"

陈枫接过闻月手里的杯子，觑了她一眼，纠结片刻，开口说道："小月，昨晚你发烧，嘴里一直喊着一个人的名字，好像是……是……小纪总。"

闻月恍了一下神，昨天晚上，她的确梦到了纪则临。她的表情一下子沉寂了下来，眼神里透着淡淡的伤感。

陈枫大着胆子，问："你和小纪总是不是……在交往？"

闻月抿紧唇，几秒后，对陈枫坦白道："我们之前是在交往，现在……已经分手了。"

陈枫惊掉下巴，闻月简单一句话，信息量太大了，她把一个故事压缩成了几个字，陈枫听完已经忍不住开始脑补了。陈枫的心情可谓大起大落，刚得知自己看好的有情人成了，不到一秒钟，就分手了。

"我就说他这么个大忙人，怎么总来学校接送你？原来他真的在追你……之前在演讲上，他说的那个不要学分也能毕业的心上人，是你吧？"陈枫问。

闻月不语，算是默认了。

陈枫想起来，那个时候闻月和任骁还没分手，纪则临就当众隐秘地表白了。她在心里暗自感慨，看来故事远比她想的要刺激。

"对不起小枫，我不是有意要瞒着你的。"闻月沉默片刻，向陈枫道了歉。

"没事，我知道你的顾虑，小纪总什么人啊，真要被人知道你们在交往，不说外边的人，就是学校里的同学都会把你扒个彻底。"陈枫善解人意，她看着闻月，迟疑了一下，问，"只是……你们怎么分手了？是不是纪则临惹你伤心了？"陈枫直呼纪则临的大名，语气不善，大有一种要为闻月出气的感觉。

闻月垂眼，半晌，摇了摇头，神情落寞道："我和他不合适。"

具体怎么个不合适法，闻月没说。陈枫看得出来，闻月对纪则临的感情很深，上回她和任骁分手都没这回神伤，陈枫还是第一回看见闻月失了魂的样子，整个人肉眼可见地消沉了下去。因此，尽管陈枫抓心挠肝地好奇闻月和纪则临的事，也不会在这时候去刨根问底，撕扯闻月的伤口。

学校里没什么事，也不需要去上课，闻月吃了感冒药后，就还是在床上躺着。她的身体很疲惫，却一点儿睡意都没有。感冒药没有麻痹思想的作用，她的脑子还很清醒，清醒地想着纪则临。

同样是分手，这次除了伤心，她还觉得痛，好像身体里的一部分被活生生地剥离了，那种精神上的痛感无药可医，她只能生生地忍受着。

放在枕边的手机这时候响起铃声，闻月反应迟钝，几秒后才拿起手机看了一眼，是王瑾珍的来电。她迟疑片刻，坐起身，接通了电话："老师。"

王瑾珍温声问："小月，今天怎么没来庄园啊？"

闻月这才记起今天是周六，马上解释说："老师，不好意思，我忘了和您说，我感冒了，这周就不去庄园了。"

"你生病了？"王瑾珍听出了闻月的鼻音，语气关切起来，询问道，"去医院看过没有？严重吗？"

闻月喉咙痒，没忍住，咳了两声，说道："不是很严重，我吃药了。"

"光吃药有时候不顶用，要不要我让李医生去学校看看你？"

"不用了，校医院有医生。"

王瑾珍看闻月坚持，也不勉强，叮嘱道："换季最容易生病，你千万别自己硬扛，难受了一定要去看医生。"

闻月乖顺地答："好的，老师。"

王瑾珍还想说什么，听闻月的声音有气无力的，想来她不舒服，便不说些有的没的，再让她不好受。

挂断电话，王瑾珍看向坐在一旁皱着眉，一脸沉郁的人，叹了一口气，说："小月生病了，我听她声音都是哑的，感觉病得不轻。"

纪则临眉间更紧，他拿出手机想打电话，手指却始终悬在键盘上，那个拨号键就是按不下去。闻月现在大概是不想理会他的。

今天纪则临一来，王瑾珍就察觉到他不对劲了。他没把闻月带来就算了，还让她给闻月打个电话，询问闻月现在怎么样了。这任谁一看，都能看出他们俩吵架了，而且过错方还是纪则临。

如果只是简单的矛盾，王瑾珍相信纪则临是能自己把人给哄好的，他现在求上了她这个老太太，她也就知道他是真的没招了。

王瑾珍稍一想，就大致猜到两个小辈是什么情况了。

她叹息了一声，说："我早和你说过，小月的性子是刚烈的，她很包容，但也有极强的原则性。只要不触犯她的底线，她都不会和人计较，是极好相与的，但是一旦犯禁，她又会十分果断决绝。你喜欢她，肯定也是觉得这样的她有魅力，所以现在你不能怨她绝情。这是你自己的选择，小月并没有错。"

"我知道。"纪则临垂首，罕见地露出了颓唐的神色，"是我赌输了。"

"你啊，一开始就不应该拿感情来赌。爱情和商业不一样，人不是死物，你能靠手段取得商业上的成功，不代表可以用同样的方法得到爱情。"王瑾珍看着纪则临，以外祖母的姿态谆谆说道，"则临，你要明白，占有并不是拥有，你可以靠手段占有一个人一时，却不能拥有她一世。"

纪则临心口微震，好半晌失神。

他从小生长在弱肉强食的世界里，知道如果不够心狠，就爬不到食物链的顶端，要落到被分食的下场，所以他学会了掠夺。

他习惯了这样行事，遇上闻月之后，就不假思索地将丛林法则用在了她身上，却忘了她是在广阔的原野上成长的。她感受过更多的阳光雨露，生活里没有那么多的算计，她是自由且独立的。

他们本不属于一个世界，是他强行将她圈进了自己的领地里。他以为占有就是拥有，现在才发现自己错得离谱。

闻月在寝室里休息了一天，午饭都是陈枫帮她带的。

这场感冒来势汹汹，不知道是不是闻月的抵抗力变差了，药吃下去不起作用，到了晚上，她又烧了起来。

陈枫摸了摸闻月的额头，当即决定带她去校医院挂号。

校医院晚上有人值班，陈枫搀着闻月进了医院，去急诊室找医生看了看，医生很快就开了单子，让闻月去病房挂水。

医生建议闻月挂完水在医院住一晚，之后如果再有什么情况，也能及时找医生来检查。陈枫担心闻月会反复发烧，替她拿了主意。迟点儿，张佳钰回校，收到陈枫的消息赶来医院看望闻月。陈枫让张佳钰照看着闻月，自己回了趟宿舍，收拾了些生活用品，打算晚上在医院陪床。

闻月烧得迷迷糊糊，意识都是浑浊的，半梦半醒间，她看到了一个男人的身影，十分熟悉。她想自己大概又是在做梦，梦中，纪则临伸出了手，极尽温柔地摸了摸她的脸。闻月生了病，意志薄弱，再不能靠理智来思考，本能地向他的掌心靠过去，姿态依恋。

梦是非理性欲望的达成。①

她想，只是做梦而已，没有人会知道，那么就允许她偷偷地软弱一回。

吃了药，挂了水，闻月总算退烧了。她睡了一觉，醒来时还浑浑噩噩，看到坐在床边的人，一时搞不清自己到底是不是还在做梦。

"醒了，还觉得哪里不舒服吗？"纪则临见闻月睁开眼，立刻伸手试了试她额头的温度。

闻月感受到额上真实的触感，才恍然眼前的人真的是纪则临。

"你怎么会……"闻月开口，发觉自己的声音哑得厉害。

纪则临扶起闻月，倒了一杯温水递过去。

闻月垂眼，没有就着他的手喝水，而是接过了杯子。

纪则临眼神微黯："老太太说你生病了，我过来看看，正好在寝室楼下碰到了你的室友，她说你在医院。"

闻月喝了小半杯的水，刀割般的喉咙总算好受了些。她始终低着头，等纪则临说完，客客气气地回了一句："纪先生费心了，麻烦您和老师说一声，我没什么事。"

纪则临轻叹了一声："醒了就不认人了。"

---

① 出自《梦的解析》。

闻月想到刚才自己以为身在梦中，对纪则临表现出的亲近，有些不自在："抱歉，纪先生，冒犯了。"

纪则临皱眉："你一定要和我这么疏远？"

闻月紧紧握着手中的杯子，像是谋求一个理智的支点。她抿了一下唇，尽量平静道："我们已经分手了。"

纪则临说："我没有同意，你一个人说了不算。"

"依纪先生的逻辑，我和任骁也不算真正分手，他还是我的男友。"闻月语气淡淡，言辞却犀利。

纪则临脸色微沉，有点儿难看："那这个第三者我当定了！"

"纪则临！"闻月情绪激动，忍不住低头剧烈地咳嗽起来。

纪则临立刻抬手轻轻拍着闻月的背，帮她顺气。闻月好不容易平复下来，推开了纪则临的手。纪则临无奈："你要生气，也等你病好了再和我发火。"

闻月垂首沉默，打定了主意不再搭理纪则临。

纪则临看她又消极面对自己，皱着眉头，却在看到她苍白的病容时，心头一软，泄了心气。他几不可察地叹了一口气，开口郑重地说道："以前的事是我不对，我道歉。但是闻月，有一点我要澄清，被捕获的人不是你。"

闻月的眼底起了波澜，却还是用残余的理智让自己保持冷静。她抬起头，今晚第一回正式地看向纪则临："纪先生，这是你的又一个策略吗？"

纪则临心口钝痛，真心被当成手段，这是他的报应。他看着闻月，目光晦涩："我不否认一开始为了得到你，我用过一些计策，但我对你的感情是认真的。我说过，我不为征服你而来。"

"纪先生的真心，我现在已经不敢相信了。"闻月抿紧唇，眼神倔强。

纪则临神色一凛，眼瞳霎时失去了光彩，再没有平日里凌人的气势，完完全全成了个落败者。

闻月这枚月亮不是满月，是月牙。她就像断臂的维纳斯，带着一种缺憾的美，尽管看上去没有攻击性，但触碰她的人只要稍不注意，就会被割上一刀。

纪则临今天生生挨了她这一刀，皮开肉绽，鲜血淋漓，却只能暗自忍受。如果这是当初摘下月亮要付出的代价，那么他情愿多被割上几刀，以此求得她的原谅。

闻月很久没有生病了，这次开春换季，大病了一场。病去如抽丝，中药、西药双管齐下，她还是咳了一周，连预答辩都是带病上的。幸好她对自己的论文了然于心，即使生病也没有影响发挥。

预答辩结束，闻月回宿舍。陈枫先一步回来，看见她就说："小月，你让我代收的快递，我放你桌上了。"

闻月点头道谢，走到自己的位置前，垂首看了一眼那个快递，隐隐猜到了里面是什么。她迟疑片刻，把快递拆了，打开一看，里面果然是一本典藏书。

陈枫凑过来看，见到那本书，眼睛都瞪圆了："哇，这书好早之前就绝版了，网上连电子版都找不到。谁这么神通广大啊……是小纪总吧？"

闻月默认。纪则临一直在搜罗各种典藏书，每隔一段时间就送她一本，他说积少成多，等到他们七老八十了，一屋子的书都是他们爱情的见证。那时候闻月真的憧憬过，和他一起到老。

陈枫观察着闻月的表情，见她神色哀哀，忍不住开了口："小月，小纪总到底怎么惹你不高兴了？我看他对你上心得很，你高烧住院那天晚上，他一直守在病房里。"

陈枫"啧啧"感慨道："你醒了后让他回去，他也没有真的走，半夜我口渴出去装水，看到他就坐在外面，他见我出去，还以为你出什么事了。我之前一直以为，小纪总是不管碰到什么事都淡定从容、不乱阵脚的人，原来他也会着急啊。"

闻月越听，神色越寂寥。陈枫见状，试探道："小月，你要是心里还有小纪总，不如就原谅他？你们都还在意对方，就不要互相折磨了。"

尽管是闻月提了分手，但她比任何人都清楚，自己心里放不下纪则临。但就此原谅他，当他以前做的事不存在，她做不到。她不想靠自我欺骗来粉饰这场爱情，去虚假地延长它的寿命。

闻月竭力保持理智，但只要一想到纪则临，她的心里还是会有酸胀感，那种感性和理性在相互拉扯的感觉让她感到痛苦。第一回，她产生了逃避的想法。

青城现在对闻月来说是一个伤心地，这里有她摆脱不了的伤心事，有睁眼闭眼都忘不了的人。她想，可能回到家乡，在熟悉的环境中就能平静下来。预答辩结束，离正式答辩还有近一个月的时间，闻月打算回江城陪陪母亲，准确地说是让母亲陪陪她。

离开青城前，闻月找了个时间去了趟落霞庄园。不管她和纪则临的关系怎么样，王瑾珍都是她的恩师，她理应去问候老师。

到了庄园，陈妈见着闻月大为欣喜，忙去喊了王瑾珍来。

王瑾珍见着闻月，立刻露出了和蔼的笑容，等她走近了，拉着她的手，轻轻抚了抚，心疼道："瘦了。"

王瑾珍问："身体好些了吗？"

"只是个小感冒，已经好了。"闻月回道。

"这段时间你遭罪了，晚上我让陈妈给你做点儿好吃的补补。"王瑾珍拉着闻月坐到沙发上，"晓楠和我说了，你的论文写得好，被好几个老师夸了。"

"是您和陈导指导得好。"闻月谦逊道。

"我们不过是提了几个意见，主要还是你自己有能力。"王瑾珍拍了拍闻月的手，又问，"之前你说要出国，准备得怎么样了？"

闻月如实回道："申请材料已经准备得差不多了。"

王瑾珍说："那就好，你有需要尽管开口，我认识几个外国学校的教授，可以帮你写介绍信。"

闻月点了点头，真诚道："谢谢老师。"

"别和我这么客气，这两年有你常常来陪我说话，我才不觉得那么孤单。只可惜……"王瑾珍长叹了一口气，遗憾道，"时间过得太快，你毕业之后，我们再要见面就没那么容易了。"

"本来还想着要是你和……"王瑾珍话说到一半，轻轻摇了摇头，转而说道，"罢了，人和人的缘分都是命定的，强求不来。"

闻月知道王瑾珍未尽话里的意思，心口微微一痛，垂下眼说道：

"老师，以后有时间我还会来青城看您的。"

王瑾珍叹道："乖孩子。"

闻月看着王瑾珍，不免感伤了起来。近两年的相处，她们亦师亦友，王瑾珍把她当亲人一样对待，虽然她现在说着以后有机会还能见面，但人生无常，多少人在分开之后就不复相见了。

青城译文出版社的编辑之前给她抛出过橄榄枝，说社里需要她这样的翻译人才，她原本是想回国之后就在青城工作的，但现在……

闻月正失神，一只猫忽然跳到了她的腿上，喵喵叫着。她本来以为是王瑾珍养的那只英短，低头一看，惊喜道："Rose！"

"你怎么在这儿？"闻月摸了摸猫的脑袋，抬起头左右看了看。

陈妈在一旁解释说："这猫是则临前些天送过来的，他说这么久不见，你一定想猫了，猜到你之后会来看望老太太，就把猫送来这里养着，等着你来看。"

闻月愣怔，她不去青水湾，见不到 Rose，的确很想念。

陈妈端详了一下闻月的表情，眼骨碌一转，她绘声绘色道："则临以前可是不喜欢宠物的，老太太的猫他从来不亲近，不过他现在和小月的这只猫相处得挺好的。我看他吃了不少苦头，这猫顽得很，他被挠了好几次，手背上都是抓痕，哎哟，看着唬人。"

闻月闻言失神，低头抚摸着 Rose，沉默不语。

王瑾珍见闻月缄默，对着陈妈摇了摇头，说道："好啦，你就别替他卖惨了，都是他自找的。"

说完，她看向闻月，也没说什么劝和的话，反而站在闻月这头，说："则临以前做了混账事，你生他的气是对的。他啊，就该狠狠地跌一跤，收收性子了。"

闻月扯了扯嘴角，却笑不出来。纪则临跌一跤，她又何尝能全身而退？

王瑾珍看闻月神情哀伤，又想到自己外孙近来郁郁寡欢的状态，不由得在心里长长地叹了一声。情爱这事果然磨人，就这么一阵，两个人都形槁心灰，没了以前的生气。

傍晚，闻月陪王瑾珍在庄园里散了散步，之后独自一人站在外廊上吹风。

　　青城是有春天的，随着天气渐渐暖和，万物复苏，庄园里的花草树木都换了新绿，生机盎然。此时夕阳西坠，天际霞光万丈，团团的红云像是燃烧的棉团，要落入人间。

　　纪则临到庄园时，就看到闻月只影站在廊上，仰头专注地看着云霞，微风把她的头发拂起，她的身上现出一种破碎的美。一瞬间，他仿佛回到了他们刚相识的那段时间。那时候，他觉得缪斯降临到了身边，但现在，她好像随时都要离他而去。

　　闻月察觉到身后有人靠近，回头见是纪则临，眼波微动，像是被清风吹起了涟漪。

　　上回在医院，她生气之下说不想再见到他，这段时间他就真没有再出现在她的面前，却又没有完全消失。李特助隔三岔五地来学校慰问，说是王瑾珍不放心，让他来确认她的感冒是否好了，但闻月又不傻，李特助是纪则临的人，没纪则临授意，他怎么会过来？

　　纪则临走上前，侧过身，帮闻月挡住吹来的凉风，说道："你的感冒才好，不要在风里站太久。"

　　闻月低下头，目光瞥到纪则临的手，他的手背如陈妈所言，有几道触目的红痕，一看就是猫抓的。

　　纪则临察觉到她的视线，抬了一下手，解释了一句："Rose 最近有点儿暴躁，前几天陪它玩的时候，不小心被抓了。"说完，他郑重地声明，"这不是苦肉计。"

　　纪则临自嘲："虽然我的确想过，利用这几道伤痕在你面前博同情。"

　　"Rose 一向很乖的，一定是你招惹它了。"闻月替 Rose 说话。

　　纪则临苦笑："对，是我的错。不知道我诚心道歉，它肯不肯原谅我？"

　　闻月听出纪则临的言外之意，别开眼："我不是 Rose，你要去问问它。"

　　纪则临说："那劳烦你帮我问问，如果它不解气，可以再挠几次。"

　　闻月知道纪则临开始耍无赖，再说下去，她又会被他绕进去，便不打算再搭理他，转身往宅子里走。

纪书瑜一见着闻月，立刻跑过来和她搭话，询问她最近怎么不去青水湾，又抱怨纪则临讲故事无聊，干巴巴的，一点儿意思都没有。

大人的矛盾不好转移到小孩子身上，闻月没有和纪书瑜说明自己和纪则临分手了，只说最近在忙毕业的事，腾不出时间。

闻月余光看到纪则临走过来，便拉着纪书瑜往楼上走，说要陪她看书——在完全整理好自己的情感前，闻月觉得还是离纪则临远点儿好，免得受到干扰，再被他牵着鼻子走。

纪则临见闻月避着自己，想起了他们交往以前，那时候她也是看见他就躲。可他现在不敢像之前一样冒进，只能看她心情行事。月亮锋利，割起人来疼得很，在这段感情里，主动权一直不在他的手上，现在他更是不敢也不能轻举妄动。

王瑾珍还是第一次看到纪则临碰一鼻子灰，不敢怒、不敢言的模样，她又是好笑又是无奈："你啊，现在就别在小月面前晃悠了，免得她见着你又伤心，以后再不来庄园了。"

纪则临叹了一口气，说："怎么您也嫌弃我了？"

王瑾珍说："可不是，谁让你当初不听劝，做了混账事？"

纪则临自嘲："的确是我自找的，但是如果再来一回，我还是会去做那些混账事。我宁愿闻月现在恨我、不待见我，也不想她和我毫无瓜葛。"

谁说对一个人极度地偏执占有就不算爱情？

王瑾珍知道纪则临这是真的爱惨了闻月，轻轻叹了一声，劝道："你给小月一点儿时间，别逼着她，你也逼不了她，要吸取教训，知道吗？"

纪则临往楼梯处看了一眼，克制道："我知道。"

到了饭点，陈妈喊闻月和纪书瑜下楼吃饭。

纪书瑜坐到桌边后没看到纪则临，直接问王瑾珍："舅舅呢？"

"他啊，还有工作，回市里了。"王瑾珍说。

"他怎么又要工作？"纪书瑜不满，小大人似的数落纪则临，"闻老师好不容易不忙了，他也不多花点儿时间陪陪她，就知道工作。要是闻老师生气，我就没有舅妈了。"

王瑾珍被纪书瑜的模样逗笑了，还和闻月说："你看她，小小年纪，倒训起她舅舅来了。"

闻月配合着笑了笑，心里明白纪则临是见自己躲着他，才没有留在庄园的。他们似乎回到了原点。

春天的庄园不仅植物复苏，过了冬，很多动物都活跃起来了。入了夜，庄园里不再只有风声，偶尔能听到虫鸣鸟叫声，十分悦耳。

王瑾珍和纪书瑜早早休息去了，闻月睡不着，独自在书房里待着。她心里挂着事，看不进书，就托着腮听着外面的声音。

陈妈睡前习惯性地上楼巡查一圈，见书房有光，走进去看到闻月，问了一句："小月，还在看书呢？"

闻月回神，点了点头。

陈妈劝道："你病才好，别熬太晚了，早点儿休息。"

闻月应了声"好"，回头见陈妈还站在边上，表情犹犹豫豫的，便主动问道："陈妈，您有话要说吗？"

陈妈看着闻月，试探地问："小月，你和则临是不是吵架了？"

闻月垂下眼，回道："我们分手了。"

陈妈有些惊讶："啊……你把则临甩了啊？我还以为你们只是吵吵嘴、闹闹别扭。"

陈妈看着闻月，左思右想，最后还是忍不住开口说："小月，老太太不愿意插手干涉你和则临的事，怕你因为她难做。我在纪家待了好多年了，也算看着则临长大的，实在忍不住替他和你求求情。

"我看得出来，则临是真心喜欢你，和你在一起，他整个人都是不一样的。我以前总在想，要是则临的父母没出事，他会是什么样的，直到看到他在你面前的样子，我想大概就是这样的。"

陈妈说着，长叹了一声："则临其实也是可怜，你别看他现在人前人后风风光光的，他父母意外去世后，他其实在纪家过过苦日子。你想啊，那种大家族，势利得很，他还带着个妹妹，处处不受待见。

"则临父母还在世的时候，他的性子不像现在这样捉摸不定，有外祖父外祖母两个教授教导，你想他能坏到哪儿去？是后来家里出了变故，他才转了性子，他要不狠一些，早被人踩在脚底下了。

"所以小月，要是则临做了什么事惹你不高兴了，还请你给他一次机会，他肯定不是有意想伤害你，只是用错了方法。"

从书房出来，闻月脑子里还在回想陈妈说的话，心里乱糟糟的。之前她下过决心，要去解析纪则临这首诗，但其实到现在也没有真正地了解他。他的成长经历、遇到的坎坷、吃过的苦头……他是怎么从纪则临变成纪总的，她一概不知。她只浅显地看到了诗面，就以为他生来就是这样的。

正出神着，闻月察觉脚边有东西在蹭自己，低头看到 Rose，不由得眼神软了。她蹲下身，摸了摸 Rose，不过一段时间不见，它就胖了不少，看来是被悉心照料着。她想起了纪则临手上的抓伤，忍不住轻声和 Rose 说："你怎么能抓人呢？以后不可以了，知道吗？"

Rose 喵喵叫着，像是回应。闻月把它抱在怀里，轻轻喊着它的名字："Rose, Rose."

当初她给这只猫起这个名字，就是想做个纪念的。

闻月垂眼看着 Rose，眼底几番情绪转换，好一会儿，她才幽幽地叹了一口气，低声说道："霸道的绅士，你为什么不索性坏得彻底一点儿？"

闻月昨天晚上失眠了，她想了很多事情，最后辗转到了半夜才勉勉强强睡着。早上，她是倏然惊醒的，也没有具体什么事情，就忽然醒了过来，像是有事情要办一样。睡醒后，尽管还困乏，但闻月并没有赖床，很快起了床，洗漱下楼。

王瑾珍看见她，招了招手，示意她一起去吃早餐。

"昨天晚上睡得好吗？"到了餐厅，王瑾珍坐下后问。

闻月眼睛干涩，为了不让王瑾珍担心，就回道："挺好的。"

王瑾珍问："你这段时间在学校没什么事，不如在庄园多住一段时间？"

闻月抿了一下唇，和王瑾珍说道："老师，我打算回江城。"

王瑾珍先是面露讶异，随即了然地点了点头，宽厚道："有时间是该多陪陪你妈妈……打算什么时候走？"

闻月答："我订了下午的机票。"

时间这么紧促，王瑾珍也就知道闻月早在之前就做好了要回家的准备，这次是来和自己道别的。她心里不舍，但也知道闻月这阵子在青城待着肯定不开心，不然也不至于大病了一场。身体上的病痛有药可医，心病便只能靠自己医治。

"你回去散散心也好，下午我让司机送你去机场。"王瑾珍没有强行留下闻月，蔼然说道。

闻月点了点头。

回江城本来就是计划内的事，就算没有和纪则临分手，她也是要回去看母亲的，只不过现在除了回家探亲，又多了散心疗伤的目的。

闻月昨晚思索良多，但怎么也理不清头绪，她还是第一回有种剪不断，理还乱的感觉。理智上，她知道自己应该果断地收回对纪则临的感情，但实际上怎么也做不到，甚至想到要分开，她就一阵心酸。

之前母亲说过，有一天她会遇上一个人，到那时，她就能领会到自己的情感是多么丰沛。原来这样的情感不只包括快乐、幸福，还有痛楚和悲伤。

爱一个人原来是各式各样情感的交织，难怪不管古今中外，关于爱情的文学作品层出不穷，这一主题到现在都无法被人勘破。

想来想去，闻月还是决定回家待一段时间，等心情平复了，再去思考和纪则临的关系要怎么处置。

午后，王瑾珍让庄园的吴师傅送闻月去机场，虽然不是最后的离别，但闻月还是很舍不得王瑾珍。她依依不舍地抱了抱王瑾珍，和王瑾珍道了珍重，这才坐上了车。

王瑾珍看着汽车越走越远，抹了一下眼角，回头和陈妈感慨道："多好的姑娘，只可惜我没那个福分。"

陈妈扶着王瑾珍，安慰道："这都还没定论呢，则临为了小月，花粉过敏、怕猫都克服了，我相信他能把小月追回来的。"

"但愿吧。"王瑾珍摇头叹了一声。不是她悲观，只是爱情并不是事在人为的东西，现在也只能看两个小辈怎么处理这段感情了。

到了机场，吴师傅把车停在停车场，帮闻月提着行李去办手续。

闻月托运完行李，和吴师傅道了谢，让他先回庄园。

吴师傅看了一眼时间，迟疑了一下，说："闻小姐，纪总在来机场的路上，您要不要等等他？"

闻月诧异："他怎么知道我要走？"

吴师傅露出一个尴尬的神情，坦白道："我刚才给纪总发了消息。"

吴师傅拿着纪则临发的工资，自然要替他着想。闻月并没有怪罪他，她看了一眼时间，还有一个多小时飞机才起飞。

闻月可以不等，直接过安检去候机厅，但在某种情绪的催动下，她还是站在了航站楼大厅。她自己也说不清为什么，想到昨晚陈妈说的话，就无端有种想见纪则临的冲动。她说服自己，只是见一面而已。纪则临那样霸道的人，如果执意要见她，就算她进了候机厅，他也会想方设法追进去。既然结果一样，那她不如站在原地等着他。

青城机场里人来人往，到处都是匆匆出行的人。

闻月看到一对恋人在机场大厅旁若无人地拥吻，好像即将分别，这是临行前的一次热烈的示爱。她以前不是很能理解这样外放的情感，也体会不到和恋人分别时的浓烈不舍，但现在，她完全能明白那种心情。

她突然很期待见到纪则临，逃避不是办法，或许他们可以好好聊一聊，就和以前一样。他这首诗尽管晦涩难懂，但她是翻译家，最擅长拆文解字，再艰深的诗歌她都能攻克。

不知道是不是抱着期待，所以等待的时间变得格外漫长。闻月等了很久，还是没有见到纪则临。她看了一眼时间，已经过去了半个多小时，再不安检，时间会很赶。吴师傅也觉得纪则临来得有点儿慢，照理说从公司到机场，怎么着也该到了。他见时间要来不及了，主动给纪则临拨了电话，无人接听。他觉得奇怪，就给李特助打了电话，想问问情况。

闻月在一旁看着吴师傅，见他打通了电话，问了两句后脸色大变，心里不由咯噔了一下，突然有种不好的预感。

"吴师傅，怎么了？"闻月见吴师傅挂断了电话，立刻问道。

吴师傅看着闻月，神色为难，似乎在犹豫要不要告诉她自己刚才得知的消息。但闻月眼神执着，他无法糊弄过去，只好支支吾吾地说：

"李特助说……说……纪总出了车祸，现在在送往医院急救的路上。"

闻月的脑子轰然一片空白，她一时失去了语言分析能力，听不懂吴师傅说的话，木讷地确认了一遍："您是说……纪则临出车祸了？"

吴师傅答："嗯。"

吴师傅见闻月要站不住，赶紧扶了一把。闻月的脸色唰地一下白了，她眼前发黑，忽然有种透不上气来的溺水感。这种支撑不住的感觉她不陌生，之前收到父亲母亲送去医院急救的消息时，她就觉得世界要坍塌了。

"闻小姐，您还好吧？"吴师傅问。

闻月的手不自觉地在颤抖，她闭上眼，强行稳住自己的心神，再睁开眼时，冷静了许多。她和吴师傅说："麻烦您送我去医院。"

吴师傅问："您不回江城了？"

闻月摇头。

吴师傅问了纪则临被送去的医院，开车载着闻月赶过去。在车上时，闻月都没能缓过神来。纪则临出事的消息很快被媒体报道了，她打开手机就能看到新闻，报道称，纪氏集团的纪总在前往机场的路上出了车祸。

新闻上的事故现场图十分惨烈，两辆轿车相撞，冲击之下，汽车都变了形，看上去触目惊心。可以想见，坐在车里的人的情况该有多糟糕。

仅存的那点儿侥幸心理荡然无存，闻月的心里只剩下绝望。

到了医院，闻月赶往急救室，在门外看到了李特助。

"他……怎么样？"闻月上前，焦急地问。

李特助面色凝重："不是太好……具体情况要等手术结束才能知道。"

闻月抬起头，看着手术室还亮着的提示灯，一颗心无止境地往下坠。

得知纪则临出车祸的消息，王瑾珍从庄园赶了过来，到了手术室前，饶是经历过世事的王瑾珍都失去了往日的镇静，一脸焦心慌张。

王瑾珍看到闻月倚靠在医院的墙上，神色凄惶，上前握住她的手，安慰道："没事的，小月，则临福大命大，一定会平平安安的。"

闻月本来还强撑着，被王瑾珍一安慰，眼圈立刻红了。闻月回握住王瑾珍的手，心里知道王瑾珍此刻一定也很担心，便用力地点了点头，也给她信心。

没多久，周禹赶到，他喊了李特助在一旁问情况。闻月没有仔细去听他们在说什么，但隐隐听到了纪崇武的名字，好一阵失神。

时间仿佛静止了，闻月不知道过去了多久，手术灯暗下的那一刻，她的心脏骤然一缩，医生从里面走出来的时候，她都不敢上前询问情况。

医生摘下口罩，说手术很顺利，患者没有生命危险。闻月松了一口气，揪着的心舒展了些，在看到昏迷着被人从手术室里推出来的纪则临时，心重新揪得紧紧的。

纪则临被送到监护病房，家属暂时还不能进去看望。闻月透过玻璃，看着戴着氧气罩躺在病床上的人，忍不住哽咽。纪则临从来都像狮子一样，生命力强大，给人以压迫感，她还是第一回看到他像现在这样，气息奄奄的，如同被拔了爪牙和獠齿。她不喜欢他这个样子。

王瑾珍询问纪则临的受伤情况，医生说他受了较为严重的撞击伤，造成了肺脏的损伤，右手因为挤压骨折，另外就是一些大大小小的擦伤。

李特助也和王瑾珍简单地说明了一下事故现场的情况。纪则临独自开车前往机场，在路上被对向车越线迎面撞上，还好纪则临反应迅速，及时打了一把方向盘，否则正面撞上的话，他的情况要更加严重。

王瑾珍忧心忡忡："怎么会有人占对向车道开车？对方怎么样了？"

"也在医院治疗，警方之后会进行调查，这场事故……大概率是人为的。"李特助回道。

王瑾珍想到之前自己的女儿女婿出的意外，顿时痛心道："什么大富大贵之家？龙潭虎穴还差不多，里边都是些没有心肝的家伙，托生在这样的家庭，真是不知道造了什么孽！"

闻月闻言，回头看向还昏迷着的纪则临，心有戚戚。

纪则临还需要观察，闻月担心王瑾珍的身体，劝她先回去休息。

王瑾珍看着闻月发红的眼圈，知道她也在崩溃的边缘，便不想让她一直待在医院这个压抑的环境里。李特助在医院附近订了酒店，王瑾珍劝闻月和自己一起过去："医院有李特助和周禹，则临有什么情况他们会说的，你在这儿也只是干熬，到时候把身体熬坏了，则临反而心疼。"

闻月鼻尖发酸。闻月不走，王瑾珍也不走。闻月最后还是不忍心让王瑾珍陪自己在医院熬着，便和她一起去了酒店。

闻月在酒店几乎一晚上没睡，坐在床上一直熬到了天亮，洗了把脸就和王瑾珍一起赶去了医院。

纪则临术后情况稳定了下来，转到了特护病房。医生说患者的意识已经清醒了，家属可以轮流进去看他一会儿。王瑾珍轻轻拍了一下闻月，温和道："小月，你先进去看看则临，他现在最想见的一定是你。"

闻月点了点头。她走进病房，在病床边迟疑了一下，无端不敢靠近纪则临——比起虚弱的他，她还是想要看到他霸道强势的样子。

纪则临醒来不久，睁眼看到床边熟悉的人，本能地想要触碰。他动了动没被固定住的左手，闻月立刻握上去，感受到他的体温，她喉头哽咽，眼眶当即湿热。

纪则临刚做了个大手术，身体机能还没恢复，闻月看他张了张嘴，似乎要说话，立刻凑过去听，问他："你想说什么？"

纪则临用刚恢复的几分力气，对闻月说道："是苦肉计……别怕。"

闻月听到他的话，忍不住呜咽了一声，埋首在他的手掌心，双肩颤动着，滚下热泪。

纪则临出车祸的新闻在青城掀起了一番热议，他一出事，纪氏的股票都跟着跌了不少，最后还是周禹出面，开了个记者会，向外界说明纪则临没有生命危险，这才勉强把满天飞的假新闻压了下去。

此外，关于纪氏还有一则大新闻，就是上一任纪总，纪则临的二叔纪崇武在取保候审期间，意欲离开监管范围，逃离出国，被警方抓捕。

这个消息一出，外界都在猜测纪则临的这场车祸并非意外，而是纪崇武设计的，他怕警方查到他头上，所以想先一步逃出国。之后，纪则临父母的意外也被再次搬上了台面，很多人都认为这起车祸也和纪崇武脱不了干系，要警方重新调查。

豪门的争斗成了青城人茶余饭后的谈资，各种媒体、八卦小报都在报道，这事闹得满城风雨，就连远在江城的闻母都听说了。

闻月接到母亲的电话，询问纪则临的情况，她回一切都好。

纪则临的情况的确在稳步好转，医生都说他恢复力强，不过一周，身体的很多项指标都恢复了正常，现在只需要静养一段时间。

闻月上午打车去医院，敲了门进入病房，抬头就看到了一个陌生姑娘。其实也不能说全然陌生，闻月是看过她的照片的，尽管是小时候的。

"不好意思。"闻月往后退了一步。

"闻月，进来。"纪则临在闻月要关门离开的前一秒喊住了她，"这里没有外人。"

闻月迟疑了一下，走进了病房，朝那位姑娘微微颔首，算是打了招呼。

"纪筱芸，纪书瑜那个不负责的妈妈。"纪则临如是介绍自己的妹妹。

纪筱芸"啧"了一声，不满道："你就是这么介绍我的？"

"难道我说的不是实话？"纪则临瞥向纪筱芸。

纪筱芸理亏，气势便低了："至少也要在'不负责'的后面加个并列定语，比如'漂亮''美丽'之类的。"

"夸漂亮、美丽我另有人选。"纪则临把目光投向闻月。

闻月没想到纪则临在自己的妹妹面前不知收敛，她都替他不好意思，忍不住瞋了他一眼。

纪筱芸搓了搓自己的胳膊，嫌弃道："要不是亲眼看到，我真不敢相信你是我哥。以前我谈恋爱，你还笑话我沉迷于感情这种无聊的游戏，怎么，现在你也堕落了？"

纪则临被纪筱芸揭了老底，并不感到丢脸，淡定自若地回："以前是以前。"

"原来你谈起恋爱来是这副德行，和爸爸一样，真是开了眼了。"纪筱芸"啧啧"摇头，转头认真打量起闻月这个让纪则临彻底转性的人。

纪筱芸对闻月说："之前外祖母在电话里一直和我说，有个漂亮姑娘每个周末都去庄园陪她，我还当她诓我呢，现在一看，你果然漂亮。"

纪筱芸夸得直接，闻月回以一笑，得体地道了声谢。

"谢谢你在我不在的时候陪老太太解闷，还有书瑜，她和我说你常常陪她看书。"纪筱芸朝闻月绽开一个明媚的笑脸，开朗道，"还有我哥，我以前还以为他这辈子都注定要单着了，还想撮合他和我发小呢。"

"纪筱芸。"纪则临警告。

纪筱芸吐了一下舌头，又对闻月说："我闹着玩的，我哥这个人，如果不是真心喜欢，谁撮合都没用。外祖母之前找人给他介绍对象，他一概糊弄过去，给老太太急的。"

"还好你出现了，不然他现在还是个没有感情的工作机器，一天到晚就知道忙忙忙。"纪筱芸说着，朝闻月挤了挤眼睛，"回头你给我讲讲我哥是怎么把你追到手的，我只看过他算计人的样子，没见过他追姑娘的样子，实在太好奇了。"

闻月看了一眼纪则临，忽而笑了笑，对纪筱芸说："他追求人……和算计人没两样。"

纪则临心里咯噔一声，好似看到月亮又露出了锋刃的一面，就悬在他的心口上。

纪筱芸愣了一下，随即看向纪则临，强烈不满地控诉道："啧，你和周禹不愧是异姓兄弟，一样黑心，连感情都算计！"

纪则临额角一跳，纪筱芸在这儿就是纯给他添乱的，他现在非常有必要把她支开："作为兄长，我好心提醒你一句，我的黑心兄弟大概再过不久就到了。"

纪筱芸惊得瞪大眼睛："你和周禹说我回来了？"

"周禹还需要等我通知吗？他一定早猜到我出事，你会从国外回来。如果我是他，这几天会叫人在病房门口守株待兔。"纪则临从容地看了一眼时间，估算道，"他这会儿应该已经到楼下了。"

纪筱芸这下是真的慌了，提起自己的包就要开溜，跑之前，她还不忘和闻月打招呼："今天有突发状况，下次我们再好好聊。还有，我哥这个心机男，你千万别轻易放过，多折磨折磨他，让他吃吃感情的苦头！"

闻月没来得及回应，纪筱芸就脚底抹油似的，一溜烟地逃离了病房。

前后不到一分钟，纪则临的病房门又猝然被推开，周禹大踏步走了进来，目光快速地扫视了一周，没看到纪筱芸，拔腿就往病房外追，从头到尾都没理会过纪则临和闻月。闻月看周禹和纪筱芸两个人一个逃，一个追，跟猫捉老鼠一样，微微讶异。

"他们的相处模式就是这样，以后你就习惯了。"纪则临说道。

闻月点了点头，说："你妹妹很活泼。"

纪则临说："她就是个人来疯，从小就是，被父母惯坏了，做事没轻没重的，不然也不会任性地生下纪书瑜。"

他们兄妹俩的性格实在不一样，纪则临沉稳持重，有时候会让人觉得有压迫感，但纪筱芸大方开朗，不会让人有距离感。

闻月想，纪则临应该把纪筱芸保护得很好，没有让她受到太多来自外界的恶意，这才保全了她的本性。但代价是他需要一个人扛下所有。

闻月走到病床边，观察了一下纪则临的气色，比起刚出事的那两天，已经好上很多了。想到他手术完虚弱的样子，她心有余悸，问道："医生今天来过了吗？说什么了吗？"

纪则临答："老样子，没什么大问题，继续观察。"

闻月松了一口气，看向他打了石膏的手："你的手怎么样，还痛吗？"

纪则临回："纪书瑜早上来给我吹了吹，已经好多了。"

闻月闻言，眼底浮现出了浅浅的笑意。纪则临好久没看她笑了，之前他还以为以后再不会有这样的机会。这一周，闻月天天都来医院看他，前几天他还在手术恢复期，精力不足，他们并没有什么机会好好交谈，他也不敢去触碰他们之间还未解开的心结。

出了场车祸，在鬼门关里走一遭，纪则临的身体虽然遭了罪，但心情还不错。祸福相依，他受用于闻月的关心，又怕这是这段感情的回光返照，她只是不忍心在这个时候丢开他。想到闻月刚才说的"算计"，纪则临轻叹了一口气，还是准备面对。

他问："闻月，我现在是被判了'死缓'，对吗？"

闻月抬眼，纪则临接着说道："等我出了院，当即执行'死刑'？"

闻月看着纪则临，难得在他脸上看出紧张，她抿了一下唇，压下想笑的冲动，生硬道："我又不是法官。"

"但我的确是你的囚徒。"纪则临喉头滚动，说，"要是不能无罪释放，我申请将行刑期延后。"

闻月眸光闪烁，问："延后到什么时候？"

"我没记错的话，死缓期有两年。"

"两年之后呢？"

"法律上规定，死刑犯如果在缓刑期间没有过错，可以减为无期徒刑，如果有重大立功表现，减为有期徒刑。"纪则临顿了一下，试探道，"两年之后，如果你觉得我表现得还不错，给我减减刑？"

闻月没忍住，笑了。

纪则临有些拿捏不准闻月的笑是开心的，还是觉得他说的话实在可笑。在闻月面前，他就像是受磁场干扰的指南针，失去了判断力。

"闻小姐，你给个痛快吧，反正我已经经历过一次身体上的濒死，不介意灵魂上再遭受一次。"纪则临往床头上一靠，大有一种赴死的悲壮。

闻月看纪则临这副模样，便明白陈妈之前说的，他在她面前不一样是什么意思。纪则临就像《绿野仙踪》里的那头狮子，背负着种族的使命，如果不成为一只合格的狮子，就会被兽群驱逐、捕杀，所以他只能不断地磨砺自己的爪牙。

闻月不能想象，像这次这样的事故在他的人生中已经发生过几次了。这几天，她反反复复地回想起他出车祸那天，自己绝望的心情，那种感觉和听到父母被送去医院急救时一样，不知不觉中，他在她心中的重要性已经比肩家人了。

在手术室等候的那段时间，闻月心中别无他想，她只想他活着。现在，他如她祈求的那样，平平安安地在自己面前，她已经不想再去计较那么多了。纪则临最好永远都能是威风凛凛的百兽之王，她再也不想看到他虚弱的模样了，而既然爱上了一只狮子，她就做好了接受獠牙下的爱的准备。百兽之王未必会爱人，闻月想真正地相信纪则临一回。

思及此，她微微弯下腰，亲了一下纪则临的嘴角。纪则临愣怔，想起他们的第一个吻也是闻月主动的，那之后，他们才算是真正地开始交往。

"Last kiss?（最后的吻？）"纪则临问。

闻月抬眼，和纪则临对视着，轻声说道："You're forgiven.（你被原谅了。）"

纪则临心旌一动，无限欣喜。

"纪崇武总算是干了件好事。"纪则临感叹道。

闻月说："你别胡说，这不是因祸得福的事情……那天吴师傅说你要来机场，我就一直在等你。"

纪则临的眼睛里泛起光亮："我以为你回江城，是不想再见到我。"

"我是生你的气，不想再搭理你，但是……"闻月顿了一下，还是不想保留，选择将自己的心情付之于口，"我更怕失去你，纪则临，和你分开的这段时间，我的手表好像掉进了面包屑。所以……我愿意再给你一次机会，也给我自己一次机会。"

纪则临从来是喜怒不形于色的人，但在听到闻月和自己表白的这一刻，眼底不自觉地笑意盎然，惊喜之情溢于言表。分开的这段时间，她的心情和他的是相似的。

鬼门关里走一回，大概是他受到了惩罚，老天饶恕他了，让他拥有了重生的机会，不管是肉体还是灵魂。

纪则临朝闻月伸出手，等她搭上后，将她拉至床边坐下，用还能活动的左手捧着闻月的脸，亲吻了一下她的唇："让我来给你的手表加点儿黄油。"

闻月弯眼笑了笑，毫不犹豫地回吻。

纪则临无比庆幸，这一刻，月亮重新绽放光芒，挂在了他的天空上。

Chapter 10　我们结婚了

　　纪则临在医院里住了半个多月才出院，回青水湾静养。闻月也就不再每天跑医院，而是去青水湾陪他，再在那里准备答辩事宜。

　　毕业答辩那天，闻月一早起来化妆，打扮过后，就和室友们一起去了答辩会议室。看到会议室讲台前挂着的横幅，她总算有了答辩的实感。

　　陈枫在底下坐着，一直嚷嚷着紧张，闻月倒没像她那样手心冒汗，不过到底是最终答辩，闻月也严阵以待。

　　答辩正式开始前，闻月拿出手机，要调成静音，正好看到了纪则临发来的消息：Blow them away!（让他们为你倾倒！）

　　纪则临连给人的祝语都是这么霸道，闻月忍不住笑了一声，回复了一个表情，收起手机，专心准备接下来的答辩。答辩用了近一天的时间，中午他们只休息了一个小时，等所有学生答辩完，流程结束，已经是傍晚了。拍完大合照，他们一群学生按照之前的约定，请所有导师吃饭。

　　聚餐的地点在市中心的一家酒店，从酒店包厢的窗户往外看，还能看到纪氏集团的三栋大楼。纪氏大楼大晚上还灯火通明，闻月之前问过纪则临，他们公司每天晚上都有那么多人要加班吗？纪则临笑着回说他不是奴隶主，只不过公司大楼被当成了青城的地标，很多外地游客会来打卡拍照，所以到了晚上，大楼里即使没人上班，也会开着灯，一直到深夜。

吃完饭，负责买单的同学拿了账单去前台付款，回包厢的时候兴冲冲地看着闻月说："闻月，你朋友这么大方啊。"

闻月蒙了："啊？"

那同学说："我去前台买单，收银员和我说有人付过了，买单的人和收银员说他是你的朋友……什么朋友这么大手笔啊，男朋友？"

闻月没有否认。

答辩结束后，她和纪则临说过晚上要和同学还有导师聚餐，他当时问了他们聚餐的地址，她还以为他是不放心，想确认一下，没想到他背着她，悄悄地把账结了，给她一个这么大的"惊喜"。

"小月，你什么时候交新男友了？"陈晓楠问。

闻月和纪则临交往的事没有和旁人说过，就是导师也不知道，现在学校里知道他们在交往的也就只有她的室友而已。上次她发烧住院，他跑来校医院，明眼人都能看出是怎么回事。

面对陈晓楠的询问，闻月点了点头。

"谁啊？也是青大的？"有人好奇地问。

闻月摇了摇头，正犹豫要不要把纪则临说出来，边上的陈枫先一步开了口，替闻月解围道："哎呀，老师同学们，就让小月的男友保留一点儿神秘感吧。到时候他们修成正果，结了婚，在婚礼现场，你们就能知道他是谁了。"

张佳钰在一旁附和："就是，就是，到那时候就是个大惊喜！"

她们俩一唱一和的，反而让其他人对闻月男友的身份十分好奇。周兆龙斜了闻月一眼，阴阳怪气道："你们俩这么帮闻月打掩护干吗，她的新男友见不得人啊？这看上去谈的也不是什么正经恋爱。"

这话含沙射影的，在座的都听得明白，周兆龙这是拐着弯地说闻月的不是。本来因为漂亮，学校里关于闻月的无端臆测就很多，他还这么恶毒地刻意引导，陈枫当时就不爽了，刚要站起来骂人，闻月拉住了她。

"没什么见不得人的，你们要是想见见他，我可以让他过来。"闻月面色平静，拿出手机给纪则临打了个电话。

纪则临接起电话，语带笑意地问："聚餐结束了？"

"还没。"闻月抿了一下唇，问，"你在酒店附近吗？要是在的话，来见见我的老师和同学？"

纪则临似乎愣了一下："你确定？"

"嗯，"闻月笑了一下，"你过来。"

纪则临答："好。"

闻月挂断电话，前后不到十分钟，包厢的门就被推开了。纪则临走路带风，大大方方地走进包厢。他右手的石膏还没拆除，用白色的吊臂带悬挂着，但即使这样，仍不损他的形象，他的气势也不因负伤而打折扣。

包厢里除了闻月的室友，其他人看到进来的人是纪则临，都露出了惊讶的表情，好似不敢相信。闻月站起身，等纪则临走到自己身旁，便落落大方地和所有人介绍："这是我的男朋友，纪则临。"

纪则临嘴角上扬，十分从容地和包厢里闻月的老师同学打了招呼。他是见惯了大场面的，这种小场面完全不在话下。

"小月，你和则临在交往？"问的人是陈晓楠。

闻月看了纪则临一眼，点了点头。

陈晓楠又问："你们俩可真够能瞒的，王老师知道吗？"

闻月答："知道的。"

陈晓楠哂笑："我说呢，她现在怎么不喊我给则临介绍对象了，原来是已经找着了。"

说着，她看向纪则临，打趣道："则临，以前我说要给你介绍我的学生，你变着法地拒绝，现在倒是和我的得意门生在一起了？"

纪则临施施然笑了，道："如果您给我介绍的是闻月，那我一定不会拒绝。"

"闻月真是好福气啊，被王老师看上，现在又和纪总在交往，以后都不用愁了。果然，选择大于努力。"周兆龙心里发酸，又开始不阴不阳的。

纪则临闻言，把目光投向周兆龙，身上骤然聚起了迫人的气势，不怒自威："要说福气，能遇上闻月，是我和老太太有福气。闻月才华出众，不需要什么人帮衬、提携，前途也会一片光明。至于说选择大于努力……要是闻月这么想就好了，我当初也不用费那么多的心思去追求她。"

纪则临低头看向闻月，眼底温和，笑了笑说："为了追到她，我可吃了不少苦头。"

纪则临三言两语就将周兆龙的话一一拆解，予以回击，同时也击破了别人对他们这段恋情的偏见——不是闻月高攀，是他主动追求的她。

纪则临方才还和和气气的，突然间就露出了令人不敢侵犯的一面，让人直观地感受到了他是窗外那三栋大楼的主人。

明眼人都看得出来，纪则临对闻月护得紧，一点儿委屈都不愿意让她受。周兆龙欺软怕硬，纪则临只看了他一眼，他就畏畏缩缩的，打着马虎眼说："我也是为闻月高兴。"

陈晓楠见气氛被周兆龙弄得有点儿僵，作为导师，只能出来打圆场："则临出色，小月也一样优秀，他们俩在一起很般配。"

她看向纪则临，叮嘱道："则临，你把小月拐了去，可要好好对待她。"

纪则临缓和了神色："我会的。"

"小月，以后有好消息，可不能再瞒着我了。"陈晓楠对闻月说。

闻月赧然，颔首应道："到时候一定会告诉您的。"

纪则临听到闻月这话，嘴角又控制不住地上扬。陈晓楠看他这不值钱的模样，心底的担心一扫而空，也不怕闻月吃了亏。

从酒店离开，纪则临叫了人开车送导师还有同学们回家回校，闻月本来想跟着陈枫她们一起回学校的，却被纪则临拉着手不放。

纪则临低头，在闻月耳边说道："晚上和我一起回青水湾。"

"那么多人看着呢。"闻月耳热。

纪则临说："怕什么？现在他们都知道我们的关系，不需要再避嫌。"

陈枫很有眼力见，上车后见闻月和纪则临牵着手，立刻把车门关上，降下车窗和闻月挥了挥手，催着司机把车开走了。纪则临失笑："你这个室友还挺有意思的……走吧，闻小姐，现在你除了跟我回去，别无选择。"

闻月无奈地笑了笑，跟着他坐上了车。

回到青水湾，纪则临拉着闻月直接往楼上走，说："有本书到了，在我书房，我拿给你。"

闻月跟着纪则临去了书房，才进去，听到关门声，忽觉不对劲——拿本书而已，关什么门？

"书在哪儿？"

"在书桌上。"

闻月走过去，没在桌上看到什么书，一下子反应过来了。她转过身看向纪则临，蹙了蹙眉，说："纪则临，你又耍小心机。"

这话似嗔还怨，但没有多少不满、责怪的意思。

纪则临在办公椅上坐下，拉过闻月的手，让她坐在自己的腿上。

"我只是想和你单独待一会儿。"

"你可以直接说。"

"上次之后，你就不太愿意来我的书房了。"

纪则临似乎在抱怨，闻月脸上一热："这要怪谁？"

"怪我。"纪则临轻笑，单手搂着闻月亲了亲，问，"之前不是说不想被人知道我们的关系，今天怎么愿意把我介绍给你的老师和同学了？"

闻月答："还不是你，把单买了。"

纪则临冤枉："我结账的时候只说是你的朋友。"

闻月反问："什么朋友会无缘无故地以我的名义买单？你就是故意的。"

"好吧，我承认，我的确有点儿私心。"纪则临抬眼看着闻月，问道，"生气了？"

闻月摇了摇头："反正他们早晚会知道，不如借这个机会说了。"

"不担心被议论了？"纪则临问。

"我都要毕业了，他们要说就说去吧，我不能因为别人会议论，就一直和你地下恋，这不现实。"闻月坦然了，毕竟和纪则临交往，无论怎么低调都会被关注的。

纪则临心情大好，愉悦道："我总算名正言顺，再不是你的 secret lover（地下情人），以后在外面，我可以光明正大地以你男友的身份自居了？"

闻月莞尔一笑："这又不是什么值得骄傲的头衔，比不上你纪总的名号。"

"在我看来，这比任何头衔都有分量。"纪则临挑了一下眉，说，"明天我就让李特助重新印名片，我要把'闻月男友'这个身份放在最前面。"

闻月忍俊不禁："纪总，那样你以后就谈不成生意了。"

"没关系。"纪则临凑近了去亲闻月，语气挟着笑意，含混道，"让更多人知道我是你的男友，不亏。"

纪则临有时候实在幼稚，闻月却对这样的他很心动，他只有在她面前才会露出这一面。她眸光闪闪，忍不住抬起手搂上他的脖颈，迎合着他的吻。

夏天天热，衣衫单薄。闻月今天因为答辩，穿了一件白色的衫裙，前面带盘扣，本来是很庄重的一条裙子，但这会儿显得十分不得体。

闻月实在是窘迫，又不敢用力推他，怕牵扯到他的手，只能出声阻止道："纪则临，别……万一李妈上来，还有书瑜。"

"放心，李妈知道我们在楼上，不会上来的。现在这个时间，纪书瑜早就睡了。"纪则临抬起头，眼底欲色浓重，像有火燎原。

闻月咬了一下唇，说："出院的时候医生说了，你暂时不能剧烈运动。"

"我都已经出院一周了。"

"你的手……"

"手受伤了，妨碍不了别的地方。"

闻月面颊滚烫："伤筋动骨一百天，万一不小心碰到了……"

"憋久了也伤身。"纪则临咬了咬闻月的唇，哄道，"我小心点儿就行。"

闻月还有犹豫，纪则临抬眼看着她，喉头上下滚动，引诱似的说："你如果不放心，我有个折中的办法。"

"什么？"

"我不动，你来。"

闻月瞪圆了眼睛，像是不明白纪则临的意思。

纪则临伸手拉开抽屉，拿了样东西，塞进了闻月的手里。闻月低头一看，脸上霎时红得要滴出血来："你……你怎么会在书房里放着这个？"

纪则临低笑："吸取之前的教训，以备不时之需。"

手上的东西实在烫手，闻月想丢开，手却被握得紧紧的。纪则临靠近她，在她耳边反复喊着她的名字，声音里带着渴求。闻月被喊得心软，看着纪则临难耐的表情，想到这一个多月来他们的分合，眼睛一闭，默许了他的提议。

夜深人静，这个点，青水湾寂无人声，北苑 8 号别墅只有二楼的书房还亮着灯。

纪则临像是掌舵者，掌控着闻月这艘小船的节奏，或快或慢。

闻月和纪则临面对着面，羞耻心在这一刻爆发了。

"你……你别看着我。"闻月见纪则临目光直白地盯着自己，心里窘然，忍不住抬起手捂住他的眼睛。

纪则临胸膛微颤，从喉间溢出几声轻笑，再忍不住，单手抱起闻月放在了书桌上，不留余力地阅读着她这本书。第一遍只是粗略地浏览，第二遍、第三遍就是精读。他不仅从前往后阅读，还从后往前翻看，不同的阅读方式能读到不一样的内容，有不一样的体会。

闻月遭受不住，又因为担心纪则临的手，不敢用力地推他，只能由着他兴风作浪，被翻来覆去地读透了。最后一次阅读结束，纪则临从身到心都酣畅淋漓，闻月就是一本精彩绝伦的书，他在一遍遍的阅读中得到了极大的满足。

闻月看着书房的天花板，胸口起起伏伏。纪则临俯身，伸手想帮闻月拭去颊侧的汗，却被她抓住了手，在虎口上狠狠咬了一口。什么以备不时之需？明明就是早有图谋，居心叵测！

纪则临吃痛，却任由闻月咬着，等她松了口，笑问道："一口够吗？至少要再咬两口。"

闻月丢开他的手，往后一撑，坐起身来，不满地低声说道："明明说好你不动的。"

纪则临摸了摸闻月的脸，餍足地笑道："是我的错，应该让你自由发挥……下次再补偿你一次机会？"

纪则临简直是得了便宜还卖乖，闻月耳热，忍不住轻哼："你不遵医嘱，小心李医生念叨你。"

"他不会知道，还是你想告状？"

"纪则临！"

纪则临低笑，不再逗弄闻月，伸手帮她整理了一下裙子，再背着她回了房间。今晚在书房里折腾了一番，纪则临之后就老实多了，就是一起洗澡都本本分分的。他知道闻月的限度，知道再闹下去她真该恼了。一回饱和回回饱，他还是拎得清的。

闻月洗了澡，穿了件纪则临的衬衫当睡衣，躺在床上再也不愿意动弹。纪则临在另一侧躺下，伸手揽过闻月。她十分小心，特意避开他的右手，靠在他的肩上。

青水湾静悄悄的，比庄园还安静。这里没有那么开阔的平野，所以连虫鸣鸟叫声都少。闻月忽然想起，这是她和纪则临交往后过的第一个夏天。去年这个时候，他们还不能和平相处，但仅仅不到一年的时间，他们的关系就有了质的变化。

他们相恋的时间很短，却好像相爱了很多年一样，原来只要遇到了对的人，感情就不需要刻意培养，而是能在短时间内被彻底激发出来。

"你的毕业典礼是什么时候？"纪则临问。

"大概在六月中。"

"到时候我去参加。"

"好啊。"闻月爽快地应道，现在纪则临是她男友的事已经不需要隐瞒了。

纪则临低头，在闻月额上吻了一下，又问："你的留学申请怎么样了？"

闻月答："我不打算留学了。"

"嗯？"纪则临惊讶，"你不出国了？"

闻月摇了摇头，解释说："前段时间青城译文出版社的编辑找到我，说社里有个人才培养项目，每年都会送一批人出国游学一年。本来这个项目是只有入职两年以上的员工才能参加的，但她说如果我愿意入职，她会帮我争取这个机会。"

闻月的翻译能力出色，出版社想引进人才，给予一些优待很正常。

纪则临思忖了一下，问："你想接受出版社的聘请？"

闻月点头："出版社在国外有合作的学校，还能去别的国家的出版社里学习。本来我出国也只是为了体验异国的生活，增加生活阅历，并不是为了提升学历，所以觉得编辑的提议还不错。"

纪则临垂眼，提醒闻月："如果接受出版社的聘请，那么一年之后，你就要回来青城工作。"

闻月答："我知道。"

纪则临看着闻月，目光灼灼："你要留在青城？为什么？"

闻月的眼底像是有风拂过，泛起涟漪："青城译文出版社历史悠久，文化底蕴也浓厚，是个很好的平台。"

"还有呢？"

"我之前答应过老师和书瑜，以后会常去看她们的。"

"还有呢？"

"Rose 已经习惯了生活在青城，我怕换了地方它不适应，还有Yummy，我如果不留在青城，就见不到它了。"

纪则临轻轻叹了一声，故作沮丧："你连猫和狗都考虑到了，就是没想到我，看来是我自作多情，以为你是为了我留下的。"

闻月看出他是装的，但还是忍不住笑了出来。她抬起手搭上纪则临的腰，抱着他说："当然还有你的原因，不过这是我综合考虑后的选择。"

纪则临了解闻月，她不是会头脑发热的人，不过能成为影响她做出人生决定的一个因素，他就已然满足了。

"不管你是留学还是游学，回国后是留在青城还是回江城，我都支持。只是有一点，闻月，不能让我想见却见不到你。"纪则临想到前阵子闻月与自己冷战，消极回避自己的样子，还是心有余悸。

"那你不能再惹我生气。"闻月抬头说。

纪则临挑眉："怎么算惹你生气？今晚那样算吗？"

闻月恼道："纪则临！"

纪则临低声闷笑，看着闻月，喟叹道："以后我要是惹你生气，你就像今天那样咬我，但是别躲着我，更不能提分手。你要是再提一次分手，我真的会折寿。"

闻月看纪则临颇为委屈的样子，忍不住想笑，但心头又有所触动，便凑近亲了一下他，算是给出了回答。

这段时间，纪氏高层大换血，集团内部经历了一场腥风血雨，加上纪则临出事，纪氏上上下下人心惶惶，外界也有不少的风言风语。纪则临休养了一段时间，等右手拆了石膏，第一时间召开了记者会，简单说明了一下公司的情况，破除了外边各式各样的流言，也安定了公司的人心。

记者会上，各家媒体的记者除了提问有关纪氏和纪崇武的问题，还关心起了纪则临的私人生活，提问前段时间关于他与叶鸢的绯闻是否为真。

纪则临澄清了这一传闻，解释说他和叶鸢只是因为家里长辈的关系才认识，之前也是因为妹妹纪筱芸才会见面，并且向外界公开说明他有稳定交往的女友。

这个消息一出，记者们都激动了，争相询问纪则临女友的身份，更有消息灵通的记者直接提问，他的女友是不是青大外国语学院的学生？

纪则临没有否认，也没有透露闻月更多的信息，只回说自己的女友向来低调，不爱抛头露面，请各家媒体别去打扰她，否则他不会坐视不理。纪则临说这话的时候虽然是客客气气的，但谁都听得出来他话里的警告。有他这句话，各家媒体尽管不甘心，也不敢再追问、调查下去——谁会和纪氏、纪则临对着干？

因此，就算闻月是纪则临女友的身份曝光，她的生活也没有遭到特别大的影响，就是在学校里出行时，走在路上会被更多人侧目而已。这点儿影响并没有什么妨碍，反正她再过不久就毕业了。

六月中旬，青大举办了毕业典礼。

毕业是学生生涯的一个重要节点。那天，闻月的母亲特意从江城来到了青城，和王瑾珍还有纪则临一起去了青大，参加闻月的毕业典礼。

闻月的毕业成绩很亮眼，在毕业典礼上，她作为外国语学院的优秀毕业生代表上台发表了演讲。她穿着硕士袍，在台上从容自信，全程脱稿，停顿的时候，她会把目光投向台下的纪则临，对他微微一笑。

纪则临一阵心动。他想起了之前的一次开学典礼，闻月也是作为学生代表上台发表演讲。那时候她还在和任骁交往，他渴望她，却只能远远地投以注目，看着她对着另一个男人露出笑靥。那一刻有多嫉妒，现在就有多满足。

演讲结束后就是拨穗环节，闻月从院长手中接过毕业证书，院长拨了穗后，一起合了影。从台上下来，王瑾珍为她送上花束，闻母上前和她拥抱，祝贺她顺利毕业。

"闻月，看过来。"纪则临喊道。

闻月回头，就见纪则临拿着台相机，给她拍照。那台相机和她家里房间的书架上放置着的一模一样，是她爸爸买的第一台胶卷相机。

闻月讶然："这台相机怎么会在你这里？"

"我之前联系了你妈妈，让她寄过来的。"纪则临举起相机，示意了一下，说，"我让人找了相机修理师，更换了零件，把它修好了。"

这款胶卷相机已经停产很久了，闻月之前尝试过拿去修理，但是现在市面上根本买不到能替换的零件。纪则临一定费了一番功夫，才修好这台相机。纪则临之前承诺过，以后会帮她父亲记录下她人生的每一个重要时刻，绝不缺席。他说到做到，并且连细节都做得这么完美。

闻月眼眶微热，纪则临给她拍照，看她红了眼，立刻走上前，抬手轻轻抹了一下她的眼角，温声问道："怎么哭了？想你爸爸了？"

闻月点了点头。

"他一定会为你感到高兴。"纪则临说。

"当然。"闻月抬起头，眼波荡漾，语气真挚道，"他一直希望我学业有成，以后能够遇到一个知心知意、真心相爱的伴侣，现在这两点我都做到了，他如果在这儿，一定会很开心。"

纪则临感到天平的另一端又添上了一个砝码。闻月就是有这样的本事，每回他准备惊喜博她欢心，她都能将之变成她的砝码，让他同样感到喜悦。Rose 是，今天这台相机也是，他这辈子注定是要被她吃得死死的了。

纪则临张开双臂，闻月毫不犹豫地抱住他，完全不在意礼堂里有那么多人看着。

"毕业快乐，闻小姐。"

"谢谢你，纪先生。"

闻月埋首在纪则临的怀中，这一刻即使有所缺憾，也是幸福的。

毕业典礼后，闻月正式毕业了。青城译文出版社的编辑帮她争取到了参与游学项目的名额，闻月就依照之前的约定，和出版社签了工作协议，成了社里的一名译者，负责图书翻译的工作。

闻月进入青城译文出版社工作，闻母很支持，闻母让她跟着自己的心走，去过自己想要的人生。王瑾珍知道这件事后，非常高兴，闻月以后留在青城，她们见面的机会就多了，而且王瑾珍年轻的时候也在出版社工作过，还有一些经验可以分享。

就这样，毕业后，闻月的工作就定下来了。出版社的游学项目七月份才启动，在此之前，社内分配的带领闻月的老师并没有勒令闻月尽早办理入职，熟悉工作，而是给她放了个假，让她在出国前能有时间多陪陪家人。

六月底，闻月回了越江城，在家陪了母亲一段时间。

这次回去，她发现母亲的心情明显好了很多，不再为了让她放心而强颜欢笑，而是恢复了对生活的热情，又有了经营人生的积极性。

父亲去世后的很长一段时间，母亲都沉浸在悲伤之中，眼神都黯淡无光的，好似已经没有了生的欲望。闻月有阵子特别担心她会想不开，但现在，她重新拾起了往日的兴趣，闲时莳花弄草，弹琴自娱，周末也会出门和好友相聚。时间是良药，闻月知道母亲并未忘记父亲，但她们都要学会接受现实，向前看。

出版社的游学项目是社里统一安排，一起出发的。闻月在落云镇待了一周就回了青城，出发时间要到了，她要回去收拾一下行李。

毕业典礼后，闻月就搬出了学校，把所有东西都送去了青水湾，那里现在就是闻月在青城的一个家。

回青城的事，闻月没有和纪则临说，她打算悄悄回来，给他一个惊喜。结果下午飞机才落地，她就接到了纪则临的电话。

闻月取了行李，走出机场，纪则临立刻迎上去，接过了她的行李箱。

"你怎么知道我回来了？"

"猜的。"

"猜的？"

纪则临把闻月的行李箱搬到车上，回头见她一脸好奇，笑了笑，解释道："你出国的时间就要到了，我知道你凡事总会留个提前量，所以猜你大概这几天就会回青城。"

"昨天在视频电话里，我问你什么时候回来，你说后天。"纪则临想到什么，轻轻一笑，说，"闻月，你大概不知道，你不会说谎，每回说假话的时候，你都会不自然地眨眼睛，所以我猜你今天就会回来。"

闻月听纪则临说眨眼睛，下意识地眨了眨眼，问："你怎么发现的？我并没有在你面前说过其他的谎话。"

"没有吗？"纪则临微微挑眉，暧昧地笑道，"每次我问你舒不舒服，还要不要——"

"纪则临！"闻月有些恼了。

纪则临低笑一声，见好就收："下午你和我说要出门和你妈妈去逛街，没办法回我消息，我就知道你准备登机了。"

难怪纪则临提前在机场等着了，闻月的惊喜早就被他猜透了。

闻月泄气："你就不能当作不知道吗？"

"我本来是想装作不知道的，但是天气预报说下午会下雨，我担心你一个人还带着行李不方便。"纪则临摸了一下闻月的脑袋，安慰道，"闻小姐，虽然你的计划没有实施成功，但是你回青城这件事本身就足够让我惊喜。"

事到如今，闻月只能接受现实，谁让她计划得不够缜密，让狮子看穿了。

正值雨季，青城这阵子几乎每天午后都会下雨。这会儿乌云密布，空气闷热，似乎随时都会降下暴雨。

闻月坐上纪则临的车，才回到青水湾，瓢泼大雨就兜头浇了下来。

夏天就算是下雨也十分燠热，闻月今天奔波了小半天，觉得身上出了汗，很不舒服，进了别墅就往楼上走，想去洗个澡，换套干净的衣服。

她走到房间门口，一回头发现纪则临跟着自己上了楼。他有时候就和 Yummy 一样黏人，人走到哪儿，它就摇着尾巴跟到哪儿。

闻月失笑道："你跟着我干吗？我要洗澡。"

纪则临伸手将闻月一揽，推开她的房间门，同时说道："一起。"

两个人凑一起，自然不可能只是单纯地洗澡，不知道是小别了一段时日，还是即将要异国恋，闻月觉得纪则临的精力十分充沛，怎么都发泄不完似的。

浴室里水雾弥漫，比外面的雨雾更加朦胧。

纪则临抬手擦了擦镜子，闻月就看清了自己的脸。尽态极妍，眼底眉梢都是情意。她一时羞恼，忍不住抓住纪则临的手，狠狠咬了一口，纪则临吃痛，却也畅快。

一个澡洗了一个多小时，闻月本来洗澡是为了放松，结果一番折腾下来，出了更多的汗，反而更累了。纪则临抱着闻月离开浴室，让她躺倒在床上，一掀被子将人裹住，抱进怀里。

外面暴雨如注，雨声淅沥，雨点敲在玻璃上发出噼里啪啦的动静。夏天的雨就是声势浩大，轰轰烈烈。

"现在外面都是大象和长颈鹿。"闻月忽然说。

纪则临笑了："家里有猫猫狗狗。"

闻月抿出一个浅浅的笑来。纪则临抬手捋了一下闻月的头发，低头亲了她一下，问："饿了吗？我去给你煮面？"

闻月反问："你给我煮？"

纪则临挑眉："不相信我？"

闻月当真不信任纪则临的厨艺，他这个十指不沾阳春水的大少爷，从来不自己下厨，就是在外国留学都没能学会做饭，他的厨艺如何，是可以想见的。

纪则临见闻月默认，立刻掀被起身，穿上衣服，回过头似是不服气般，对着闻月说道："等着。"

闻月好奇纪则临的厨艺，又担心他把厨房点了，便也从床上起来，穿好衣服后下了楼。

　　厨房里，纪则临皱着眉，一本正经地处理着鲜虾，那表情，严肃得像是医生在解剖什么东西。鲜虾活蹦乱跳的，不好处理，闻月看纪则临稍显手忙脚乱，笑了一声，走过去说："我帮你吧。"

　　纪则临抬手制止："你在怀疑我的水平？"

　　闻月噙着笑："我是怕你把自己的手弄伤了。"

　　"不会。"纪则临继续处理那几只虾，"陈妈之前教过我。"

　　闻月问："你找陈妈学习做饭？为什么？"

　　纪则临低着头，小心翼翼地去虾线，随意又认真地回道："闻月，我不想让你羡慕任何人，包括你的母亲。"

　　闻月的眼睛就在这一句话落地的那一瞬间，陡然变红。

　　以前她和纪则临说过，她的父亲为了母亲专门学了做饭，他知道她心中爱情的典范是父母那样的，所以一直在向她的父亲学习。他不想让她觉得自己的爱情不如父母的而有任何缺憾。

　　闻月和纪则临提分手那回，她指责他从来没把她当成一个平等的人来看待，那是气话，他如果真的轻视她，就不会为了她不断地学习如何爱人。

　　看着纪则临生疏却又认真的模样，闻月一阵动容，忍不住绕到他身后，伸手抱住他。纪则临正和那几只虾斗智斗勇，腰上忽然被人圈住。他微微怔住，很快笑道："我做饭的样子这么有魅力？"

　　"嗯，非常帅。"闻月抱着纪则临，靠在他的身上，轻轻吸了一下鼻子，说，"纪则临，你其实不需要和我爸爸一样，我的爸爸妈妈虽然是模范夫妻，但是我们不用复制他们的爱情。所有人都是不一样的个体，我不是我妈妈，你也不用是我爸爸，他们的爱情很美好，但我们的爱情也是独一无二的。"

　　纪则临一个愣神，手上的虾就逃之夭夭了。

　　"你就这么不想吃我做的面？"纪则临转过身来。

　　闻月懊恼："你明明知道我不是那个意思。"

　　纪则临轻笑，而后叹了一口气，郑重地说道："闻月，我不想让你后悔。"

"我不会后悔，纪则临，我知道自己想要的是什么。"闻月深吸了一口气，抬起头看着纪则临说道，"我追求的是灵魂契合的爱情，而不是某种美好爱情的模式，只要你还是你，不会做饭也没有关系。"

翻译家就是能说会道，情话都能说得比常人动听。闻月说完这番话，纪则临的心坎都是软的，他摊开还戴着手套的手，宠溺地笑了，说："小翻译家，我明白你的意思，我向你保证，玫瑰永远是玫瑰，它的灵魂不会改变。那么，现在你还想吃我做的面吗？"

"当然。"闻月眼睛一弯，愉快道，"你既然和陈妈学了，那我就要尝尝你的手艺。"

纪则临磕磕绊绊、十分不娴熟地煮了一碗鲜虾面，面端上桌后，他递了筷子，示意闻月尝一尝。

闻月喝了一口汤，又尝了尝面条。纪则临还是厨房小白，把握不好火候和"适量""少许"的界限，面条煮得过了头，汤也咸了一些。

"怎么样？"纪则临在谈大金额生意的时候不觉紧张，现在因为一碗面，倒无端有几分忐忑。

闻月抬眼，见纪则临眼神期待，微微一笑道："纪先生还是有点儿天赋的。"

纪则临知道闻月这话带了不少水分，他不蠢。就卖相上看，他煮的面比闻月煮的差了不是一星半点儿，但听她夸赞，他还是高兴。

"闻小姐这么夸，不怕满足了我的虚荣心？要是激发了我的兴趣，以后你可就要经常吃我做的饭了。"

"吃就吃，只要你不嫌麻烦。"

"不麻烦，我已经从中得到乐趣了。"

闻月笑了笑，把那碗面吃完了。

吃了面，暖了胃，人就更懒困了。

闻月不想回房间睡觉，担心下午睡了，晚上会失眠。纪则临见她犯困又不想上楼，抱着她去了客厅，一起窝在沙发里休息。

从客厅的落地窗能看到别墅后面的露天花园，此时雨水绵绵，不断浇注，将窗外的景色晕染开去，在窗框中看着就像是一幅油画。他们两个静静地相拥着，Yummy就缩在沙发前睡觉，Rose一跃跳到闻月的怀里，团成一团。天地间只余下雨声，气势宏大，却不令人觉得聒耳。

闻月懒洋洋地靠在纪则临的怀里，整个人无限地放松下来，她抬起头去看纪则临，发现他一直注视着自己。

对视的那一刻，他们默契地靠近彼此，接起吻来。这个吻不带情欲，是温情脉脉的，就像情人间的呢喃，无声胜有声。

即使是暴雨天，但和心爱的人待在一起，有猫狗相伴，便是再好不过的天气。如果可以，纪则临想让这一刻无限地延续下去。

"闻月。"

"嗯？"

纪则临亲了亲闻月的鼻尖，说："等你回国，我们就结婚。"

闻月睁开眼，眸光潋滟。她抿了抿唇，过了会儿忽然问道："一定要等我回国吗？"

纪则临瞳仁微震，抬手摸了摸闻月的脸，提醒道："闻小姐，你要想清楚。"

闻月的心底突然迸发出了一股冲动，她想她骨子里是有冒险基因的，否则一开始也不会答应纪则临和他试试。现在，她想开启一场新的冒险，这次由她发起邀请。

"Living in the moment（活在当下），纪先生，要试试吗？"

闻月双眸熠熠，像是月晕，让人眩晕。纪则临注视着闻月的眼睛，任由自己被月光吸引着沉沦。

"Of course.（当然。）"他愉悦地回应道。

出版社的老师说出国游学的手续需要用到一些个人证件，让闻月把能带的都带上。以防万一，闻月这次回家，就把户口本捎带上了。她是真的没有想到，还真派上用场了，只不过用在了意料之外的地方。

纪则临和闻月都是执行力很强的人，下午他们说要结婚，便立刻换了衣服，拿上证件，开车直奔民政局，赶在下班前登记领证。填写结婚申请书的时候，纪则临又问了闻月一遍，她是否想好了。闻月没有犹豫，直接在申请书上签上名字，还催促纪则临快点儿签名，别耽误工作人员的时间。

纪则临是了解闻月的，她身上有一种理智的疯狂，平时虽然看上去温和，做事沉着从容，甚至是小心翼翼，但一旦放开手来，绝对一鸣惊人。他想这大概与她父母的教育有关，父母培养她独立思考、为自己的人生负责的能力，也鼓励她追随自己的心意，不要错付光阴。所以她待人接物总是冷静理性，可只要下定决心做某件事，就会一往无前。

虽然这段感情的开始是纪则临费尽心机主动的，但他们感情里的几个转折点，都是闻月推动的，她大起胆子来，纪则临都自愧不如。

纪则临看着闻月，见她脸上全无悔意，无声哂笑，低下头在申请书上签了字。之后等待材料审核、拍照、领取结婚证。

从民政局出来，闻月看着手中的红本本，恍惚有种不真实的感觉，她和纪则临真的结婚了。一小时前，他们还是情侣，现在就成了夫妻。法治社会，只是办了个手续，他们的身份就不同了。

"纪太太，你现在才后悔，已经来不及了。"纪则临的眼里透着淡淡的笑意，显然心情很愉快。

"我没有后悔，我只是在想，这件事应该先告诉谁。"闻月晃了晃手中的红本本。

"你先告知你的母亲，她一定会被你的大胆吓一跳。"纪则临思忖片刻，接着说道，"晚上我们去趟庄园，老太太要是知道我们结婚，一定会很高兴。"

闻月点了点头，赞成纪则临的提议，她带着几分俏皮的笑，道："老师肯定也会吓一跳。"

纪则临看着闻月的笑靥，难以想象，她现在已经是他的妻子了。之前憧憬的一切，现在都成了现实，他忍不住拉过闻月，捧着她的脸吻了下去："新婚快乐。"

"你也是。"闻月回吻了纪则临，"现在，我们该去先斩后奏了。"

趁着天色未暗，纪则临开车前往落霞庄园。在车上，闻月拍了张结婚证的照片，发给了母亲。母亲很快就回复了消息，她很惊讶，但并没有苛责，只是表示这是闻月的人生，闻月可以自己做主，只要想清楚了就行。

闻月不知道自己算不算想清楚，但如果时间倒退，下午她还是会对纪则临发出邀请。

以前，闻月对和纪则临这段感情的判断标准是利与弊，她对纪则临抱有警惕心，害怕一旦沉沦就会失去自我，受到伤害，所以总是不敢付出。但现在，她不想再以利弊来权衡感情，而是将自己的感受放在第一位。和纪则临在一起的时候，她是幸福的，所以她想将这样的幸福感延续下去。

未来会怎么样，她无法预知，但闻月并不忧虑，相反，她十分乐观。她和纪则临的灵魂都是稳定的，他们同频，诗意相通。

到了落霞庄园，闻月和纪则临一起走进大厅，今天庄园算是热闹，不再只有王瑾珍孤零零一人。

纪书瑜放了暑假后一直住在庄园，纪筱芸这次回来也没有走，留在了国内陪王瑾珍和纪书瑜。正巧，周禹也在，这段时间，他隔三岔五地往庄园跑，虽然纪筱芸现在还不怎么搭理他，但他乐得来看她冷脸。

闻月和纪则临一进门，纪书瑜就向他们俩跑了过去，喊着"舅舅"和"闻老师"。纪则临弯腰抱起纪书瑜，纠正道："以后不能喊'闻老师'了。"

纪书瑜不解："不喊'闻老师'喊什么？"

纪则临提醒纪书瑜："你忘了你去年许的生日愿望是什么了？"

"想要闻老师当我的舅妈？"纪书瑜机灵着，眼骨碌一转，立刻惊喜道，"闻老师现在是我的舅妈了吗？"

纪则临轻轻颔首。他这一点头，把大厅里的几个大人都惊着了。

王瑾珍站起身，问："则临，你这是什么意思？"

纪则临把纪书瑜放下，站直了身，回道："我和闻月下午去领了证，现在已经是合法的夫妻了。"

"你们去领了证？"王瑾珍所惊非小，她见纪则临不像是在开玩笑，转头看向闻月，确认了一遍，"小月，则临说的是真的？"

闻月点了点头："是真的。"

王瑾珍饶是活了这么久，见过大风大浪，这时候也被他们两个小辈弄得措手不及。一旁的周禹和纪筱芸也是，他们俩是过来人，立刻默契地把视线投向了闻月的肚子，眼神意味深长。纪书瑜和父母心连着心，走到闻月面前，摸了摸她的肚子，问："我要有弟弟妹妹了吗？"

闻月大窘，连忙摆手否认："没有没有。"

王瑾珍看向纪则临，眼锋犀利。纪则临见王瑾珍似是要家法伺候自己，苦笑道："真不是您想的那样。"

王瑾珍一脸严肃，摆明了不信任纪则临。她朝闻月招了招手，等闻月走近了，细声细语地问："小月，你和老师说实话，你是不是……"

"不是，老师，您误会了。"闻月郑重澄清。

王瑾珍松了一口气，又问："那你和老师说说，你怎么会和则临去领证？是不是因为你要出国了，他不放心，诓你去领了证？"

纪则临失笑："外祖母，我在您心里就这么不道德？"

"你啊，是有过前科的，我怕你不长记性，又用些蛮横的手段强迫小月。"王瑾珍说完，看向闻月，鼓励道，"小月，你说，老师替你做主。"

闻月看了一眼一脸无奈的纪则临，笑了笑，说道："老师，这回不是他诓我，是我诓的他。领证的事是我提的，他不过是听从了我的话。"

王瑾珍："啊？"

闻月又说："是真的。"

闻月目光炯炯，有些难为情，但也坦诚。

王瑾珍叹了一声："你说的，我当然相信。"

纪则临挑眉笑了："现在您知道是冤枉我了吧？"

王瑾珍瞥他："你啊，少在这儿得了便宜卖乖，娶了小月，你就偷着乐吧。"

她又拉过闻月的手，放在手心里拍了拍，感慨道："你这么轻易地就让则临把你给娶了，真是太便宜他了。"

纪则临接上话，问："您是我外祖母，怎么不帮着我说话？"

王瑾珍说："你是我外孙，但小月也是我的心头肉。"

纪筱芸这时候搭了话，调侃道："您的外孙把您的心头肉娶回来了，您不高兴？"

"高兴，我怎么不高兴？我之前做梦都想闻月能成为我的外孙媳妇，现在可算是梦想成真了。"王瑾珍看着两个小辈，满眼都是笑意。虽然他们没和人商量，贸然就去领了证，是鲁莽了些，但她也是年轻过的，年轻人情之所至，不难理解。何况有纪筱芸未婚生女在前，纪则临只是领个证，不算出格。

"你们领证的事，和你母亲说了吗？"王瑾珍问闻月。

"说了，她尊重我的意愿。"闻月回道。

"你们两个先斩后奏，但是该有的礼数不能少，之后我会和则临一起去趟落云镇，亲自去拜访你妈妈，正式提亲。"

"你就快要出国，婚礼肯定是来不及了，等你回来，让则临给你补办一个，别的姑娘结婚有的，你也要有。"王瑾珍看向纪则临，叮嘱道，"听到没有？"

纪则临颔首应道："就算您不说，我也一定会办的，不然怎么'昭告天下'？"

他一心想炫耀，王瑾珍看他这样，也就不担心他会亏待闻月了。

纪筱芸朝纪则临竖起了大拇指，周禹神色复杂地看向纪则临，纪则临回他一个稍微得意的眼神，那意思不言而喻：羡慕去吧。

晚上，闻月在书房里陪王瑾珍讲话，老太太注重礼数，和她商量到时候去落云镇的事宜，包括大大小小的细节。等所有事情商榷完毕，老太太被陈妈劝着去睡觉，闻月也才离开书房，往自己的房间走。她推门进去，看到纪则临在自己的床上躺着，微微怔住："你怎么在这儿？"

"我不应该在这儿吗？"

"你跑到我的房间里来，万一被老师或者陈妈看见——"

"闻月，你是不是忘了？我们结婚了，睡在一间房里很正常。"纪则临提醒道。

闻月倒真是忘了这回事，可即便如此，她还是不太适应，之前他们在庄园都是正正经经地睡两个房间的。纪则临看出了闻月的心思，故作哀怨道："新婚之夜，纪太太就想分房睡？"

闻月看他做作的模样，忍不住笑了笑，没有赶他离开，洗漱后换了睡衣，就上了床。

她才躺下，纪则临就翻身压了过来，埋首在她的脖颈处细细地吻着。

"别……纪则临，这里是庄园。"

"我知道。"

"老师和陈妈他们都住这儿呢。"

"所以？"纪则临轻轻啮咬了一下闻月，听她发出细弱的嘤咛声，才开口说道，"我们新婚，他们会理解的。"

"不行。"闻月还是过不了心理那关。

纪则临探手往下，一边捋着，一边哄道："放心，这里比青水湾的房子还大，别人听不着。"

闻月眼神迷蒙，只凭最后一丝理智，抵抗道："你今天下午不是……不是才……"

"那不一样，下午我们还没领证。"

"只不过是……是办了一个手续而已，又不是换了个人。"

纪则临闷笑，他凑过去亲吻、含弄闻月的耳朵，哑声说道："感觉不一样。"

哪里感觉不一样？

闻月还没来得及问，纪则临忽然在她耳边轻轻喊了一声："老婆。"

闻月心神一动。感觉是不一样。同样的人，但是不一样的身份，这让纪则临十分亢奋。他一声声地喊着闻月的新昵称，这个昵称是他的专属，除了他，没有任何人可以这么喊她。

纪则临说："你也喊喊我。"

闻月咬着唇："喊……什么？"

纪则临反问："你说呢？"

闻月看着纪则临，见他目光灼灼，便忍不住抬手搂住他，遂了他的意，不太好意思地喊了他一声。

从语言上看，这两个昵称十分俗气，一点儿都不特别，但所蕴含的感情是独一无二的。它们看似是没有指向性的俗称，却是最有特指意味的，并不是随意的两个人都能这样称呼对方。

纪则临体验过了新的昵称带来的快感，十分满足。当一切止息，纪则临抬手拨开闻月的湿发，低头亲了亲她，喟叹道："闻月，我们结婚了。"

闻月眸光微润，笑着回应道："是的，我们结婚了。"

隔天，纪则临有事要去公司一趟。他早早起来，先回自己房间换了套衣服，之后又回到闻月的房间。闻月隐隐约约听到动静，悠悠转醒，迷瞪着睁开眼。纪则临坐在床边，低头亲了一下闻月的额头，温声说："我要回公司，时间还早，你再睡会儿。"

闻月还困倦着，含糊地应了一声，不忘叮嘱他："你要是自己开车，一定要小心点儿。"

纪则临在这一刻忽然就有了结婚的实感，想到以后这样的日子不会少，他就心情愉悦，忍不住又低头亲了亲闻月。

闻月醒了就没有再睡着，她在床上躺了会儿，等困意消退就坐起了身，准备起床。她掀开被子，正要下床，忽然看到床头桌上放着一朵鲜艳欲滴的玫瑰，一看就是才剪下来不久的。

闻月笑了，心道纪则临又冒着过敏的风险跑去温室的花房剪玫瑰，也不怕陈妈发现了说他。她拿起玫瑰，看到了压在花底下的一张卡片，上面写着：

My soul is full of impurities, but you.（我的灵魂里都是杂质，除了你。）

——To my wife.（献给我的妻子。）

闻月反复读着纪则临的这两句话，眼眶微微湿润。

昨天下了一阵雨，今天雨过天晴，上午出了太阳，一扫阴霾。

闻月在窗边欣赏了一会儿庄园的景色，见纪筱芸和纪书瑜在外面的草坡上玩耍，这才下了楼。王瑾珍见闻月下楼，朝她招了招手，说："昨天晚上我忘了一件事，刚才还是筱芸提醒了我，我才记起来。"

闻月不解，在王瑾珍身边坐下。王瑾珍拿出一个盒子，打开后，里边是一个雕琢精美的玉坠，通体晶莹剔透，看上去就价值不凡。

王瑾珍拿出那个玉坠，说："则临和筱芸出生的时候，他们的父母给他们分别买了个玉坠，筱芸的她一直戴在身上，这个是则临的，他小时候戴过一阵，男孩子嘛，大了就不爱戴这些东西，嫌累赘。"

"他不戴，他母亲就帮他把这个玉坠收了起来，说等他以后娶了妻子，送给她，也算是个信物。"王瑾珍说着，怅然地叹了一口气，将玉坠递到闻月眼前，接着说道，"则临的父母走得早，没能看到他成家，要是他们知道他娶了你这么个出色的姑娘，一定很高兴。这个玉坠算是则临母亲的一个心意，给儿媳妇的一个过门礼物，现在她不在了，就由我来替她转交给你。"

闻月惶恐："这太珍贵了。"

"不过是个坠子，比不上你珍贵，这也是则临母亲的心愿，你就收下吧。"王瑾珍说着，站起身，帮闻月把那个玉坠戴上。

王瑾珍端详着闻月，满意地笑了："正衬你。"

闻月垂下眼，玉坠就挂在颈间，散发着温润的光芒。既然是纪则临母亲的心愿，闻月自然不会再推诿，王瑾珍让她戴着，她便安然地收下了它。

纪则临今天满面春风，公司上下所有人都能看出他心情大好。开会的时候，和他关系亲近的高层询问他是不是人逢喜事，他爽快地承认了。

那人询问是什么喜事，说出来让大家一起高兴高兴，纪则临便似是随意，实则炫耀地说，自己昨天和女友一起去领了证，现在是有家庭的人了。

这一消息让所有人都震惊了，会议没结束，纪则临结婚的消息就在公司上下传了个遍，以至于今天走到哪儿都有人向他道贺，祝他新婚快乐。

周禹看不过眼，说纪则临过于高调，纪则临说周禹就是眼红自己有老婆。周禹不服气，说自己有孩子，纪则临从容淡定地回击，说结了婚，想要孩子早晚可以有，但有了孩子没结婚，什么都不是。

周禹无话可说，转头就给纪筱芸打电话，结果被挂了。

纪则临身在公司，心在庄园，处理完公司的事务，立刻往庄园赶，走之前还特意交代李特助，以后不那么紧要的工作就找周禹处理，反正他没结婚，闲着也是闲着。

纪则临回到庄园，刚走进大厅，就被几个长辈围攻了。王瑾珍今天心血来潮，组织了个沙龙，名义上是学术探讨，实际上是炫耀自己的外孙媳妇。

王瑾珍的那些好友中，林教授得知纪则临和闻月领了证，反应是最大的。她一见着纪则临，立刻发起攻势，故作不满道："则临，之前你说到了合适的时机，就会和我们介绍你心仪的姑娘，怎么现在证都领了，还不和我们介绍啊？"

"是我的疏忽，不过我想，现在您应该已经知道了。"纪则临把目光投向坐在王瑾珍身边的闻月，眼神里都是炽盛的爱意。

闻月见纪则临在长辈面前一点儿也不收敛，都替他难为情。

"我是后知后觉，那次你一掷千金买了书，又不是送给瑾珍的，我就在想你心仪的那位姑娘怕不是也学的翻译，思来想去，你最常接触的也就只有闻月。"林教授"啧啧"摇头，感慨道，"没想到还真被我猜对了。"

"果然瞒不过您。"纪则临哂笑。

"怎么瞒不过？之前我问你和瑾珍，你们是一句口风都不透啊，怎么，是怕我把闻月抢走啊？"林教授爽朗一笑，大大方方地承认，"还别说，要是我知道闻月恢复了单身，一定撺掇我孙子追求她。"

林教授开玩笑道："这样好的姑娘谁不稀罕啊？我看瑾珍也是怕我和她抢孙媳妇，所以一直防着我。"

"那可不？我可不能让你坏了我的好事。"王瑾珍配合着说笑，抬头见自己外孙从回来到现在，眼睛就黏在闻月身上没动过，还和林教授调侃，"男大不中留，你看他。"

"我现在是相信闻月做得了则临的主了，古话说，一物降一物，果然没错。"林教授只是和纪则临说笑，并不是真的想为难他，这时候还谆谆叮嘱道，"则临，你既然娶了闻月，一定要好好待她，不然我可等着捡漏。"

纪则临噙着笑，接道："就算您是长辈，我也不会给您这个机会的。"

几个长辈笑起来，打趣纪则临和闻月感情好，又和王瑾珍道贺，把王瑾珍哄得十分高兴。

傍晚，王瑾珍的几位朋友陆陆续续离开，纪则临和闻月出门送客，等人都走后，他们才有时间独处。

"去走走？"纪则临垂眼问闻月。

"好啊。"闻月答。

黄昏时刻，金乌西落，余晖洒在天际的云彩上，霞光万丈。落霞庄园的一切在夕阳的照耀下，像是披上了一层金纱，万事万物都是温暖的。

这几天多云，云层厚重得仿佛要坠落在地。闻月看到草坡上方有一朵又白又硕大的云朵，忍不住提起裙摆跑到坡顶上，想要离那朵云更近一些。

微风轻拂，纪则临在坡底下看着闻月，清风捎起她的发丝和裙摆，薄阳将她的身形勾勒，她的身上又现出了一种神性，超凡出尘，好似缪斯再次降临。一瞬间，纪则临像是回到了两年前，这个场景无论上演多少次，都让他心动。

纪则临走到坡顶，从身后揽了闻月入怀。

闻月感受到了纪则临的依恋，忍不住回过头，问："怎么了？"

纪则临低头看着她，喉间滚动，说："想你了。"

闻月转过身，浅笑道："我们不过才分开了一天。"

"想念和时间长短没有关系，你现在在我面前，我也想你。"纪则临轻轻一叹，说，"闻月，不如……我跟着你一起去游学？"

闻月失笑："你不要公司啦？"

纪则临说："不要了。本来也不是我想接手的。"

闻月知道纪则临说的话不现实，就算他真不想管公司了，但职责所在，不是他说不干就能不干的。

"好啦，我不过是出国一年，又不是不回来了。"闻月转过身，抬起手勾着纪则临的脖子，安抚他的情绪，"你要是想我，可以出国去看我啊。"

纪则临也知道，和闻月一起出国生活的可行性很低，公司刚经历了一次大变动，现在还没完全稳定下来，需要他坐镇。他忽然觉得领了证也不全然是好事，如果他和闻月没结婚，这一年的等待至少带有期待，不会太难熬。但现在结了婚，便只剩不舍和煎熬了。异国恋和异国婚姻，还是有差别的。

他说："闻月，我已经开始后悔鼓励你出国学习了。"

闻月轻笑，谑道："纪先生本事大得很，只要用些小手段，我的游学计划就能泡汤。"

"那你怕是会恨死我，到时候再和我说些不敢相信我的真心这样的话，我可承受不住。"纪则临叹了一口气，认命道，"我早说过，被捕获的人不是你。"

"百兽之王也能被捕获？"

"当然，它已被驯服。"

闻月忍不住笑出了声。

纪则临垂眼，这才注意到她脖颈间的玉坠："这个玉坠……"

闻月松开手，低头拿起那个玉坠，说："外祖母说这个玉坠是你爸爸妈妈在你出生的时候买的，现在把它送给我了。"

纪则临说："你戴着它比我合适。"

闻月抬眼，真挚道："这样，也算是你爸爸妈妈给我们的祝福。"

纪则临心头一动，眼神不自觉地柔和了下来。这是他小时候戴过的玉坠，是他的父母亲自挑选的，现在送给闻月，再合适不过了。

纪则临说："我也有礼物要送给你。"

闻月眼波浮动，已经猜到纪则临要送的是什么了。她眨了眨眼睛，故意道："纪先生，我只有一个脖子。"

"但你有十根手指。"纪则临从口袋里拿出一个丝绒盒子，笑了一下，说，"闻月，我本来想等你回国，再在一个正式的场合向你求婚的，但是你把我的计划打乱了。"

"你好像就是有这种能力，可以把我带向美好的未知，所以我总是忍不住靠近你，以至于一开始想掠夺你。自从遇见你，我的人生轨迹就完全改变了。今天我想了一天，要和你说什么，但到了这个时候，又觉得好像说什么都是多余的。"

闻月无端哽咽，眼眶霎时就湿润了。纪则临见她红了眼睛，抬起手轻轻擦了擦她的眼角，接着往下说："我不是一个完美的人，我的灵魂里有很多劣根性，也曾经自以为是地伤害过你。我不是铁皮人，但如果失去心脏，那么哪怕明知道是骗局，我也会去找奥兹做一笔交易，献上一切换回那颗爱你的心。"

闻月听到这儿已经泪眼潸潸，视线里模糊成一片。她只能隐约看到纪则临的身影，他身后是将落未落的夕阳，他像是从光里走出来的人。

纪则临打开手上的丝绒盒子，单膝跪地，抬起头看着闻月，缓声说道："闻月，我并非一无所有，但在你面前我是贫瘠的。在思想上，你比我富有太多。现在，这个思想贫瘠的男人在向你求婚，请求一个与你共度一生的机会，你愿意吗？"

闻月忍不住抬手捂住了嘴巴，轻声呜咽了起来。

纪则临执起她的一只手，轻轻烙下一吻，郑重道："Say the word and I will follow you.（说爱我，我将跟随你。）①"

闻月低头注视着纪则临，脑子里像是过电影一样，他们相识至今的场景一幕幕地在眼前闪过。真正的爱情是难得一遇的，但老天是眷顾她的，纪则临的出现让她看到了自己爱人的样子。她爱他，也爱现在的自己，所以愿意将全部的砝码拿出来，放在天平上。

"纪则临。"闻月吸了吸鼻子，哽咽着回应道，"我愿意。"

纪则临微笑，将手上的那枚戒指戴到闻月的无名指上，随后站起身，将她拥住，低下头吻向她。

"I will love you till the end of my life.（我爱你，至死不渝。）"纪则临抵着闻月的额头承诺道。

闻月含着泪一笑，回以深情："Love you, forever and ever and ever.（爱你，直到永远。）"

（正文完）

---

① 出自《歌剧魅影》。

Extra 01　**有的是时间**

　　闻月这一年跟着出版社的团队去了不同的国家，他们会去当地的大学学习，也会去知名的出版社，和那些从事翻译工作的学者交流，还会参加本地的各种沙龙、文学活动。

　　在外游学免不了奔波，不过闻月并不觉得特别累。纪则临担心她在国外吃苦头，特意赞助了出版社的游学项目，打的还是王瑾珍的旗号，说是支持国内翻译事业，但是明眼人都知道，他是为了闻月。

　　有了纪氏的资助，游学团队的资金十分充裕，即使纪则临没有明说，领队也明白他的意思，所以在国外对闻月很是照顾。他们一行人沾了闻月的光，在外吃住都是顶好的，当真是边旅游边学习。

　　这一年，闻月过得非常充实，周游各国，领略了不同国家的风光，无论是自然的还是人文的，都让她的眼界大为开阔。

　　出国在外，她这张东方面孔实在惹眼，每到一个国家，都会被搭讪。每次遇到异性上前示好，闻月就抬一抬手，向人展示她无名指上的戒指。大多数人知道她已婚，就会退却，但也有不依不饶的。

　　游学的最后一站在 Y 国，闻月本科的时候做过交换生，对 L 市还算熟悉。抵达的第一天傍晚，她和同事说了一声，独自去了泰姆河。

　　闻月在泰姆河畔拍照的时候，有个男人上前和她搭话，问她想不想和他一起喝一杯。这个男人很执着，闻月就是亮出了戒指，他仍追着她不放，还怂恿闻月说，她丈夫现在不在，可以和他一起放纵一下。

Y国是绅士的国度，但也不是所有男性都是绅士，闻月不堪其扰，想要离开，还是被拦下了。正当她琢磨着该如何脱身时，有人把手搭上了她的肩头。

"Sir, what do you want with my wife?（先生，你想从我妻子身上得到什么？）"纪则临揽过闻月，抬眼直视着那个骚扰她的男人，眼神犀利。

那个男人打量了纪则临好几眼，见他一身行头昂贵，气势凌人，便知道是不好惹的主，马上就打着哈哈，说是个误会，讪讪地离开了。

闻月转过身，笑道："你怎么又空降？"

这一年里，闻月不管去哪个国家，纪则临总有办法找着她，时不时地就出现在她身边。刚开始她还会很惊讶，现在已经习惯了，所以今天在L市看到他，她并不感到意外。

"听起来，纪太太好像嫌我找你找得频繁了？"纪则临调笑道。

"没有。"闻月伸手，主动抱住纪则临，说，"我只是担心你经常出国来找我，公司要是有事怎么办？"

"有周禹在，出不了什么大问题。"

"你这么使唤他，他能愿意吗？"

"谁让我是他大舅哥？他想娶纪筱芸，就不能不听我的。"纪则临语气悠哉。

闻月莞尔："他和筱芸现在怎么样了？"

纪则临说："老样子，不过纪筱芸现在人在国内，至少他能找着人了。"

周禹和纪筱芸就是一对冤家，闻月看他们俩纠缠了这么多年，是怎么都分不开的，况且他们还有女儿，和好只是时间问题。

泰姆河畔晚风浮动，吹在脸上十分舒适。闻月和纪则临手牵着手在河畔散着步，有一搭没一搭地聊着天，分享不见面的这段时间彼此生活里的趣事，直到太阳完全落下，他们才离开。

纪则临和闻月住的是同一家酒店，不过闻月是和同事一起住的标间，纪则临自己住了一个大套间。他们在酒店餐厅里用了餐，又一起听了一会儿大厅里演奏的交响乐，见时间不早了，才上楼休息。

纪则临拉着闻月进了电梯，直接按了顶层，闻月见状，没有反对。

总统套房的房门一开，房间内的灯光自动亮起。

闻月转过身，主动搂上纪则临，踮起脚尖去吻他。

纪则临搂上闻月的腰，回应着她的吻，含混地笑道："今天这么热情？"

闻月窘然："你要很久……我晚上还要回去的。"

原来她打的是早开始早结束的主意，纪则临挑了挑眉，一把抱起闻月，说："抱歉，纪太太，速战速决不了。"

闻月说："太晚了，我的同事会担心。"

"今天在酒店，我碰上他们了，不然我怎么会知道你去了泰晤河？"纪则临把闻月抱进卧室，放在了床上，贴上去说，"他们知道我来了，晚上你不回去，他们也能猜到你在我这儿。"

闻月轻声说："每次都这样……影响多不好。"

"我们是夫妻，见了面不睡一起，他们该怀疑我们的感情出问题了，或者……我出问题了。"纪则临咬闻月的耳朵，低笑一声，说，"你总不会想他们误会我。"

闻月听他这么说，忍不住笑了："我可不担这个责任。"

纪则临顺势说："那你晚上就得留在我这儿。"

这一年间，闻月游走他国，纪则临虽然常常来看她，但因为工作，每回待的时间都不长。他们一年里真正在一起的时间，满打满算可能也就一个月，小别胜新婚，每次见面，都免不了一番折腾。

一场云雨结束，纪则临亲了亲闻月鼻尖的汗珠，愉悦道："这一年总算是熬过去了，闻月，等你回国，我们就办婚礼。"

闻月的胸口起起伏伏，闻言笑道："你也太着急了。"

纪则临说："我已经等很久了，你必须给我一个正式的名分。"

闻月失笑，凑过去亲了亲纪则临，应道："好。"

闻月结束游学，从 Y 国归来后不久，就和纪则临办了婚礼。

他们的婚礼是在落霞庄园举办的，尽管纪则临依着闻月的意思，办得很低调，但是这场婚礼还是上了青城各家媒体的头版头条。

婚后，闻月和纪则临住在青水湾。

闻月回了国，正式入职出版社，成了一名译者。青城译文出版社离青水湾不算太远，每天早上，纪则临都会先送闻月去出版社，自己再去公司。有人调侃他放着司机不用，非得自己当车夫，纪则临不管别人怎么说，乐意之至。

闻月定居青城，纪则临担心她会想母亲，常常会请岳母过来小住一阵子。因此，她们母女俩虽然分居两地，但是并不算真正的分离。

婚礼后的第二年冬，初雪那天，纪则临开车去接闻月，一起回了家。

回到别墅，才进门，Yummy 就摇着尾巴迎了上来，Rose 还缩在沙发上，团成一团。壁炉火光摇晃，户外大雪纷飞，室内温暖如春。闻月脱下外套，先摸了摸 Yummy，之后又去了沙发，抱起 Rose 一起窝着。

纪则临去厨房里热了一杯牛奶，走到客厅递给闻月："喝点儿热的，暖暖。"

闻月接过杯子，自己先喝了半杯牛奶，又把杯子递给纪则临，让他把剩下的半杯喝掉，一起暖暖身子。纪则临喝了牛奶，坐下把闻月抱进怀里，两个人就和一猫一狗待在一起，看着窗外的落雪。这是他们俩的默契，每当下雨、下雪，便在家里窝着，聊聊闲天，说说小话。

"书瑜不在，家里还有些冷清。"闻月感慨道。

纪则临想起纪书瑜，"哼"了一声，说："她就是个小没良心的。"

纪筱芸和周禹彼此纠缠、磋磨了这么多年，前段时间总算拨云见日，和好了。他们是纪书瑜的父母，理当抚养、照顾纪书瑜，所以复合没多久，就把纪书瑜从青水湾接走了。

闻月听纪则临语意不满，仰头看向他，笑问："你是不是挺舍不得书瑜的？"

纪则临说："她不在，清静了不少。"

"口是心非。"闻月不客气地拆穿纪则临，"你明明很想她。"

纪则临这次没有否认，不管纪书瑜怎么淘气调皮，也算是跟在他身边长大的。他说是舅舅，之前也是顶半个父亲的。他把那丫头拉扯大，结果她扭脸就不和他一起生活了，可不是小没良心的吗？

闻月知道纪则临其实也是重感情的，只是嘴硬不说。闻月想起纪书瑜离开青水湾前和自己说的话，纪书瑜说舅舅照顾她很不容易，她不想成为他的负担，现在妈妈爸爸都在，她想跟着他们生活，舅舅就不用再被她拖累了。小孩子只是年纪小，并不是什么都不懂。

　　闻月迟疑了一下，看着纪则临问："你想在家里添个新成员吗？"

　　纪则临瞳仁微震，垂眼看向闻月，克制道："什么新成员？你想再养一只狗，还是猫？Jack？"

　　闻月轻轻摇头，柔声道："宠物有 Yummy 和 Rose 就够了，或许……我们可以养一个小娃娃？"

　　纪则临的眼神蓦地深邃起来："闻月，别试探我，我如果说想，你会愿意吗？"

　　闻月咬了咬唇，直视着纪则临，果断地说："纪则临，你是知道我的，如果我没有这个想法，不会和你提这件事。"

　　纪则临喉头滚动："你确定？"

　　闻月说："我确——"

　　闻月话没说完，纪则临一把横抱起她，径自往楼上走。

　　"纪太太，口头承诺无效，我需要行为承诺。"

　　婚礼后第三个年头，闻月的第一本独立译作和她的第一个孩子在同一天来到了这个世界。孩子是在冬天怀上的，闻月给她起了个小名——雪宝。

　　雪宝出生那天，纪则临一直等在产房外面，他坐立不安，这辈子就没这么焦灼过。好不容易门打开了，他都没来得及看孩子，直接奔向闻月，看到她虚弱着还向自己微笑的模样，他心口一酸，眼睛发热。

　　护士把雪宝抱过来，闻月看到孩子的那刻，眼泪忍不住地往下淌。

　　"纪则临，她真漂亮。"闻月呜咽道。

　　纪则临抬手揩去她的泪水，也有些哽咽："像你。"

　　新生儿诞生是件大喜事，那天好多人来看望闻月和雪宝，王瑾珍和闻母看到闻月的那一刻都落了泪，纪书瑜很高兴自己有了个小妹妹。

　　出版社的同事来了医院，顺便给闻月送了她独立翻译的小说集样书，意在让她感受到双重喜悦。

晚上，特护病房里没了旁人，只剩下纪则临和闻月，还有他们的孩子。

纪则临坐在床边，握着闻月的手亲了又亲。

闻月恢复了精神，问他："你今天是不是哭了？"

纪则临没有否认。

"百兽之王原来也会落泪。"闻月感慨。

纪则临双手握着闻月的手，紧紧不放："我说过，百兽之王未必不会爱人。"

闻月笑了，回头看向一旁的雪宝，她安静地睡着，就像一个天使。

产后身体虚弱，闻月扛不住，很快睡着了。半夜她口渴，迷迷糊糊醒来，借着昏黄的床头灯，看到纪则临就坐在婴儿床边，眼睛一眨不眨地看着雪宝，神情温柔。听到动静，纪则临抬头，见闻月醒了，立刻起身走过去，问："口渴？"

闻月点头，纪则临倒了杯温水，扶着闻月润了润嗓。

"你怎么不睡？"闻月喝了水后，问，"是不是在这里睡不着？"

纪则临摇了摇头，回头看了眼婴儿床，又看向闻月，轻声说道："我想多看看你们。"

闻月笑了："以后有的是时间，纪则临，我们会一直在你身边。"

"我也会一直守护着你们。"纪则临俯身，在闻月额间吻了一下，真挚道，"闻月，谢谢你……我爱你。"

"我也爱你。"闻月说。

此时此刻，闻月的心里格外宁静，如果往后的岁月都这样幸福，那么就如她在新书后序里写的那样，她感谢以往人生里的所有经历，无论好的、坏的。

Extra 02　何其皎洁

　　婚后第一年，闻月出国游学，归来后才和纪则临办了婚礼，正式住在了一起。到底婚姻和恋爱不一样，他们恋爱没多久就领了证，之后就分别了长达一年的时间。虽然说起来婚龄一年了，但两个人并没有什么为夫为妻的经验。

　　婚后，闻月住进了青水湾，以前她也不是没在别墅里住过，但现在以女主人的身份入住，总归感觉不一样。李妈和王叔都不喊她"闻小姐"，改口叫"太太"了，她一下子有些别扭。

　　纪则临倒是很快就进入了状态，在家一口一个"老婆"，凡是带着闻月出门在外，一定以她的丈夫自居，将纪总的头衔往后排，似乎巴不得全天下的人都知道他们结婚了。

　　闻月回国后就入职了出版社，纪则临天天早上开车送她去上班，得空也会去接她下班，一起回家。出版社的同事时常调侃闻月，说纪总果真爱妻，堂堂一个大企业的老总，竟然有时间当司机。

　　闻月也觉得纪则临太折腾了，他的工作其实很忙，还经常抽时间来接她下班，就为了和她一起吃晚饭，吃了饭后又赶回公司处理工作。她劝他不用这么来回跑，太累了，但纪则临笑着说这是丈夫应该做的，他就是想和她多多相处，哪怕只能匆匆地吃个晚饭。

过去一年，他们分隔两地，现在闻月好不容易回了国，纪则临开始"报复性"地黏着她，似乎想将去年一年的时间都弥补回来。闻月看他这样，无奈也纵容。

　　跨年那天，纪则临本来打算早早离开公司去接闻月的，但是公司临时出了状况，他只能留下来处理，等忙完回到家，已经是深夜了。他本以为闻月已经上楼休息了，进了大厅看到她抱着 Rose 窝在沙发上睡着了，厅里留着灯，她显然是在等他回来。

　　纪则临放轻脚步走过去，在闻月身边坐下，看着她的眼神无限柔和。闻月睡得不深，察觉到有人在摩挲自己的脸颊，很快就悠悠转醒了。

　　"你回来啦。"闻月说。

　　"嗯。"纪则临摸了摸闻月的眼角，"困了怎么不回房间睡？"

　　"我想和你一起跨年。"闻月坐起来，问，"现在几点了？过零点了吗？"

　　"还有半个小时。"今天公司的状况比较棘手，纪则临处理起来费了些工夫，但还是赶在十二点前回到了家。就算她已经休息了，他还是想要在她身边，和她一起进入新的一年。

　　闻月松了一口气，抬眼见纪则临的神色有些疲惫。她知道他忙起来就三餐不继的，遂问了一句："你吃晚饭了吗？"

　　纪则临答："对付了一下。"

　　果不其然，闻月叹了一口气，说："再忙你也不能不吃饭啊，时间久了对胃不好，到时候落下胃病怎么办？"

　　纪则临任她数落，眸中带着笑意，似乎很受用："所以……闻小姐愿意陪我吃个夜宵？"

　　闻月一下子想起了他们刚认识不久时，纪则临邀自己吃夜宵的场景，那时候她怎么也没想到，自己和纪则临会恋爱、结婚。人和人之间的缘分真是难以言说。

　　"李妈已经睡了，你就别叫她起来了，我给你简单做点儿吃的？"闻月如同第一回一般地回答。

　　纪则临等的就是这句话，他很快点了点头，笑道："你知道的，我不挑食，你做什么，我吃什么。"

青水湾和落霞庄园一样，每天都有人送新鲜的食材过来。闻月去厨房看了看，考虑到时间晚了，不宜做些耗时长、不好消化的食物，最后还是觉得面食合适。她拿出李妈放在橱柜里的阳春面，洗了青菜，利索地开火烧水，用简单的食材做了一碗清汤面，又煎了个荷包蛋盖在面上。

纪则临忙了一天，晚上只是随便吃了点儿，确实饿了。他拿了个小碗，分了点儿面给闻月："陪我一起吃。"

闻月依言坐下。

"庄园里办了跨年宴，本来想早点儿回来带你一起过去看烟花的，没想到公司临时出了点儿状况。"纪则临吃了一口面，看向闻月，问，"我让王叔送你去庄园，怎么不去？"

闻月答："我如果去了庄园，你不就只能自己一个人跨年了？多可怜。"

纪则临噙着笑："所以你是特地留下来陪我的？"

闻月点了点头。

纪则临脸上的笑意更盛，歉然道："怪我误事了，今天晚上应该去热闹的地方一起跨年的。"

"在家里跨年也是一样的。"闻月眼中含笑，"今年我们在一个时区了。"

去年闻月在 Y 国，纪则临在国内，他们远隔千里，不在一个时区，跨年时间都不一致。但今年他们能够在一起从旧年跨向新年了。

十二点的钟声响起。闻月看着纪则临，笑着说："新年快乐。"

纪则临心头一动。在这一刻，他似乎看到了幸福的具象化，即使不去参加宴会，没有璀璨烟花，只有他们两个人，同吃着一碗面，就已足够。

闻月怀孕后期，就不怎么去出版社了，不过她还是会在家里译稿。

她不出门，纪则临也减少了去公司的次数，就算是去工作，也会尽快回家，把需要出差的活都交给了周禹。

闻月怀孕以来，纪则临全然把她当成了瓷娃娃。一开始她还去出版社的时候，他早晚必接送，一天要发好几条消息，叮嘱她不能累着、要多休息。

她休假在家之后，他更是一步不离，她在书房译稿，他就在边上端茶送水，掐着点让她休息，多译一个词都不让。

闻月哭笑不得，觉得他这样严阵以待，实在过于紧张。但她也体谅他要当爸爸的心情，所以还是很听他的话，每天都吃好睡好。

晚上吃了饭，纪则临如同往常一样牵着闻月的手去外边散步，Yummy 跟着他们一起出门，到了湖边就撒开了腿。

"你最近都不去公司，可以吗？"闻月问。

"可以。"

"工作……"

"有周禹看着，不会出大差错。"

闻月笑了笑："你总把事情推给周禹，筱芸没有意见？"

"我给他们养了好几年孩子，要这点儿回报不过分吧？"纪则临挑眉。

闻月失笑。纪书瑜现在不住青水湾，但是周末都会过来看看 Yummy 和 Rose，她似乎对闻月的肚子很好奇，每回来都要趴在上面摸一摸、听一听，对自己曾经也在妈妈的肚子里待过这件事感到不可思议。

"书瑜上次来，说肚子里的是妹妹，你觉得呢？"闻月问。

"这是我可以觉得的事？"纪则临带着笑，说，"不过我倒希望纪书瑜的话是真的。"

"你想要女儿？"闻月之前问过纪则临，想要儿子还是女儿，他回答说，小宝宝只要在肚子里的时候不太折腾人，那就都好，今天倒是难得地表露了他的倾向。

"女儿要是像你，就很好。"纪则临说。

闻月纳罕："我还以为你会想要男孩。"

"为什么这么认为？"

"你之前把书瑜从小婴儿带成了一个小孩子，我以为你会想养一养男孩子。"

纪则临看向闻月："就是因为养过女孩子，更有经验，所以才想要女儿。"

"我会把她养得很好。"纪则临摸了摸闻月的肚子。

闻月莞尔一笑，毫不怀疑纪则临会是个很出色的父亲。

雪宝不负所望，是个漂亮的姑娘，遗传了父母的好相貌，一出生就备受瞩目，成了家里的明珠。

纪则临以前在私生活上很低调，但和闻月在一起后就高调了起来。他知道再低调也会有人去窥探，索性主动曝光自己的感情生活，光明正大地保护闻月，让别人不敢去打扰她。雪宝出生后，纪则临也不藏着掖着，在落霞庄园办了满月宴，极尽奢华。所有人都说，纪则临娶了个大公主，大公主生了个小公主，他把她们捧在手心里，就算是要天上的星星和月亮，估计都会想方设法摘下来。

有了孩子，家里就有了别样的生气。闻月和纪则临都是第一回当父母，没有经验，两个人都磕磕绊绊地在学习。

晚上，纪则临在书房里开了个视频会议，结束后去了婴儿房。闻月正在里面逗雪宝，雪宝现在已经会笑了，笑声如铃，能涤荡人心。

纪则临看着她们，觉得世界上所有的幸福都浓缩在这一个房间内。

他走过去，从身后抱住了闻月。闻月回头，问："会议结束了？"

纪则临答："嗯。"

闻月说："雪宝已经出生了，你现在不用守着我了，公司要是有事，你就去吧。"

纪则临摇头："再大的事都比不过你们两个。"

"你再这样，周禹肯定有怨言。"

"让他怨去吧。"

闻月失笑，劝不动他，也就算了。

纪则临拥着闻月，喊了她一声，说："我看了你译的书。"

雪宝出生那天，正好是闻月独立译作的第一本书发行的日子，出版社的同事专门送了样书过来。

"我译得怎么样？"闻月问。

"有大家风范。"纪则临说。

闻月往后轻轻戳了纪则临一下："你别巧言令色。"

纪则临闷笑，蹭了一下闻月的面颊，说："我看了你写的后序。"

在书的后序里，闻月写道，这本书献给她即将出世的孩子，也献给她的丈夫。他爱她，并为她的一切成就感到骄傲："闻月，谢谢你，出现在我的世界里。"

闻月眼神闪动，转过身抱住了纪则临，由衷道："也谢谢你，始终陪在我的身边，爱我、理解我。"

室内，灯火可亲，有情人依依相偎。

室外，明明如月，何其皎洁。

（全文完）

图书在版编目（CIP）数据

明明如月 / 叹西茶著. -- 南京：江苏凤凰文艺出
版社, 2025. 3. -- ISBN 978-7-5594-9125-1

I. I247.5

中国国家版本馆CIP数据核字第2024Y52F72号

明明如月

叹西茶 著

责任编辑	白　涵
特约编辑	梨　玖
封面设计	Semerl
责任印制	杨　丹
出版发行	江苏凤凰文艺出版社
	南京市中央路 165 号，邮编：210009
网　　址	http://www.jswenyi.com
印　　刷	天津中印联印务有限公司
开　　本	880 毫米 × 1230 毫米　1/32
印　　张	10.75
字　　数	327 千字
版　　次	2025 年 3 月第 1 版
印　　次	2025 年 3 月第 1 次印刷
标准书号	ISBN 978-7-5594-9125-1
定　　价	49.80 元

江苏凤凰文艺版图书凡印刷、装订错误，可向出版社调换，联系电话 025-83280257